전쟁기 문학담론과 집단기억의 재구성

비평숲길 2
전쟁기 문학담론과 집단기억의 재구성

초판1쇄 인쇄 2015년 2월 17일 | 초판1쇄 발행 2015년 2월 27일

지은이 이덕화 구명숙 황영미 김응교 안미영 서동수 주지영 조혜진 김윤정
펴낸이 이대현
편집 이소희 권분옥 | 디자인 이홍주
마케팅 박태훈 안현진 | 관리 구본준
펴낸곳 도서출판 역락 | 등록 1999년 4월 19일 제303-2002-000014호
주소 서울시 서초구 동광로 46길 6-6 문창빌딩 2층
전화 02-3409-2058(영업부), 2060(편집부) | 팩스 02-3409-2059
이메일 youkrack@hanmail.net
역락블로그 http://blog.naver.com/youkrack3888

ISBN 979-11-5686-172-0 94810
      978-89-5556-011-4(세트)
정 가 24,000원

비평숲길 2

전쟁기 문학담론과
집단기억의 재구성

세계한국어문학회 비평숲길

책임편집 이덕화

역락

머리말

이 책에서 기획한 전쟁을 통해 역사의 현실을 돌아보는 일은 공적 기억에 억압되었던 전쟁의 기억들을 복원하는 것뿐만이 아니라 우리의 과거를 반성하는 일이기도 하다. 그 중에서도 '기억'을 중심으로 한 전쟁 담론의 특성은 공공의 기억을 만들어내는 국가와 민족의 거시사의 차원에서부터 평범한 개인들의 미시사적 차원에 이르는 폭넓고 역동적인 면모를 보여준다.

한국전쟁 기간 동안 많은 문인들은 일종의 반공텍스트라 불리는 글들을 생산했다. 반공텍스트는 남한 사회의 이념적 지형도와 문학담론의 방향을 결정짓는 중대한 역할을 수행했다. 북한과 공산주의에 대한 혐오의 비유를 통해 적대감과 분노 그리고 혐오감을 갖게 하였다. 남과 북을 인간 대 괴물, 정상 대 비정상, 이성 대 광기의 대결구도로 위치 지움으로써 살인에 대한 죄의식을 희석화시킬 뿐만 아니라 투철한 멸공과 타공의 척도로 치환시키는 결과를 가져왔다. 특히 전쟁기 소설에서 괴물로의 치환은 동족뿐만 아니라 근친살해를 정당화하고 남한의 우월성을 강조·확대하는 장치로 활용했다. 이런 문학 담론들은 다시 '교육의 담론'으로 확장되어 한국전쟁과 반공에 대한 '국민의 기억'을 구성하고 재생산하는 원천이 되었다. 결국 한국전쟁기 문학이란 단순히 이념의 도구라는 '현상'에 그친 것이 아니라 당시의 인식틀을 가능케 한 담론의 생산지였다.

1876년 개항과 1882년 한미수호조약을 시발로 한국역사에 개입한 '미국'이라는 기호는 한국인에게 환상인 동시에 트라우마이기도 했다. 1950년 한국전쟁을 계기로 본격적으로 한국역사에 개입하기 시작한 미국이 한국문학에 어떻게 표상되고 있는가는 우리문학에서 특이한 연구대상이 되어 왔다. 한국전쟁을 겪는 과정에서 미국, 특히 미군은 한국인의 생활에 깊숙이 관여되었다.

　　제1부 「노근리 트라우마, 그 상처와 화해」에서 노근리 사건을 소재로 한 소설이나 만화를 분석한 연구논문들은 노근리 사건을 통해 전쟁이라는 폭력적 상황 속에서 미군들이 노근리 양계리 선민들을 어떻게 타자화 시키는가, 44년 동안 묻혀 있었던 노근리 사건이 어떤 과정을 통하여 새롭게 조명되고 담론화 과정을 거치는가를 분석하였다.

　　이덕화의 「소수 집단 문학으로서의 『그대, 우리의 아픔을 아는가』」는 44년 동안 철저히 고립 속에서 우리 정부조차 외면하는 소수 집단이 보여주는 목적 문학의 특징을 분석한 글이다. 즉 소수집단 문학의 특징인 정치적 목적을 담보하기 위해 보여주어야만 하는 호소력을 서술의 객관성 확보와 작가의 노근리 사건을 바라보는 냉철한 시선의 확보로 가능했다는 것이다. 두 번째는 소수집단 혹은 전쟁으로 고립된 피난민들의 절박한 고통의 언어를 긴장감 있게 묘사, 그 당시의 피난 상황을 적확하게 묘사로 가능했다는 것이다. 즉 한번에 터져나오는 단조로운 어조, 단말마적인 짧고 척박한 언어, 부사와 소리의 반복, 감탄사들 또 단어의 내적 긴장을 고조시키는 단어의 악센트 등의 사용이다. 노근리, 임계리 마을 주민들이 탈영토화, 탈언어화 됨에 그들이 보여주는 것은 바로 공포의 미학이다. 공포는 하나님이라는 탈출구를 찾음으로써 재영토화, 자신으로 되돌아 올 수 있었고, 살아남았다는 죄의식 속에서 풀려 날 수 있음을 분석한다.

　김응교의 「노근리 트라우마, 그 상처와 화해」는 『그대, 우리의 아픔을 아는가』의 발표와 더불어 일어난 일련의 미국과 한국 정부의 반응은 비극적인 '노근리 트라우마'를 치료하는 길을 보여주었다. 이 책으로 인해 빌 클린턴 대통령에게 보고되면서, 미군에 의한 한국인 민간인 학살이 있었다는 사실이 알려지게 되었다. 김대중 대통령이 노근리 사건에 대한 진상규명을 지시하면서 1999년 10월부터 2001년 1월까지 15개월간 노근리 사건에 대한 한·미 양국의 공동조사가 진행됐다. 그리고 양국의 진상조사결과보고서와 한·미 공동발표문이 발표됐다. 노근리사건 특별법은 2004년 국회를 통과했다. 이와 같은 노력은 전쟁의 비극, '노근리 트라우마'를 치료하는 과정이다. 결론적으로 이 작품은 감추어져있던 노근리 학살사건을 역사 위에 내놓은 큰 역할을 했다. 특히 선과 악을 극단적이며 도식적으로 대비시킨 것이 아니라, 선과 악 사이에 다양한 가능성을 풍부하게 제시하고 있는 것으로 분석하고 있다.

　김윤정의 「문학의 정치성과 공감의 윤리」는 『그대, 우리의 아픔을 아는가』의 형식적 특성을 짚어가며 이 작품의 메시지, 작가의 목적의식이 어떻게 독자들에게 전달, 수용될 수 있었는지를 살펴보는 데 목적을 두고 있다.

　작가가 기존의 다른 활동과 달리 문학 작품을 통해서 또 다른 방식의 소통을 시도하고자 한 것은 '실화소설'이 바로 객관적 사실 전달과 함께 허구적 재현이 가능한 장르라는 데 있었을 것이다. 이는 사건의 정황이나 사실을 나열하고 보고하는 단편적 서술에서 벗어나 사건에 의미를 부여하고 작가의 해석을 덧붙일 수 있다는 점에서 보다 더 능동적이고 적극적인 독서 효과를 기대하게 한 것이다. 실화소설을 통해 이면적 사실이나, 심층적 정보를 받아들이고 그것에 대해 사회적 의견을 표출할 계기를 만들기도 하는 것이다. 이와 같은 실화소설의 장르적 특성에 의거할 때, 이 작품이 본질적으로 추구하고자 했던 것은 바로 독자의 공감을 이끌어내는 데 있다고 하겠다. 독자가 사건 피해자의 감정에 접근하게 될 때, 비로소 피해자의 고통과 아픔을 자신의 것으로 받아들이고 감정의 소통이 이루어진다. 이러한 감정적 교류를 공감(共感)과 동감(同感)으로 설명할 수 있다. 문학에 의한 공감, 동감의 발현은 인간애를 바탕으로 하는 윤리적 자각을 가능하게 한다는 것이다.

안미영이 다룬 「만화『노근리 이야기』1, 2의 사건 구현방식과 미적 형상화 연구」는 한국전쟁 당시 양민 학살을 묘사함과 동시에 한국의 전통 가치를 재현하고 있다. 『노근리 이야기』1에서는 전통 공동체로서 가족주의를 부각시키고, 한국의 농촌과 자연에 내재한 질서에 주목했다. 그 결과 한국 전통미를 구성하는 질서가 전쟁과 학살로 훼손되는 상실의 과정을 포착해 냈다. 『노근리 이야기』2에서는 상실감 속에서도 진실을 추적해 나가는 한국인들의 은근과 끈기의 정서를 구현해 냈다. 그것은 상처에 대한 자기치유이면서 나아가 스스로 평화를 지켜나가려는 의지의 표현이다.

제2부 「전쟁기 문학담론과 집단 기억의 재구성」에서는 전쟁기의 작가들이 생산한 작품의 담론들에 대한 분석과, 그것이 어떻게 집단 기억으로 담론화하고 국민의 기억 속에 재구성되는가, 또 전쟁 미체험 세대는 어떻게 변별된 전쟁 담론을 생산하는가를 베트남 전쟁을 형상화한 작품의 구조와 유형을 분석하고 있다.

구명숙의 「한국전쟁기 노천명과 모윤숙의 전쟁시 비교연구」는 1930

년대부터 적극적인 문학활동을 시작한 한국현대시문학사에서 여성시의 큰 줄기를 형성한 대표적인 시인인 노천명과 모윤숙이 한국전쟁이라는 격동적 풍랑을 맞아 그 현실을 각자 어떻게 시 작품으로 형상화해 내며 대응해 나갔는지를 한국전쟁기(1950.6.25-1953.7.27)에 발표한 시작품들을 대상으로 비교·분석하여 그 유사점과 차이점을 밝힌 논문이다.

전쟁기 현실 대응 양상에는 노천명이 '부역문인'사건에 따른 옥고에 매달려 자기 부정적인 면에 치중해 있었던데 비해 모윤숙은 외향적 시각으로 전쟁을 바라보며 승리에 대한 염원과 전쟁 독려와 애국심 고취에 몰두했다. 전쟁터의 파괴와 죽음과 폭력의 공간에서 창작된 노천명과 모윤숙의 전쟁시 작품들은 폐허와 혼돈, 죽음, 암흑세계, 전쟁에 대한 허무감과 비탄의 요소가 내재해 있다. 그들의 작품은 전쟁의 극단적 상황에서 목적 지향적이고 애국적 감정의 토로로 민족을 하나로 뭉치게 하는 역할을 담당하고 있었으며, 전쟁의 참혹한 상흔을 구체적으로 묘사해 보여 생명의 의의와 존재의 소중함을 깨닫게 하였다. 전쟁의 상흔을 그린 시작품에 나타난 주제의식은 상처투성이인 조국이 다시 평화를 찾아 안정된 삶을 추구하는 것으로 동일성을 보이며, 전쟁 현실 상황에 대해 사실적인 표현과 격정적이고 절박한 외침을 반복한 도식적인 형상화 방식도 상호 유사함을 발견하게 된다.

주지영의 「전쟁을 사유하는 세 가지 방식-미체험 세대를 중심으로」에서는 전쟁 미체험 세대 작가가 다루는 전쟁 소설이 이전의 체험 세대와 유년기 체험 세대의 그것과 뚜렷하게 변별되는 지점이 무엇이냐를 검토하는 것은 오늘날 미체험 세대의 전쟁에 대한 작가의식이 어떠하냐를 검토하는 일이면서, 동시에 현 단계 한국소설이 나아가야 할 전쟁 소설의 방향이 무엇인지를 검토하는 것과 맞물려 있다. 그로 인해 전쟁의 기억을 현재화시키고, 거대담론에 침윤되어 국가의 논리와 자본의 논리로 재단되는 전쟁의 당위성을 비판하는 한편, 그러한 대립과 갈등, 모순을 극복할 수 있는 방식으로 '인간의 품격'과 '나라의 품격'을 문제 삼고, 자연과 인간, 그리고 인간과 인간의 공존과 조화를 제시한다. 또 한국전쟁을 미시사의 입장에서 접근하여 거시사의 이면에 감추어진 비극적인 역사를 복원하고 있다.

정미경의 「무화과나무 아래」는 다큐멘터리 감독을 통해 이라크 전쟁을 힘없는 이라크인들의 최소한의 행복을 빼앗은 전쟁으로 의미화하면서 이와 같은 강자에 의한 약자의 행복 빼앗기가 전쟁에만 국한되지 않고, 전 세계 곳곳의 일상에서 무한 반복적으로 일어나고 있다는 것과 이라크 전쟁식의 폭력을 극복하는 방식으로 '우리'라는 공동체의 행복을 추구하는 것이 필요함을 제시하고 있다.

서동수의 「숭고의 수사학과 환멸의 기억」에서는 한국전쟁 기간 동안 문인들은 양산한 반공텍스트는 남한 사회의 이념적 지형도와 문학담론의 방향을 결정짓는 중대한 역할을 수행했다는 것이다. 반공텍스트에서 북한 공산주의를 규정하는 대표적인 방식은 바로 '괴물 만들기'이다. 공산주의를 괴물로 치환시키는 것은 남과 북을 인간 대 괴물, 정상 대 비정상, 이성 대 광기의 대결구도로 위치 지움으로써 살인에 대한 죄의식을 희석화시킬 뿐만 아니라 투철한 멸공과 타공의 척도로 치환시키는 결과를 가져왔다. 게다가 공산주의에 대한 학살은 카니발리즘으로 연결되어 '쾌락'의 차원으로 나아가고 있었다. 이렇게 수사적·서사적 전략을 통해 생산된 담론들은 '국가이야기'의 근간이 되었으며, 이는 다시 '교육의 담론'으로 확장되어 한국전쟁과 반공에 대한 '국민의 기억'을 구성하고 재생산하는 원천이 되었던 것이다.

주지영의 「베트남전쟁 소설의 구조와 유형」에서는 베트남전쟁 소설을 크게 세 유형으로 나눈다.

Ⅰ 유형의 경우, A(베트남전쟁 참가), B(베트남전장 체험) 구조가 중심을 이루면서, 주로 전장 체험을 바탕으로 하여 전쟁을 단편적으로 다루고 있다. 초기 단편들과 80년대 발표된 장편들 중 고발문학이나 르뽀문학의 성격을 지닌 작품들이 여기에 해당한다.

Ⅱ 유형의 경우, B(베트남전장 체험), C(베트남전쟁 후방 체험) 구조가 중심을 이루면서, 전쟁에 대한 인식이 심화되고 본질적인 인식에까지 나아가고 있는데, 『무기의 그늘』과 『머나먼 쏭바강』이 그 대표적 작품이다. 이들 작품은 전쟁에 대한 본질적이고도 다면적인 파악을 바탕으로 한국전과 베트남전의 상동성을 암시적으로 형상화하고 있다.

Ⅲ 유형의 경우, D(귀국 이후) 구조가 중심을 이루면서, 대부분 후일담 형식을 취하고 있다. 이를 통해, 대사회적인 관심을 불러일으키는 동시에 전쟁의 현재성을 환기시킴으로써 베트남전쟁에 대한 재의미화작업과 다양한 시각에 의한 창작이 지속될 필요성을 제기하고 있다고 분석하고 있다.

제3부 「전쟁 체험과 타자의식」은 전쟁이라는 거대한 소용돌이 속에서 타자에 대한 시선을 집중적으로 조명, 분석한 논문들이다. 전쟁을 통하여 느낀 한 개인의 무력감과 삶에 대한 허무, 위기 의식, 그러한 위기 위식과 함께 그 전쟁의 비참한 상황 속에서 자신을 되돌아봄은 타자에 대한 시선의 확대로 나타난다. 전쟁 속에서 타자화된 민간인, 잃어버린 삶의 진실, 주체의 무력함 등을 통해 삶에 대한 원초적 질문을 던지는 작품들을 분석한 논문들이다.

이덕화의 「한국전쟁기 여성문학」 부분에서는 전쟁기 어려운 시기에 여성 작가들의 감성을 확인하고, 그런 감성으로 드러내는 전쟁기 여성 문학의 특징을 라캉이나 프로이드 정신분석학을 통해 분석했다. 전쟁기의 소설에서 보여주는 타자 의식, 시에서 보여주는 원초적 고향에 대한 염원, 현실 대응 방식으로 나온 냉전 이데올로기 작품들에서 보여주는 초자아에 의한 죽음 충동은 여성성을 나타내는 특징이면서 전쟁기 문학에 나타는 공통적인 특징으로 분석하고 있다.

황영미의 「영화에 나타난 한국전쟁기 미군과 민간인과의 관계」는 한국전쟁에서 미군이 주체가 되고 한국 민간인은 타자로서 취급돼왔다는 문제의식에서 출발했다. 이에 한국전쟁영화 중 미군과 민간인의 이러한 복합적인 관계가 여실히 드러나는 세 편의 영화를 통해 타자와 주체의 관계가 어떻게 다양하게 드러나는가를 검증했다. 이 논문은 레비나스의 타자성의 관점에서 미군과 민간인의 관계를 고찰했기 때문에 <아름다운 시절>, <웰컴 투 동막골>, <작은 연못>의 세 영화가 타자화된 민간인의 모습을 강조하고 이에 대한 비판 의식을 드러낸 영화이며 이러한 상황에 대한 미군의 책임을 환기시키는 영화임을 밝혔다.

서동수의 「망각의 번역과 자기구원의 서사」는 임철우의 『백년여관』에 나타난 망각의 번역과 구원이 갖는 의미를 분석한 논문이다. 임철우에게 기억과 망각은 분리된 것이 아닌 하나의 주제로 연결되어 있었다. 그것은 역사로부터의 도피이자 생존을 위한 선택이었다. 임철우가 문제 삼은 영역은 생존과 도피의 윤리성과 함께 역사의 타락과 구원의 가능성이었다. 임철우의 글쓰기는 벤야민이 말한 낙원을 지향하고 있었으며, 특히 『백년여관』은 근대 백년의 역사 앞에서 응시해야 할 것은 상처받은 영혼의 아픔뿐만 아니라 그들의 침묵 속에 내재된 '잃어버렸던 진리'임을 말하고 있다.

조혜진의 「김종삼 시의 전쟁 체험과 타자성의 의미」에서는 전쟁의 증언의 불가능성에 주목하였다. 이때 증언의 불가능성이란 전쟁의 폭력이 합리성의 세계 안에서 법적 판결에 의해 해결될 수 없는 한계, 즉 윤리의 회색지대에서 비롯되었음을 의미한다. 이에 김종삼의 시는 타자에 대한 윤리적 책임과 죄책감의 문제라는 지점에서 원죄의식을 통해 인간의 실존에 앞서는 수치심을 전면에 세움으로써 권력의지를 내면화한 주체의 무력함과 타자성을 상실한 주체 욕망의 허위를 비판하였다. 그러나 이러한 노력에도 불구하고 수심에 의해 죄의식이 파생된다는 사실을 인식함으로써 김종삼의 시는 죽음 충동을 통해 수치심이 야기하는 실존적 고통으로부터의 도피를 염원한다

이번 이 책의 기획은 전쟁의 폭력성에 항거하는 자율적 참여라는 문학담론을 분석함으로써, 삶에 대한 근원적인 질문을 하고 있는 것이다. 2차 대전, 6·25 전쟁 이후 공산주의와 자유주의라는 양대 정치 이데올로기는 정치 개편뿐만 모든 인류의 삶의 패러다임을 주도하고 있다. 특히 문학 담론에 미친 영향은 모든 정치적 사회 구도를 새롭게 편성된 전후의 지속적으로 발생하는 전쟁 담론으로 드러난다. 이처럼 전쟁의 폭력성에도 불구하고 전쟁은 계속 되고, 전쟁을 통한 근원적인 삶에 대한 질문들은 지속될 것이며, 전쟁이 인류사의 패러다임을 움직이게 하는 중심원이라는 사실은 변하지 않을 것이다. 여기에 이 책의 의미가 있다.

이 책은 숙명여대에서 5년 이상 지속하고 있는 비평숲길 세미나팀의 기획 시리즈 중 한 권이다. 1부는 비평숲길에서 기획했고 세계어문학회

에서 주최했던 노근리 사건의 폭력성을 분석했던 논문들이다. 이 논문들로 인해 이 책이 기획되었다. 그리고 다른 논문들은 전쟁에 관한 논문을 모아서 편집한 것이다. 이 책의 출판에 흔쾌히 동참해주신 구명숙, 황영미, 김응교, 안미영, 서동수, 주지영, 조혜진, 김윤정 교수들께 감사드린다. 지속적인 불황 속에서 어려운 출판 여건임에도 흔쾌히 출판을 허락한 역락의 이대현 대표이사를 비롯한 임직원 여러분과 이 책을 위해 편집과 교정을 책임 맡은 이소희 선생님과 편집실 직원들께 감사드린다.

2015. 2. 11.
이덕화

차 례

제 2 부 전쟁기 문학담론과 집단기억의 재구성

제 3 부 전쟁 체험과 타자의식

제1부
노근리 트라우마, 그 상처와 화해

소수 집단 문학으로서
『그대, 우리의 아픔을 아는가』

이덕화 평택대학교 국어국문학과 교수

1. 한국전쟁 문학과 『그대, 우리의 아픔을 아는가』

전쟁기 문학은 전쟁 체험을 어느 시기에 형상화했느냐 혹은 어떤 관계 구도 속에서, 또 작가의 세계관에 따라서 양상이 달라진다. 그러나 우리 문학사에서 전쟁을 소재로 한 작품이라도 실지 전투 체험을 소재로 형상화한 작품은 찾아보기 힘들다. 전쟁을 소재로 한 작품이 대부분 1950, 60년대에 많이 발표되었지만 그 대부분의 작품이 전쟁 자체를 작품의 소재로 한 작품보다는 전쟁의 후유증을 휴머니즘의 관점에서 혹은 실존주의적 관점에서 형상화한 작품들이 많았다. 그 후에 발표된 『지리산』 혹은 『태백산맥』 등의 대하소설도 전쟁 자체의 참혹함, 혹은 전쟁으로부터 촉발된 공포 및 위기 위식을 형상화하기보다는 이념적 대립에 초점을 두고 작품을 형상화했다. 즉 휴전 이후의 주로 빨치산

활동을 중심으로 작품을 형상화했다고 할 수 있다.

정은영의 『그대, 우리의 아픔을 아는가』는 휴전 협전 후 44년이나 지난 1994년라는 시점에서 노근리 사건을 중심으로 작품을 형상화했다는 사실을 상기할 필요가 있다. 1994년은 1980년대 광주 민주화 사건, 김일성의 죽음, 동서독 장벽의 붕괴, 소련 연방의 붕괴 등 세계사적 사건들이 줄을 잇고 있던 시대였다. 또 그동안 금기로 되어 있던 북한 소설과 이념 서적들이 해제되었고, 냉전 이데올로기 논쟁이 더 이상 의미가 없자, 현실주의 문학이 사라지고 감성 위주의 여성문학 특히 신경숙 류의 작품이 대세를 이루던 시기였다.

6·25 전쟁에서 겪었던 위기의식은 남한 정부에 대한 실망감을 안겨 주었다. 더불어 미국과 UN의 주도로 한 우방군의 협력으로 벗어날 수 있었다는 안도감 속에서 전쟁이 끝난 수복 이후의 남한은 빠른 속도로 미국에 의존하는 국민 정서로 바뀌었다. 남한 정권의 무능함을 더 이상 방치할 수 없었던 전쟁 이후의 미군정은 더욱 적극적으로 남한 정치에 개입했다. 정치인들은 미국의 눈치에 따라 정치를 했고, 국민정서는 미국식의 자유주의 풍조에 동화되고자 했다.

≪사상계≫에서 1950년대 특집은 대체로 미국의 민주주의와 자유주의 등 미국을 새롭게 인식하기 위한 내용으로 다루어지고 있었다. 그런 분위기 속에서 인권을 최우선으로 한다는 최고의 민주주의의 국가를 긍지로 삼고 자랑하고 있는 미국의 치부를 파헤쳐야하는 노근리 사건의 진상에 대한 논의는커녕 그 사건 자체를 입에 올리는 일도 금기로 되어 왔었다.

그런 이유로 노근리 사건은 44년의 세월을 기다려야만 하는 운명 속에 있었다고 할 수 있다. 『그대, 우리의 아픔을 아는가』는 한국전쟁을 소재로 작품을 형상화하려면 부딪쳐야 하는 이념의 문제에서 좀 더 자유롭고, 객관적으로 접근할 수 있는 시대를 기다려야 했던 것이다. 또 정은용이라는 문단의 눈치를 볼 필요가 없는 위치에 있는 신인으로서 작가의 작품 쓰기에만 충실할 수 있었다는 것이 이 작품을 성공적으로 이끌 수 있는 요인이 될 수 있었다고 할 수 있다.

이 작품을 쓰게 된 동기는 우선 노근리 사건을 미국과 한국 정부에 호소하고, 세상에 알리는 일이다.

> 이 끔찍한 사건은 44년 동안이나 역사의 뒤안길에 감추어져 왔습니다. 수많은 피해자와 그 유가족들이 있었지만 가해자의 나라인 미국에게나 나, 우리 정부에조차도 이 일을 감히 이야기하는 사람은 없었습니다.[1]

위의 인용문처럼 우선 이 글을 쓰게 된 동기는 노근리 사건을 세상에 알리는 일이다. 그러기 위해서는 이 글을 호소력있게 써야 한다. 이에 이 작품은 소기의 목적을 달성한다. 장경렬 교수는 정은용의『그대, 우리의 아픔을 아는가』는 '노근리 학살 사건을 많은 사람에게 알리는 기폭제'가 되었다고 했다.[2] 특히 1994년 이 소설이 발간된 것을 계기로 AP통신의 기자들이 이 사건에 대한 기사화를 했고, 결국에는 사건의 진상을 밝히라는 미국 클린턴 대통령과 김대중 대통령의 지시가 있었다고 했다. 노근리 사건을 보도하여 퓰리처상을 받았던 AP통신의 기자 찰스 헨리는 노근리 사건의 진상 규명은『그대, 우리의 아픔을 아는가』로부터 시작되었다고 하였다.[3] 한 편의 문학 작품의 힘에 의해서 사

---

1) 정은용, 「책을 내면서」, 『그대, 우리의 아픔을 아는가』, 다리미디어. 1994.
2) 장경렬, 「노근리 사건의 문학적 형상화를 찾아」, 제4회 노근리 국제 평화학술대회, 2110.12.20. 발표문 68쪽.
3) http//news.khan.co.kr. <경향신문> 2008년 12월 11자. 인터넷 신문, 헨리 기자와의 인터뷰.

건이 세상 밖으로 드러나게 된 작품의 성공에는 그것을 바치고 있는 성공적 요인들을 가지고 있을 것이다. 그 특성들을 살펴봄으로써, 문학 작품이 가지고 있는 힘을 재확인하게 될 것이다.

2. 노근리 사건과 역사적 진실

남한은 한국전쟁을 계기로 전 세계 반공 지도의 중심에 스스로를 배치시켰고, 공산화의 위협에 더욱 더 방어적이었다. 해방 직후 1947년 가을부터 시작된 미군정에 의한 대대적인 좌파 축출 이후에도 우리 사회에는 미군정에 대한 부정적인 시각이 팽배했고, 좌파 지식인들이 활개치는 사회였다. 그러나 전쟁 이후 이런 분위기는 놀라운 변화를 보여주었다. '미국은 한국을 도우며, 미국은 강하며, 인권을 옹호하며, 또한 우호적이며 진실되다.'라는 인식은 한국전쟁을 통하여 널리 확산되었다. 이러한 인식의 바탕에는 전쟁의 경험을 통하여 북한을 새로운 타자로 간주하는 의식이 깔려 있었다.

또 미국식 자유민주주의에 대한 새로운 인식을 하게 된 것도 바로 전쟁을 통해서이다. 전투에서 승리를 거두는 미군의 직접적인 모습과 한국전쟁을 전후로 해서 미국이 남한에 지원했던 막대한 원조 물자와 같은 재화의 힘은 미군정의 강력한 파워를 과시했으며, 자유 민주주의에 대한 추상적 이념들을 새롭게 인식하는 계기로 작용했다. 한국전쟁 발발 직후 신속한 참전을 결정했던 미군이나 미군이 주축이 된 유엔군의 이미지는 '친한 벗'이라든가 '자유'라는 수식어와 쉽게 연결되었으며 한국전쟁과 함께 남한의 대중들 사이에 급속하게 확산되고 있었다.

이런 사회적 분위기 속에서 노근리, 임계리 마을 사람들이 노근리 사건의 참상을 우리 정부에 알린다 해도 자신들을 지옥에서 구해준 미국을 타도할 수 있는 입장이 전혀 아니었을 것이다. 또 그 이후, 정체성이 약한 박정희에서 전두환 대통령의 군사정권에서 사건의 진상을 알았다 해도 미국 정부에 사실 규명을 부탁할 정부가 아니었다. 노근리 사건은 그러니까 44년을 기다려야 하는 운명이었다. 정은용이 천신만고 끝에 다리 출판사의 힘을 얻어 출판, 이것이 ≪말≫지에 소개되고, AP통신에 의해 세상에 드러날 때까지.

위의 글, '미국은 우리를 도우며 진실되다'와 노근리 사건을 통하여 보여준 미국의 또 다른 모습과의 간극을 우리는 어떻게 해석해야 하는가. 작가 정은용은 노근리 사건을 1950년 7월 20일에 있었던 인민군에 의한 대전 함락과 관련선상에서 논한다. 미군 제24사단장 딘 소장은 20일 날이 새자 인민군 탱크가 대전 시내에 들어와 있다는 보고를 받고, 탱크 사냥을 하기로 결심했으나 발사한 포탄이 몇 야드 앞에서 터지자 허겁지겁 도망을 갔다.

　　적군 아군 구분없이 모든 한국인에 대한 미군장병들의 적개심은 갈수록 깊어졌다. 1950년 7월 13일 <AP>통신의 한국 선발 기사는 '공산주의자' 들이 흰옷을 입고 미군방어선으로 침투하고 있다는 '확인된 보고'에 따라 미군이 근처 산에서 흰옷을 입은 사람이 보이면 발포하고 있다고 전했다. 하지만 구체적 사례나, 침투자들의 정체가 북한군인지 남한의 빨치산인지에 대해서는 언급이 없었다. 기사는 '한국인들은 호기심이 대단하다. 흰옷을 입은 사람들 중 다수는 그냥 한번 구경하던 농민이나 피난민이었을 가능성이 많다.'[4]

4) 최상훈·마사 멘도자·헨리 지음, 남원준 옮김, 『한국전쟁의 숨겨진 악몽—노근리 다리』, 2003. 잉걸 120-121쪽.

　　저격수들이 퍼붓는 총탄이 도로의 사방을 누비고 있었다. 이제 지프의
방향을 돌린다는 것은 불가능한 일이다 …… 산속에서 길을 잃고 헤매
어다니면서 우군 진지에 닿으려는 노력을 35일이나 거듭하다 빌 딘은
한국인들에 의해 인민군에게 밀고 되었다.5)

　　위의 두 인용문에서 보는 것처럼, 한국인으로 지칭되는 남한 사람들
과 북한 사람인 인민군은 구분할 수 없는 흰옷을 입은 같은 민족이다.
미군에게는 우방 대한민국을 지키려는 우방 남한이 보이는 것이 아니
라 합해서 자신들을 궁지로 몰아넣는 흰옷 입은 적들만 있는 것이다.
미군은 대전 함락을 계기로 사방에 흰옷 입은 적들만 보이는 공포의 도
가니 속에서 광란 상태에 빠져 있었다고 할 수 있다. 베트남 전쟁이 한
창인 1970년도 출간된 글렌 그레이의『전사들』에서 전쟁이 주는 '파괴
의 기쁨'에 대해 분석하며, 전쟁이 지닌 무서운 힘에 휩싸이면 그렇게
되리라고는 꿈에도 상상하지 못했던 수천 명의 젊은이가 파괴에 대해
격렬한 흥분을 느낀다고 한다.6)

　　작가가 노근리 사건의 진상을 밝히기 위해 제시해 놓은 또 하나의
진단은 미군의 제24사단의 허약성을 들고 있다. 그는 미국 작가인 페렌
바크의『실록 한국전쟁』을 인용해 한국에 투입된 젊은 미군들은 적에
대해서 적개심을 품지 않았고, 거기에 항거하려는 의욕도 없었다고 한
다. 그리고 세계에서 미국이 차지하는 위치 같은 것은 안중에도 없던
군인들이었다는 것이다. 그런 배경을 두고 노근리 사건을 진단해보자.
　　노근리 사건은 영동군 황간면 노근리 앞 경부간 철로변에서 7월 26

---

5) 위의 자료집. 122쪽.
6) 와카쿠와 미도리,『사람은 왜 전쟁을 하는가』, 알마. 2005. 글렌 그레이의 글은 이 책
　에서 재인용. 32쪽.

일 정오경부터 7월 29일 정오경까지 수많은 피난민들을 미군들이 살상한 사건이다. 미군이 땀을 식히고 있던 임계리 청년들에게 나타나 피난을 보내주겠다고 하자 순식간에 피난을 가기 위해 수백 명(작가 진단으로는 5, 6백 명으로 진단)이 몰려왔고, 하룻밤을 하천 바닥에서 머물게 했고, 다음날 노근리 앞까지 왔을 때 미군들은 철로 위에 사람과 소 모두를 집합시켰다. 그러다 얼마 있지 않아 색색이 두 대가 날아 와 포탄을 터뜨렸고, 철로 위에 있던 대부분의 짐승들과 피난민들은 조각조각 포탄에 휘날렸다. 철로 아래 위로 도망 간 사람들을 따라 기총소사의 총탄과 폭탄이 떨어졌다. 겨우 살아남은 피난민들은 철로 밑 두 개의 터널 속으로 숨어들었다. 터널 속도 안전지대는 아니었다. 살아남은 피난민들은 터널 속에서 생리 작용으로 잠시 터널을 빠져 나갈 때마다 미군들이 쏘는 총탄에 쓰러져야했다. 작가의 딸인 2살 구희조차 할머니가 손녀의 울음을 그치게 하기 위해 터널을 벗어났다 총알에 맞아 죽음을 맞았다. 미군들은 마치 한국인의 씨를 말리려는 듯 총알을 쏘아댔다는 것이다.

위의 글들을 가지고 유추해보자면 노근리 사건은 한국전쟁에 대한 철저한 인식이나 군인으로서의 명분을 가지지 못한 오합지졸인 미군들이 대전 전투로 인한 공포, 그 공포로 인한 히스테릭한 상태에서 또 흰옷 입은 인민군에 대한 원한을 노근리, 임계리 피난민들에게 되갚음을 한 것이다. 이 노근리 사건은 결국 미군들이 대전에서 당한 인민군에 의한 피해의식으로 같은 흰옷 입은 남한 사람들조차 미움의 대상으로 삼아, 북한도 남한도 그들에겐 적으로 간주되었던 것이다. '의심나는 피난민을 죽이라는 상부의 엄명'[7]은 공포에 떨고 있던 오합지졸 졸병 미군들에게는 무차별 사격으로 피난민들에게 총격을 가했던 것이다.

문제는 이러한 대규모의 살상이 4일 간 진행되었음에도 우리 국군이나 우리 정부측의 대응이 전혀 없었던 것이다. 노근리, 임계리 주민들은 4일간 소통되지 않는 미군들 속에서 철저히 소외되었으며, 버려진 탈영토화된 주민들이었다. 그들은 그들의 국가에서, 그들이 몸담아 있던 마을에서 철저히 배제되고 소외되었다. 또 휴전 협전 이후에는 '고마운 미국, 친한 벗' 미국에 의해서 50년 가까이의 세월을 버려져 있었어야하는 철저히 버림받은 디아스포라였다. 노근리 사건의 피해자인 한 사람인 양해찬 씨의 '노근리 학살 사건에 대한 진상 규명이 필요하다는 이야기를 마을 사람들 앞에서 꺼냈다가 경찰서에 끌려가 혼이 나기도 했다'[8]는 진술은 노근리 사건의 피해자들의 모든 노력에도 불구하고 그동안 노근리 사건의 진상 규명은 전혀 이루어지지 않았다고 볼 수 있다.

3. 소수 집단 문학으로서 『그대, 우리의 아픔을 아는가』의 특징

1) 정치적 목적

『그대, 우리의 아픔을 아는가』는 충북 영동지방의 노근리, 임계리에서 일어난, 노근리 사건을 알리는 데 목적이 있는 작품이다. 한국전쟁 발발 한달 만인 1950년 7월 26일에서 7월 29일까지 노근리에서 일어난 사건은 노근리, 임계리 주민들에게 국가로부터, 또 다른 마을로부터

---

7) 정은용, 『그대, 우리의 아픔을 아는가』, 다리미디어. 1994. 148쪽.
8) 「노근리 학살 진상」, 주간동아, 204호. 1999.10.14.

철저히 고립된 가운데 막다른 죽음의 순간이었다. 노근리 사건은 대립 관계에 있는 미군과는 어떤 언어로도 소통이 되지 않았고 다수 집단으로부터, 단절된 언어로부터 탈영토화된 소수 집단으로 내던져진 사건이다. 자신들이 살고 있는 마을이면서도 빼앗긴 철저히 탈영토된 일시적인 디아스포라로서 겪은 사건이었다. 또 위에서도 논했지만, 그 사건 발생 후 50년의 세월에도 정치적인 역학관계에 의해서 '없었던 사건'으로 잊혀진 사건이었다. 사건의 피해자 유족들은 철저히 유폐된 삶을 산 고립 속에 산 소수집단이었다. 누구에게도 위로 한번 받지 못했던 그들의 고통을 가슴에만 묻고 가슴만 치며 살았던 사람들이었다. 그런 의미에서 같은 국가 안에서도 그들은 다른 소수 집단이었다.

이런 철저히 버려진 소수 집단의 문학을 감당해야하는『그대, 우리의 아픔을 아는가』의 특성은 우선 정치적 목적, '노근리 사건'을 최소한 대한민국 정부에라도 실상을 알리는 데 있다. 또 더 넓게는 가해국 미국과 전 세계에 노근리 사건의 참상을 알려 세계 평화를 기원하고자 하는 목적이 있다. 또 이 작품을 쓴 작가는 한 사람이지만 노근리 사건에서 피해를 입은 사람들의 소망을 감당해야하는 책무를 가지고 있기 때문에 집단적 성격을 띠고 있다. 여기에서 작품 속의 모든 것은 정은용의 말이면서 그 자체로 집단적 행동으로 봐야 한다. 노근리, 임계리 사람들이 전쟁시에 겪은 노근리의 참상은 그 자체가 삶과 죽음의 문제와 연관되어 있기 때문에 노근리, 임계리 마을 사람들의 피해자의 발화를 감당해야 할 책무를 지고 있다. 들뢰즈는 카프카 문학을 분석하면서 소수 집단이 처한 환경의 어느 속에서도 가능하지 않은 발화를 수행할 수 있는 것이 오직 문학뿐이라고 했다.[9]

노근리 사건을 설득력 있게 형상화해야 한다는 책무를 진 작가는 우

선 노근리 사건을 객관화해야 한다는 데 초점을 두었다. 우리 정부에
혹은 미국 정부에 설득력 있게 다가가기 위해서는 문학 작품이되 역사
적 진실이 담겨있는 객관적 사실을 그려야 한다는 것이다. 그러기 위해
서 작가는 전쟁이 발발한 직후부터 휴전까지를 전 텍스트 시간으로 잡
는다. 이 텍스트 시간 동안 대부분의 구성은 작가 개인 체험을 토대로
구성되어있다. 개인적 체험을 따라가면서도 그 당시의 전시 상황, 남한
의 민심과 피난지 상황, 인민군이 철수함에 따라 적군 기지로 떨어졌던
마을의 후유증, 한국전쟁이 가지고 있는 이념적 성격 등, 장편 소설이
가지고 있어야 하는 총체적 전쟁기의 삶을 담아내려고 했다. 이런 노력
역시 이 작품을 객관성을 담보하는 요건이 된다.

특히 노근리 사건을 다루는 부분에서는 미국 작가가 쓴 『실록 한국
전쟁』이나 객관적 자료를 이용하여, 될 수 있으면 개인의 주관적 견해
로 비치거나 감정적으로 흐르지 않도록 감정을 절제해서 노근리 사건
의 전모를 밝히기 위해 구체적이고 사실적으로 그리고 있다. 장경렬 교
수 역시 『그대, 우리의 아픔을 아는가』를 '전쟁에 관한 사적 기록이었
음에도 더할 수 없이 객관적이고 차분한 필체를 통해 이루진 것이다'라
며 그것을 바로 이 책의 성공 요인으로 꼽는다.10)

또 이 텍스트는 문학 텍스트로서 감동을 자아내어야 한다는 또 다른
문학적 목적도 함께 가지고 있다. 그것은 작가가 자신의 혹은 가족 수
난사의 형태로 그림으로 정씨 가문의 수난사가 바로 우리 민족의 수난
사와 맞닿아 있음을 보여줌으로써 문학 텍스트가 감당해야 하는 몫과

---

9) 들뢰즈, 『소수 집단의 문학을 위하여』, 문학과 지성사, 1992. 36쪽.
10) 장경렬, 「노근리 사건의 문학적 형상화를 찾아」, 『제4회 노근리 국제 평화학술대회』, 2010.12.20. 70쪽.

함께 역사적 진실을 밝혀야 하는 몫까지 감당하고 있다. 작가가 살던 고향 임계리는 정씨 가문이 모여 살던 곳이었다. 그래서 유난히 정씨 가문의 사람들이 피해를 많이 입었다. 그래서 노근리 사건 현장에서 도망 나와 작가와 함께 지내던 고종 사촌 복희가 피난지에서 발탁되어 미군으로 복무한 경험을 통해 미군 쪽의 전쟁을 바라보는 시선이나 국군으로 징집되었던 복종이의 시선으로 본 그 당시의 전시 상황을 총체적으로 그려 낼 수 있었던 것이다. 또 당시의 전시 상황을 총체적으로 그려 낼 수 있었던 것은 작가의 직업이 경찰이었기 때문에 가능했다. 즉 직업적으로 그 전시 상황을 고루 파악하려는 노력이 작품을 쓰는데도 도움이 되었을 것이다. 그러나 해방 직후 곳곳에서 남한에 잔재해 있던 공산당으로 인해 많은 폭동이 일어나 그 대응에 고심하고 있던 전직 경찰 관료이었음에도 작가의 시선이 상당히 객관적이었던 것은 작가가 그 당시 전시 상황을 얼마나 객관적으로 보려고 했는지의 노력을 보여주는 부분이다.

　정치적 목적을 가지고 있는 텍스트의 경우, 작가의 할 말이 앞서다 보니, 작가의 교훈적 서술이 드러나기 마련인데 이 작품은 철저히 개인의 체험을 중심으로 그리되 객관적이고 사실적인 거리를 유지하고 있기 때문에 그런 목적 문학이 가지고 있는 결함을 찾아 볼 수 없다.

2) 언어의 도구화

　소수 집단 문학의 또 다른 특징은 언어 사용에 있어서 의미이기를 멈추고 의미가 도구화한다는 것이다. 노근리 참상으로 인한 고통, 공포, 폭력 등의 극한적인 상황을 표현하기 위해서는 모든 거추장스러운 것을 벗어던지고 극단적 언어만이 터져나온다. 즉 일시적인 참상으로 고립무원의 노근리, 임계리 마을 사람들의 탈영토화, 탈언어화를 통해서 노근리 사건을 형상화한다.

들뢰즈는 언어학자인 비달세피아의 말을 인용, 소수 집단의 문학에서 나타나는 언어는 고통을 내포하는 단어들, 언어의 빈곤을 알리는 부사들, 접속사들의 반복 등으로 나타난다고 했다. 이러한 언어는 거기에 내포된 극한적 강세를 도드라지게 하기 위한 수단으로 사용된다고 했다.11) 이러한 언어에는 언어의 체계는 없고 엄김만 있을 뿐이라고 했다.

이 작품은 44년이나 지난 전시 상황을 그려내는데도 그 당시의 고통을 그대로 언어로 재현하고 있다. 즉 단말마적으로 뱉어내는 단어들이 많다. 특히 전체 작품 중에서 노근리를 다루는 부분에서는 대부분의 작품에서 보여주는 차분하고도 성찰적인 분위기와는 다르게 분위기가 격정적으로 변하면서 직접적인 서술로 이어진다. 대화 역시 소통보다는 단지 자신의 의사를 전달하는 도구로 변한다.

> 피난민들 속에서 청년 세 사람이 나섰다.
> "가보자"
> 그들은 고개를 푹 숙이고 길가를 따라 걸어갔다. 등 위의 배낭들이 머리보다 높은 곳에서 춤을 추고 있었고 맥고모자의 챙이 세 사람의 얼굴을 가리고 있었다.
> "이봐, 삐익– 삐익–"
> 날카로운 음성에 이어 호각 소리가 높았다. 세 사람이 멈춰서서 고개를 번쩍 들었다.
> "어뗄 가아?"
> 헌병의 눈초리가 매서웠다.

---

11) 들뢰즈, 위의 책. 47쪽.

"부산에요."
세 사람의 입에서 거의 동시에 말이 튀어나왔다.
"안돼, 돌아가아."
"빨리, 빨리, 삐익- 삐익-"
돌아서는 얼굴들 위에 불평이 가득했다. 그들이 모여서 있는 피난민들 쪽으로 접근해오자 경찰관이 또 언성을 높였다.
"뭣들 하고 있소? 빨리 다들 돌아가잖고, 삐익- 삐익- 삐익-"
피난민들은 왔던 길로 되돌아갔다.[12]

위의 인용문에서 보여주는 것처럼, 부산으로 피난 가던 상황에서 길을 막는 경찰관으로 인해 당황스런 피난민들의 언어는 단지 자신의 의사를 전달하는 도구 이상의 의미를 지니지 못한다. 그럼에도 44년이나 지난 전쟁 중의 피난 상황을 이렇게 절박한 언어로 재현함으로서 그 당시의 상황을 더 실감있고 생생하게 전달하고 있다. 목적지 부산을 가야 한다는 의사 전달을 해야 함에도 전달이 불가능한 절박한 상황 속에서 피난민들은 단말마적인 고통의 언어를 뱉어낸다.

단 한번에 터져나오는 단조로운 어조, 단말마적인 짧고 척박한 언어, 부사와 소리의 반복, 감탄사들, 또 단어의 내적 긴장을 고조시키는 단어의 악센트 등은 단어의 빈곤을 알리는 특징들이다. 이런 언어는 표상적이기를 멈추고 극단 또는 한계를 향해 달려간다. 단어의 반복을 통해 단어 위로 단어가 파동치게 한다. 표현을 반복 사용함으로써 그 표현이 무의미 선상으로 빠져 달아나게 한다.

비달 세피아는 고통, 공포 등의 극한적인 상황 속에서 언어는 강밀한 의미만을 지키기 위해 그 나머지의 모든 거추장스러운 것을 벗어던진

---

12) 정은용,『그대, 우리의 아픔을 아는가』, 위의 책. 112-113쪽.

다고 했다.[13] 이런 언어는 노근리 사건을 묘사하는 부분이나 후반의 전쟁을 격렬하게 묘사하는 부분에는 반복적으로 나타난다. 텍스트의 다른 부분에서는 극히 침착한 어조로 객관적으로 서술하다, 노근리 사건에서부터는 작가는 직접적 서술을 통해서 정부와 국군으로부터 분리된 고립감과 공포감에 쌓인 주민들의 심리를 극한적인 단어의 사용을 통해서 공포를 드러낸다.

3) 믿음 회복을 통한 재영토화

이 텍스트에서 노근리 상황을 통하여 나타나는 공포는 부재하는 신에 대한 공포이며, 살아남은 자들의 죄의식 아래 꿈틀거리는 공포이다. 노근리, 임계리 마을 주민들이 탈영토화, 탈언어화됨에 의해서 그들이 보여주는 것은 바로 공포이다. 우리 국군으로부터, 또 정부로부터 철저히 고립된 노근리, 임계리 마을 사람들은 모든 출구가 닫혀서 뚫고 나갈 길 없는 참혹함이 공포로 나타난다. 공포는 하나님이라는 탈출구를 찾음으로써 재영토화, 자신으로 되돌아 올 수 있었고, 살아남았다는 죄의식 속에서 풀려 날 수 있었다. 작가는 이 과정을 성경의 적절한 구절과 아내 선용의 심리적 치유 과정을 통해서 보여준다.

노근리 사건을 소재로 한 텍스트, 『그대, 우리의 아픔을 아는가』는 물론이고, 『노근리 아리랑』[14]까지 첫 장부터 하나님과의 연관선상에서 노근리 사건 당시의 하나님의 부재를 강력한 의문으로 제시한다. 하나님으로부터 버려진 탈영토화된 세계, 그것이 바로 노근리 사건 이후의

---

13) 들뢰즈, 『소수 집단 문학을 위하여』, 위의 책. 46쪽.
14) 이동희, 『노근리 아리랑』, 서울문화사. 2007.

노근리 마을, 임계리 마을 주민들의 50년 가까운 세월이었다.

> 모두 죽었다. 절종[絶宗]이었다. 어디 연락할 데도 없고 연결할 데도 없고 홀로 황막한 들판 앞에 서 있는 것이었다.15)

위의 인용문에서 보여주는 것처럼, 황막한 들판에서 홀로된 미아가 재영토화를 꾀할 수 있는 것은 초월적 힘에 의지, 다시 살아가야 할 힘을 얻어야만 가능한 것이다. 『그대, 우리의 아픔을 아는가』에서는 첫 장부터 작가의 체험적 화자가 아내 선용이 교회를 나가기로 했다는 이야기로 시작함으로써, 노근리 사건의 참상을 인간의 힘으로 이해 불가능함을 역설적으로 제시하려는 작가의 의도를 엿보게 하고 있다.

또『매기의 야구 노트』16)에서는 한국전쟁에 참전, 노근리의 학살 장면을 직접 체험한 미군 짐이 말문을 닫고 몇 십년을 침묵함으로써, 인간적으로 이해 불가능한 노근리 사건의 참상을 더욱 부각시키기 위한 것이다.

『그대, 우리의 아픔을 아는가』의 첫 장에 교회를 다녀 온 아내가 부흥 강사의 아들들의 죽음 이야기 또한 작가의 노근리 사건을 이해하기 위한 초석을 보여주는 사건이다. 화자는 두 아들을 좌익 학생 두목에게 죽임을 당했음에도 부흥 강사는 그 좌익 학생을 용서하고 유치장 생활을 하는 그 학생을 양자로 삼았다는 이야기를 듣고 가슴 속에서 끓어오르는 감동을 누르지 못하고 기독교에 대한 불가사의를 느낀다. 작가는 이 이야기를 텍스트의 제일 앞장에 배치시킴으로써 작가가 노근리 사건을 어떤 관점에서 접근하려는지를 예시하고 있다고 할 수 있다.

---

15) 이동희, 위의 책. 297쪽.
16) 린다 수 박, 『매기의 야구 노트』, 서울문화사, 3판. 2011.

작가는 전체 텍스트의 내용을 인간의 행위는 철저히 하나님에 예속되어 있어 스스로 구원할 능력이 없고, 하나님이 인간을 선택할 때에만 구원이 가능하다는 어느 정도 예정설을 근거로 해 전쟁의 전체 상황을 적절한 성경 구절과 함께 배치한다.

> 아내는 갑자기 신에 대해 두려움을 느꼈다. '세상 만사 어느 하나도 우연한 것은 없으며 하나님께서 예정하신대로 이루어지는 것이라 했는데, 지금의 이 환난도 그 예정에 속하는 것이란 말인가? 우리가 무슨 죄를 지었기에, 우리를 어찌하시려고 이러한 일들을…… 과연 나는 하나님으로부터 심판을 받을 때 떳떳하게 그 앞에 설 수 있을까?' 아내는 사후가 두려웠다. 몸과 마음이 떨렸다.17)

위의 인용문에서 보여주는 것은 아내 선용이 노근리 참상을 겪으면서 인간의 죄성(罪性)을 생각하고 자신도 그 죄성 앞에 떳떳할 수 있을까하고 두려워하는 서술이다. 작가는 미군이 저지른 임계리, 노근리 주민들이 당한 노근리의 참상을 인간들이 저지르는 인간의 본성 속에 있는 인간의 죄성에 초점을 둠으로써, 노근리 사건을 좀 더 냉철하게 다룰 수 있었다고 할 수 있다. 적에게 쫓기는 공포에 의해 거의 광란 상태에서 주민들을 무차별 사격한 노근리 사건이나 독일 나치들에 의해 자행된 아우스비츠 사건은 인간의 이성으로 이해 불가능한 사건이다.

아내 선용의 의식을 빌려서 작가는 선용이 겪는 사건마다 성경구절을 적절히 인용, 그 참혹한 노근리 사건에서 사랑하는 아들, 딸 둘을 한꺼번에 잃은 20대의 젊은 부인이 하나님에 대한 믿음을 저버리지 않았기 때문에 회생이 가능했음을 서사과정에서 보여준다. 노근리 사건에서

---

17) 정은용, 『그대, 우리의 아픔을 아는가』, 위의 책. 145쪽.

아들 딸을 잃고 본인도 옆구리에 총상을 맞고 부산 임시 병원에 입원해 있다 남편을 만난 선용은 자신의 옆구리 상처가 웬만하자 그때부터 아이들에 대한 죄의식으로 오랫동안 불면에 시달린다. 아들 딸의 시신도 거두지 못한 작가의 체험적 화자 역시 마찬가지다.

> '우리는 누구에게 위안을 받아야 하나?' 그 무엇으로부터든지 위안을 받아야겠다고 그 때 나는 절실히 느꼈었다. '모든 육체는 풀이요. 그 모든 아름다움은 들의 꽃 같으니 풀은 마르고 꽃의 시듦은 여호와의 기운이 그 위에 붊이라. 이 백성은 실로 풀이리라'(이사야 40장 6-7절). 인생의 덧없음과 인명은 신이 주장함을 나타난 성경 구절이다. 신은 왜, 무엇 때문에 풀인 이들에게, 꽃인 어린 것들에게 참혹한 죽음을 맞도록 했을까? 도무지 알 수 없는 일이었다. 그저 마음이 아플 뿐이다. 가눌 수 없는 무거운 슬픔에 몸부림 치곤 했다.18)

위의 인용문에서 보여주는 것처럼 죄없는 어린 아이들과 주민들의 목숨을 앗아간 노근리 사건에서 가장 답답한 것은 '누구에게도 호소할 길 없음'이다. 이 답답하고 억울함은 위로 받을 수 없음에서 오는 것이다. 이에 작가나 아내 선용은 하나님밖에 의지할 수가 없는 것이다. 부재하는 신이지만 매달리고 떼쓰며 하나님의 응답을 찾으려는 것이다. 그러기에 서사과정에 성경말씀을 적절히 인용함으로써 하나님과의 회복을 염원하는 것이다.

> 아내는 처가 식구들과 같이 그 부인을 모시고 예배를 드렸다. 찬송가를 부르고 성경을 읽고 그 부인이 기도를 드렸다. 그런데 그 부인의 믿음과 영력이 어쩌나 강했던지 그 기도가 아내의 아프고 답답한 마음에

18) 정은용, 『그대, 우리의 아픔을 아는가』, 위의 책. 174쪽.

큰 위로를 주었다. 닷새간의 예배가 끝났을 때에는 아내의 마음속에 평
안이 깃들이기 시작했고 불면증이 사라졌다. 내세에 대한 분명한 확신이
생겼기 때문이었다.[19)

위의 인용문에서 보여 준 것처럼, 이 텍스트는 노근리 사건을 중심에
두고 그 사건을 겪은 당사자로서의 아내 선용의 심리적 치유과정을 기
독교의 예정설에 근거해 서사화하고 있다. 그러나 역사적 사실 관계의
객관성과 작가의 냉철한 이성에 의해 주도면밀하게 짜여진 서사 과정
으로 이 텍스트의 밑바탕에 깔린 작가의 의도를 파악하기 힘들다. 노근
리 사건 당시의 체험적 화자는 기독교인이 아니었지만, 텍스트가 사건
이후 44년이 지난 이후 서사화된 점을 생각한다면 작가 역시 기독교인
이었을 것이다. 서사 중의 사건에 적절한 성경 구절은 충분히 이를 증
명하고 있다.

정은용은 의외로 작품 속에 노근리 사건 이후 살아남은 자들의 죄의
식을 다루지 않았다. 단지 아내 선용의 불면을 통해서 아이를 잃은 고
통을 호소하고 불면이 치유되는 과정을 면밀하게 그려내고 있다. 이것
은 작가가 노근리 사건을 어떻게 객관적으로 서술, 설득력을 가질 것인
가에 관심이 있었기 때문이리라 생각한다.

4. 결론

노근리 사건이 일어난 44년 후에야 노근리 사건을 알릴 수 있었던

---

19) 정은용, 『그대, 우리의 아픔을 아는가』, 위의 책. 247쪽.

『그대, 우리의 아픔을 아는가』가 발표된 1994년은 1980년대 광주 민주화 사건, 김일성의 죽음, 동서독 장벽의 붕괴, 소련 연방의 붕괴 등 세계사적 사건들이 줄을 잇고 있던 시대였다. 또 그동안 금기로 되어 있던 북한 소설과 이념 서적들이 해제되었고, 냉전 이데올로기 논쟁이 더 이상 의미가 없어진 시기였다. 그 이전에까지 임계리, 노근리 피해자 주민들의 수많은 노력에도 별 효과를 보지 못하다, 이런 시대적 분위기에 힘입어 노근리 사건은 한 편의 소설에 의해서 세상에 알려지게 되었다. 그 이전까지 노근리 사건은 철저히 유폐된 사건이었고, 그때까지 기다려야 할 운명의 사건이었다.

44년 동안 철저한 고립 속에서 노근리 사건의 피해자들은 전 세계가, 우리 정부조차 외면하는 소수 집단으로 그들만의 다아스포라로서 집단을 이루며 전전긍긍 세월을 견뎌왔다. 그러기에『그대, 우리의 아픔을 아는가』는 44년이라는 인고의 세월 속에서 응결된 하나의 열매였다. 노근리 사건을 세계에 알려야만 하는 임계리, 노근리 피해자 주민의 숙원을 이 한 권의 책에 담아내기 위해서는 공감대를 확대해야만 했다. 그러기 위해서는 작가는 철저히 객관적으로 노근리 사건을 다루었다. 한국전쟁의 역사성과 전쟁의 객관성을 담보하기 위해 6·25 전쟁, 전 후의 한국적 상황과 노근리 사건을 중심으로한 그 당시의 전쟁 상황을 구체적으로 접근, 충분한 이해를 돕고 있다. 그런 점은 소수집단 문학의 특징인 정치적 목적을 담보하기 위해 보여주어야만 하는 호소력을 서술의 객관성 확보와 작가의 노근리 사건을 바라보는 냉철한 시선의 확보로 가능했다. 두 번째는 소수집단 혹은 전쟁으로 고립된 피난민들의 절박한 고통의 언어를 긴장감 있게 묘사, 그 당시의 피난 상황을 적확하게 묘사하고 있다. 즉 한번에 터져나오는 단조로운 어조, 단말마적인 짧고 척박한 언어, 부사와 소리의 반복, 감탄사들, 또 단어의 내적 긴장을 고조시키는 단어의 악센트 등의 사용이다.

또 노근리 사건을 통해서 노근리, 임계리 마을 주민들이 탈영토화, 탈언어화 됨에 그들이 보여주는 것은 바로 공포의 미학이다. 우리 국군으로부터, 또 정부로부터 철저히 고립된 노근리, 임계리 마을 사람들은 모든 출구가 닫혀서 뚫고 나갈 길 없는 참혹함이 공포로 나타난다. 공포는 하나님이라는 탈출구를 찾음으로써 재영토화, 자신으로 되돌아 올 수 있었고, 살아남았다는 죄의식 속에서 풀려 날 수 있었다. 작가는 이 과정을 성경의 적절한 구절과 아내 선용의 심리적 치유 과정을 통해서 보여준다.

『그대, 우리의 슬픔을 아는가』는 소수 집단 문학으로서의 총체성을 가진 한 편의 소설로 성공적으로 형상화되었기에 그에 상응하는 현실적인 힘은 가히 폭발적이라고 할 만한 하다. 한 편의 작품으로 AP통신의 취재가 가능했고, AP통신은 당시 기관총을 발포한 미군 병사들의 증언을 포함해 관련자 100여 명과 인터뷰를 했고, 주민들을 공격해도 된다는 명령을 담은 기밀해제 문서까지 드러났다. 또 뉴욕 타임스와 CNN 등 미국의 주요 방송이 보도했고, 빌 클린턴 대통령에게 보고되면서 미군에 의한 한국인 민간인 학살이 있었다는 사실이 알려지게 되었다. 1999년 10월부터 2001년 1월까지 15개월간 노근리 사건에 대한 한·미 양국의 공동조사가 진행되었다. 그리고 양국 진상 조사결과에 의한 한미 공동발표문이 발표됐다. 그 결과로 영동군 노근리에 5만평의 부지에 노근리 평화공원이 조성되었고, 노근리사건특별법이 2004년 국회를 통과했다.

노근리 트라우마, 그 상처와 화해*

– 정은용 실화소설 『그대, 우리의 아픔을 아는가』(1994)의 경우

김응교 숙명여자대학교 리더십교양교육원 교수

1. 노근리와 한국전쟁

1876년 개항과 1882년 한미수호조약을 시발로 한국역사에 개입한 '미국'이라는 기호는 한국인에게 환상인 동시에 트라우마이기도 했다. 1950년 한국전쟁을 계기로 본격적으로 한국역사에 개입하기 시작한 미국이 한국문학에 어떻게 표상되고 있는가는 우리문학에서 특이한 연구대상이 되어 왔다. 한국전쟁을 겪는 과정에서 미국, 특히 미군은 한국인의 생활에 깊숙이 관여되었다. 이 과정에서 벌어진 '노근리 학살사건'은 한국전쟁 발발 직후인 1950년 7월 26일부터 29일까지 나흘간 충북

* 본 연구는 숙명여자대학교 2013학년도 교내연구비 지원(1-1303-0059)에 의해 수행되었다. 이 글은 2012년 7월 26일 노근리평화기념관에서 열렸던 민족문학사연구소 주최 학술대회 <전쟁과 (국가) 폭력>에서 발표한 논문이다. 토론자로 조언해주신 (사)노근리국제평화재단 이사장 정구도 박사님께 감사드린다.

노근리 일대에서 미군이 전투기의 폭탄 투하와 지상군의 기관총 사격으로 비무장 피난민들을 학살한 사건이다.

충청북도 영동군 황간면 노근리. 사슴이 숨어 있는 부락이라 하여 녹은(鹿隱)으로 불리다가 일제강점기 때 부락 이름이 너무 어렵다는 이유 때문에 노근(老斤)으로 바뀌었다는 아름다운 마을에서 1950년 7월 26일 끔찍한 양민학살이 벌어졌다. 한국전쟁이 터지고 한 달이 지난 이때, 노근리 인근 주민 수백명은 노근리 철교 밑 '쌍굴다리' 속으로 피신했다. 당시 북한군의 남하를 저지하려던 미군 1기갑사단 예하부대는 "미군의 방어선을 넘어서는 자들은 무조건 적이므로 사살하라. 여성과 어린이는 재량에 맡긴다"는 명령을 받고, 남녀노소 구별하지 않고 기관총을 쏘아댔다. 29일까지 3일간 계속된 총격으로 135명이 사망하고 47명이 다쳤다. 하지만 이것은 신원이 확인된 '공식' 희생자일 뿐이고, 실제 희생자는 400명이 넘을 것으로 추정된다.[1]

이 사건을 기억에 남기기 원하는 이들에 의해 많은 문화콘텐츠가 생산되었다.

첫째, 소설류로 노근리 사건 실화소설인 정은용의 『그대, 우리의 아픔을 아는가』(다리미디어, 1994)가 있다. 이 소설은 노근리 사건을 최초로 알린 작품이다. 이 작품의 중요성을 알린 것은 아쉽게도 외국언론인 AP통신이었다. 1999년 9월 30일 AP통신은 노근리양민학살사건의 진상을 집중 보도, 파장을 일으켰다. 이어 실화소설을 쓴 정은용과 정구도 박사를 주축으로 '노근리 미군 양민학살사건 대책위원회'가 결성되

---

1) 엄민용, 「1950년 노근리 양민 학살사건」, 『경향신문』, 2011.7.25.

었고, 노근리의 비극은 밝혀지기 시작했다. 이에 대해 당시 노근리 사건을 <한겨레신문>에 치밀하게 보도했던 김효순 기자는 이렇게 말했다.

> '노근리 사건'은 한국 언론이 먼저 보도했는데도 흐지부지 묻힌 사례다. 당시 아들과 딸을 잃은 정은용 씨가 책『그대, 우리의 아픔을 아는가』를 펴낸 뒤 시사 월간지 <말>과 <한겨레>가 사건을 보도했지만 큰 주목을 받지 못했다. 사건을 공론화한 주역은 <AP> 특별취재팀이었다. 희생자 유족, 생존자, 당시 미군 병사를 인터뷰하고 조사전문기자가 공식문건들을 뒤져 '노근리 부근에서 발견되는 민간인을 적으로 간주하라는 명령에 따라 미군이 학살사건을 일으켰다'고 보도했다.[2]

당시 한국 언론의 편집국 간부들은 노근리 사건 보도에 큰 의미를 두지 못했고, 미국과의 관계를 염려했던 것 같다. 정의로운 세계의 보안관으로 인식되어 있는 미국이 폭력을 저질렀다는 사건을 전한다는 것은 쉽지 않은 일이었다. 때문에 특종이 될 수도 있었던 실화소설『그대, 우리의 아픔을 아는가』는 중요하게 부각되지 못했다. 그렇지만 이 실화소설로 인해 AP통신 보도가 가능했고, 이 보도를 계기로 한미정부 차원에서 합동조사가 진행되었으며, 희생자 명예회복을 위한 법안이 마련되었던 것이다. 그러나 이러한 범죄는 한동안 세월 속에 묻혀 있었다. 진급 누락을 우려한 가해자들이 진실을 은폐하려 했기 때문이다.

1960년 민주당 정권 때 유족들이 미군 소청심사위원회에 제기했다가 기각되면서 미궁에 빠질 뻔한 범죄를 다시 세상 밖으로 끄집어낸 것이 바로 이 실화소설『그대, 우리의 아픔을 아는가』였다. 노근리 양민학살 대책위원회 위원장 정은용 씨가 유족들의 비극을 묶어 1994년 4월에

---

2) 강태영 경진주 임종헌 기자, 「현대사 '심층보도'의 '얄팍한' 현실−김효순 전 <한겨레> 대기자」, <단비뉴스>, 2012년 6월 16일.

출간한 이 책으로 '노근리 범죄'는 세계의 주목을 받기 시작했다. 이 소설은 일본어로도 번역 출간되었다.

이외에 이동희 소설 『노근리 아리랑』이 있다. 영어로 출판된 소설들[3]도 있다. 이 중에 주목되는 것은 뉴베리상 수상 작가 린다 수 박의 『매기의 야구 노트』(서울문화사, 2009)가 있다. 이 작품은 소녀 매기의 사소한 생각들과 고민을 섬세하게 그린 작품이다. 1950년대 초, 뉴욕의 브루클린에 사는 매기는 '브루클린 다저스'의 골수 팬이다. 그러던 어느 날, 소방서에 새로온 짐 아저씨에게 야구 경기 기록방법을 배우고, 누구보다 열렬한 야구팬이었던 매기는 단숨에 척척 야구 경기를 기록할 수 있게 되었다. 그런데 짐 아저씨가 한국전쟁에 파병되었다. 매기는 한국에 있는 짐 아저씨와 편지로 소식을 주고 받고, 그로 인해 군대에서 허드렛일을 하는 한국 아이인 제이(재형)을 알게 되어 친구가 되었다. 그러던 어느 날부터 짐 아저씨에게서 편지가 오지 않는다. 온갖 상상과 추측으로 괴로워하고 고민하던 매기는 모든 것은 한국의 노근리에서 비롯되었다는 것을 알게 된다는 이야기다.

둘째, 노근리 사건을 주제로 한 시(詩)들이 있다. 매년 합동 추모제 때 영동 문예총 소속 시인들이 10년에 걸쳐 발표한 10여편의 추모시가 있다. 또한 심포닉 칸타타 <노근리여 영원하라>(작시 정구도, 작곡 하순봉)가 있다. 이 칸타타는 가사는 불어, 독일어, 이탈리아, 영어 등 4개 국어로

---

3) Edward Jae-Suk Lee, *The Good Man*, New York ; Bridge Works Publishing, Bridgehampton, 2004.
　Mitch Cullin, *The Post-War Dream*, New York ; Doubleday publishing (Random House), 2008.
　Linda Sue Park, *Keeping Score*, New York ; Houghton Mifflin Company, 2008. (한글본은, 린다 수 박 지음·해와달 옮김, 『매기의 야구 노트』, 서울문화사, 2009)
　Jayne Anne Phillips, *Lark and Termite*, New York ; Alfred A. Knopf publishing, 2009.

번역되어 있다. 아울러 초중학생을 대상으로 한 노근리 인권 백일장에서 발표된 시를 참조할 수 있겠다. 우수한 작품은 매년 우수작품집으로 발간되고 있다.

셋째, 노근리 사건을 주제로 한 영상물이 있다. 노근리 사건을 재현한 영화 <작은 연못>(2010, 감독 이상우)은 배우 문성근, 김뢰하 등이 출연했고, 명필름이 투자해서 만든 다큐멘타리 성격의 영화이다. 이 영화는 정은용 실화소설『그대, 우리의 아픔을 아는가』와 노근리 사건을 특종보도한 AP통신 기사 등을 바탕으로 3년여 간의 시나리오 작업, 6개월 간의 촬영 준비와 3개월의 촬영, 3년여 간의 후반작업이라는 기나긴 과정을 거쳐 완성됐다. 2009년 부산국제영화제에서 첫선을 보였으며, 2010년 4월 15일에 개봉되었다.

넷째, 만화가 있다. 만화『노근리 이야기 1부』(글 정은용, 그림 박건웅)는 프랑스와 이탈리아에서도 번역 출간되었고, 만화『노근리 이야기 2부』(글 정구도, 그림 박건웅)는 연이어 출판되어 호평을 받고 있다.

이외에 동화『노근리, 그해 여름』(김정희 저, 사계절출판사) 등이 있고, 노근리 사건에 대한 많은 국내서적[4])이 있다. 국내서 중 노근리 사건 이후의 활동을 보고한 정구도의『노근리는 살아있다』는 경향신문 주간지에 1년여 간 게재되었던 컬럼 모음집으로 영어로도 번역 출간되었고, 많은 다큐멘터리[5])도 방영되었다.

---

4) 정구도,『노근리는 살아있다』, 백산서당, 2003.
　최상훈·마사 멘도자·찰스 핸리 지음, 남원준 옮김,『노근리 다리-한국전쟁의 숨겨진 악몽』, 잉걸, 2003.(원제 : The Bridge at No Gun Ri)
5) 전동건 기자, <MBC 시사매거진 2580, 노근리사건의 진실>, MBC 문화방송, 1997.
　홍상훈 PD, <이제는 말할 수 있다>, MBC 문화방송, 1999.
　남윤성 PD, <노근리사건 다큐멘타리 3부작 : 노근리는 살아있다>, 청주MBC.
　영국 공영방송 BBC, *kill Them All*.

이 글에서는 정은용 실화소설『그대, 우리의 아픔을 아는가』로 집중
하려 한다. 이 소설에 관해 두 개의 논문6)이 발표되었다. 이 글의 목표
는 실화소설『그대, 우리의 아픔을 아는가』를 집중해서 분석하려 한다.
비극적 사건에 처한 인간과 역사를 어떻게 문학적으로 보고하고 재현
하고 있는지 분석하는 것이다.

2. 노근리 보고문학

1) 르포르타지, 사실의 기록

앞서 노근리 사건을 다룬 여러 문화콘텐츠를 소설, 시, 영상물, 만화
등으로 살펴보았으나, 사실 사건이 밝혀지고 얼마 안 된 시기라 아직
많은 작품이 발표되어 있지 않다. 그래서 과연 학술적 연구대상으로 가
능한가 하는 의문이 들 수 있다.

그 중 정은용 실화소설『그대, 우리의 아픔을 아는가』(이후로 이 책을
인용할 때『그대』로 줄여 표기하고, 이어 면수를 표기하려 한다)은 검토하지 않을
수 없는 작품이다. 노근리 사건에 관한 다양한 문화콘텐츠가 바로 이
소설을 토대로 만들어졌기 때문이다. 첫째, 노근리 사건을 알린 AP통신
의 취재원본이 되었고, 둘째, 영화 <작은 연못>, 셋째, 만화『노근리

미국 ABC, *No Matter Small*.
6) 김명준, 「실화소설에 나타난 분단현실인식과 의미망 연구―정은용의『그대, 우리의 아
   픔을 아는가』를 중심으로」,『東洋學』, 단국대학교 동양학연구소, 2008년 8월.
   장경렬, 「노근리사건의 문학적 형상화를 찾아―정은용의『그대, 우리의 아픔을 아는가』
   에서 제인 앤 필립스의『락과 터마이트』까지」,『제4회 노근리 국제 평화학술대회 자
   료집』, 노근리국제평화재단, 2010.12.20.

이야기』 등 중요한 노근리 관계 문화콘텐츠를 위한 원전(原典)이기 때문
이다. 넷째, 이 소설로 인해 유가족의 피해가 보상될 수 있었고 '노근리
평화공원'이 만들어져 평화를 위한 교육이 가능하게 되었다. 지금도 이
실화소설은 계속 읽히고 있으며,[7] 노근리 사건을 알려면 꼭 읽어야 할
필독서가 되었다.

이 소설은 '실화소설'이라는 표제를 갖고 있다. 여기서 주목되는 사
실은 소설이라는 단어보다는 '실화(實話)'라는 단어다.

제1차 세계 대전 후 있는 그대로를 더 빠르고 정확하게 묘사하여 대
중에게 알리기 위해 '다큐멘터리(documentary)' 방법으로 현지 사실과 사
건을 충실하게 묘사 보고하는 장르가 발생했다. 신문 기사를 넘어서,
체험록, 견문록, 일기, 편지, 고백록, 자전 수필, 기행 수필 등이 기록문
학에 포함될 것이다. 기록문학을 영어로 르포르타주(reportage)라고 하는
데, 그 어원은 보고(report)이며, 줄여서 '르포'로 쓰기도 하는데, 어떤 사
회현상이나 사건에 대한 단편적인 보도가 아니라 보고자(reporter)가 자신
의 식견을 배경으로 하여 심층취재하고, 뉴스나 에피소드(episode)를 포
함시켜 종합적인 기사로 완성하는 데서 비롯되었다.

그 내적 속성을 '논픽션(nonfiction)'에 두고 있다. '논픽션'이라는 용어
에서 드러나듯 기록문학에는 픽션(fiction) 즉 허구성은 철저히 배제된
다.[8] 기록문학, 논픽션, 다큐멘터리, 르포르타주, 르뽀문학 등 다양한

---

7) 김기준, 「노근리서 '인권 백일장' 개최」, 『뉴시스』 2012.6.6. : 2012년 올해도 '제10회
   노근리 인권 백일장 대회'가 영동군대 군내 초등·중학생 200여 명이 참가하여 노근
   리 사건 현장인 경부선 철도 쌍굴다리 옆 노근리 평화공원에서 노근리와 인권을 주제
   로 시와 산문 등을 짓는다. 노근리국제평화재단은 8월 27일부터 9월 7일까지 도내 고
   교생을 대상으로 『그대, 우리의 아픔을 아는가』 등을 읽고 감상한 인권 독후감 원고
   를 접수하고, 독후감대회에서 선정된 작품들은 우수 작품집으로 출간된다.

표현이 있는데, 서구에서는 르뽀문학이라 하고, 중국문학에서는 보고문학이라는 표현을 써왔다. 이 글에서는 '보고문학'(報告文學)이라는 표현으로 통일해서 쓰려 한다. 그리고 보고문학의 정의에 대해 아래 인용문을 예로 들어 설명해 보려 한다.

보고문학의 체제는 생동적인 형상으로 순식간에 발생하고 순식간에 변화하면서 광대한 대중과는 밀접한 관계를 맺고 있고 관심이 되는 사회와 정치문제 등을 신속하게 반영하는 신문성(新聞性)의 문학이다. 중국 근대사를 통해 볼 때 30년대는 내우외환이 점철하는 가장 재난이 많았던 시대였다. 이같은 고난의 시대에서 불안과 생활고에 시달리며 생활하는 사람들은 순간적으로 변화하는 상황을 신속하고 명확하게 이해하여야만 하였고, 특히 자신과 밀접한 관계를 갖고 있는 사회문제, 정치문제, 전쟁문제 등에 대하여 주의를 하지 않을 수 없었을 것이다. 이 때문에 이 같은 '보고문학'은 '918' 사변(1931년 9월 18일, 일본군이 중국 동북지방에 침략하여 14년 동안 동북 3성을 점령하던 계기가 사건이 발생한 날-인용자)을 전후하여 크게 나타나기 시작하여 항일전쟁 기간 동안 신속하게 발전하게 되었다. 이른바 '보고문학'은 영문의 '보고하다'는 동사의 명사형인 Reportage를 번역한 것이다. 그래서 간단히 '보고'라고 하기로 하지만, 여러 종류의 보고서와 구별하기 위하여 문학성의 보고문인 이를 흔히 '보고문학'이라 칭하고 있다. 그렇기 때문에 보고문학은 단지 '보고'에 그쳐서는 안 되고 반드시 문학작품이어야 하는 것이다.[9]

---

8) '기록문학(記錄文學, reportage)에 대해서는 한국문화예술위원회 엮음『100년의 문학용어사전』(도서출판 아시아, 2008. 112~114면)을 참조했다. '보고문학'의 대표적인 작품으로는 미국의 저널리스트 J. 리드의『세계를 떠들썩하게 했던 열흘』(1919)을 비롯하여 제2차 세계 대전 중 일본의 히로시마[廣島]에 원자 폭탄(原子爆彈) 투하를 취재한 J. 허시의『히로시마』, E・M・레마르크의『서부전선 이상 없다』(1929)와 E.P.스노우의『중국의 붉은 별』(1938), 조지 오웰의『카탈로이나 찬가』(1938) 등이 있다. 우리의 경우, 고려시대 이인로의『파한집』, 최자의『보한집』, 조선시대 박지원의『열하일기』, 근대에 들어 이광수의『나의 고백』, 김구의『백범일지』, 조선의용군 항일투쟁기를 기록한 김사량의『노마만리』등이 기록문학의 사례라 할 수 있겠다.
9) 李台薰,「抗戰時期 報告文學에 對한 考察」,『계간 중국』, Vol.- No.14, 단국대학교부설

이때 '보고문학'은 신문이나 잡지의 기사와 다르다. 무엇보다도 문학적으로 인물과 사건을 생생하게 복원해내야 한다. 탁월한 '보고문학'은 소설이 갖추고 있는 예술성의 조건들, 곧 인물, 정황, 구조 등을 갖추어야 한다. 그렇지만 허구(虛構)적 상상력을 토대로 하는 '소설'과는 달리 보고문학은 철저하게 '사실'(事實)에 근거해야 한다.

그런데 이러한 보고문학에 대한 기대는 최근 들어 커지고 있다. 가령 가라타니 고진(柄谷行人)은 『근대문학의 종언』에서 "근대문학을 만든 소설이라는 형식은 역사적인 것이어서, 이미 그 역할을 완전히 다했다고 생각"[10]한다고 했다. 흥미만을 위주로 하는 상업적 대중문학이 문학의 주류로 자리잡으면서 문학에 특별한 가치를 부여하던 시대는 끝났다는 진단이었다. 이것은 문학의 역할뿐만 아니라, 지금까지의 등단제도나 작품의 생산 시스템 등이 새로운 시대로 접어들고 있다는 의미도 함축하고 있다. 이러한 시각에서 본다면 '근대문학의 종언'이란 기존의 피라미드식 위계질서가 해체되고, 새로운 욕구를 표현하는 장르가 주목받을 것이라는 예견이기도 하다. 또한 이 책 한국어판 서문에서 "우리는 현재 전쟁, 환경문제, 세계적인 경제적 격차를 해결해야 할 상황에 직면해 있다."고 지적하기도 했다. 사회적 상상력의 대안으로 기존의 소설을 대체할 수 있는 '보고문학'의 가능성은 점점 커지고 있는 것이다.

실화소설 『그대, 우리의 아픔을 아는가』의 서문을 보면, 저자는 기억을 기록한 기록성에 방점을 찍어 이 책의 사실성을 강조하고 있다.

어느덧 내 나이 고희(古稀)를 넘어섰습니다. 내가 지금 세상에 알리지

중국연구소, 1990. 95~96면.
10) 柄谷行人, 조영일 옮김, 『근대문학의 종언』, 도서출판b, 2006, 53면.

아니하면 이 사건이 영영 역사 속에 묻혀버릴 것 같아 글을 쓰기 시작했습니다.

이 글을 쓰다보니 여태껏 거의 공개되지 않았던 6·25 전쟁 중의 다른 사건들과 전쟁 전후에 일어났던 인상적인 여러 사건까지도 기억 속에 떠올라 이 글 속에 담았습니다.(『그대』 5면)

후세 사람에게 역사적 비극을 전하려는 의도가 확실하게 기록되어 있지만, 문제는 이 기록이 완전한 사실(史實, 事實)에 접근할 수 있는가는 쉽지 않다. 실화소설 혹은 실명소설을 쓰자면11) 이야기를 연결시키기 위해 당시 상황을 빌려 오는 허구(fiction)가 필요하다. 이때마다 고민은 사실을 따라야 하나 허구의 재미를 따라야 하는가라는 고민이었다. 사실을 추구하는 '기자(reporter)의 르포'와 사실을 추구하되 재미도 가미해야 하는 '소설가의 르포'가 차이가 날 수 있다. '실화소설' 혹은 '실명소설'이라는 이름이 붙었을 때는 적어도 논문에 인용할 수 있을 정도의 사실성을 유지해야 한다고 필자는 생각한다. 사실과 허구의 비율이 정확할 수는 없으나 사실 80%는 유지해야 기록문학의 가치가 있을 것이다. 반대로 허구의 비율이 50%를 넘을 때는 기록문학에 대한 신뢰도가 떨어진다. 노근리를 주제로 발표된 이동희 장편소설 『노근리 아리랑—죽음의 들판』(풀길, 2007)이 소설로서 평가는 다를 수 있으나 실명이 등장하는 데도 불구하고 역사적 기록문학으로서 신뢰도가 떨어지는 이유는, 앞부분에 저자가 산에서 신을 만나는 허구의 이미지가 너무 강했기

---

11) 필자가 쓴 장편실명소설 『조국』(풀빛, 1992)에는, 무장간첩으로 체포되어 20년 가까이 감옥생활을 하다가 석방되었던 김진계 씨의 일생이 기록되어 있다. 6개월 가량 동행하고, 함께 생활하면서 취재했지만 대상자의 기억만으로 이야기를 꾸려낼 수는 없었다. 신승엽, 「분단이 낳은 '또하나의 비극'에 대한 형상화—김하기 소설집 『완전한 만남』, 김진계 구술기록 『조국』」 『창작과 비평』(1991년 봄호)을 참조 바란다.

때문일 것이다.

실화소설『그대, 우리의 아픔을 아는가』5장에서 저자 정은용의 아들(3세)와 딸(6세) 그리고 형수를 잃고, 아내마저 관통상을 입었다는 내용을 읽을 때, 소설을 기록하면서 다시 비극을 회상해야 하는 저자의 고통을 독자가 헤아리기는 어려운 일일 것이다. 실화소설의 신뢰성을 높이기 위해, 앞날개에 약력이나 학력보다 "나 역시 이 노근리 사건으로 나의 사랑하는 아들과 딸을 잃은 아픔을 가슴 깊이 안고 살아야만 했습니다"(『그대』5면)라는 말이 들어갔다면 '실화소설'로써 보다 무게감이 실리지 않았을까 생각해본다.

2) 비극의 탄생 : 이야기의 구조

필자의 약력을 볼 때, 전문 소설가가 아닌데 과연 마라톤처럼 긴장된 호흡조절을 할 수 있어야 하는 장편소설을 쓸 수 있을까 하는 염려도 있었다. 전문 작가가 아닌 텍스트에서 문학 텍스트의 분석이 타당할 것인가 하는 의문도 든다. 전문 작가가 아니지만, 그 안에 담긴 글쓰기의 진정성, 평범한 지식인이 해방에서 전쟁에 이르는 기간 동안 좌우 진영의 이데올로기와는 무관하게 넘나드는 의식과 행동의 실체가 '비판적 지성'과 '시민적 주체의 합리적 이성'이라는 점을 부각시키는 것이 옳지 않겠는가 하는 질문도 있을 수 있다. 이 글에서는 두 가지 모두를 이 보고문학을 보는 잣대로 보려 한다.

첫째, 작가 정은용은 전문 소설가는 아니지만 소설가가 되기 위해 습작해 왔고, 소설가 이건숙의 지도를 받으며 이 작품을 마무리 했다. 따라서 이 보고문학에 문학 텍스트의 분석을 시도해 보려 한다. 둘째, 보고문학의 작가가 '비판적 지성'을 가졌는가 하는 문제도 중요하게 파악해 보려 한다.

이 보고문학의 전체 구조는 다음과 같다.

1. 깨어진 청운의 꿈 / 2. 피난 / 3. 남쪽으로 가야 산다 / 4. 슬픈 해후
5. 두 얼굴의 미군 / 6. 병사들의 합창 / 7. 망향에 애타는 사람들
8. 반격, 그리고 수복 / 9. 흥남에서 울려퍼진 찬송가
10. 교착된 전선 / 11. 통한의 휴전

1장 '깨어진 청운의 꿈'부터 저자의 가족사와 중앙대 법대에서 공부하게 된 배경 등이 서술된다. 이 부분은 자서전 성격이 농후하다. 그리고 2장 '피난'부터는 한국전쟁이 일어나서 '남쪽으로 가야'(3장) 하는 상황이 역사적 사실과 함께 비교적 정밀하게 부각되기 시작한다. 그렇지만 사실 이때까지 필자는 쉽게 글에 몰입되지 않았다. 그러다가 필자의 관심을 급하게 낚아챈 부분은 5장 '두 얼굴의 미군'부터이다.

> 내 아내 박선용은 눈물을 흘리며 우리 고향 마을 사람들을 비롯한 수많은 피난민들이 미군에게 무참하게 살상당한 이야기와 나의 사랑하는 아들 딸 구필이와 구희도 억울한 희생자들과 운명을 같이했다는 슬픈 소식, 그리고 자기 자신이 그 위험 속에서 구사일생으로 살아나온 경위에 대해 말해주었다.(『그대』 120면)

소설의 화자가 정은용에서 아내 박선용으로 바뀌는 순간이다. 지금까지 자기가 체험했던 현장만 직설적으로 썼던 것과 비교해서, 이제부터 작가는 아내의 말에 기대어 서술해야 하는 것이다. 다른 말로 하면 사회적 '상상력'을 더 발휘해야 하는 대목에 이른 것이다. 따라서 이때부

터 작품 묘사의 문학적인 밀도가 높아지고, 상상력은 융기(隆起)된다.

　피난을 가던 길, 노근리 주변 철도를 지나가던 주민들의 눈에 들어온 것은 반짝거리며 하늘을 날아가는 비행기였다. 그리고 폭격이 시작되었다. 주민들을 향해 쏟아지는 폭탄과 총탄은 압도적인 힘으로 주민들을 학살하기 시작한다. 그리고 폭탄이 떨어지기 시작하는 순간의 '처참함'은 미국이 말하던 평화와 너무 동떨어져 있어서 더욱 끔찍하고, 그 안에서 비명을 지르는 이들이 자신의 몸을 지킬 수단조차 없는 너무나 평범한 이들이기 때문에 더더욱 끔찍하다. 쏘지 말라고, 우리는 주민이라고 외치는 그들의 외침은 쏟아지는 압도적인 폭력 위에 존재조차 남기지 못하고 소멸해간다.

　　탄환이 흉흉 터널 안으로 날아왔다. 터널의 콘크리트 벽에서 쇳소리를 내며 무수한 불똥이 튀었다. 바람을 쐬기 위해 입구께로 나갔던 사람과 안쪽에 있던 사람까지도 총탄에 맞아 죽어갔다.(『그대』 132면)

　폭력이 가해진 철도에서 극적으로 도망쳐 쌍굴로 도망친 이들을 맞은 것은 미군의 총탄이었다.

　　한 청년이 시체 여러 구를 안아다가 콘크리트벽 밑에 쌓아올리기 시작했다.
　　"뭐하는 거냐?"
　　누군가가 나무랐다.
　　"살고 봐야겠어요. 총알을 막아보려구요."
　　…… 그러나 이 시체 방벽도 탄환을 막아내지 못했다. 그 뒤쪽에 숨어 들었던 몇 사람이 총탄에 맞아 죽곤 해다. (『그대』 136면)

아내도 구필이가 마시다 남은 물을 들이켰다. 물에서는 여전히 피비린
내가 났다. 그전날 저녁부터 물 위쪽에 쓰러져 있는 여러 구의 시체로부
터 흘러나오는 피가 물에 섞여 들고 있는 것을 터널 속의 사람들은 퍼
마셔왔었다. (『그대』 142면)

쌍굴에서 조금만 벗어나도 미군의 집중사격으로 벌집이 되어 쓰러지
고, 쌍굴안에서도 계속되는 사격과 도탄으로 인하여 언제 죽음을 맞을
지 모르는 극단적인 상황에서 주민들이 할 수 있는 것은 단지 쏘지 말
라는 외침 뿐이다. 그리고 그들의 외침인 힘없이 공중에서 산화되고,
그들에게 돌아가는 것은 변함없는 미군의 총탄 뿐이다. 놀랍게도 양민
학살이 끝났다는 것을 알린 것은 터널 안으로 들어온 인민군이었다.

"야, 동무들 안심하시라요. 미국 간나새끼들 다 도망갔으니 밖으로 나
가시라요. 집으로 돌아가라요."(『그대』 153면)

놈들은 인간의 씨를 말리려는 듯(『그대』 153면. 밑줄은 인용자)

인민군이 생존한 양민을 구출해주는 대목은 노근리 사건의 국제전적
성격과 민족적인 연대의식 그리고 문명적인 양만성을 복합적으로 보여
주는 상징성을 가지고 있다. 인민군은 모두 악마로 표현하던 기존의 멸
공문학과는 전혀 다른 뜻밖의 모습을 보여주고 있는 것이다. 인간을 단
순히 '선/악'의 이분법으로 보지 않는 작가의 태도는 무척 중요하다. 사
실에 대한 기록이 이 작품에 대한 신뢰성을 높여주고 있다. 게다가 대
화체가 아닌 설명부분에서도 작가가 "놈들"이라고 표시한 대목은 저자
가 그대로 작품에 개입한 흔적이다. 이러한 표현은 비극을 체험했던 저
자의 분노를 그대로 누설하고 있다. 미국을 영원한 우방(友邦)으로, 북한

을 빨갱이로만 기호화 하는 고정관념을 가진 독자에게는 자못 충격이
될 표현이지만, 오히려 솔직한 표현으로 이 작품의 진실성과 설득력이
생겼다고 생각된다.

3) 노근리 트라우마의 극복

> 전쟁은 우리가 나중에 얻어 입은 문명의 옷을 발가 벗기고, 우리 모두
> 의 마음속에 숨어있는 원시인을 노출시킨다. 전쟁은 우리에게 또다시 자
> 신의 죽음을 믿지 못하는 영웅이 될 것을 강요한다. 전쟁은 낯선 사람을
> 적으로 낙인찍고, 우리는 그 적을 죽이거나 적의 죽음을 바라야 한다. 전
> 쟁은 사랑하는 사람의 죽음을 무시하라고 가르친다. 그러나 전쟁은 사라
> 질 수 없다.12)

인간관계를 파괴하는 비극적인 전쟁을 "전쟁은 사랑하는 사람의 죽
음을 무시하라고 가르친다"라는 한 마디로 정신분석학자 프로이트는
정의한다. 1차 세계대전이 끝나고 프로이트는 참전병사들의 '외상 후
후유증'(PTSD : Posttraumatic Stress Disorder)을 치료하게 된다. 프로이트가
보았던 비극은 1차 세계대전뿐만 아니라, 한국전쟁 때 노근리 마을에서
도 일어났다.

"총탄이 왼쪽에서 오른쪽으로 얼굴 표피를 스쳐 지나가면서"(『그대』
150~151면) 얼굴 한쪽이 뭉개져버리는 끔찍한 사건을 경험하게 되면 삶
의 안정성(stability)은 사라지게 된다. 세계 1, 2차 대전 같은 큰 충격을
받으면 전쟁의 외상(상흔, trauma)에 인간 존재는 흔들리게 된다. '외상

---

12) Sigmund Freud, 김석희 옮김, 「전쟁과 죽음에 대한 고찰」, 『문명 속의 불만』, 열린책
　　들, 2004, 68~69면.

후 스트레스 장애'는, 위협적인 죽음, 심각한 상해, 개인의 신체적 안녕
을 위협받는 직접적인 경험이나 목격, 예기치 못한 무자비한 죽음이나
심각한 상해를 경험한 극심한 공포, 무력감, 두려움을 느끼면서 그 외
상을 지속적으로 재경험하거나 관련된 자극을 회피하는 증세를 보이는
극적 절망의 반응을 말한다.

> "애들은 어디 있소?"
> 나는 아내의 얼굴을 들여다 보았다.
> 아내는 흐느끼기만 했다.
> "여보, 어디 있냔 말이요?"
> "······."
> 아내는 소리를 높여 울었다. 그녀의 등이 크게 파도쳤다. 나는 아이들
> 이 죽었을 것이라는 걷잡을 수 없는 비감이 나의 골수 속으로 파고 들었
> 다. '이제 내 생애에 있어서의 모든 행복은 끝이 났다.'(『그대』 119면, 4
> 장 끝부분)

더 이상 행복은 없다는 작가의 절규는 한 개인의 절규가 아니라 한
공동체 혹은 민족의 절규이기도 하다. 독자는 내면의 고통에 대한 더욱
미시적인 기록을 요구할 수도 있다. 공포의 밑바닥에 대한, 비극을 정
면으로 응시하는 작가적 태도를 독자들은 때때로 잔인하게 요구한다.
그런데 그 요구를 대응해야 하는 작가는 얼마나 고통스러울까. 저자는
가까스로 이렇게 표현한다.

> 아내는 잠들어 있었다. 꿈을 꾸었다. 많은 사람들이 악마로부터 죽임
> 을 당하는 꿈이었다. 생시 때 겪은 것이 그대로 꿈속에서 재현되고 있었
> 다. 그녀는 고통스런 꿈을 꾸면서 오랜 시간을 잠속에 있었다.(『그대』
> 151면)

어린 것들을 잃은 데 대한 슬픔이 아니라 결혼한 것을 후회했다. 차라리 수녀가 되는 편이 나았으리라고 후회를 했다.(『그대』 155면)

마음의 상처는 좀처럼 낫질 않았다. 아니 육신의 상처가 치료되는 데 반비례해서 마음은 오히려 그 아픔의 도를 더해갔다. 비명에 죽어간 두 남매의 생전 모습이 눈앞에 어른거려 잠 못 이루는 밤이 계속되었다.(『그대』 158면)

두 자식의 죽음, 열악한 수용소에서 느끼는 허전함과 그리움으로 전쟁의 광기 속에, 부부는 불면의 밤에 시달리게 된다. 아들과 딸의 죽음으로 주인공과 아내는 밤낮없이 고통을 겪는다. 비극적 사건에 대한 그 끔찍한 회상은 무의식에 남아 일상생활에 틈입하여 회상(flashback)하게 하고 악몽, 착각, 환각 등이 반복된다. 대인기피증세가 일어나거나 잠을 잘 수 없는 상태, 혹은 자주 격분하는 흥분상태, 혹은 자기만 살아남았다는 죄책감이나 우울증에 시달리게 되는 상황을 위의 인용문을 잘 드러내고 있다. 어쩌면 육체적 상처보다 이러한 외상후 스트레스 장애는 더욱 무서운 결핍일 수 있겠다.

프로이트는 신체마비, 감각상실, 시력상실, 언어사용에 있어서의 혼란, 식욕감퇴 혹은 갈증감을 증세로 하는 히스테리는 '심리적 상흔'(psychological trauma)에 의해 기인한다고 가정했다. 그런데 비극적인 기억을 외면하려고 이런 '기억들을 억압'할 때 히스테리라는 증상을 일으킨다. 전쟁 신경증(war neurosis)의 무의식에는 도저히 지울 수 없는 폭력의 상처가 반복해서 작용하고, 그 무의식 속에 파괴를 피하고자 하는 억압 역시 외상의 근원이 된다고 프로이트는 주장했다. 노근리 학살사건을 가족의 죽음과 함께 겪어야 했던 저자의 트라우마, 그것을 '노근리 트

라우마'로 명명하자면 그 고통은 이에 비할 바가 아닐 것이다. 그 고통
의 극복을 위해 "아내의 무의식 꿈에는 예수가 있었다"(153면)는 신앙적
인 도움도 있었다.

> 이 끔찍한 사건은 44년 동안이나 역사의 뒤안길에 감추어져 왔습니다.
> 수많은 피해자와 그 유가족들이 있었지만 가해자의 나라인 미국에게나
> 우리 정부에조차도 이 일을 감히 이야기하는 사람은 없었습니다. 나 역
> 시 이 노근리 사건으로 나의 사랑하는 아들과 딸을 잃은 아픔을 가슴 깊
> 이 안고 살아야만 했습니다.(5면)

이 트라우마를 저자는 역사 앞에서 포기하지 않고, 1960년 12월 27
일·미 합중국 앞으로 손해배상 청구서를 보내고, 1994년 이 소설을
정리하면서, 40여년 간의 트라우마를 극복한다.

> 지금 우리는 미국이 앞으로도 우리의 변함없는 친구이길 원합니다. 그
> 리고 우리 마음속에 응어리져 있는 아픔이 지워지도록 힘써줄 것과 아울
> 러 노근리 학살사건에 대해서 양심적이고 성의 있는 조치를 취해줄 것도
> 바랍니다.(6면)

그렇다고 작가가 무조건적으로 문제의 해결을 미국에 기대는 것은
아니다. 이 작품에서 조금 놀라운 것은 직접 폭력을 경험한 당사자인
작가의 냉정한 역사인식이다. 고령의 나이인 작가는 일방적으로 미국을
찬양하지 않고, 그렇다고 반대로 반미이데올로기로 미국을 폄하하지 않
는다. 작가는 대단히 유연하고 객관적으로 사태를 보고 있다.

> 이러한 살상 사건이 벌어졌다는 사실 자체가 우방인 한·미 두 나라

사이에 있어서 지극히 불행한 일이기는 하지만, 미국이 인권을 존중하는
국가답게 앞으로 그들의 군대에 의해 이러한 사건이 세계 어느 곳에서도
다시는 재발되지 않도록 하는 데에 이 글이 도움이 되었으면 하는 것이
나의 바람인 것이다.(『그대』 170면)

전쟁 초기 상부의 이성을 잃은 보도연맹원 처리 지시에 따라 군경이
그 악역을 수행했고, 또 수복후 부역자 처리에서 군경들에 의한 피의 보
복 ― 공산주의자들에 의해 육친을 살해 당한 자들 중 일부가 그 가해자
를 피로써 보복한 일이 있었다 ― 은 가뜩이나 어려운 정부를 곤경으로
몰아붙였다.(『그대』 272면)

이 소설에는 당시 경찰관이었던 작가가 제주도 4·3사건을 참여하며
회의를 느꼈던 부분도 있고, 한국전쟁 때 부정부패했던 정부에 대한 비
판도 있으며, 위의 인용문처럼 극우 보도연맹의 문제점에 대한 지적도
있다. 놀랍게도 인민군을 도와 모래 수렁에 빠진 트럭을 운반하는 장면
(166면)까지도 나오고, 공산주의에는 얼씬도 안하던 구일이가 양민을 학
살한 미군을 저주하며 공산주의자가 되는 장면(149면)도 묘사되고 있다.
한국전쟁을 그린 소설에서 미군의 오폭을 그려낸 소설은 여러 군데
나온다.

U.N군 작전 본부의 명령을 받고 출격한 Z기 세 대가 대공 표식이 없
는 피난열차를 적의 남하로 알고 오폭을 했다는 것이다. 이 폭격에서 천
명 이상의 사상자가 났었다. 차마 눈 뜨고는 볼 수 없는 광경이었다.[13]

인용한 오영수의 소설에서는 명확히 오폭이 기록되어 있다. 전광용의

---

13) 오영수, 「안나의 유서」, 『오영수 전집』, 현대서적, 1968, 307면.

『해도초』도 독도 근해 어부에 대한 미군 비행기의 무차별한 폭격을 현지 조사를 통해 그려내고 있다. 정은용은 대화문을 통해 오폭 사건을 드러낸다.

"소에 짐을 싣고 피난을 오는데유, 왜관을 막 지내고 있을 때 비행기가 날아와서 총을 쏘아댔잖아유. 그 총알이 이 양반의 엉덩이에 맞았어유. 소는 그 자리에서 즉사했고유."
"아, 저런, 그 행기는 어느 쪽 비행기던가요?"(『그대』 155~156면)

오폭에 의한 민간인 사상자에 대해 작가는 등장인물의 입을 빌려 "유엔군 비행기라데요."(『그대』 156면)라고 기록한다.

앞서 필자는 한국전쟁을 대하는 작가들의 태도를 세 가지로 분류했었다. 첫째 멸공적 태도(모윤숙, 노천명 등), 둘째 문명비판과 증언문학(유치환, 박두진 등), 셋째 동질성 회복의 시(박봉우, 김창숙 등)으로14) 나눈 바 있다. 이렇게 볼 때 『그대, 우리의 아픔을 아는가』는 어떠한 위치에 있을까. 작가는 어떠한 인간론의 시각에서 전쟁을 보고 있을까.

이렇게 작가가 보는 시각은 '선/악'으로 갈라진 일방적인 이분법이 아니라, 모든 인간에게는 선과 악이 동시에 복합적으로 존재한다는 시각을 보여준다. 도스토예프스키는 가령 『죄와 벌』에서, 주인공 라스콜리니코프나 뒷부분에 등장하는 부자 스비드리가일로프를 통해 인간이 가장 선하면서도 가장 극적으로 악한 일을 할 수 있다는 것을 보여준다. 도스토예프스키적인는 등장인물들의 대화를 통해 '다성론'(多聲論)15)

---

14) 김응교, 「분단극복의 시의 실천」, 『사회적 상상력과 한국시』, 소명출판, 2002.
15) 김응교, 「너의 증환을 사랑하라—도스토예프스키의 인간론」, 『그늘―문학과 숨은 신』 (새물결플러스, 2012) 도스토예프스키는 체르니세프스키가 쓴 『무엇을 할 것인가』 (1860) 등의 합리적 인간론을 『지하생활자의 수기』(1864) 등을 통해 철저히 비판하

을 보여주고 있다. 정은용은 이 실화소설에서 국군이든 미군이든 인민
군이든 가장 선한 모습과 가장 악한 모습을, 그리고 선과 악의 그 사이
에 처한 다양한 모습을 보여주고 있다. 그리고 그 사이의 비극을 회피
하지 않고, '직시'(直視)한다. 상처를 회피하지 않고, 늘 기억하며 질기게
직시한다는 것은 피해자로서는 쉽지 않은 일일 것이다. 바로 이렇게 사
건의 진실을 '직시'(直視)함으로 저자는 자신의 깊은 트라우마를 극복하
고 있는 것이 아닐까 생각해본다.

3. 상처와 화해 : 결론

프로이트는 "인간의 공격성을 제거하는 것은 불가능"하고 환상이라
하면서, 그 극복을 위해서는 폭력적 본능을 이성의 독재에 종속시키는
공동체를 만드는 것이라면서 이렇게 기록했다.

> 조만간 전쟁에 종지부를 찍으리라고 기대하는 것은 유토피아적 소망
> 이 아닐지도 모릅니다. 이것이 어떤 경로로 이루어질지, 또는 어떤 옆길
> 로 빗나갈지는 짐작할 수 없습니다. 하지만 한가지만은 단언할 수 있습
> 니다. 문명의 발전을 촉진하는 것은 동시에 전쟁을 억지하는 작용도 한
> 다는 것입니다.[16)]

정은용의 실화소설은 비극적 상처를 치료하는 문명발전의 길을 보여
주었다. 이 책으로 인해 AP통신의 취재가 가능했다. 처음에 미 국방부

며, '비합리적 인간론'을 평생의 주제로 삼는다.
16) Sigmund Freud, 김석희 옮김, 「왜 전쟁인가?」, 『문명 속의 불만』, 열린책들, 2004,
353면.

는 "보도내용을 뒷받침하는 새로운 정보를 발견하지 못했다"는 묘한 표현으로 빠져 나가려고 했으나, AP통신은 당시 기관총을 난사한 병사들의 증언을 포함해 관련자 100여 명과 인터뷰를 했고, 공격할 수 있다는 명령을 담은 기밀해제 문서까지 보도했다. 이어서 <뉴욕타임스>와 CNN 등 미국의 주요 방송이 보도했고, 빌 클린턴 대통령에게 보고되면서, 미군에 의한 한국인 민간인 학살이 있었다는 사실이 알려지게 되었다. 김대중 대통령이 노근리 사건에 대한 진상규명을 지시하면서 1999년 10월부터 2001년 1월까지 15개월간 노근리사건에 대한 한·미 양국의 공동조사가 진행됐다. 그리고 양국의 진상조사결과보고서와 한·미 공동발표문이 발표됐다.

한편 이 사건은 제주4·3에도 파장을 일으켰다. 한국 언론들이 미군정 하에서 발생한 제주사건에 대해서도 눈길을 돌린 것이다. 때마침 추미애 국회의원이 4·3 관련 수형자 명부와 형살자 명부를 발굴, 공개한 시점이어서 더욱 화제를 모았다. 그리고 노근리사건특별법은 2004년 국회를 통과했다. 이와 같은 노력은 전쟁의 비극, '노근리 트라우마'를 치료하는 과정이다.

이 글에서 필자는 기록문학의 문제, 소설의 구성, 그리고 트라우마의 극복 문제를 다루어보았다. 결론적으로 이 작품은 감추어져있던 노근리 학살사건을 역사 위에 내놓은 큰 역할을 했다. 특히 앞서 말했듯이 선과 악을 극단적이며 도식적으로 대비시킨 것이 아니라, 선과 악 사이에 다양한 가능성을 풍부하게 제시하고 있다. '전문적 문인이 아니지만'이라는 표현은 실례에 가까울 정도로 4장까지의 묘사는 밀도 있는 표현이 빛난다. 그러나 10장에 이르러 묘사의 정밀도가 급격히 떨어지고, 사건을 나열하는 방식으로 서술되어 아쉬움이 남는다.

『어둠의 아이들』을 통해 유소년 성매춘과 장기이식 문제와『다시 오
는 봄』을 통해 일본군 성노예 문제 등을 고발했던 리얼리스트 소설가
양석일은 이렇게 말한다.

"소설은 세상에 존재하는 어둠의 세계를 묘사한다. 세상에는 빛과 어
둠이 있다. 어둠에 사는 사람은 빛의 세계가 대단히 잘 보인다. 그러나
빛의 세계에 있는 사람에게는 어둠의 세계가 보이지 않을 뿐더러, 보려
고 하지도 않는다. 빛의 세계 사람들이 보지 못하는 존재는 여성과 아
이 같은 약자들이다."17)

양석일에게 작가는 어둠의 세계를 드러내 빛의 세계에 있는 사람들
에게 어둠의 세계에 있는 고통을 보여줘야 하는 것이다. 그래야 다시는
그 어둠의 세계가 '반복'되지 않는다. 실화소설『그대, 우리의 아픔을
아는가』가 드러냈던 어둠의 세계는 한국뿐만 아니라, 지금도 소말리아
와 이라크와 여러 나라에서 그 비극이 반복되고 있다. 이 작품은 드러
낸 어둠의 세계는 비극적 기억의 '반복'을 통해서 다시는 비극이 일어
나지 않도록 막는 종요로운 역할을 할 필독서다.

---

17) 김응교,『그늘』, 위의 책, 447면.

문학의 정치성과 공감의 윤리

－『그대, 우리의 아픔을 아는가』를 중심으로

김윤정 이화여자대학교 국어국문학과 강사

1. 들어가며

　『그대, 우리의 아픔을 아는가』[1])의 작가 정은용은 '노근리 사건'을 직접 체험한 피해자이다. 그는 자신의 가족을 잃었고, 주변인들의 억울한 죽음을 목격했다. 그 원통한 한(恨)을 세상에 알리기 위해 스스로 '노근리 미군 양민학살 사건 대책위원회'(이하 노근리 사건 대책위원회)의 위원장을 맡아 당시의 사건 정황과 피해 사실을 조사하였고, 그 내용을 통해 미군의 사과와 보상을 요구하는 활동을 벌였다. 1994년에 결성된 노근리 사건 대책위원회의 노력은 1999년 AP 통신에 의해 국제적 여론 형성의 기회를 확보하면서 결실을 얻을 수 있었다. 그동안 자국민의 피해

---

1) 정은용, 『그대, 우리의 아픔을 아는가』, 다리미디어, 2000(이후 본문 인용은 쪽수만 표시 함).

상황 조사와 미국에 대한 보상 요구에 소극적이었던 한국 정부의 관심을 이끌어낸 것은 물론, 마침내 2001년 한미 양국의 공동 발표문으로써 미군의 양민 학살 사건 인정이라는 소기의 목적을 달성하게 된 것이다. 그러나 책임자에 대한 처벌이나 피해자에 대한 보상이 아직도 이루어지고 있지 않다는 점에서 이 사건은 여전히 진행 중이다.

지구 상의 유일한 분단 국가라는 오명(汚名)을 남긴 한국전쟁은 그야말로 한국 현대사의 참혹한 비극이자 과제이다. 때문에 지금까지 이어지고 있는 노근리 사건 대책위원회의 반전(反戰), 평화, 인권에 관한 활동은 가슴 아픈 역사의 기록을 되짚고 인류 보편의 문제를 환기해 준다는 점에서 뚜렷한 의의를 갖는다. 그 중에서도 문학의 형식을 빌려 한국전쟁과 노근리 사건을 총체적으로 재현하고 있는『그대, 우리의 아픔을 아는가』를 통해 우리는 오늘날 이 비통한 사건이 우리에게 던지는 메시지를 읽어낼 수 있다. 이 작품은 사건을 직접 보고 듣고 체험한 내용을 기록한 '실화소설'이며, 동시에 당시의 사건 정황에 대한 객관적 사실을 취재, 보고, 고발하는 '르포소설'이다. 작가는 이 소설에 대한 분명한 목적의식을 갖고 있으며, 그러한 의도를 객관적 보고와 논평적 서술의 형식을 통해 구현해 내고 있는 것이다. 이 작품이 기존의 한국전쟁을 소재로 하는 다른 문학과는 분명하게 대별되는 특징을 보여주는 것도 바로 이러한 형식에서의 특이성에 있다.

따라서 이 글은『그대, 우리의 아픔을 아는가』의 형식적 특성을 짚어가며 이 작품의 메시지, 작가의 목적의식이 어떻게 독자들에게 전달, 수용될 수 있었는지를 살펴보고자 한다. 요컨대 노근리 사건 대책위원장으로서 다양한 활동 영역에서 노근리 사건의 진상 규명과 책임자 처벌을 요구해 왔던 작가가 왜 굳이 문학이라는 형식에 기대에 다시 한번 사건의 철저한 분석과 해석을 시도하게 되었는가가 이 글의 주요 논점이 될 것이다. 이 작품의 서문의 내용을 인용해 보면 작가의 집필 의도는 분명하게 드러난다. "내가 지금 세상에 알리지 아니하면 이 사건이 영영 역사 속에 묻혀버릴 것 같아 글을 쓰기 시작했습니다."(5쪽)라는 작가의 말에서 이 작품 역시 노근리 사건 대책위원회 활동의 한 영역이었음을 알 수 있다. 그렇다면 과연 문학이 이러한 투쟁의 중심에서, 실천적 활동의 한 영역에서 어떤 성과를 이루어낼 수 있는지에 대해서도 살펴볼 필요가 있다. 이 작품의 미학적 성과를 논하는 것보다 이 작품의 형식적 의의를 고찰하는 것이 더욱 중요한 것도 바로 이 때문이다.

따라서 이 글에서는 먼저 실화소설[2]이라는 이 작품의 장르적 특성부터 살펴 볼 것이다. '실화소설'을 표방했기 때문에 독자는 이 작품에 제시된 내용들에 대해 모두 사실이라고 믿게 된다. 그리고 작가는 최대한 사실에 입각한 내용만을 서술하게 된다. 여기서 '최대한'이라는 한정어가 붙는 것은, 이 작품은 '소설'이기 때문이다. 허구적인 내용도 분명 있다는 것이다. 작가가 기존의 다른 활동과 달리 문학 작품을 통해서 또 다른 방식의 소통을 시도하고자 한 것은 '실화소설'이 바로 객관적 사실 전달과 함께 허구적 재현이 가능한 장르라는 데 있었을 것이다. 이는 사건의 정황이나 사실을 나열하고 보고하는 단편적 서술에서 벗어나 사건에 의미를 부여하고 작가의 해석을 덧붙일 수 있다는 점에서 보다 더 능동적이고 적극적인 독서 효과를 기대하게 한 것이다.

실화소설은 문학의 일반적인 기능 외에도 저널리즘적 측면을 포함하

---

2) 실화소설(Nonfiction fiction)은 소설과 저널리즘을 혼합한 것으로 소설 쪽에서는 비허구소설로, 저널리즘 쪽에서는 신저널리즘으로 부르고 통틀어서 '사실의 문학'이라고 하기도 한다. (최진영, 「논픽션 소설과 메타픽션」, 『문학정신』 21호, 1988, 62~67쪽 참조)

고 있다. 특히 보도적 기능이 중요하다. 실화 소설의 기본적인 역할은
정보의 제공이기 때문이다. 객관적 사실에 입각하여 내용을 전달하면서
왜곡되었거나 은폐되었던 부분에 대해서 바로잡는 역할을 담당하게 된
다. 또한 이러한 기능은 실화소설의 저항문학적 기능을 부각시킨다. 권
력의 오용과 남용으로 인해 피해를 입은 소수집단의 인권 회복과 보호
를 위해 적극적으로 대항하고 비판하는 기능을 하는 것이다. 마지막으
로 실화소설은 여론화 기능을 갖는다. 독자는 실화소설을 통해 정보를
습득하고 사회적 논쟁을 만들어 가기도 한다. 실화소설을 통해 이면적
사실이나, 심층적 정보를 받아들이고 그것에 대해 사회적 의견을 표출
할 계기를 만들기도 하는 것이다.

  이와 같은 실화소설의 장르적 특성에 의거할 때, 이 작품이 본질적으
로 추구하고자 했던 것은 바로 독자의 공감을 이끌어내는 데 있다고 하
겠다. 문학이라는 매체를 통해 독자와 감정적 소통을 의도한 것이다.
단순히 노근리 사건을 보도하고 우방국이었던 미국의 만행을 고발하고
자 하는 것이었다면 기존의 노근리 사건의 전파 방식을 심화 확장하는
것으로도 가능했을 것이다. 그럼에도 불구하고 문학이라는 형식을 소통
의 매체로 선택한 것은 오히려 피해자의 고통과 전쟁의 비극을 독자에
게 전달하고자 한 목적에 있다고 하겠다. 독자로 하여금 인류의 보편적
가치를 상기시킴으로써 피해자들의 고통을 공유하고 공감과 위로, 애도
와 연민을 이끌어내기 위해 인간의 감정을 자극할 수 있는 방법으로 문
학의 미학적 정치성이 동원된 것이다. 이에 이 글은 이러한 작가적 전
략으로서의 문학적 특성을 밝히는 것으로 이 작품의 의의와 성과를 되
새겨보고자 한다.

2. 실화소설의 기능과 문학의 정치성

1) 보고적 기능과 '노근리 사건'의 재구성

『그대, 우리의 아픔을 아는가』가 실화소설로서 갖는 의의는 사건에 대한 작가의 객관적 분석에서 찾을 수 있다. 1994년에 발표된 이 작품은 노근리 사건 발생 전후의 국내외 정치, 경제, 사회적 측면에 대한 총체적 분석을 치밀하게 보여주고 있다. 이 작품의 시간적 배경은 1948년 12월에서 1953년 7월 27일까지이며, 소설의 전개 과정은 사건 발생 시간의 추이를 따라 이루어지고 있다. 그러나 부분적으로 현재의 시간에서 과거의 일면을 회상하는 일화가 제시되면서 이 작품이 작가의 총체적 지휘 하에 전략적으로 구성되고 있음을 확인해 준다. 왜냐하면 그러한 회상으로 나타나는 일화들은 현재의 사건을 설명하는 데 보충적인 역할을 하고 있기 때문이다. 즉 현재의 사건에 대한 독자의 이해를 돕기 위해 작가가 의도적으로 과거의 일화를 삽입하여 제시하고 있는 것이다.

이러한 서술 방식은 작가가 자신이 체험하거나 보고 들은 사건에 대해 직접 설명, 보고하는 방식에서 벗어나 사건에 대한 객관적 해명과 함께 논리적 분석을 시도한 것이다. 이는 노근리 사건에 대해서 정확하게 알지 못 했던 대다수의 일반 독자들에게 사건의 발생 배경과 사건의 구체적 내용을 전달하고자 한 작가적 의지의 표명이다. 사건 현실에 대한 서술자의 개입과 해석의 목적은 바로 독자에 대한 계몽성에 있다. 알려지지 않았던 사건의 내막과 진실을 규명함으로써 작가는 독자의 의식화를 기대하는 것이다. 요컨대, 독자를 계몽하고 그들의 정치의식을 확장하여 사건의 본질에 근접하도록 하는 것이 바로 이 작품의 논평적 서술이 담당하고 있는 계몽성이다.

(1) 그리고 누란지세(累卵之勢)와도 같이 위급한 상황임에도 불구하고 날로날로 심화되어가고 있는 이 나라의 부정부패에 생각이 미칠 때에는 이러다가 나라를 송두리째 공산주의자들에게 먹히지나 않을까 하는 두려움이 마음 한구석을 어둡게 덮어 내렸고, 이상은 너무나도 다르게 전개되는 현실에 절망감마저 느껴졌다.

경제적으로 자본주의가 성국하고 정치적으로 자유민주주의가 완숙해져가는 지금에 살고 있는 사람들의 안목으로는 위에 적은 이야기들이 진부하게 느껴질지도 모른다. 그러나 반세기 전의 이야기를 써내려 가다 보니 그 당시에 대한 회상은 나에게 새삼스러운 감동을 불러일으킨다.(38쪽)

(2) 내 아내 박선용은 눈물을 흘리며 우리 고향 마을 사람들을 비롯한 수많은 피난민들이 미군에게 무참하게 살상당한 이야기와 나의 사랑하는 아들, 딸 구필이와 구희도 억울한 희생자들과 운명을 같이했다는 슬픈 소식, 그리고 자기 자신이 그 위험 속에서 구사일생으로 살아나온 경위에 대해 말해주었다.

그 비극적인 사건에 대해 쓰기 전에 먼저 당시 사건이 일어나기까지의 배경을 살펴보고 이어 이 잔학한 살상이 저질러진 현장 이야기를 적기로 한다.

이 사건의 배경 설명은 아무래도 대전 함락 광경으로부터 시작하는 것이 좋겠다.(120쪽)

실화소설이 최대한 사실의 내용에 근거하여 전개된다고 하더라도 그 사실 전개 과정은 '선택'과 '배치', '집중적 서술'과 '요약적 서술'이라는 작가의 전략에 의존한다. 위의 예문에서와 같이 작가는 노근리 사건의 개요뿐만 아니라 그 사건이 발생하기까지의 배경을 설명하고자 하며 독자의 이해를 용이하게 하기 위해서 사건의 정황을 구체적으로 제시하고 있다. 또한 이러한 서술에 "두 얼굴의 미군"이라는 소제목을 붙임으로써 작가는 지금까지 알려진 바와 다른, 미군의 양면성을 증명하고자 한다. 이때 일방적인 비난이나 비판으로써 감정적으로 접근하기보다는 사건의 전개과정을 상세하게 서술함으로써 보다 객관적이고 분석적인 방법으로 독자의 계몽성을 자극하고 있다.

특히 작가는 1950년 7월 20일, 미 제24사단장 딘 소장의 패퇴의 과정과 제25사단, 제1기병사단, 제7연대 등의 전선 배치 과정을 서술하면서 미국인 작가 T. R. 페렌바크의 『실록 한국전쟁』과 한국의 육군사관학교에서 발간한 『한국전쟁사』를 인용하여 제시하였다. 이러한 문헌의 객관적 제시와 함께 "나는 위 전쟁사를 읽으면서 우리 가족을 비롯한 여러 희생자들과 위 전쟁사에 기록된 바 미 제5기병연대와의 사이에서 어떠한 관련이 있는 것이 아닌가 하는 생각을 갖게 되었다. 지금 나는 이러한 생각을 떨쳐버리지 못한 가운데에서 이 글을 쓰고 있는 것이다."라는 논평적 서술을 부연하는 것으로써 독자로 하여금 당시 미군의 진격 상황과 노근리 사건의 연계를 논리적으로 구성해 볼 수 있는 기회를 마련해 주고 있다. 이러한 분석을 통해 미군의 만행에 대한 독자의 냉정한 판단과 인식을 요구하는 것이다. 이를테면, 노근리 사건 정황을 근거로 하여 충북 영동읍의 주곡리와 임계리, 하가리의 주민을 상대로 소개령을 내리고 강제로 피난길에 오르게 한 미군은 제1기병사단이 분명하지만, 여기에 작가는 제5기병연대와의 관련성까지 제기하고 있는 것이다.

이 소설이 단순히 문학으로서의 기능뿐 아니라 사실 전달의 기능, 여

론 형성의 역할을 담당하게 되는 것은 바로 이러한 작가의 논평적 서술
에 기댄 바가 크다고 할 수 있다. 작가가 직접 사건의 상세 내용을 조
사하고 역사적 문헌을 고찰함으로써 노근리 사건의 피해 규명이 보다
객관적 의의를 갖출 수 있게 되었기 때문이다. 사건의 명확한 조사를
위해 정부가 직접 나섰어야 했고, 민간인 학살이라는 전쟁 범죄에 대한
여론의 환기에 대해서는 마땅히 국내 언론의 책임있는 역할이 이루어
졌어야 했다. 그러나 한국 정부와 국내 언론이 주도적으로 또 적극적으
로 개입하지 않았다는 점에서 『그대, 우리의 아픔을 아는가』라는 한 권
의 문학 작품이 갖는 정치성은 더욱 강조될 수밖에 없을 것이다. 또한
단순히 보고자, 고발자의 수준을 넘어서서 논리적 분석과 냉철한 판단
에 근거한 논평적 서술을 부연하는 것은 이 작품이 피해자의 고통과 아
픔을 위로하고 명예회복을 요구하는 것뿐만 아니라 사건에 대한 정확
한 조사와 진상 규명을 요구한다는 목적의식을 분명하게 드러내는 것
이라 하겠다.

2) 비판적 기능과 제국주의적 만행의 폭로

르포(reportage)는 본래 그 의미대로 특정한 사회현상이나 사건에 대한
단편적인 서술이 아닌, 보고자(reporter)가 자신의 해석 등을 기반으로 하
여 심층적으로 취재하고 종합적인 기사로 완성하는 것이다.[3] 때문에
기록 장르 중에서도 가장 주관성을 많이 드러내는 장르라 할 수 있다.
작가는 자신이 직접 보고 듣고 체험한 내용을 기록하게 된다. 그러므로

---

3) 김원, 「서발턴(subaltern)의 재림−2000년대 르포에 나타난 99%의 현실」, 『실천문학』
   봄호, 2012.3, 193쪽.

르포 장르는 기록 장르가 지닌 객관성과 주관성의 이중적 특성, 저널리 즘과 예술의 이중적 특성을 잘 보여준다고 할 수 있다.4) 그리고 상당부 분 작가의 체험 내용과 목격자의 증언 내용을 토대로 서술되기 때문에 1인칭 시점을 유지한 채 주인공으로 혹은 관찰자의 입장에서 서술하게 된다.

『그대, 우리의 아픔을 아는가』의 서술자 역시 작가 자신을 드러내는 1인칭 서술로 일관되어 나타난다. 서술자는 자신이 직접 경험한 내용은 물론 주변인들의 증언과 당대 사회에 대한 전반적인 상황까지 종합적 으로 제시한다. 이때의 서술 태도는 상당히 객관적인 입장에서 당시의 불합리함과 전쟁 시의 긴박함을 드러내는 것은 물론 그에 대한 서술자 의 판단과 해석으로 사건의 내용을 비판하고 폭로하는 데 집중한 양상 이다. 이는 독자의 정치적 행동을 자극하기 위한 목적에서 비롯된다. 한국전쟁에서 최대 우방국으로서 지위를 확보한 미군의 만행을 폭로함 으로써 우리 민족이 간과하고 있는 미국의 제국주의적 폭력성을 고발 하고자 하는 것이다. 아울러 당시 정부의 무능함이나 관료들의 부정부 패로 인해 핍박받는 민중의 삶을 대변하고 있는 것 역시 '고발자', '폭 로자'로서의 서술 위치에서 이루어지고 있다.

> (3) 정부 수립 당시 남한에는 350만 명 이상의 사람들이 집도 직장도
> 없이 살길을 찾아 방황하고 있었다.
>   많은 국민들이 우리 정부가 들어서기만 하면 모든 문제가 해결되고
> 모두가 잘살게 될 것으로 기대하고 있었으나, 정부 수립 후 1년 반이 되
> 어도 국민들의 생활은 조금도 나아지지 않았다. (40쪽)

---

4) 강태호, 「기록문학과 기록영화의 장르 특성 비료 연구―독일의 르포 문학과 르포 다 큐멘터리를 중심으로」, 『독어교육』 제43집, 2008. 12, 178쪽.

(4) 이에 반해 한국군은 너무나도 약했다. 빈약한 구식 미제 무기로 무장하여 허술하기도 했지만 방어 태세가 도무지 되어 있지 않았다. 시멘트, 전선 등 전략 물자를 북한에 넘겨주고 그 대가로 명태를 받아 이를 팔아서 돈을 벌다가 1949년 10월에 육군참모총장 자리에서 쫓겨났던 채병덕이 어찌된 영문인지 이듬해 4월에 6개월 만에 다시 그 자리에 취임한 후 육군의 중요 직책에 대한 인사 이동을 단행하여 지휘관들의 업무 파악이 제대로 안 된 상태에서 6·25를 맞았다.

6월 23일부터는 38선상에 배치되어 있는 국군 총병력 4만 명 중 3분의 1 이상을 농번기 휴가를 보냈다. 게다가 6월 25일 새벽에는 한국군의 중앙지휘부가 완전히 마비되어 있었다. 채병덕은 전날 밤의 댄스 파티로 술이 과해 곤히 자는 바람에 춘천 방면의 국군 제6사단에서 걸려온 '전면전 발발 보고'를 들을 수가 없었고, 신성모 국방 장관은 아예 전화기를 내려놓고 있어 연락이 되지 않았다. 또 전군(全軍)의 작전 실무 책임을 맡고 있던 육군본부 작전 국장 장창국 대령은 마침 며칠 전 이사를 해 전화번호도 주소도 알 수 없는 상태였다. 육군본부 명령 지휘 계통은 6월 25일 오전 10시경까지 제 기능을 발휘하지 못하고 있었다. (47쪽)

(5) 지금까지 적은 것은 철로 및 도로 위에서 벌어졌던 일과 내 아내가 폭격을 피해 들어갔던 터널, 정확히 말해서 바닥의 폭 7.1미터, 길이 23.7미터에 높이 10미터의 아치형 터널 속에서 일어났던 사건에 관한 이야기이다.

이번에는 '또 하나의 터널' 속에서 있었던 일들에 대해 적어본다.

'또 하나의 터널'이란 아내가 피신했던 터널의 바로 옆에 붙어 있는 같은 크기 같은 모양의 터널, 즉 쌍둥이 터널 중의 나머지 하나를 말한다. (중략) 바로 이 나머지 터널 속에서도 미군들에 의한 끔찍한 살상극이 연출되었던 것이다. (135쪽)

(6) 피난민들이 배를 타고 강을 건너가는데 쌕쌕이가 날아와 기총소사를 해대는 바람에 배 위에서 많은 사람이 죽었다는 이야기, 강둑 기슭을 떠난 배가 너무 무거워 침몰 직전에 이르자 배 안 사람들이 마지막에 배

에 오른 여인에게 내리라고 야단을 쳤는데 그 여인은 등에 업고 있던 아이를 강물 속에 던졌다는 이야기, 또 어느 청년은 아들을 어깨 위에 태우고 걸어서 강을 건너다가 쌕쌕이의 기총소사를 받게 되자 아들을 강물 가운데에 버려두고 자기만 건넜다는 이야기 등 도저히 믿기지 않는 말들을 늘어놓았다. (210쪽)

(3)의 경우 당시 국민들의 경제적 궁핍의 심각성과 그 원인으로서 정부의 무능함을 고발한 것이다. (4)는 한국전쟁 발발 당시 한국군의 부패와 전력(戰力) 상실에 대해서 고발하고 있으며, (5)는 노근리 양민 학살 현장에 대한 사실적인 정보 제공을, (6)은 미군의 반인륜적 전범 행위에 대해 이성을 상실할 정도로 극한의 공포를 느낀 피란민들에 대한 내용을 담고 있다. 이 예문들은 모두 문학적 서술이라기보다는 르포 형식의 서술이라고 보아야 할 것이다. 요컨대 『그대, 우리의 아픔을 아는가』는 최우방국이었던 미국의 제국주의적 이면을 과감하게 폭로하는 데 주저함이 없다. 당대 시대상을 서술하고, 상황을 설명하는 데 있어 작가는 철저하게 저널리스트의 입장에서 사건의 내용을 사실적으로 전달하고 있다. 동시에 르포 문학에서 공통적으로 등장하는 화두로서 당대 현실 또는 사건의 진실에 대해 거침없이 폭로하였다. 아울러 비가시화되어 알려지지 않았거나 혹은 의도적으로 은폐되었던 사실을 심층적이고 생생하게, 그리고 무엇보다 냉철한 객관적이고 분석적인 언어로서 드러낸다. 피해자이자 고발자로서 작가는 미국의 제국주의적 폭력성에 대해서 노골적이면서도 상세하게 설명하고 분석하였다. 노근리 주민들을 상대로 무차별하게 학살을 감행한 것에 대해서는 분명하게 전쟁 범죄로 판단하고 있으며, 판단의 도출과정을 논리적으로 설명함으로써 세계 강국인 미국이 얼마나 제국주의적 폭력과 반인륜적 범죄를 저질렀는지를

설득력있게 비판하였다.

그 내용을 보면, 작가는 노근리 사건 발생 원인을 밝히고 미국의 제국주의적 만행을 규정하는 세 가지 추론을 시도하고 있다. 첫 번째는 패퇴하던 미군이 겁에 질리고 이성을 상실하여 무차별 공격을 실행한 것이라는 추론이다. 두 번째는 아군들의 피해에 대한 복수 행위로서 민간인을 상대로 학살을 저질렀다는 추론이다. 마지막으로 세 번째는 피란민들에 대한 부담감이 원인이 되었을 수도 있다는 추론을 제시한다. 문제는 이러한 세 가지의 추론 중 어느 것이 원인이 되었다하더라도 비무장 민간인에 대한 무차별적 공격과 학살은 국제법에 위배되는 것으로 분명한 전쟁 범죄라는 것이 작가의 설명이다. 그리고 이러한 만행이 가능했던 것은 약소국과 유색인종에 대해 무시와 혐오를 드러내는 미국의 제국주의적 속성에 기인하는 것으로 판단할 수 있다.5)

이처럼 미국의 제국주의적 만행과 반인류적 폭력에 대한 저항적 서술이 유의미한 것은 바로 여기에서 문학의 정치성이 생성되기 때문이다. 랑시에르에 따르면, 정치란 '합의(consensus)'를 바탕으로 하는 안정된 체제에 균열을 가하고 분열을 야기하는 것이다.6) 랑시에르는 아리스토텔레스를 인용함으로써 정치의 개념을 재해석하였다. 아리스토텔레스가 인간을 '정치적 동물'이라고 말했을 때, 그 기저에는 인간이 정의와 불의를 공동적으로 제기할 수 있는 '말'을 소유하고 있음이 전제로 놓

---

5) 정진성, 「인권의 관점에서 본 노근리 사건의 재해석」, 『민주주의와 인권』 Vol 1, 2001 ; 오연호, 「노근리, 그리고 힘의 질서」, 『당대비평』 제9호, 도서출판 삼인, 1999.

6) 랑시에르는 "정치"(politics)와 "정책"(policy) 또는 "경찰질서"(police order)를 구분한다. 그는 사회구성원의 역할과 자리를 규정하며 분배하여 통제하는 것을 '경찰질서'라고 칭하며 이러한 경찰 질서에 의하여 역할과 자리를 분배받지 못한 자들의 항의와 목소리가 들릴 수 있도록 만드는 것을 '정치'라고 부른다.(구자광, 「'멜랑콜리'와 탈식민 '정치' : W. B. 예이츠의 경우」, 『한국예이츠저널』 제28권, 한국예이츠학회, 2001.12.31, 5~41쪽 참조)

여있다. 따라서 정치 행위는 정치적 능력이 입증되는, 무엇이 '말'이고 '외침'인지 결정하는 하나의 갈등이다. 또한 아리스토텔레스는 『정치학』에서 시민을 "지배하는 일과 지배받는 일에 참여하는/몫을 가진 자"라고 정의하였다. 랑시에르는 이를 참고하여 정치가 권력 행사와 권력을 위한 투쟁이 아니라 특정한 경험들의 영역을 구성하는 것이며, 따라서 정치에 관한 모든 것은 참여/몫을 가짐(avoir-part)에 있다고 주장하였다. 아리스토텔레스가 『정치학』에서 시민을 둘로 구분했듯이, 랑시에르는 정치의 영역에서 공동적인 것으로 간주되는 어떤 대상과 그 대상들이 무엇인지 지칭하고 대중에게 설명하는 역량적 주체들로 구분했다. 그러므로 정치란 공동체 전체 자체와 동일시되는 몫 없는 자들이 어떤 몫을 보충하면서 이 타협을 교란시키는 것이며, 자신들의 몫을 주장하는 정치적 행위가 문학적으로 형상화되었을 때, 문학의 정치성이 생성된다고 본다.[7]

이러한 정치의 개념 규정을 따를 때, 『그대, 우리의 아픔을 아는가』는 가시적인 역사와 비가시적인 사실 사이의 틈에 개입하고 억압적 폭력에 대항하는 저항성을 일으킨다는 점에서 문학적 정치성의 의의를 갖는다. 이 작품은 전쟁이라는 극한의 공포와 민족적 아픔을 토로하는 것은 물론, 당대 사회가 지닌 모순과 국내에 주둔해 있던 미국의 야만성을 고발하고 있으며, 무능한 정부와 관료들의 행태와 우방국이면서 제국주의적 만행을 저지르는 미군의 양면성에 대해서 거침없는 비판을 쏟아내는 것으로, 안정된 것으로 보이던 국제적, 국내적 관계성에 균열을 내고 있기 때문이다.

---

7) 자크 랑시에르, 『문학의 정치』, 유재홍 역, 인간사랑, 2009, 10쪽 참조 ; 자크 랑시에르, 『정치적인 것의 가장자리에서』, 양창렬 역, 도서출판 길, 2008, 233~249쪽 참조.

노근리 사건은 사건 발생 이후 40여 년 동안 가해 국가에 대해 제대로 된 항의조차 할 수 없도록 금기시된 이야기였다. 미국의 경제적 지원을 받으며 반공을 국시로 하는 정권 하에서 미군의 불법 행위, 전쟁 범죄를 고발하거나 비판한다는 것은 불가능한 일이었다. 그럼에도 불구하고 소설을 통해서 금기시된 이야기를 고발하고 비판하고 있는 이 작품은 문학이라는 소통방식에 의존하여 은폐된 진실을 드러내고, 가시적 역사 속에서 배제되거나 삭제되었던 희생자들을 구원하고자 함으로써 문학의 정치성을 가장 극명하게 보여주고 있는 것이라 하겠다.

3) 여론화 기능과 인류 보편적 가치의 제고(提高)

앞서 서술하였듯이 한국전쟁 직후는 물론이고 이후 한국에 군사정권이 들어서자 미국은 물론 한국정부도 노근리 사건에 대해서는 감히 발설조차 할 수 없었다. '자유를 수호하기 위해 목숨을 바친 국군과 미군'이라는 역사적 평가는 그들의 불법행위에 대해 거론할 수 없는 강제성을 띤 역사인식으로 이어졌다. 이처럼 억압된 사회 분위기는 이 사건을 50여 년 간 묻어두게 만든 주요 배경이 되었다. 결국 미군에 의한 양민 학살이 처음 본격적인 문학적 재현을 거치는 것은 친미와 반공을 국시로 했던 박정희, 전두환 정권을 지나 문민정부로 들어서던 시절에야 비로소 가능해질 수 있었다.

그러므로 노근리 양민 학살 사건에 대한 국내 언론의 보도는 사실상 『그대, 우리의 아픔을 아는가』의 출판을 계기로 시작되었다고 할 수 있다. 1994년 4월 29일 『연합통신』을 시작으로 『한겨레신문』, 『한국일보』, 『경향신문』, 『주간 조선』, 월간 『말』 등의 언론은 이 작품의 출판에 대한 소식을 전하며 중심 내용이 된 노근리 양민학살 사건을 기사화한 것이다.8) 더욱이 1994년 7월 7일 외신 AFP에서 이 작품의 출판을 소개하는 것으로 외신 보도가 시작되었다는 점도 당시 이 작품의 영향력을 확인할 수 있다. 다시 말하면, 국내의 정치적 상황과 이데올로기적 억압의 시대 상황에 의해 금기시되어야 했던 이야기가 다양한 언론의 관심을 통해 전파될 수 있었던 것은 바로 사건을 문학적으로 형상화하여 독자의 공감을 이끌어내고자 했던 작가적 노력의 성과라 할 것이다.

사실상 노근리 사건의 진상을 규명하고 미국 정부로부터 사과를 받아내겠다는 노근리 사건 대책위원회의 발족 목적은 말 그대로 실현 가능성이 희박한 투쟁이었다고 하지 않을 수 없다. 그럼에도 불구하고 이들의 활동이 소기의 목적을 달성하고 현재까지 국내외 언론은 물론 단체들로부터 지지와 호응을 얻을 수 있는 것은 노근리 사건 대책위원회의 활동 목적인, 비단 '노근리 사건'의 조속한 해결에만 있는 것은 아니었기 때문이다. 노근리 사건을 세계에 알리고 여론을 형성하는 노근리 사건 대책위원회의 궁극적 목적은 곧 '평화'와 '인권'의 수호라는 인류 보편적 가치의 제고(提高)에 있다. 이를테면 미국을 향해 반감을 조성하거나 일방적으로 그들의 만행을 위해서 결집하고, 활동 영역을 확장해 나가는 것이 아니라 인간의 기본권이 갖는 가치를 재천명하고 세계 평화와 반전(反戰)의 메시지를 전달하는 데 그 활동 목적이 있었던 것이다.

그러므로 『그대, 우리의 아픔을 아는가』의 최종 목적지도 바로 여기에서 찾을 수 있을 것이다. 이 작품을 통해서 작가는 실제 피해자들의 사연을 소개하는 것으로써 평등의 사례를 구축하고자 한다. 이때 평등

---

8) 정진성, 앞의 글, 152쪽 참조.

이란 '정치적 주체화의 과정'을 의미한다. 기존의 체제에서 배제되었던 몫 없는 자들을 나눔의 자리로 다시 불러들이는 것이다. 보이지 않는 것, 들리지 않는 것, 말할 수 없는 것들을 보이게 하고 들리게 하고 말하게 함으로써 지배적 권력에 의해 억압되었던 정체성을 새로운 감각으로 인식하게 하는 것이다.

랑시에르(Jacque Ranciere)는 정치적인 것이 미학적인 차원9)을 통해 출몰한다고 보았다. 이때의 정치적인 것은 문학의 현실 참여를 의미하는 것이 아니다. 그것은 문학의 본질성과 결부시켜 생각해 볼 수 있다. 랑시에르는 문학이 단어들과 사물들 사이의 틈을 만들고, 단어들과 정체성 사이의 틈을 만드는 점에 주목했다. 그리고 문학에서 나타나는 탈정체화가 "억압적 상황에 대한 해방가능성을 만들어낸 데 개입"한다는 의미에서 문학이 정치적인 것이라고 보았다.10) 이러한 문학의 정치는 '감성적인 것의 분배'를 통해 이루어진다. 즉 문학은 시간과 공간, 가시적인 것과 비가시적인 것 등의 구획에 개입함으로써 지각장의 틀을 다시 짜는 감성적인 혁명을 가능하게 하는 것이다.11) 따라서 『그대, 우리의 아픔을 아는가』가 역사의 진실을 규명하고 세계 언론의 주목을 받는 데 영향력을 발휘하며, 오랜 시간동안 변함없이 독자들의 감동을 이끌어낼 수 있었던 것은 이 작품이 함의하고 있는 인권과 평화의 메시지

---

9) 여기서 '미학'이란 단순히 예술을 성찰하고 연구하는 근대적 학문 분과의 이름이 아니라 칸트의 용법처럼 감각적인 것이 수용되는 시간과 공간 표상을 다루는 감성학(Asthetik)을 뜻한다. 그러므로 미학의 정치는 몫을 갖지 못한 자들이 감각적 영역 전체에 작동하는 기본의 분배 방식에 불일치의 견해를 제기하고 공동의 세계를 형성하는 활동을 의미한다. (자크 랑시에르, 『정치적인 것의 가장자리에서』, 양창렬 역, 도서출판 길, 2008, 119쪽 참조)

10) 양창렬, 「'문학성'에서 '문학의 정치'까지」, 『문학과 사회』, 2009 봄, 448쪽.

11) 자크 랑시에르, 『정치적인 것의 가장자리에서』, 양창렬 역, 도서출판 길, 2008, 48쪽 ; 자크 랑시에르, 『문학의 정치』, 유재홍 역, 인간사랑, 2009, 9~18쪽 참조.

가 감성적인 혁명을 불러일으킨 데 있었다고 하겠다.

(7) 그는 옛 모습의 코를 찾지 못한 채 44년을 살아왔다. 지금도 다친 코 부분이 가끔 아플 때가 있다고 한다.

노경이 불원한 지금까지 살아오면서 정신적, 육체적으로 겪은 아픔과 손실을 누가 어떠한 방법으로 보상해 줄 것인가? (151쪽)

(8) 이러한 살상 사건이 벌어졌다는 사실 자체가 우방인 한미 두 나라 사이에 있어서 지극히 불행한 일이기는 하지만, 미국이 인권을 존중하는 국가답게 앞으로 그들의 군대에 의해 이러한 사건이 세계 어느 곳에서도 다시는 재발되지 않도록 하는 데에 이 글이 도움이 되었으면 하는 것이 나의 바람인 것이다.

끝으로 미국 정부는 노근리에서 죽어간 많은 영혼들과 그 유가족들 그리고 생존해 있는 부상자들을 위안할 수 있는 공개적이고 양심적인 조치를 취해주길 바란다. (170쪽)

위의 예문들은 노근리 사건의 피해자 개인의 고통에 대한 토로나 개별적 사건에 대한 해결, 보상을 강조하는 것이 아니다. 그것은 인류 보편의 권리인 인권의 훼손에 대한 비판적 인식에서 비롯된 것이고 인권 수호에 대한 권리를 주장하기 위한 서술표현이라고 할 수 있다. 작가는 미군의 야만적 행위로 인해 한 개인의 신체적 훼손이 얼마나 큰 인권의 훼손으로 심화되었는지를 독자에게 보여준다. 그리고 그러한 민간인 살상이 비단 한국과 미국이라는 두 나라 사이에서만 벌어지는 일이 아니라 세계 어느 곳에서도 재발될 수 있는 비윤리적 전쟁범죄임을 분명히 하고 있다.

아울러 노근리 사건은 한국전쟁 당시 발생한 유사 사건들 중에서도 대표성을 지니고 있다. 그것은 피해자가 중심이 되어 조직을 구성하고 미국 정부를 상대로 한 진상규명과 사건해결을 위한 다양한 활동을 벌이고 무엇보다 대통령의 유감 성명을 받는 등 가시적인 성과를 이루어냈으며, 한미 양국의 외교사적 측면에서도 성과를 얻어낸 대표적인 사례로 평가받고 있다는 점에 기인한다. 실제로 『그대, 우리의 아픔을 아는가』의 출판을 계기로 작가는 1994년 6월 15일에 생존피해자와 유족 등과 함께 노근리 양민학살 사건 대책위원회를 창립하였고, 이후 2003년 6월 13일에 '사단법인 노근리 사건 희생자 유족회'로 발전하게 되었다. 이렇게 단체 활동을 통해 노근리 사건의 진실 규명과 사건 해결 방안을 모색해 온 노근리 사건 대책위원회는 지금까지도 끊임없이 시민들의 인권보호의식 고양과 평화 애호 사상의 함양을 위해 다양한 행사와 사업을 이어가고 있다.

이러한 활발한 활동을 통해 노근리 사건 대책위원회는 전(前) 클린턴 미국 대통령의 유감 성명 발표와 노근리 특별법 제정, 노근리 평화 공원 조성 등 피해자 중심의 인권 운동에 대한 가시적인 성과를 이룩해 낼 수 있었다. 이는 인권을 유린당한 주체가 스스로의 자리/몫을 추구하는 과정에서 이룩해 낸 정치성이다. 또한 피해자들의 인권 회복과 피해보상을 위한 그들의 활동이 거시적으로 지향하는 목표의식은 세계 인권의 수호와 평화, 반전(反戰)에 있기 때문에 비단 피해 당사자들만의 활동으로 끝나지 않고 세계의 관심과 집중, 호응을 이끌어낼 수 있었던 것으로 평가할 수 있다.

대량학살 전쟁 또는 인간의 존엄성을 심각하게 침해하는 잔혹 행위 등은 인류에 대한 범죄 행위로서 당사국만의 관심사라고 할 수가 없다. 이러한 범죄 행위에 대해 개별국가의 재판 관할권을 넘어 범세계적 차원에서 그 책임자를 처단하고 예방책을 강구하기 위한 '보편적 관할권'

을 창설해야 한다는 주장은 제2차 세계대전 후에 확립된 국제 인권 사상과 함께 발전되어 왔다.[12] 결국 이 작품의 궁극적인 목적은 노근리 사건에 제한되거나 전쟁 피해자의 육체적 훼손에 한정되어 있는 것이 아니다. 작가는 인류 보편적 가치인 인권과 평화의 문제를 언급하고 있고 그것을 수호하는 데 있어서 강대국인 미국의 책임과 역할이 막중하다는 사실을 공표하고 있다. 요컨대, 독자를 향해 이러한 보편적 인식 체계로의 확산을 유도하고 있다는 점에서 이 소설의 문학적 정치성과 그 의의는 더욱 크게 작용한다고 하겠다.

3. 문학적 형상화와 공감의 윤리

지금까지 한국전쟁의 참혹함과 비극성은 다양한 문학 작품으로 재현되어 왔다. 동일한 배경과 소재가 우리 문학에서 하나의 줄기를 이룰 수 있는 것은 그것이 우리 민족 공동의 아픔이고 고통이기 때문일 것이다. 그런데 우리가 타인의 고통과 아픔을 공유하기 위해서는 먼저 이성적 판단이 우선해야 한다. 타인의 상황과 경험에 대한 인지(認知)와 이해가 충분히 제공될 때 우리는 타인의 고통과 마주할 수 있게 되고 비로소 그들의 고통과 상처에 접근할 수 있다. 다시 말해서 그들의 감정에 참여할 수 있게 되는 것이다. 따라서 타인의 고통을 내 것으로 배분받기 위해서, 또 타인의 경험을 나와 무관하지 않은 경험으로 수용하기 위해서는 이성적 이해와 설득의 과정을 거쳐서 감정의 공유 관계로 발

---

12) 김영구, 『'피해자 중심 인권운동'의 전개과정과 성과에 관한 연구―'노근리 사건 대책위원회'를 중심으로』, 경희대학교 석사논문, 2008, 15~16쪽.

전하게 해야 한다. 이러한 감정의 공유, 교감의 상태를 우리는 공감(共感, empathy) 또는 동감(同感, sympathy)이라고 한다.[13]

문학 작품을 통해 독자가 타자의 감정과 교감을 느끼게 되는 경우는 공감과 동감을 모두 불러일으킬 수 있다. 문학이란 시대와 공간을 초월하여 보편적 감정을 공유할 수 있게 하는 매개가 되며, 유사한 시대와 사건을 경험한 독자들에게는 당시를 회고하며 동일한 감정을 체험할 수 있는 간접 경험의 기회를 제공하기 때문이다. 이렇게 문학 작품을 통해서 독자가 공유하게 되는 피해자의 고통은 피해자의 입장에서 피해자와 동화되었을 때 공유할 수 있다. 흄은 인간들이 이성을 통해서가 아니라 감정을 통해서 도덕적 영역에 나아갈 수 있다고 본다. 그래서 그는 선과 악 등도 사고나 추론을 통해서 우리에게 알려지는 것이 아니라 감정 내지 느낌(feeling)을 통해서 우리에게 알려진다고 주장한다. 그리고 그는 도덕적 차원에서는 이성보다 감정을 더 중요시하고, 그 차원에서는 감정이 이성보다 우리에게 더 확실하다고 한다.[14] 때문에 고통의 공감과 동감으로 이루어지는 윤리성의 창출은 피해자의 고통을 이

---

13) 공감(共感)과 동감(同感)은 모두 타인의 감정을 내 것으로 받아들이고 타인과의 감정적 교류, 즉 교감이 가능해진 상태를 의미한다는 점에서는 동일하다. 그러나 공감(共感)은 보편성을, 동감(同感)은 동시대성을 강조하여 의미한다는 점에서는 구분하여 사용할 필요가 있다. 제러미 리프킨은 『공감의 시대(The Empathic Civilization)』에서 공감은 동감과 정서적 공통점을 갖고 있지만 실제로 둘의 내용은 전혀 다르다는 사실을 확인해 주고 있다. 공감적 고통, 다시 말해서 남의 고통을 자신의 고통처럼 느끼는 상태는 인류 보편적 조건이다. 하지만 동감(同感)의 경우 "함께 느낀다(feeling with)"라는 사전적 의미를 갖는다. 즉 '동감한다'는 말은 다른 사람들과의 감각적인 느낌이나 의견 등이 일치한다는 것을 의미한다는 것이다. 이러한 구분에 따른다면, 감정이입에서 유래된 공감은 다른 사람의 입장이 되어 그들이 어떻게 느끼고 생각하는지 이해하는 것을 의미하며, 적극적인 해결의 자세 또한 함축되어 있다고 하겠다. 다른 사람의 불편한 상태를 그저 특은 하게 바라만 보는 것이 동감이라면 이성적인 해결책을 제시하는 적극적인 행동이 공감이다.(제러미 리프킨, 『공감의 시대(The Empathic Civilization)』, 이경남 역, 민음사, 2010)

14) 금교영, 「막스 셸러의 공감론(1)」, 『철학논총』 제3집, 영남철학회, 1997.11, 438쪽.

성적 판단으로 이해하는 수준을 넘어서 감정적 공유로서 가능하게 되는 것이다.

　막스 셸러(Max Scheler)에 따르면, 동감은 타인의 감정 체험에 대해 자아가 그의 감정 체험을 그대로 감정적으로 이해하는 것이다. 막스 셸러는 감정을 네 가지 종류로 분류하였다. 곧 감성적 감정, 생명적 감정, 심적 감정, 그리고 정신적 감정이다. 이 감정들은 우리 인간의 심정에 공존하고 있으면서 때로는 어떤 감정이 다른 감정보다 더 강렬히 발하기도 하고, 또 다른 감정이 그 어떤 감정보다 더 강렬하게 발해 있기도 한다. 감정적 가치를 추구하는 삶은 감성적 삶 내지 물질적 향락의 삶이며, 생명적 가치를 추구하는 삶은 신체적 건강과 생명적 안위를 위하는 삶이며, 심적 가치를 추구하는 삶은 심적 안락과 행복을 위하는 삶이며, 정신적 가치를 추구하는 삶은 진리 가치, 윤리 가치, 미의 가치를 추구하는 정신적 삶이다.15) 막스 셸러는 인간이 윤리적 삶을 사는 데 이성 못지않게 감정이 큰 기여를 한다고 본다. 감정이 가치를 감지하고 감지된 가치를 선취, 후취하는 일을 하게 되는 것이다. 그래서 그것은 우리 인간이 더 훌륭한 가치를 실행하여 윤리적 의미의 선, 악을 이행할 토대를 닦게 한다.16)

　　(9) 무더운 바람에 실린 피비린내가 터널의 양쪽 입구로부터 연신 밀

---

15) 이런 양상은 우리의 심정에서 매우 다양하게 나타난다. 예컨대, 감성적 감정이 지향적으로 작용하는 대상 즉 가치는 고통, 간지러움과 가려움의 가치이고, 생명적 감정이 지향적으로 작용하는 가치는 허약, 갈증, 병환, 건강의 가치이고, 심적 감정이 지향적으로 작용하는 가치는 슬픔, 즐거움, 비애의 가치이고, 정신적 감정이 지향적으로 작용하는 가치는 지복, 실망, 양심의 가책, 구원, 후회의 가치이다.(금교영, 『막스 셸러의 가치 철학』, 이문출판사, 1995, 119~122쪽 참조 ; 맨프레드 프링스, 『막스 셸러 철학의 이해』, 금교영 역, 이문출판사, 1995, 53쪽)

16) 금교영, 「막스 셸러의 윤리학적 공감론」, 『새한철학회논문집』, 철학논총, 1999.2, 4쪽.

려 들어왔다.

　좁은 공간 속의 암흑은 전율과 비통으로 물들어가고 있었다. 이 암흑
속에서 한 여인의 신음 소리가 들려왔다. 처음에는 목구멍을 가볍게 울
리는 나직한 소리로 시작하더니만 시간이 지남에 따라 점점 커져서 급기
야 고통을 못 이기는 숨가쁜 신임으로 변해갔다.

　"아니 누가 저런댜?"

　터널 한가운데쯤에서 한 노파의 수리먹은 음성이 들렸다.

　"임실 조씨네 며누리랴. 남일의 새닥 말이여."

　그녀의 곁에 앉아 있던 다른 노파가 힘이 빠진 목소리로 대답을 했다.

　"어디가 아파서 저러지?"

　"산기가 있다잖아."

　"애를 난다고? 이 난리 속에서 해산을 햐? 쯧쯧. 조금 참았다가 날 것
이지."

　"어디 그게 맘대로 되는 일인가베."

　(중략) 여인이 시모의 팔에 매달려 "으—"하고 혼신의 힘을 다하는 순
간 "응애" 소리를 지르며 새 생명이 태어났다. 고고지성(呱呱之聲)이 어
둠 속으로 퍼져나갔다.(중략)

　"장성한 사람들도 갇혀서 꼼짝달싹 못하고 마구 죽임을 당하고 있는
판국에 저 핏덩어리가 어떻게 살아남을 것이어?"

　그는 갓 태어난 손자가 불쌍해서 마음이 몹시 아팠다. 그리고 답답했
다. 탁 트인 검푸른 하늘이 올려다보이는 터널 입구 쪽으로 걸어나갔다.

　그런데 바로 그때 갑자기 요란스러운 기관총 소리가 심야의 정적을
깨면서 탄환이 터널 안으로 날아들었다. 그리고 그 중 한 발이 조노인의
윗가슴에 맞았다. "억" 비명을 지르면서 그는 서 있던 자리에 고꾸라지
고 말았다. (133~135쪽)

　작가는 전쟁의 비극성과 당시의 피난민들의 참혹한 상황을 서사화하
기 위해서 극적 방법을 활용하고 있다. 이러한 서술방식은 앞서 사건
개요에 대한 객관적 서술이나 작가의 해석학적 분석이 제시되는 논평

적 서술보다 독자의 공감을 이끌어내는 데 효과적이다. 설명과 해석의 방식은 단순히 작가의 서술에 의해 전달되는 것이지만, 인물 간의 대화나 행동 묘사, 체험에 대한 감각적인 재현 방식은 독자가 당시의 상황에 몰입하고 감정을 공유하는 데에 보다 더 강력하게 작용하기 때문이다. 요컨대, 작가는 비극적 상황의 서사화 과정을 서술자의 기술에 의존하는 것이 아니라 작중 인물들의 대화로 풀어 전달함으로써 당시의 상황에 대한 절박함과 고통스러운 탄생의 시간을 독자가 직접적으로 느낄 수 있도록 하였다.

이러한 극적 재현 방식에 의해 독자는 극중 서사에 몰입할 수 있게 되고, 작중 인물들의 감정에 접근하게 되면서 공감의 정서를 확보하게 된다. 더욱이 감정 이입의 상태를 최고조로 이끌어내는 데 있어서 "피비린내"와 "고고지성(呱呱之聲)", "검푸른 하늘"의 감각적 이미지의 활용은 죽음의 공간에서 이루어진 생명의 탄생이라는 아이러니한 비극을 더욱 극대화하고 있다. 또한 손자의 죽음을 안타까워하며 답답함을 달래려던 '조노인'의 급작스러운 피격은 그야말로 노근리 사건의 무참한 희생에 대해 공분(公憤)을 일으킬만한 극적 사건으로 연결되어 있다.

(10) 날이 밝고 또 밝아 7월 29일, 끔찍한 학살극이 시작된 지 나흘 째 되는 날 이른 아침의 노근리 앞 터널. 즐비하게 누워 있는 시체들이 여명의 회색 공기 가운데에서 하나둘씩 그 모습을 드러내기 시작했다. 피비린내와 인체 썩는 냄새가 습기찬 공기에 섞여 터널 안에서 진동하고 있었다. 시체들 가운데에 드문드문 누워 있는 넋 나간 생존자들은 반 식물인간처럼 희미하고 몽롱한 의식 속에서 헤매고 있었다.

생후 일 년도 채 안 되는 어린 아이 하나가 죽은 제 어미의 젖퉁이 사이에다 이마를 박고 젖을 빨아대다가 칭얼거리곤 했다. 목이 너무 쉬어 바람 소리만이 그의 목구멍에서 간신히 새어나왔다. 이 어린 아이는 이

번에는 엉금엉금 기어서 터널 벽 밑 물가로 갔다. 그리고 엎드려서 피가
섞여 흐르는 물을 핥았다. 버려진 조남일의 갓난아이는 아직도 목숨이
붙어 있어 가끔 기성을 지르면 꿈틀대고 있었다. 그러나 어느 누구 하나
이들에게 관심조차 돌리지 않았다.

  날이 환하게 밝았을 때 미군 병사 4~5명이 한 쪽 터널 입구에 나타났
다. 그들은 다짜고짜 터널 안에다 대고 총을 난사했다. 그때 살아남아 있
던 몇몇 사람들과 시체에 탄환이 픽픽 박혔다. 비명 소리가 콘크리트 벽
에 부딪혀 메아리쳤다. 놈들은 인간의 씨를 말리려는 듯 한참 동안 총질
을 계속했다. 터널 안에서 인기척이 끊기자 그들은 퇴각시간에 쫓기는지
조급하게 지껄여대며 멀리 사라져갔다. 정적은 터널 안팎에 오래 오래
머물고 있었다. (152~153쪽)

  냄새와 습기, 어린아이의 칭얼대는 소리와 꿈틀대는 모습들은 노근리
사건이 일어난, 지난 사흘 동안의 참상을 모두 각인시켜주는 이미지들
이다. 전쟁이 낳은 비극의 재현과 반인륜적 행위들로 인해 자행된 학살
현장의 묘사는 작가의 구체적 서술로 드러남으로써 독자에게로 감정
전이(轉移)를 일으키게 한다. 다시 말해서 이와 같은 시각적, 청각적, 후
각적, 촉각적 서술로 묘사되는 감각적 서사와 개인적 감각을 보편적 정
서로 확장하게 하는 재현방식은 독자로부터 공감을 이끌어낼 수 있는
여건을 마련하게 하는 것이다. 독자는 작중 인물의 개인적 체험을 피상
적인 이해나 추측이 아닌 자신의 감각적 체험과 동일시함으로써 보편
적인 정서로 확대하게 된다. 그리고 이러한 개인적 비극의 서사화가 바
로 공동체적 윤리감각을 일깨우는 구심점의 역할을 맡게 된다.

  독자의 감정을 자극하는 데 효과적으로 기여하는 비극의 구체적 양
상과 그것의 감각적 재현방식은 독자의 동감과 공감의 과정을 경험하
게 하고 이로써 윤리적 가치를 자각하게 한다. 이때의 윤리성은 인간에

대한 윤리, 곧 인간애의 발현이다. 그리고 인간애의 기본은 인권의 수호에 있다. 인간이 마땅히 인간됨으로서의 가치를 보장받을 수 있도록 하는 것, 그것이 박탈당했을 때 인간의 존엄성이 얼마나 심각하게 훼손당하게 되는지를 자각하게 하는 것이다. 앞서 랑시에르를 인용했던 바와 같이 인간으로서의 존엄성을 보장받지 못한, 즉 자신의 몫을 온전하게 배분받지 못한 사람들의 고통과 비참함을 공감하고 그들 스스로 자신의 온당한 몫을 가져갈 수 있도록 하는 것이 바로 인간애이다. 인간애는 동감을 통해서 비로소 가능한 것이다. 이를 막스 셸러는 "동감의 윤리"[17]라 하였다. 동감은 타인을 상상이 아닌 실재로 인식하는 것이다. 타인의 체험에 참여하고 그 과정에 반응하는 것이다. 따라서 동감은 인간의 경험과 인식을 확장할 수 있는 계기가 되고, 공동체의 구성원으로서 연대의식을 공유할 수 있게 한다.

4. 나가며

『그대, 우리의 아픔을 아는가』는 문학(소설), 특히 실화소설이라는 장르적 특성을 적극적으로 활용함으로써 작가의 집필 목적에 더욱 근접

---

17) 동감의 윤리학은 자신의 행동을 칭찬하거나 비난하는 관찰자의 판단과 태도 속에 자신을 대입시킴으로써, 즉 동감을 통해서 자기 행동을 바라보는 타인의 증오와 분노들에 직접 참여함으로써 자기 행동에 대한 윤리적 판단을 비로소 내릴 수 있다는 입장이다. 이것은 애덤 스미스, 흄 등의 영국인들과 루소와 쇼펜하우어로 대표된다. '보는 이에게 기꺼이 시인하는 느낌을 주는 심적 활동이나 성질을 덕'이라고 정의하는 흄의 입장도 거기에 속한다. 이것은 한 행동의 도덕적 가치를 그 행위의 의지 행위 자체 그리고 행위자의 인격 존재에 의해서 판단하는 것이 아니라 행위 관찰자의 태도에 의존하여 판단하는 것이다. (막스 셸러, 『동감의 본질과 형태들』, 조정옥 옮김, 아카넷, 2006, 526~527쪽)

할 수 있었다. 따라서 이 글은 이 작품이 '실화'와 '소설'이라는 양가적 의의를 동시에 수행하면서 도달할 수 있었던 작품의 내재적 의의를 포착하고자 하였다. 문학이라는 매체를 활용하기 이전에도 '노근리 양민 학살 대책위원회'는 다양한 영역에서 노근리 사건의 진상 규명과 피해자의 명예 회복을 위한 활동을 벌여왔다. 그러나 이 사건에 대해 여론을 조성하고 국내외의 집중 조명을 받을 수 있게 되었던 결정적인 계기는 바로『그대, 우리의 아픔을 아는가』가 출판되었기 때문이다. 이는 문학이 갖는 힘, 문학 작품이 제기하는 정치성의 파급력을 다시 한번 환기시키는 주요한 사례가 된다.

이를테면『그대, 우리의 아픔을 아는가』는 문학의 정치성을 가장 적확하게 보여주는 작품이다. 이 작품은 실화소설이라는 장르적 특질을 활용하여 일반 대중에게 알려지지 않았던 사건의 실제 내용들을 보도할 수 있었다. 특히 당대 사회의 모순과 우방국으로서 절대적 특권을 지녀온 미국에 대한 이면적 사실의 보고는 한국전쟁의 또 다른 일면을 확인하게 해 주는 계기가 되었다. 여기에 작가는 자신이 직접 보고 듣고 경험한 사실들을 토대로 객관적 사실 보고는 물론 심층적인 의미를 논리적으로 분석하여 진술을 더함으로써 지금까지 알려지지 않았던 사건의 진실 규명을 가능하게 하였다. 이 글은 이러한 작가적 서술 방식에서 랑시에르가 강조한, 문학의 정치성을 확인할 수 있었다.

아울러 이 글은 그러한 문학의 정치적 파급력을 효과적으로 확장시키는 데 기여한 이 작품의 또 다른 진술방식에서 공감의 윤리성이라는 감정의 정치성을 찾을 수 있었다. 전쟁의 참상과 인권의 훼손됨을 구체적으로 재현, 서술하는 작가의 진술 방식은 독자로 하여금 피해자의 감정에 이입할 수 있도록 하는 기능을 하였다. 독자가 사건 피해자의 감정에 접근하게 될 때, 비로소 피해자의 고통과 아픔을 자신의 것으로 받아들이고 감정의 소통이 이루어진다. 이러한 감정적 교류를 공감(共感)과 동감(同感)으로 설명할 수 있다. 공감이 보편성에 입각한 감정이라면, 동감은 동시대성에 근거한 감정이다. 문학 작품은 독자에게 공감과 동감을 모두 불러일으킬 수 있는 매체이다. 그리고 문학에 의한 공감, 동감의 발현은 인간애를 바탕으로 하는 윤리적 자각을 가능하게 한다. 우리는 문학 속의 타인과 교감함으로써 '나'의 중심성에서 벗어나 타인의 경험을 공유하게 되고 타인의 고통을 '나'의 것으로 수용하게 된다. 이러한 감정의 공유를 효과적으로 이끌어내기 위해서 작가는 비극적 참상을 구체적으로 묘사하고 감각적 서술을 통해 작품 속 피해자와 독자와의 거리를 최소화 한 것이다.

　이상에서와 같이 이러한 문학의 정치성과 공감의 윤리성은 곧 '실화'와 '허구'를 효과적으로 서술한 작가의 문학적 역량에서 비롯된 것이라 할 수 있다. 특히 이 소설의 제목이 '그대, 우리의 아픔을 아는가'라는 표현은 이 작품에 전략적으로 기획된 작가의 문제의식과 목적이 함축되어 있다. 그것은 '그대'라는 일반 대중 독자를 향해 '우리의 아픔'을 공유해 주기를 바라는 것이며, 그러한 공감의 가능성을 유발하기 위해 '아는가'라는 설의적 표현으로 문제의 근원을 짚어주고자 하는 것이다. 이처럼 이 작품이 기존의 노근리 사건 투쟁 방식과 다른 점은 바로 일반 대중으로 대상으로 하는 여론의 형성을 가능하게 한 것이고, 독자에게 계몽성을 부여하여 공감의 윤리성을 이끌어내는 데 성공했다는 것이다. 『그대, 우리의 아픔을 아는가』의 문학적 의의는 바로 이러한 계몽성의 확대와 윤리성의 독려에 있다고 하겠다.

만화 『노근리 이야기』1・2의 사건 구현 방식과 미적 형상화 연구*

안미영 건국대학교 글로벌캠퍼스 교수

1. 서론

이 글에서는 문학의 확장이라는 관점에서 박건웅의 만화 『노근리 이야기』1・2(새만화책, 2006)가 거둔 성과와 의의를 살펴보려 한다.1) 박건웅의 『노근리 이야기』1・2(새만화책, 2006)는 정은용의 실화소설 『그대, 우리의 아픔을 아는가』(다리, 1994)와 정구도의 사건진상 보고서 『노근리는 살아있다』(백산서당, 2003)를 만화로 재구성한 작품이다. 미군의 노근리 양민학살 사건을 소재로 한 『노근리 이야기』1・2는 그에 앞서 발표된 비전향 장기수의 삶을 그린 장편극화 『꽃』과 더불어 국내는 물론

---

* 이 글은 『한국문학이론과 비평』 59(2013)에 실린 논문이다.
1) 이에 대한 선행연구로 주완수, 「만화에 있어서의 전쟁과 기억-노근리 이야기를 중심으로-」, 『제4회 노근리 국제 평화학술대회』, 2010. 12, 21-40면. 이 글에서는 전쟁을 소재로 한 세계의 만화를 소개하고 있으며, 그 중 일부로서 <노근리 이야기>를 기억과 치유라는 주제로 언급하고 있다.

프랑스 · 이탈리아 등에서 반향이 컸다.2)

박건웅(1972년생)은 홍익대학교 회화과를 졸업한 후 만화를 시작했다. 그는 "숨어있는 한국의 근현대사를 만화로 그려"내려는 포부에서, '그림'의 가치만이 아니라 '이야기'의 가치에 주목한 결과 '회화'에서 '그림'으로 선회했다.3) 그는 2003년 노근리대책위원회 위원장이던 정은용(당시 83세)을 만나 소설을 만화로 그려 보지 않겠느냐는 제안을 받아 작업을 시작했으며, 긴 세월동안 전념한 끝에 만화 『노근리 이야기』 1부(2006)와 2부(2010)를 선보였다. 1부가 총 610면, 2부가 379면인 하드커버로 구성되어 있으며, 특히 1부의 절반가량이 1950년 7월 24일부터 29일 4일간, 충청북도 영동군 하가리와 노근리에서 참전 미군에 의해 발생한 피난민 학살을 묘사하고 있다. 그는 학살에 의해 무자비하게 희생당한 망자와 희생자의 회한을 재현해 놓았다.

그는 『노근리 이야기』에서 각 칸마다 한지(韓紙)에 수묵화로 삽화를

---

2) 박건웅의 알려진 만화로는 『꽃』(새만화책, 2004), 『노근리 이야기』 1 · 2(새만화책, 2006 ; 2010), 『홍이 이야기』(새만화책, 2008) 『나는 공산주의자이다』 1 · 2(보리, 2010), 『삽질의 시대』(사계절, 2012) 등이 있다. 그는 『노근리 이야기』로 '2011오늘의 우리만화상'을 수상하기도 했다. 박건웅의 『꽃』과 『노근리 이야기』는 2007년 앙굴렘 축제에서 프랑스 만화비평가 기자협회가 선정하는 아시아만화상 후보에 오르기도 했다. 『꽃』은 2006년 프랑스의 유명 만화 출판사 카스테르망(Casterman)에서 출간됐고, 같은 해 『노근리 이야기』 역시 이탈리아와 프랑스에서 출판 및 기념전시회를 열기도 했다.

3) 임민아, 「<만나고 싶었습니다. 27> : '꽃', '노근리 이야기' 박건웅 작가 인터뷰, 한국 근현대사 숨은 이야기 발굴하고파」, 『부천소식』, 2009. 4. 22. 그는 "보통의 작가들은 단편으로 시작해서 장편으로 가는데 나는 덜컥 장편부터 손을 댔다. 지금 보면 부족하고 아닌 것 같은 장면도 있지만, 숨은 이야기를 세상으로 끌어내기 때문에 의미 있는 작품들"이라며 "긴 시간 작품을 하면서 만화에 대한 훈련을 하게 됐고 만화를 좀 더 알아가는 과정"이었다고 회고했다. 최근 그는 정치적인 풍자나 사회적인 이슈를 꼬집어내는 그림을 다양한 방법으로 그려내고 있다. 박건웅의 인터뷰 내용은 이 기사를 참조한 것임. 그는 일찍이 한겨레신문에서도 역사에 대한 관심을 표명한 바 있다. "역사를 통해 반전, 평화 등 세계인의 공감을 끌어낼 수 있는 인간의 보편진리에 대한 접근을 계속 시도하고 싶습니다. 물론 만화를 통해서요."(김일주, 「만화로 세계인 공감 끌어내고 싶어요」, 『한겨레』, 2006. 12. 22)

그려 넣었다. 원작의 사실성을 살리는 핍진성 외에도 묵화의 예술성까지 고려했다.[4] "다른 나라 사람들에게 한국에서 일어난 사건이라는 걸 어떻게 효과적 알릴 수 있을지 생각"하면서 "한지에 수묵화 느낌으로 한국적 인물을 강조"했다.[5] 그의 삽화는 현란한 묘사보다 이야기의 배경이 되는 한국의 '자연(自然)'과 '농민(農民)'의 실체를 보여주었다. 담백한 필치와 양감은 한국 전통의 자연뿐 아니라 소박한 농민의 생활과 생리를 전달하는 데 적합했다. 흑백(黑白)의 두 가지 색은 사건의 간결성과 사실성을 부각시켰다. 이 글에서는 박건웅의 만화를 텍스트로 삼아 비언어적 기호로서 삽화가 이루어낸 성취를 분석하고 평가하려 한다.

이에 앞서 우선 텔링(telling)의 구조로서 만화의 효율성을 살펴보고, 원작소설·사건진상 보고서와 만화 간의 비교를 통해 양자 간 차이에 대해 살펴보도록 하겠다. 박건웅의 만화는 한국 근·현대사에 숨어있는 잘못된 역사를 들춰내는 '카툰저널리즘'으로[6] 평가되고 있다. 그의 만화는 문화콘텐츠의 가치를 또 다른 측면에서 실현해 보였다. 자본주의 사회에서 문화콘텐츠는 다양한 형태의 소비를 겨냥하여 만들어진 데 비해, 박건웅의 만화는 은폐된 진실을 대중에게 알기 쉽게 널리 알리는

---

4) 미술평론가 성완경은 박건웅의 필체를 다음과 같이 평가했다. "박건웅의 그림체는 선 중심의 통상적인 극화 만화체 그림이라기보다는 판화나 회화작품에 가깝다. 전작(『꽃』 2004)이 판화 그림체였다면 이 작품(『노근리 이야기』 2006 ; 2010)는 수묵 그림체를 주조로 하였다. 그런데 주의해 보면 그림의 스타일을 챕터의 내용에 따라 달리 배분하여 이야기의 전개를 더욱 효과적으로 전달하고 정서적 울림을 입체적으로 살려냈다. 매우 돋보이는 대목이다. 수묵 드로잉의 풍부한 표정을 만화적 서사로 연결시키는 데 심혈을 기울인 흔적이 엿보인다."(성완경, 「증언의 힘과 예술의 힘이 만나니-[화제의 책] 다큐만화 <노근리이야기>」, 『프레시안』, 2006. 12. 4)
5) 김현자, 「미국의 '오만함', 까만 얼굴로 표현했다」 『오마이뉴스』, 2007. 1. 6. 같은 시기 저널에서도 그는 "한지에 붓과 연필을 이용해 그렸다. 한국적이고 서정적인 그림을 통해 비극적인 묘사가 더 극적으로 살아났다."고 밝힌 바 있다.(이고은, 「노근리 '그날의 만행' 만화로 낱낱이 고발」, 『경향신문』, 2006. 11. 12)
6) 배동진, 「비전향장기수 인생 판화체 만화로 회상」, 『부산일보』, 2004. 7. 29.

데 목적을 두고 만들어졌다. 박건웅의 콘텐츠작업은 수익성과는 별개로 콘텐츠의 경제적 가치가 아닌 대중문화를 통한 진실 규명이라는 역사적 소명의식을 실현해 보였다.

콘텐츠의 중핵이 되는 '스토리텔링(storytelling)'은 서사형식의 원질이다. '스토리(story)'는 어떤 줄거리를 가진 이야기를 말하고, '텔링(telling)'은 매체의 특성에 맞는 표현 방법을 말한다. 각각의 장르는 스토리텔링이란 공통점을 지니면서도 매체의 특성 때문에 형식상의 차이를 띠게 된다. 예컨대 이야기가 종이 매체에서 표현될 경우 문학이 되고, 영상 매체에서 표현될 경우 영화가 되며, 디지털 매체에 표현될 경우 게임 등 디지털 서사가 된다.[7] 같은 맥락에서 종이 매체이면서 그림으로 표현될 경우 만화가 된다.

문화콘텐츠의 본질은 콘텐츠 생산에 있고, 콘텐츠 개발의 핵심에는 '매체에 맞는 이야기하기'인 스토리텔링이 자리 잡고 있다. 매체의 특성에 부합하는 텔링을 구사함으로써 그 가치가 극대화 된다고 볼 때, 박건웅은 기존의 스토리에 텔링으로서 '삽화'의 전달력을 극대화 시켰다. 그는 만화를 "칸과 칸 사이에 하나의 우주가 담겨 있다는 생각"으로 "못 담을 게 없는 거대한 매체"로[8] 인식했다. "눈에 보이지 않는 것들을 보게 하고 연상 작용을 통해 늘 역사를 접하게 해주는 독특한 매체"라는 점에서[9] 만화의 가시적 효과와 인식의 용이성을 간파했다. "회화는 하나의 그림에 모든 이야기를 함축시켜 담아내야 해서 답답"한 데 비해 만화는 "이야기를 계속 풀어나갈 수 있는 매력적인 매체"라는 점,

---

7) 최혜실, 『문화콘텐츠, 스토리텔링을 만나다』, 삼성경제연구소, 2006.
8) 임인택, 「가벼운 터치? 현실 파노라마 긴 호흡으로!」, 『한겨레』, 2004. 8. 8.
9) 황준호, 「작가 박건웅 "증언세대가 사라지기 전에 기록해 둬야 한다"」, 『프레시안』, 2006. 12. 4.

또 "영화는 필름이 돌아가기 시작하는 순간부터 끝까지 보여주는 대로 봐야하지만 만화는 칸과 칸 이 사이를 읽어 내려가며 머릿속에서 공간을 그려내고 연상"하게 되므로 "다른 매체에서 찾아볼 수 없는 매력"이 있다는 것이다.10)

문학을 적극적으로 만화화 함으로써 만화에 대한 사회적 인식을 개선하고, 만화는 '예술' 또는 그림소설(graphic novel)로 격상될 수 있다.11) 소설이 고도로 추상화한 언어를 이용하여 독자들의 상상력과 비판적인 사고를 요구하는 데 비해 만화는 시각을 특권화 하여 이미지를 직접 제시하는가 하면, 주요 캐릭터들에 대한 의존도가 대단히 높은 편이다.12) 박건웅은 시각 이미지를 통한 캐릭터의 창조를 통해 양민 농민과 어린이의 성격창조 및 그들의 학살 추이와 정황을 감각적으로 전달했다.

만화는 도상적 텍스트인 그림과 문자적 텍스트인 대사가 변증법적으로 총합된 이야기 구조(storytell-ing)의 유형으로 볼 수 있다. 만화는 대중문화(mass culture)와 팝아트(pop art)의 중복지대에 위치하며, 문화상품으로서 역설적인 주목을 받고 있는 장르이다. 팝아트는 후기 산업사회에 출현한 예술장르 형식으로 기존의 정형화된 허위의식을 붕괴시키고, 스스

---

10) "가려진 채 왜곡되고 파묻히는 진실이 많다는 생각을 했습니다. 이런 이야기를 그림으로 해보자는 생각을 했었는데 그림만으로 전달하기엔 한계가 있더군요. 그렇게 만화를 시작했죠. 처음 했던 작업이 '꽃'이라는 작품입니다. 남북한의 관계와 대립에 대한 이야기를 다룬 작품이죠. 그렇게 근, 현대사 속에 숨어 있는 진실에 대한 부분들을 건드리고 싶었어요. 그러다가 대중적으로 알려지지 않은 노근리에 대한 이야기를 접하게 되었죠. 왜 이들이 3박 4일 동안 굴 속에 갇혀서 죽어갈 수밖에 없었을까 하는 의문이 생겼어요. 단지 역사적인 진실을 전달하는 것 이외에도 가족들과 죄 없이 죽어간 사람들의 이야기를 하고 싶었습니다."(에디터 이은정, 「주목! 이 디자이너 : '노근리 이야기'의 만화가 박건웅 작가를 만나다−정의(正義)여, 길을 묻는다」, 『jungle 매거진』, 2011. 4. 23)
11) 조성면, 「문학의 확장을 위하여」, 『한국문학 대중문학 문화콘텐츠』, 소명출판, 2006, 92면 참조.
12) 조성면, 위의 글, 98면.

로의 계급성과 자본력을 지닌 이데올로기적 자본들의 저항성을 공식화
시키며 대중적인 문화상품을 구성해 낸다.13)

만화 언어의 기본적인 요소는 칸(panel)이다. 칸은 대개 직사각형이나
정사각형의 모양으로 독립해 있으면서 동시에 주위의 그림과 밀접한
관련을 맺는 하나의 그림 단위를 말한다. 단어들이 문장을 만들듯이,
칸들이 모여서 수평으로 이어 있는 띠(strip)가 되거나 연속만화(comic
strip)가 된다. 작가는 칸의 변화와 연출을 통해 내러티브의 완급을 조절
할 수 있다. 무엇보다도 칸의 주요한 기능은 시간과 사건, 정서의 흐름
을 통해 시간의 추이를 전달하는 데 있다. 작가는 분절된 칸(정지된 장면)
의 연속과 크기 조절을 통해 독자에게 서사의 흐름, 구체적으로 시간
사건 정서의 흐름을 전달할 수 있다. 칸과 칸의 경계에는 '사이(interval)'
가 존재하는데 사이가 존재함으로서 독자들은 변화를 인식한다. 그런
까닭에 작가들을 종종 사이를 없앤 확장 칸을 통해 강조하는 바를 극대
화하기도 한다.14)

대중문화가 지배와 저항의 양가성을 지닌다고 볼 때, 박건웅의 만화
는 지배논리에 역행하여 불평등했던 역사를 고증하려는 저항의 담론을
구현했다. 그림과 글을 고루 구비한 만화는 눈높이를 낮춤으로서 독자
의 이해를 돕고 서사내용물의 대중파급력이 용이한 장르인데, 박건웅은
매체의 특수성에 주목하여 보이지 않지만 존재하는 역사의 가치를 대
중에게 환기시켰다. 시인 리진은 예술의 가치를 언급하면서 "예술은 정
말 '시대의 증인'으로 되어 '증언'합니다. 그리고 그와 같은 '증언'은 다

---

13) 한창완, 「문화콘텐츠산업 08 만화」, 『문화콘텐츠 입문』, 북코리아, 2006, 126-127면
    참조.
14) 김용락·김미림, 「서사만화의 그 본질」, 『서사만화 개론』, 범우사, 1999 ; 안미영, 「공
    감의 시학, 웹툰과 영화의 장르 뛰어넘기」, 『비교문학』, 2011, 84-88면 참조.

른 무엇으로도 대체될 수 없습니다"15)라고 지적한 바 있거니와 박건웅의 만화는 시대의 증인으로 음지의 역사에 대한 책임의식을 실현한다고 보아, 콘텐츠이기 앞서 한 편의 예술로서 비평적 가치가 있다.

2. 원작 소설(보고서)과 삽화 간의 차이 : 사건의 집중화

박건웅은 진실 탐구의 기술(技術)로서 만화를 선택했으며, 그의 만화는 핍진성과 서정정을 구비하고 있다.16) 만화『노근리 이야기』는 정은

---

15) 이진,「저마다 자기 시가 있다」,『하늘은 언제나 너그러웠다』, 창비, 1996, 223면. "예술은 생활에서 표현되는 사람의 모습의 그 놀라운 다양성을 발견 포착 인식 반영하는 것을 언제나 자기의 중대한 사명의 하나로 봅니다. 통례로 어떤 예술이든 보여주면서도 '설명'을 하지 않고, 논거를 대주거나 시사하면서도 '결론'을 짓지 않는다는 것을 고려하면 그것만으로도 얼마나 큰일인지 알 수 있습니다. 그러나 사람의 다양한 삶을 통하여 나타나는 그 뜻을 깨달아 그것을 혹은 그 과정이나 그 과정의 한 조그마한 단계만이라도 사람들과 나누어 마음의 끼니로 되게 하려는 것도 예술의 본성적인 욕구입니다."(204-205면)

16) 최근 만화 연구가는 '리얼리즘 만화의 전성시대'라 하여 만화의 새로운 풍조를 소개한 바 있다. 이기진에 의하면 리얼리즘 만화가 꽃필 수 있었던 동기로 만화가의 인식과 역량의 성장, 작가정신을 높이 사고 지원해 주는 출판계의 등장을 꼽고 있다. 예컨대『노근리 이야기』를 발간한 출판사 <새만화책>의 창간과 성공은 만화사의 획기적인 사건이라는 것이다. 이 밖에 미디어 환경의 변화를 들고 있는데, 이로 말미암아 대중의 미디어 리터러시(Media Literacy)가 발달할 수 있었으며 이러한 토대 위에 리얼리즘 만화가 각광받을 수 있었다는 것이다. 그는 이 글에서 대표적인 리얼리즘 만화로 최규석의『100℃』, 정경아의『위안부 리포트』, 박건웅의『노근리 이야기』, 강풀의『26년』을 들고 있다.(이기진,「리얼리즘만화 '전성시대'」,『주간한국』. 2009. 8. 18) 이 밖에도 1980년대 한국만화의 붐을 청소년기에 경험했던 세대가 성장해 만화 시장에서 주요 소비층이 됐다는 점을 들 수 있다. 이제 30~40대가 된 독자 사이에는 진지한 만화를 보고자 하는 수요가 있다는 것이다. 또 한편으로는 2000년대 들어 정치 지형도가 바뀌면서 정치적 피로감과 무력감을 해소하는 미디어들이 예전만큼 다양하지 않은 상황도 한몫했다는 점을 들 수 있다. 기존의 미디어에서 균형감 있는 소통이 부족하다 보니, 하위문화인 '만화'로 소통에 대한 요구가 쏠린 것이다. (홍지민,「[k코믹스 신한류를 이끌다] (7)리얼리즘을 말하다—결코 가볍지 않은 세상에 눈뜨다」,『서울신문』, 2012. 6. 4)

용의 실화소설『그대, 우리의 아픔을 아는가』(다리, 1994)와 정구도의 사건진상 보고서『노근리는 살아있다』(백산서당, 2003) 양자를 삽화의 형식으로 재구성한 것이다. 소설을 비롯한 서사 기록물에 비해 박건웅 만화는 어떠한 차별성을 지니고 있는가.

우선 정은용의 실화소설『그대, 우리의 아픔을 아는가』와 정구도의 사건진상 보고서『노근리는 살아있다』의 서사구조부터 살펴보도록 하겠다.[17] 이에 앞서 작가 정은용과 정구도에 주목할 필요가 있다. 정은용은 노근리 양민학살의 피해자로서 당시 두 아이를 잃었다. 그가 자신의 기억과 자료 고증을 통해 발표한 것이 실화소설『그대, 우리의 아픔을 아는가』이다. 정은용은 전쟁 후 다시 자식을 낳았는데, 그가 바로 정구도이다. 그가 아버지의 숙원을 계승하여 노근리 사건 발발 이후의 사건진상 보고서를 쓴 것이『노근리는 살아있다』이다. 그는 아버지의 소설쓰기를 도울 뿐 아니라 인권을 유린당한 당시 사람들의 상처를 세상에 널리 알리는 일에 앞장선다. 그러므로 전자는 한국전쟁을 배경으로 노근리 사건을 다루고 있다면, 후자는 훗날 노근리 사건에 대한 진상을 파헤치는 과정을 담고 있다.

정은용의 소설,『그대, 우리의 아픔을 아는가』는 어떻게 구성되어 있는가. 소설의 시간적 배경은 해방이후 1948년부터 휴전 1953년까지이다. 그의 소설은 노근리에 국한되지 않고, 해방이후부터 한국전쟁이 발

---

17) 정은용의 소설에 대해서는 다음과 같은 선행 논문들이 있다.
장경렬, 「노근리 사건의 문학적 형상화를 찾아-정은용의『그대, 우리의 아픔을 아는가』에서 제인 앤 필립스의『라과 터마이트』까지」,『제4회 노근리 국제 평화학술대회』, 2010. 12, 65-84면.
김윤정, 「문학의 정치성과 공감의 윤리-『그대, 우리의 아픔을 아는가』를 중심으로」,『전쟁과 한국어문학』, 2012 세계한국어문학회 동계 학술대회, 2012, 1-18면.
이덕화, 「소수 집단 문학으로서의『그대, 우리의 아픔을 아는가』」,『전쟁과 한국어문학』, 2012 세계한국어문학회 동계 학술대회, 2012, 19-30면.

발하기까지 대한민국과 미국의 관계를 조명하고 있다. 소설의 첫 장 "깨어진 청운의 꿈"에는 해방이후 남한 사회의 이념대립과 피의 보복이 나타나 있다. 그러나 그는 "그 당시 많은 국민들이 적색의 공산주의나 백색의 자유민주주의 그 어느 쪽에도 속하지 아니하고 무색 내지 회색의 의식 속에 살고 있다"고[18] 지적한다. 무색의 양민들에게 전쟁은 가공할만한 공포를 안겨주었다. 실화소설이니 만치, 작품의 주인공은 정은용이며 그는 자신의 경험담을 서술한다.

작품 전반부에서 한국전쟁 당시 정은용은 중앙대학교 법학과를 재학하고 있었으며, 전쟁으로 인해 고향 영동 마을로 돌아오게 되었다. 1950년 6월 25일 한국전쟁 발발이후 남한은 북한의 군사력에 밀리게 되었다. 7월 24일 영동에 주둔해 있던 미군은 마을 주민을 피난시켜 주겠다고 하며, 주민들을 대대적으로 이동시켰다. 미군의 인솔 하에 마을 주민들은 피난에 나섰다. 전직 경찰이력이 있는 정은용은 인민군의 위협에 대피하여, 가족을 남겨두고 홀로 피난길에 오른다. 7월 24일부터 29일간 미군은 피난길에 나선 양민을 영동군 노근리에 있는 쌍굴에 몰아넣어 집단사격을 가했다. 그 결과 대부분의 마을 주민들은 몰살당한다. 피난길에서 정은용은 아내가 부상당했으며, 부산에 있다는 소식을 전해 듣는다. 서둘러 부산으로 내려가 아내를 만나 본 즉, 아들 구필과 딸 구희가 미군의 총격에 죽었으며 아내만 부상당하고 간신히 살아남았던 것이다.

작품 후반부에는 부산 피난민 수용소 시절을 배경으로 전시교착상황과 휴전협정에 이르기까지 한국전쟁의 전모와 추이를 조명하고 있다.

---

18) 정은용, 「깨어진 청운의 꿈」, 『그대, 우리의 아픔을 아는가』, 다리, 1994, 27면.

이를 위해 정은용은 고모의 아들 복종이와 복희의 이력을 상세히 소개
한다. 자원해서 군인이 된 복종이의 행적을 통해 남한과 북한을 종횡하
며 긴박한 전세의 추이를 소개하는가 하면, 강제 징집되어 전선에 나간
복희를 통해 군생활의 실태를 보여주기도 한다. 특히 복종을 통해 무고
한 피난민 청년이 국군으로 자원하여 인민군과 장렬이 대치하는 전장
의 실제를 묘사하고 있다. 평양까지 진격한 복종의 부대는 평양내 인민
군 잔류병의 기습을 받고 부상당하는 등 1951년 전후(前後) 전쟁의 교착
상태를 상세히 소개했다. 나아가 그의 소설에서는 이승만 독재에 대한
비판, 상이군인들의 사회적 문제까지 지적하고 있다.

아버지의 실화소설 뒤를 이어 정구도는 사건진상 보고서 『노근리는
살아있다』를 출간했다. 그는 오랫동안 여러 언론사와 기관을 오가면서,
사건 당시 미군의 양민학살을 증거했다. 그 결과 클린턴 대통령의 사과
를 받아내는 등 노근리 사건을 통해 인권과 평화의 문제를 세계적으로
널리 홍보하고 확산시키는 데 기여했다. 구체적으로 '노근리 사건'이
국내외에 드러난 과정, 2001년 한·미 공동조사 당시 미국의 은폐 의
혹과 우리 정부의 협상 자세, 미국의 사과 및 보상 진행 상황 등 미국
과의 '총성 없는 역사전쟁'과 같은 일들이 이에 해당된다.

정은용이 실화소설 『그대, 우리의 아픔을 아는가』에서 한국전쟁을
배경으로 주인공 정은용이 노근리 사건을 문제 제기한 것이라면, 정구
도의 사건진상 보고서 『노근리는 살아있다』는 한국전쟁이후 정은용과
그의 아들 정구도가 노근리 사건의 진상을 파헤치면서 미국과 한국정
부를 대상으로 인권회복과 피해보상운동을 펼쳐 나가는 과정을 보여주
고 있다.

박건웅은 소설과 보고서 양자의 단절적이고 산발적인 형태의 두 서

사 기록물을 '노근리 이야기'에 초점을 맞추어 하나의 작품으로 승화시키는 데 성공했다. 그는 정은용과 정구도의 원작에 충실하면서도, 중심 이야기로서 '노근리 양민 학살 사건'에 집중했다. 그는 만화책의 1권에서는 정은용 일가를 비롯 노근리 피해주민들을 주인공으로 삼고 있다면, 2권에서는 정은용과 아버지의 뜻을 이은 정구도의 삶의 궤적을 통해 역사적 진실을 고증해 나가는 과정에 주목했다. 그는 가족사를 중심으로 일가(一家)의 비애에 초점을 맞추었다. 1부에서는 정은용의 가족 상실과 비애에 초점을 맞추었다면, 2부에서는 정구도의 끈기와 집념에 초점을 맞추고 있다.

그 결과 만화『노근리 이야기』에서 박건웅은 노근리 양민의 인권 유린만을 조명하는 것이 아니라 정은용과 정구도 부자의 집념을 통해 전통적인 한국인의 정서 한(恨)과 인고(忍苦)의 실현과정을 보여 주었다. 박건웅은 만화책의 1부에서 정은용의 한(恨)이 인고(忍苦)의 시간을 거듭하면서 노근리 사건을 후세에 알리는 과정에 주목했다. 같은 맥락에서 2부에서는 정구도의 끈기와 집념을 추적하면서 일찍이 세상을 떠난 형과 누이 혈육에 대한 정구도의 간절한 애정에 주목하고 있다. 박건웅은 아들 정구도가 아버지 정은용의 상처와 교감하면서, 자신보다 앞서 이 땅에 태어난 육친의 한(恨)을 이 땅에서 승화시켜 나가는 과정을 읽어 들였던 것이다.

만화책의 1부와 2부 중에서 문학적 성취와 그림의 미학이 돋보이는 부분은 1부이다. 1부의 수묵화는 한국 농촌의 한가롭고 아름다운 풍모는 물론 그 속에서 자연의 질서에 순응하여 살고 있는 선량한 농민의 풍모를 미학적으로 구현해 내고 있다. 삽화가로서 박건웅은 한국 '전통'에 초점을 맞추어 전쟁과 무관하게 이 땅을 관통하고 있던 농촌 질서에 주목했으며, 동시에 그 질서를 유린한 전쟁의 상실감을 상세히 조명하고 있다. 다음 장에서는 삽화를 대상으로 미학적 성취에[19] 주목하고, 주제의 구현방식을 살펴보도록 하겠다.

3. '가족'과 '농촌' 질서의 미학 구현

1) 전통 구현체로서 가족과 이별의 정한

박건웅은 삽화를 통해 소설에 버금가는 서사적 가치를 실현해 보인다. 그는 가족주의의 관점에서 노근리 사건을 재해석하고 재현해 놓았다. 만화의 제1부와 2부는 3대에 걸친 일가(一家)의 단란한 삶이 파괴되고 복구되는 과정을 통해 학살의 참상을 보여주고 있다. 만화의 시작과 끝이 학살로 인해 죽은 아들과 딸, 구필과 구희의 모습에서 시작된다. 작중에서 구희는 쌍굴에서 할머니 등에 업혀 있다가 미군의 총에 맞아 죽고, 구필이는 엄마의 등에 업혀 피난길에 나서다가 미군의 총에 맞아 죽는다. 박건웅은 전쟁과 무관한 두 아이의 죽음에 주목했으며, 그 결과 이야기의 시작과 끝은 두 아이의 동심어린 맑은 모습으로 시작되고 그 끝을 알린다.

---

19) 미술평론가 성완경은 증언의 힘과 예술의 힘이 이루어 낸 성취를 높이 평가하면서도 다음과 같은 한계도 지적했다. "작품의 많은 부분이 평면성과 상투적 표현의 틀을 못 벗어난 아쉬움이 있다. 시나리오 작업도 좀 단조롭고 평면적이다. 그림도 회화성이 높긴 하나 나이브하고 도식적인 표현으로 때우고 지나간 경우가 많다." (성완경, 「증언의 힘과 예술의 힘이 만나니…」, 『프레시안』, 2006. 12. 3)

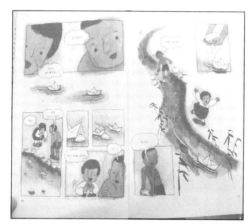 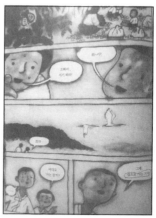

〈그림 1〉 구필이와 구희가 시냇물에서 노는 풍경
(1부 10–11면)

〈그림 2〉 구필이와 구희의 환영
(2부 372면)

　　<그림 1>은 제1부의 첫 장 "전쟁, 1950년 6월 25일"로서 정은용의
아들과 딸이 한가롭게 시냇물에서 배를 띄우며 노는 모습을 상세히 보
여주고 있다. 그는 전쟁이 발발하기 이전, 아름다운 동심이 살아있는
평화롭고 한가로운 풍경을 보여주었다. 그는 전쟁으로 인해 시냇물처럼
맑고 깨끗한 어린 생명이 무참히 살상 당했음을 간접적으로 시사하고
있다. 당시 구필이는 5살, 구희는 2살이었다. 이 그림에 이어 다음 삽화
에서는 정은용의 가족들이 밤새 대포소리에 놀라 잠을 깨는 모습이 나
타난다. 고요하고 평화로운 가정에 불어 닥칠 암울한 공포를 암시하고
있다.

　　<그림 2>는 제2부의 마지막 장 "노근리는 살아 있다"의 말미부분으
로 1950년 당시 피난민들, 그리고 구필과 구희의 해맑은 모습을 담은
것이다. 이 그림은 오랜 세월이 흐른 후, 아버지 정은용이 아들 정구도
와 상상하는 것이기도 하고, 작가가 이 작품에서 초점을 맞춘 평화의

표상이기도 하다. 아버지는 자식을 잃고 그 상처를 평생 가슴에 묻어야 했으며, 해맑은 아이들은 죽음에 대한 어떤 예고와 대응도 없이 세상을 떠나야 했다. 결국 이 땅의 평범한 한 가정이 파괴되어 그 상처를 달래며 다시 일가를 이루어 나가는 과정은, 곧 국가에 대한 알레고리로도 읽을 수 있다.

〈그림 3〉 가족들의 귀향풍경

<그림 3>은 전쟁이 발발하자, 정은용이 아내와 아들 구필, 딸 구희를 데리고 고향집으로 가는 풍경이다. 박건웅이 그린 시골의 모습에는 여느 때와 다름없이 여유롭고 평화로운 전통적인 한국 농촌의 풍광이 그대로 나타나 있다. 그림 속에서 농민들은 키 큰 소나무 자락에 앉아 담소를 나누고 있으며, 높은 산자락 가운데에는 백로가 날아다닌다. 산 아래 들판에는 잘 가꾸어진 논과 밭이 있으며, 논과 밭 한 가운데에는 농작물을 경작하는 농민들의 자그마한 몸이 자연과 혼연일체가 되어 있다. 풍경 중앙의 오솔길에는 정은용이 아내와 아이들을 데리고 시골집으로 들어가는 뒷모습이 그려져 있다. 일가(一家)의 모습에는 전쟁에 대한 공포보다 그리운 고향집과 할머니 할아버지를 만나는 해후의 넉넉함이 전달된다.

<그림 4>에서 정은용은 전황이 긴박해지자, 시골집에서 가족과 함께 있지 못하고 단신 피난길에 오른다. 그는 전직 경찰 이력이 있으므

로, 그의 아버지는 인민군을 피해 아들을 먼저 피난시킨다. 아내가 먼저 남쪽으로 갈 것을 제안했으나, 아내는 연로한 어른들을 모시고 어린 아이들을 건사해야 하므로 남기로 했다. 총 4단 구성의 그림 안에는 아내와 남편의 이별, 아버지와 자식의 이별, 먼 길 아들을 보내는 할아버지의 심정 등이 복합적으로 나타나 있다. 부부간 부자간 이별이 소설에 서술된 장황한 묘사보다 훨씬 더 직접적이고 감각적으로 전달된다.

작중 인물 모두는 개인보다 가족 전체에 가치의 중심을 두고 있다. 노령의 부모는 씨앗을 남겨야 한다는 일념에 아들을 내 보내고, 아내는 웃어른을 모셔야 한다는 생각에 남편을 따라나서지 않는다. 깊은 정한을 전달하지 못하고 헤어지는 아내와 남편의 간절한 손, 아빠를 따라가려는 어린 아들을 떼어 놓아야 하는 아버지의 마음 등이 그림으로 전달된다. 특히 "나도 갈테야"라며 달려드는 손자를 달래는 할아버지의 중재는 한국 전통 가족의 위계와 질서를 잘 보여주고 있다.

〈그림 4〉 가족 이산의 슬픔

〈그림 5〉 할아버지와 손자의
피난 집 꾸미기

〈그림 6〉 내 생애에 있어서
모든 행복은 끝났다…(212면)

<그림 5>에서 할아버지(정은용의 아버지)는 아들을 피난 보낸 뒤, 손자를 데리고 초막을 짓기 시작한다. 7월 24일 오전부터 남아있는 가족은 산에 제각기 거처를 만들기 시작했다. 눈썹이 하얗게 센 할아버지는 손자와 둘이서 초막을 짓는다. 까만 할아버지의 고무신 한 짝이 벗겨지고, 앙상하게 뼈가 드러난 발가락이 노동으로 다져진 농민의 삶을 대변한다. 힘에 겨운 땀방울과 벗겨진 신발 등은, 연로한 그에게 '피난살이'가 무척 힘에 겨운 일임을 시사한다.

<그림 6>에서 혼자 피난길에 나선 정은용은 아내의 부상 소식을 듣는다. 이후 부산으로 내려가 아내를 만난다. 아내의 통곡을 통해 그는 아이들의 죽음을 알게 된다. 그는 아버지로서 주체할 수 없는 깊은 상실감을 "남은 생애에 있어서 모든 행복은 끝"났다고 토로한다. 칸 없이 한 면을 모두 차지하는 큰 그림 속에서 부부는 자식을 잃은 슬픔을 나누고 있다. 그들을 둘러싸고 있는 까만 먹빛의 퍼짐은 슬픔의 여운이 오래갈 것임을 시사한다. 작가는 한지에 검은 먹이 번지듯 번져 나가는 농도를 통해, 아버지로서 어머니로서 자식을 지켜주지 못한 그들의 통한과 슬픔이 앞으로도 지속적으로 그들의 삶을 어둡게 할 것임을 시사하고 있다. 이처럼 박건웅은 전통 구현체인 가족주의를 근간으로 삼아 이들의 별리를 통해, 전쟁이 초래한 상실의 슬픔을 상징적이면서도 세밀한 삽화를 통해 구현해 낸다.

2) 문화 공동체로서 농촌과 공포의 야기

박건웅은 한국 농촌의 한가로운 풍경에 몰아닥친 전쟁의 위협을 상세히 그려내고 있다. <그림 7> 속의 할아버지는 닭을 챙기고 있으며,

어린 소녀는 돼지를 챙기고 있다. 그들
은 자신의 육신은 물론 가축들을 건사
하기 위해 피난길이 더욱 분주해 질
수밖에 없었다. 닭과 병아리들이 마당
을 노니는 모습은 전통 농가(農家)의 일
상적인 풍경이다. 이 그림은 한가하고
평화로운 일상에서 농민들이 직면한 피
난의 당혹스러움을 잘 보여주고 있다.

  작가는 이 그림을 통해 한적한 농촌
의 농민들은 전쟁이 얼마나 무서운 것
인지 모르는 순박한 존재임을 시사하
고 있다. 그림 속에서 농민들의 눈빛은
모두 까만 동그라미로 채색되는데, 이

〈그림 7〉 닭과 소, 돼지를 챙기는 피난
풍경(88면)

는 단순하고 소박한 그들의 심성을 대변한다. 이들의 눈빛은 그들이 돌
보는 가축들의 눈빛과 다르지 않다. 그들은 '공산주의' '민주주의' 등의
이념에 대해서도 알지 못하며, 아니 알 필요가 없는 존재이다. 그들의
삶이 평화로웠던 것은 삶 자체가 자연의 질서와 조응된 것이므로, 군이
인위적으로 인간들이 만들어 낸 '주의'와 '이념'에 대해 알 필요가 없었
던 것이다.

  박건웅의 그림은 아름답고 섬세하다. 그는 <그림 8>에서 '피난길에
나선 마을 사람들의 행렬'과 '저녁이 들어서는 풍경'을 아래위로 균형
있게 배치하고 있다. 박건웅의 그림 속에서 농민은 또 하나의 자연으로
존재한다. 그는 농민을 자연과 동일하게 묘사('농민=자연')함으로써, 순리
에 따라 살아가는 순박하고 선량한 양민(良民)의 모습을 재현해 놓았다.

〈그림 8〉 피난길을 나선 마을 사람들의 행렬(90-91면)

그는 어둠이 깔리는 저녁 풍경을 구현하기 위해 흰 한지에 검은 먹선의 농담을 살려 표현했으며, 나아가 그들이 직면한 알 수 없는 공포감을 전달하기 위해 저녁이 깔리는 하늘 부분의 한지에 잘디잔 구김들을 만들었다. 이처럼 한지에 잘디잔 구김을 넣는 표현 기법은 만화 곳곳에서 두려움과 공포의 분위기를 자아내는 데 자주 활용되어 나타난다. 그림에서 노근리 농민들의 피난 행렬은 실체 없이 검은 실루엣으로 존재하는데, 그것은 전쟁으로 인한 불길한 운명의 전조를 암시한다. 그의 그림에서 '검은 빛'은 깊이를 알 수 없는 두려움과 공포를 상징한다. 일련의 그림에서 흰빛은 맑고 투명한 자연의 소박함을 전달하는 데 비해, 검은 빛은 농도를 무화시키는 획일화된 고통과 두려움을 전달한다.

마을 사람들이 피난간 곳은 그 마을에서 '큰산'이라 불리는 어머니와도 같은 자연의 품이다. 그들의 안식처는 국가와 정부가 아니라 오랫동안 유구하게 그들과 함께 해 왔던 자연이었다.

"마을 사람들은 멀리 가려 하지 않았다. 아니, 멀리 갈 수가 없었다. 누가 인도한 것도 아닌데 '큰산' 밑으로 들어가고 있었다. …(중략)… 산세가 웅장하다 하여 그러한 이름을 붙였을 터이지만, 산은 그 이름에 걸맞은 광대한 품으로 헤아릴 수 없는 자원들을 생성하고 포용하며 유구한 세월을 지나왔다. 마을 사람들 또한 산과 뗄 수 없는 인연을 맺으면서 살아왔다. 때문에 이 산은 마을 사람들에게 있어 어머니와도 같이 포근하고 친밀한 존재였다."(92-93면)

〈그림 9〉 큰산 기슭의 아름다운 자연풍광(94-95면)

<그림 9>에서 '큰산'의 기슭에 대해 작가는 고즈넉하게 제 자리를 지키고 있는 나무와 그 나무에서 쉬고 있는 새를 그려 넣었다. 특히 나무와 새는 한 페이지에 걸쳐 나타나 있는데, 이는 흰 여백의 미와 더불어 한국 자연의 맑고 단아한 기상을 보여준다. 전통 수묵 산수화를 통

해 산골짜기의 진경을 놓치지 않고 보여줄 뿐만 아니라, 나무가 버티고 있는 탄탄한 산자락을 힘 있게 묘사함으로서 범접할 수 없는 산의 장엄한 기운을 시사한다. 일련의 그림을 통해 작가는 한국 농촌의 문화와 질서를 보여줌과 동시에, 전쟁으로 인해 그 문화와 질서에 가해지는 균열의 조짐을 전달하고 있다.

4. 전쟁과 평화의 이분법적 대립과 의미의 구현

1) 인물의 이원화와 학살의 문제성

작가는 일련의 만화에서 이분법적인 구성을 시도하고 있다. 한 면에서는 깊이를 알 수 없는 전쟁의 공포를 보여주는가 하면, 다른 한 면에서는 한가롭고 평화로운 농촌과 자연의 모습을 보여주고 있다. 작가는 양자 간의 균열과 이질감을 독자들이 손쉽게 인지할 수 있도록 검은색과 흰색을 통해 양자를 구분하고, 전쟁과 평화가 매우 상반된 것임에도 불구하고 당시 그 곳에서 양자가 병존하고 있었음을 독자들에게 상기시킨다. 이에 독자는 이질적인 삽화의 연결과 대립을 사유하면서, 작가가 전달하는 주제의식을 발견한다.

〈그림10〉 전쟁과 평화(75면)
까만 먹빛의 전장 ↔ 한가로운 농촌의 여름 풍경

<그림 10>에서 한가롭고 평화로운 농촌 풍경이 여백의 미를 살린 흰색으로 표현된다면, 전쟁은 온통 먹빛의 까만색으로 그려져 있다. 그림을 자세히 보면, 까만 먹빛은 전쟁의 상황뿐 아니라 전쟁에 가담하고 있는 미군, 인민군을 포함한 군인 모두가 까만색으로 그려져 있다. 이것은 전쟁에 대한 작가의 입장을 뚜렷이 표명한 것이다.

그는 전쟁의 동력이 되는 일체의 환경과 요인 모두에 대한 부정적 시각을 전달한다. 그림을 자세히 보면, 일체의 군인들은 얼굴을 가지고 있지 않다. 그들은 온통 먹빛의 까만색으로 채색되어 있으며, 그들은 시선을 비롯한 일체의 표정도 없다. 모두가 까만 먹빛으로 그려져 있어, 누가 유엔군인지 누가 인민군인지 전혀 구별할 수 없다. 요컨대 작가는 전쟁의 발발 그 자체가 이미 아군과 적군의 구별을 무화시키는 무차별적이고 전체주의적인 상황임을 시사하고 있다.

까만 먹빛의 전장 풍경 바로 옆면에는 한가로운 농촌의 자연과 농민들의 삶이 그려져 있다. 그것은 원두막과 시냇물이 있는 평화로운 여름의 농촌 풍경이다. 자세히 살펴보면 그 곳에는 잠자리가 풀잎에서 편히 쉬고 있는가 하면, 나무 그늘에는 소가 앉아서 쉬고 있으며, 그 옆에는 지게를 벗어 놓은 농부들이 평상에 모여 앉아 이야기꽃을 피우고 있다. 박건웅은 전장의 공포와 시골의 소박한 일상을 병치함으로써 '전쟁'과 '평화'의 상반된 이미지를 대비시킨다. 그것은 검은 빛과 흰빛의 대조로서 독자들에게 긴장을 불러일으킨다.

〈그림 11〉 시골 농부들의 순박한 정경(77면)

작중에서 농민들은 농촌에 있는 자연물과 마찬가지로 순박하게 묘사된다. 〈그림 11〉에서 미군의 출현에 기뻐하는 시골농부들의 안도와 낙관의 모습은 어린이처럼 순수하게 그려져 있다. 시골의 순박한 농민들은 미군 열차와 차량 행렬이 지나갈 때마다 박수갈채를 보내며 기뻐

했다. 이가 듬성듬성한 노령의 할아버지는 전쟁이 곧 끝날 것이라 믿는
가 하면, 다른 농부는 이제 피난가지 않아도 되겠다고 희색이 만면하다.
나아가 그들은 '남북통일'에 대한 희망도 품어본다. 작가는 이들이 정
치와 전쟁에 대해 아무것도 모르는, 오래도록 농사만 지어오던 단순하
고 순박한 '농민'이었음을 전달한다.

〈그림 12〉 양민의 집에 들이 닥친 얼굴없는
미군(234면)

〈그림 13〉 피난중에 만나는 얼굴없는 미군
(121면)

<그림 12>와 <그림 13>에서 작가는 농촌과 산골짜기에 들어온 미
군의 얼굴을 까만 먹빛으로 처리했다. 그들은 눈, 코, 입 형체를 갖지
않으며, 명령만 하는 존재이다. 그림 속에 그들은 한국 농민들과 소통
하려들지 않으며, 일방적으로 명령한다. 미군은 'Hey', 'Get out!',
'stop', 'What is this?' 총검으로 어깨를 건드리고 가방을 건드릴 뿐, 무
고한 농민을 비롯한 피난민들과 대화하려 하지 않는다. 그들은 손짓과

명령으로 그들의 의사를 전달한다. 미국인들의 까만 얼굴에 대해 박건
웅은, "무생물적이고 비인간적이며, 명령에 움직이는 비정한 미군을 표
현"하고 "양민학살에 대한 뚜렷한 증거가 있는데도 자신들의 잘못을
인정하지 않고 은폐 외면하려고만 하는 오만"에 대한 고발의 의미가 들
어 있다고 했거니와,[20] 작가는 미군에 대해 깊이를 알 수 없는 검은빛
의 채색을 통해 공포의 대상으로 제시했다.

　이와 같이 장면의 대조, 구체적으로 인물의 대조를 통해 독자들은 노
근리 농민들이 전쟁에 대해 무지했으며, 전쟁의 폐해와 위력에 대해서
도 전혀 알 수 없는 순박한 존재였음을 독해한다. 일련의 삽화들은 전
쟁을 행하는 능동적인 주체와 전쟁이 무엇인지도 모르는 피동적인 객
체라는 이분법적 대립을 통해 독자들로 하여금 양민 학살의 문제성을
재문맥화 하도록 만든다. 그 결과 전쟁에 참전한 미군의 시혜적(施惠的)
목적은 피동적인 객체와의 대립을 통해 무화되고 만다.

2) 상황의 이원화와 생명 시학

　이 작품에서 삽화의 이분법적 대립은 인물의 대립 외, 상황의 대립을
통해서도 독자들에게 재맥락화를 촉구한다. 작중에서 나는 가족을 고향
에 남겨두고 혼자 피난가는 도중, 쌍굴에 이르러 오싹한 공포를 경험한
다. '쌍굴과 자연', '쌍굴안', '쌍굴 밖의 자연'으로 세 그림을 구분하여
비교해 보자.

---

20) 김현자, 「미국의 '오만함', 까만 얼굴로 표현했다」, 『오마이뉴스』, 2007. 1. 6.

〈그림 14〉 쌍굴과 자연(112면)　　〈그림 15〉 쌍굴안(113면)　　〈그림 16〉 쌍굴밖의 자연(114면)

일련의 그림 <그림 14>, <그림 15>, <그림 16>은 쌍굴의 공포와
그로 말미암은 불안감을 잘 보여준다. 작가는 쌍굴의 두려움과 공포를
표현하기 위해, 한지를 구기고 구긴 다음에 그림을 그려 넣었다. 그 결
과 구김이 들어간 부분의 흰 여백과 돌출된 부부의 까만 먹빛은 불규칙
하게 배열되어 깊이를 알 수 없는 두려움을 자아낸다. 반면, 굴 안의 공
포감과 대조적으로 굴 밖의 세상은 한가로운 여름 풍광이 펼쳐져 있다.
<그림 16>에서 볼 수 있듯이 쌍굴 밖에는 잠자리 떼가 날아다니고,
키 큰 포플러 나무들 사이로 고즈넉한 구름과 맑은 하늘이 여유 자적한
한국 농촌의 여름 풍광을 이루고 있다. 작가는 평화로운 공간에 벌어진
공포의 사건을 부각시키기 위해 이중적인 상황을 대립시키고 있다.
<그림 17>에서는 쌍굴의 공포와 자연의 평화를 점진적으로 배치해 놓
았다.
상황의 대립적 배치는 인물의 참상 묘사에서도 두드러지게 나타난다.
박건웅은 양민 학살의 잔악함을 강조하기 위해 순진무구한 어린 소년
이 죽어가는 과정을 사실적으로 그렸다.

〈그림 17〉 공포와 평화(114–115면)

<그림 18>, <그림 19>, <그림 20> 일련의 삽화는 전쟁과 무관한 순박한 어린이가 예기치 못한 학살로 인해 이 땅에서 무참히 사라져 가는 모습을 보여준다. 포화는 검은 먹빛으로 진하게 채색되는데, 마지막 그림에서 먹빛은 공포스러운 괴물의 손아귀를 연상시킨다. 괴물의 손아귀는 어린 자식을 감싸고 있는 어머니에게 다가가고 있다. 삽화에 폭력의 주체가 제시되지 않았지만, 독자들은 순진한 어린 소년의 돌연사를 목도하면서 학살의 무자비함을 재문맥화 해 나간다.

〈그림 18〉 폭격 전(275면)　　〈그림 19〉 폭격(287면)　　〈그림 20〉 폭격 후(297면)

이러한 가공할만한 폭력에도 불구하고, 자연과 어린이들은 제 할 일을 한다. 전쟁 중에도 자연과 아이들은 평화로운 원래의 기운을 발산한다. 박건웅 삽화의 의의는 폭력과 더불어 자연의 자생적 기운을 병렬적으로 구현해 낸 데 있다. 그것은 1950년 여름이 지닌 자연의 실재이기도 하고, 작가가 발견해 낸 자연의 치유와 극복 가능성이기도 하다. 더운 열기가 한창인 7월, 옥수수는 자라고, 잠자리는 무리지어 들판을 노닌다. 부산의 피난민 촌에서도 아이들은 놀았고, 피난 중 쌍굴로 가기 전에도 아이들은 더위를 식히며 물놀이에 전념했다.

〈그림 21〉 전쟁중 자연의 평화(165면) 〈그림 22〉 피난민촌 아이들의 평화(204면) 〈그림 23〉 쌍굴에 가기 전 물놀이 하는 아이들(225면)

<그림 21>에서 정은용은 아내가 부산에서 부상당해 치료중이라는 소식을 듣고 대구에서 다시 길을 나선다. 마음은 조급하고 상황은 열악하지만, 그와 무관하게 주위 자연경관은 고즈넉하고 가을을 준비하고 있다. 피난 중에도 봄에 뿌린 벼의 이삭은 익어가고 있었다. <그림 22>에서 아이들은 전쟁의 상처에도 아랑곳없이 잘도 뛰어논다. 한구석에는 나비가 날아든다. 내어걸린 빨래에서 엿볼 수 있듯이, 전쟁의 상흔 속에서도 생활과 삶은 지속된다.[21] 아무 것도 모르고 놀고 있는 '해

맑은 어린 아이들'의 모습은 노근리 쌍굴 사건이 발발하기 직전까지 지속적으로 묘사된다. <그림 23>에서와 같이, 그들은 피난 중에도 친구들과 물놀이하며 여름의 초목처럼 싱그럽게 자란다.

삽화의 이원적 대립을 통해 박건웅은 독자들에게 잃어버린 것과 다시 찾아야 할 것을 재맥락화 하도록 시사한다. 잃어버린 것이 무고한 양민들의 생명과 인권이었다면, 다시 찾아야 할 것은 어린 생명이 건강하게 살아 숨 쉴 수 있는 평화이다. 작가는 노근리 주민의 유린당한 인권이 이 땅에 도래해야 할 평화의 뿌리를 더 공고히 해야 함을 희구한다. 그림의 한 켠에서는 마수와 같은 전쟁의 손길이 순박한 노근리 사람들을 할퀴고 지나갔지만, 또 다른 그림의 한 켠에서는 자연의 건강한 질서가 이들의 삶을 다시 원래의 상태로 돌려놓을 수 있음을 기약한다.

생장하는 자연 질서의 흐름 속에서 고통을 치유하고 인권을 찾아나가는 일련의 노력은 이른바 생명시학이라 명명할 수 있다. 자연을 비롯한 생명의 생장은 고통을 치유하고 잃어 버린 인권을 복권할 수 있는 희망을 부여한다. 작가는 노근리 양민의 숭고한 희생이 한국의 노근리와 동시대 이 땅의 삶에 평화를 공고히 하는 표징이 되어야 함을 시사한다. 그런 의미에서 『노근리 이야기』 2부는 세대를 초월하고 국경을 초월하여 가해자와 피해자 모두 평화에 이르는 탐색의 여정이라 할 수 있다.

---

21) 아이들의 건강한 삶은 대개 그것을 수호하는 어머니의 손길과 함께 한다. 프레모 레비는 『이것이 인간인가』(이현경 옮김, 돌베개, 2007)에서 아우슈비츠 수용소에 가는 도중 어머니들의 모습을 다음과 같이 묘사하고 있다. "모두 자신에게 가장 어울리는 방법을 찾아 삶과 작별했다. …(중략)… 하지만 어머니들은 여행 중 먹을 음식을 밤을 새워 정성스레 준비했고 아이들을 씻기고 짐을 꾸렸다. 새벽이 되자 바람에 말리려고 널어둔 아이들의 속옷이 철조망을 온통 뒤덮었다. 기저귀, 장난감, 쿠션, 그리고 그 밖에 그녀들이 기억해낸 물건들, 아기들이 늘 필요로 하는 수백 가지 자잘한 물건들도 빠지지 않았다."(15면)

5. 결론

이 글에서는 박건웅의 『노근리 이야기』1·2(새만화책, 2006 ; 2010)의 삽화를 통해 이 작품이 거둔 성취와 주제의식을 살펴보았다. 그는 정은용 실화소설과 정구도의 사건진상보고서를 만화라는 텔링(telling)의 방식을 선택하여 재구성했다. 1부는 정은용의 소설을 2부는 정구도의 사건 진상 보고서를 중심으로 각각 재구성했다. 정은용의 원작 소설은 1948년 해방이후부터 휴전협정에 이르기까지 한국전쟁의 발발과 추이의 일부로서 노근리 양민학살을 중심소재로 다루고 있지만, 박건웅의 만화는 노근리 이야기만 초점을 맞추어 집중했다. 정구도의 사건진상보고서는 노근리 사건에 대한 르뽀 형식의 보고서인데 비해, 박건웅은 정은용과 정구도를 중심으로 가족사 이야기로 접근하고 있다. 박건웅은 한국전쟁이 아니라 노근리 이야기에 초점을 맞추어 가족사 형태로 재구성한 것이다.

그 결과 그의 작품에서 삽화는 다음과 같은 가치를 구현해 냈다. 첫째 전통문화의 질서를 구현해 냈다. 그는 삽화를 통해 전통구현체로서 가족주의의 가치, 문화 공동체로서 농촌의 질서를 그려냈다. 이와 동시에 일련의 가치가 전쟁으로 말미암아 슬픔과 공포로 변화하는 과정에 주목하여, 상실감을 미학적으로 구현해 냈다. 둘째 전쟁과 평화의 이분법적 대립을 통해 주제의식을 공고히 했다. 박건웅의 역사의식과 집념은 단순히 역사적 소재를 재현하는 데 그치지 않고 이에 대해 해석하고 독자들에게 일정한 메시지를 전달한다. 전쟁 가해자와 전쟁 피해자간 인물을 이원적으로 배치함으로써, 독자들에게 학살의 무자비함을 시사했다. 전쟁에 대한 지식은 물론 준비도 없는 양민들에게 전쟁이 얼마나 공포스럽게 다가왔는지 독해할 수 있도록 했다. 아울러 각 인물이 처해 있는 상황의 이원화를 통해 독자들로 하여금 양민이 맞닥뜨린 학살의 무자비함과 동시에 치유(극복)의 가능성을 시사했다.

무엇보다도 『노근리 이야기』 1·2의 의의는 한국전쟁 당시 양민학살을 묘사함과 동시에 한국의 전통 가치를 재현해 낸 데 있다. 『노근리 이야기』 1부에서, 작가는 전통 공동체로서 가족주의를 부각시키고, 한국 농촌과 자연에 내재한 질서를 미적으로 구현해 냈다. 그 결과 그는 한국 전통에 내재해 있는 일련의 질서가 전쟁과 학살로 인해 훼손되고 유린당하는 상실의 과정을 포착해 냈다. 나아가 『노근리 이야기』 2부에서, 그는 상실감 속에서도 진실을 추적해 나가는 한국인들의 은근과 끈기의 정서를 구현해 냈다. 그것은 잃어버린 상처에 대한 치유이며, 나아가 이 땅에 유지되어야 할 평화를 스스로 지켜나가는 과정에 대한 천착이기도 하다.

박건웅의 콘텐츠는 상업적 효과가 아니라 거대 담론에서 주목받지 못한 소수자의 역사적 고통을 대중 모두가 '기억할 수 있는' 미디어를 통해 재현하고 환기시켰다는 점에서 높이 평가받아야 할 것이다. 그의 콘텐츠는 자칫 잃어버리거나 묻혀 질 수 있는 역사적 진실의 편린들을 독자 대중에게 각인시키는 데 기여했다. 만화라는 미디어를 통해 그는 설명하거나 논증하기보다, 삽화의 보여주기를 통해 인식을 용이하게 하려는 데 주목했다. 자칫 무겁고 읽기 힘든 역사고증 만화가 되지 않게 하기 위해, 그는 이야기의 문법과 그림의 미학적 장치, 양자를 조화롭게 구사함으로써 양민 학살의 슬픈 역사를 아름다운 삽화로 재생시킨 것이다.

아쉬운 점이 있다면, 대중적인 관심을 불러일으키기에 그의 작품 분량이 과다하게 많다는 점이다. 하드커버로 이루어진 작품은 소장가치는 있으나, 많은 사람들이 널리 읽기에는 부담이 될 수밖에 없다. 작가는 사건의 초점화 과정에서 형상화 할 것과 생략해도 될 것을 분명히 함으로써, 집약적인 구성을 지향할 필요가 있다. 이 외 먹의 번짐에 있어서 농도조절을 통해 그림체를 더 분명하고 간결하게 한다면, 독자들에게 더 선명한 이미지를 전달할 수 있으리라 본다. 2000년대 박건웅의 노근리 이야기는 인권 보호의 견지에서 이 땅에서 가해지는 폭력과 광기에 대해 또 다른 방식의 접근을 시도한 것이다. 그는 과거 이 땅에 가해진 무차별적 폭력을 한국인이 어떻게 극복해 나가는지, 그 한(恨)과 인고(忍苦)의 과정을 탐구하고 재현해 놓았다. 그가 주목한 것은 학살이라는 공포와 고통 속에서 맞서 대립하기보다 은근과 끈기를 지니고 역사와 진실을 규명하고 복원해 나가는 일련의 노력이었으며, 이것은 곧 한국의 전통미와 직결된다.

제 2 부

전쟁기 문학담론과
집단기억의 재구성

한국전쟁기 노천명과 모윤숙의 전쟁시 비교 연구

구명숙 숙명여자대학교 한국어문학부 교수

1. 머리말

한국현대시문학사에서 여성시의 큰 줄기를 형성한 대표적인 여성시인으로 노천명과 모윤숙을 들 수 있다. 이 두 시인은 1930년대부터 본격적인 작품 활동을 시작하였으며, 가부장적인 억압적 사회제도 속에서 남성 시인들의 후원 없이 감상주의를 극복하고 독자적인 여성시의 체계를 세우는 데 초석을 놓았다는 평가를 받고 있다. 노천명과 모윤숙은 비슷한 성장환경과 교육적 배경을 가지고 비슷한 시간과 공간속에서 문학 활동을 전개해 갔지만, 이들은 문학 활동 초기부터 시적 경향이 서로 대조적인 모습을 보여준다. 노천명이 내향적이고 섬세한 시적세계를 추구한 여성적인 시인이었다면, 모윤숙은 외향적이고 열정적인 시세계를 창조한 남성적인 시인이라고 볼 수 있다. 노천명은 초기 시부터 고독과 향수, 소박하면서도 여성 특유의 섬세한 정감을 감각적 언어로 그리면서 감정을 직접 드러내지 않는 절제의 미학을 보여준 시인인 데 반해, 모윤숙은 민족과 국가에 주목하면서 정치적 사회참여의 공적영역에 과감히 뛰어 들어 지배층과 밀착된 채 권력 지향적 태도를 보인 남성적 시인이라고 평가받고 있다.

이 글에서는 이러한 두 시인이 한국전쟁이라는 격동적 풍랑을 맞아 그 현실을 각자 어떻게 시 작품으로 형상화해 내며 대응해 나갔는지를 한국전쟁기(1950.6.25-1953.7.27)에 발표한 시작품들을 대상으로 비교·분석하여 그 유사점과 차이점을 밝혀보고자 한다.

2. 한국전쟁기 노천명의 현실 대응 양상

한국전쟁은 1950년 6월 25일 새벽 4시 북한의 기습 남침으로 발발하여 1953년 7월 27일 휴전이 성립될 때까지 3년 동안 한반도에서 일으켰던 전쟁이다. 어떤 전쟁이든 그것은 평화와 인간성을 말살하는 비참한 결과를 가져온다. 전쟁은 무자비한 파괴와 피비린내 나는 살육 속에서 싸우며 살아남아 견뎌야 하는 인간의 생존적 고통과 아픔을 잉태할 뿐 아니라 엄청난 사회 변화를 가져온다.

일상적 삶이 파괴되고 기존의 질서가 해체된 6·25전쟁 상황 속에서 문학 창작은 더욱 절실해졌다. 그러나 한국전쟁은 남북한 문학이 제각기 나아갈 특징적인 방향을 확고히 구축하는 계기였으며, 동시에 남북한 문학의 이질성이 심화되기 시작하는 원점이었다. 남한의 우익진영의 문단질서는 전쟁 초기 '부역문인'사건을 거치면서 다시 공고화된다.

'부역문인'사건을 계기로 해방 직후 열려 있었던 문학인들의 좌우 이데
올로기의 선택 가능성은 정치적 상황 조건에 의해 완전히 폐쇄되고, 반
공 이념을 중심축으로 하는 오직 하나의 상징질서 체계에 복속되는 길
만이 남게 된다.1) 노천명에게 6 · 25동란은 전쟁 자체의 충격도 컸겠지
만 <문학가동맹>에 가담하는 附逆문인사건2)에 연루되어 사법처리 된
사건이 더 큰 상처를 입힌 것으로 보인다. 그는 9 · 28 서울 수복 후 부
역 혐의로 징역 20년을 선고받았지만 문인들의 구명운동으로 감형 받
아 6개월 간 옥살이를 했다. 그의 문학 인생 전체에서 가장 치욕적이고
참담한 좌절을 느낀 고통스러운 일이었다. 노천명은 출감 후에도 그 충
격이 가시지 않았을 뿐만 아니라 혐오감 역시 회복되지 않는 상처로 남
아 있었으며, 그 오명을 벗으려는 집착으로 가득 차 작품다운 작품을
발표하지 못한 것으로 보인다.

　노천명의 세 번째 시집 『별을 쳐다보며』3)에는 주로 전쟁을 소재로
쓴 작품들이 담겨있다. 감옥에서의 생활을 짐작하게 하는 상황 묘사와
억울함, 좌절 등 부역사건에 관한 내용이 주류를 이루고 있으며, 이 시
집의 후기에는 그가 앞으로 어떻게 살아갈 것인가의 의지를 서술해 보
이기도 한다. 그리고 전쟁의 상처와 그로 인해 발생한 아픔을 문학으로
극복해 보려는 의지의 일단이 기술되어 있다. "6 · 25사변은 실로 내게
서 여러 가지를 앗아가 버렸다. …… 청춘까지를 앗아갔지만 문학만큼

---

1) 홍용희, 「한국전쟁기, 남 · 북한의 시적 대응 비교 고찰」, 『한국시학연구』, 제2호, 1999,
　340-342쪽 참조.
2) '부역 문인사건'은 1950년 9 · 28 서울 수복 후 인민군이 주둔하는 동안 서울에 남아
　있던 문인들의 행적을 조사하여 사법처리 한 것을 말한다. 조연현, 『문학과 사상과 인
　생』, (문학세계사, 1982), 170-180쪽 참조. 노천명은 <문학가동맹>에 가입하여 부역에
　가담한 반역문화인 혐의로 6개월(1950.10월-1951.4월)간 囹圄生活을 했다.
3) 이 시집은 1953년 3월 발간되었으며, 출감한 지 2년 후에 펴낸 시집이다.

은 빼앗기지 않았다"는 고백은 6·25전쟁으로 거의 모든 것을 잃어버렸지만 문학만큼은 자신의 내부에 살아있음을 알리는 신호탄이라 하겠다. 그는 또한 "그 담장이 높은 집 속에서 나는 몇 번인지 '여기서 나가는 날엔 文學이고 무엇이고 다 집어 던져 버리겠다'고 마음을 먹었던 것이 막상 나와 놓고 보니 文學에의 情熱은 不死鳥모양 잿더미 속에서 퍼덕어리며 일어나 다시 내게 안겨졌다. 잘 하나 못 하나 幸이든 不幸이든 나는 文學과 더불어 걸어가기로 했다."고 굳게 다짐해 보이고 있다. 모든 것을 다 버릴 수 있지만 문학만큼은 버려지지가 않고, 앞으로 문학과 더불어 살아가겠다는 삶의 의욕을 드러내 보인 것이다. 노천명에게는 문학이 곧 살아가는 존재 이유가 된다는 의미이기도 하다. 노천명의 짧은 인생은 오롯이 문학 속에서 이루어졌고, 무엇보다도 문학이 삶의 힘이었고 문학에 전념했었음을 엿보게 하는 대목이다. 한국전쟁기 그가 문학인으로서 집중하며 전쟁의 현실 상황을 어떻게 대응해 나갔는지? 그의 전쟁시를 대상으로 살펴보고자 한다.

노천명이 옥중에서 쓴 시들은 대부분 현실의 답답한 처지를 한탄하며 변명과 자학이 반어적으로 묘사되어 있으며, 사회적 항변 또한 강하게 나타나 있다. 응축과 절제의 언어 미학을 보여주던 시인은 「이름 없는 女人 되어」, 「누가 알아주는 鬪士냐」, 「有名하다는 것」, 「告別」 등의 시에서 분노의 마음 상태를 직설적으로 터뜨리고 있는 것이다. 노천명은 온 나라와 민족이 전쟁의 피비린내 속에서 신음하고 있는데, 자신이 '부역문인'사건에 연루되어 옥살이를 한 것과 그로 인한 피해의식에만 온 신경을 곤두세우는 반응을 절제되지 않은 언어로 형상화해 보이고 있다.

어느 조그만 산골로 들어가/ 이름 없는 여인이 되구 싶소/……/기차가
지나기 버리는 마을/놋양푼의 수수엿을 녹여 먹으며/내 좋은 사람과 밤
이 늦도록/여우나는 산골 애기를 하면/삽쌀개는 달을 짓고 /나는 여왕보
다 더 행복하겠오.

-「이름 없는 여인이 되어」 부분4)

위 작품에는 '부역문인'사건으로 옥고를 치르고 난 후, 상처가 치유
되지 않은 채 자신의 억울함에 대한 분노와 원망이 함축되어 나타나 있
다. 이름 없는 여인이 되고 싶다는 소망을 그리고 있지만 자신의 고고
한 이름 값, 그에 대한 유명세를 치르고 싶지 않다는 의미로 해석된다.
현실을 직시하고 자기 성찰을 통해 극복해나가려는 의지도 보이지 않
으며, 자신의 과거를 청산하거나 쇄신하려는 노력도 보이지 않는다. 그
보다는 일시적 도피처를 찾고 있는 것이다. 이는 사회에 대한 도피적
태도이며, 현실상황에 대한 무관심으로 풀이된다.

참혹한 전쟁의 현장에서 자신의 안위만을 생각하는 이기적인 면모도
나타난다. 자신이 유명하기 때문에 고초를 겪는다는 항변은 마치 무명
의 필부였다면 그냥 넘어갈 수 있는 문제로 여기고 있음을 암시하게 한
다. 이름 없는 여인이 되어 전원생활을 한다면 여왕보다 더 행복하겠다
는 동경어린 순수한 꿈을 표현하고 있지만 "여왕보다 더 행복하겠다"
는 비유를 통해서 노천명은 이름을 드높이고 싶고 언제나 인정받고 싶
은 내면의식을 노출하고 있는 것이다. '여왕'이라는 단어에 내포된 의
미는 단조롭지 않아 보인다. 단순히 화려한 행복에 지나칠 수 없는 권
력의지가 내포되어 있다. 즉, 그의 내면에 숨어있는 고고하고 관이 높

---

4) 노천명, 위의 시집.

은 족속이라는 의식의 발로라고 볼 수 있으며, 그것은 8세 정도까지의 유년기 체험을 평생 품고 사는 과거지향적인 "자기도취와 세속에의 비타협성"[5]을 짐작하게 한다. 노천명이 살아온 시대가 어떠했던가? 그는 일제 때 친일을 하고 해방을 맞고 6·25전쟁 중에는 부역을 하여 감옥살이를 하는 숨가쁜 역경 속에 처해 있었다. 그럼에도 불구하고 그의 현실에 대한 태도는 한 발짝도 앞으로 더 나가지 못했으며, 여전히 고독과 향수의 나르시시즘에 갇혀 있음을 볼 수 있다.

> 자신 없는 勳章이 내게 채워졌다/어울리지 않는 表彰이다/오동 콩밥과 눈물을 함께 씹어 넘기며/밤이면 다리 팔 떼어놓고 싶게/좁은 잠자리에 주리 틀리우고/날이 밝으면 날이 날마다 걸어보는 所望/ 이런 하루하루가 내 피를 족족 말리운다/이런 것 다 보람 있어야 할 鬪士라면/차라리 얼마나 값 있으랴만/나는 무엇을 위해 苦楚를 받는 것이냐/누가 알아주는 鬪士냐// 붉은 군대의 총부리를 받아/大韓民國의 銃부리를 받아 샛빨가니 뒤집어쓰고/監獄에까지 들어왔다/어처구니 없어라 이는 꿈일게다/진정 꿈일게다//밤새 電線줄이 잉잉대고 울면/監房 안에서 나도 운다
> ─「누가 알아주는 鬪士냐」 전문[6]

위 시는 노천명의 좌절감과 절망감, 그리고 내면의 상처와 미성숙한 정신세계를 엿보게 한다. 자신이 유명한 시인이었기에 옥고를 치러야 하는 것이고, 권력의 횡포 때문에 모든 죄를 '샛빨가니 뒤집어쓰고' 감옥에 까지 들어왔다는 억울함, 아무런 죄 없음을 강조하며 마치 무죄한 사람을 엮어 넣었다는 항변을 쏟아 놓고 있다. 아무런 현실인식 없이 변명과 책임전가와 투정부리듯 무절제한 감정을 터뜨리고 있는 것이다.

---

5) 鄭孔采, 우리 盧天命, 大家出版社, 1983. 77쪽.
6) 노천명, 『별을 쳐다보며』, 희망출판사, 1953.3.30.

전쟁기에 부역혐의로 인해 옥고를 치르게 된 일은 노천명에게 엄청난 시련을 가져다주었지만 문제는 그 후의 대응자세에 있는 것 같다. 노천명이 단순히 살기 위해서 <문학가동맹>에 가담했다고 하더라도 이데올로기가 대립되고 그러한 갈등이 내재된 전쟁 상황에서 사상적인 정리 없이 가볍게 처신한 점이 의아한 대목이다. 그의 행위에 대해 사법처리가 되자 더욱 억울해 하며 원망하고 변명하는 태도는 '사슴'의 고고한 시인의 이미지와는 사뭇 다르게 비쳐진다. 이는 현실에 대한 이해 부족이거나 역사의식이 부족한 탓으로 볼 수 있으며 "현실인식의 피상성"7)으로 보는 신경림의 견해도 일리가 있다. 노천명은 사법처리 된 현실 상황을 알아차리고 깊이 성찰하며 그에 대한 자신의 판단이나 생각을 합리적으로 정리하지 못한 것이다. 전쟁 상황 속에서 조국을 위해 희생하는 수많은 사람들을 염두에 두었다면 그러한 원망이 나오지 않았을 것으로 풀이된다. 그의 작품들이 현실에 대한 불안과 초조함, 자기 옹호내지는 변명 그리고 죄가 없다는 분간 없는 표현들로 채워져 있음에서 그의 미성숙한 세계관을 읽을 수 있는 것이다.

전쟁기가 지나 휴전상태에 머물게 된 어느 날 노천명은 "시의 素材에 대하여"라는 글을 한국일보에 기고한다. "詩人이란 한가한 가운데서 시를 餘技로 주무르는 사람들도 아니고 別有天地에 꿈을 꾸는 사람들도 아니라"고 전제하면서 "일찍이 詩人은 어느 時代를 막론하고 그 국민의 선두에 서서 횃불을 들어 그 民族의 나아갈 바 옳은 방향을 제시해 주는 예언자인 것"8)이라고 못 박는다. 어느 시대나 국민의 선두에 서서 민족의 나아갈 바 방향과 길을 가르쳐 주는 막중한 사명을 띤 선구자이

---

7) 신경림, 『모가지가 길어서 슬픈 사슴은』, 지문사, 1981, 300-320쪽 참조.
8) 신경림, 『모가지가 길어서 슬픈 사슴은』, 지문사, 1981.

면서 예언자가 되어야 한다는 사상을 피력한다. 그러한 막중한 사명을 수행해야 할 이름 높은 시인으로서 노천명 시인은 스스로 무엇을 실천에 옮겼는가를 물을 수 있다. 일제 때의 친일 행각에 이어 6·25 때 부역에 가담한 사실은 민족과 사회에 크나큰 오점을 남긴 것이라고 볼 수 있기 때문이다. 그 당시 자신의 안위를 위한 시작 활동이었음이 드러나는 양면적이고 이중적인 면모를 보이는 대목이다.

> 어제 나에게 찬사와 꽃다발을 던지고/우뢰같은 박수를 보내주던 인사들/ 오늘은 멸시의 눈초리로 혹은 무심히/내 앞을 지나쳐 버린다//청춘을 바친 이땅/오늘 내 머리에는 용수가 씌워졌다.//나와 친하던 이들 또 나를 시기하던 이들/잔을 들어라 그대들과 나 사이에/마주막인 작별의 잔을 높이 들자.//… 온갖 화근이었던 이름 석자를/갈기갈기 찢어서 바다에 던져 버리련다/나를 어디 떠러진 섬으로 멀리멀리 보내다오./……별이 있고/하늘이 있고/저기 자유가 닫혀지지 않는 곳이라면
>
> ─「告別」 부분9)

위 시 「告別」에는 지인들에게서 갑작스러운 냉대를 느낀 시인의 감정이 그대로 표현되어 있다. "어제 나에게 찬사와 꽃다발을 던지고/우뢰같은 박수를 보내주던 인사들/ 오늘은 멸시의 눈초리로 혹은 무심히/내 앞을 지나쳐 버린다//청춘을 바친 이땅/오늘 내 머리에는 용수가 씌워졌다.//나와 친하던 이들 또 나를 시기하던 이들/잔을 들어라 그대들과 나 사이에/마주막인 작별의 잔을 높이 들자."고 외친다. 노천명을 외면한 사람들은 그가 부역한 사실을 알고부터였지만 그게 사실이 아니라고 항변하는 노천명은 사람들의 변화에 분노를 느끼게 된다. 가깝던

---

9) 노천명, 위의 시집.

사람들에 대한 믿음의 상실로 빚어진 괴로움, 상실감, 자신에 대한 굴욕감, 자유에 대한 갈망 등의 심경이 고스란히 그려져 있다. 마침내 노천명은 '온갖 화근이었던 이름 석 자'를 내팽개치고, 갈기갈기 찢어버리겠다고 절규한다.

시 「有名하다는 것」[10]에서는 "有名하다는 건 얼마나 거북한 차림이냐/이 거추장스런 것일래/나는 거기서도 여기서도/걸려 넘어지고/처참하게 찢겨졌다"고 단정하고 있다. 이는 불행의 원인이 우선 '有名'했기 때문이라는 억울함이 담겨 있어 다분히 신경질적인 자기 합리화 내지는 핑계로 해석된다. 이것은 "자신이 名士, 有名人이라는 의식의 발로이며, 자신을 높이 평가하려는 惰性的인 自意識의 發露로 볼 수 있다."[11] 자신의 울타리에 갇혀 현실을 파악하지 못한 채 오로지 '관이 높은 족속', 그 의식에 그대로 머물러 있는 것이다.

시집 제목이 되기도 한 작품 「별을 쳐다보며」에서는 "친구보다/좀더 높은 자리에 있어 본댓자/또 미운 놈을 혼내주어 본다는 일/그까짓 것이 다—무엇입니까//술 한잔만도 못한/대수롭잖은 일입니다/발은 땅을 딧고도 우리/별을 쳐다보며 거러갑시다"라고 노래한다. 이 작품에서는 깊이 사고한 흔적이 나타나고 모든 것을 다 내려놓는다는 호방한 인생 달관자의 모습을 보여주어 정신세계의 확대로 비처지지만 진정성이 결여되어있다. 명예나 출세, 권력에 대해 "술 한 잔만도 못한/대수롭잖은 일"이라고 냉소한다. 이는 현실 도피의식이 허무의식으로 전환된 체념과 포기로 해석된다. 결코 삶을 초월함이 아니며 삶의 무게에 눌려 의

---

10) 노천명, 『별을 쳐다보며』, 희망출판사, 1953.3.30.
11) 김복순, 『韓國現代 女流詩에 나타난 愛情意識硏究』, 서울여대 대학원 박사학위논문, 1990, 89쪽 참조.

욕을 상실한 것이라고 볼 수 있다. 이러한 태도는 현실의 냉대를 진실하게 수용하지 못한 데에 기인된 것으로 파악된다.

노천명은 현실에 대한 불만과 부정이 자학으로 나타나는 결과를 보인다.12) 그의 전쟁기 시작품들은, 온 나라와 민족이 전쟁의 피비린내 속에서 신음하고 있는데, 자신이 '부역문인'사건에 연루되어 억울하게 옥살이를 한 것과 그로 인한 피해의식에 신경을 곤두세우는 반응을 절제되지 않은 언어로 형상화해 보이고 있다. 자신의 유명세를 탓하거나 냉담해진 친지들을 원망하거나 변명을 늘어놓거나 자기학대의 모습을 보여주며 또는 애국을 노래하며 부역혐의를 벗기 위한 노력에 집중한다. 「離散」이란 작품에서 "大韓民國이 죽은 사람 모양 그리웠다."고 표현한 것이나 「별은 窓에」라는 시에서 "잘 드는 匕首로 샅샅이 헤쳐보아도/내마음 祖國을 잊어본 일 정녕 없거늘"하면서 지극한 조국사랑을 노래해 보이고 있다. 이는 부역혐의를 벗는 것이 최대의 과제였음을 증명해 보이는 구절이다. 그것이 명예를 되찾는 일이라고 판단한 것 같다. 전쟁기의 역사적 환경이 노천명의 삶과 의식면에 지대한 영향을 주었고 현실대응 면에서 빚어진 오점이 작품 자체에도 영향을 미쳐 그의 문학적 특성도 달라졌지만, 한국전쟁기 새롭게 변모된 노천명 특유의 문학세계를 확고하게 보여주지는 못했다.

3. 한국전쟁기 모윤숙의 현실 대응 양상

한국전쟁이 발발하자 문인들은 먼저 종군문인단체 '문총구국대'(50.6.

---

12) 안성근, 「노천명 연구」, 호남대학교 석사학위논문, 2010.2. 38쪽 참조.

28)를 조직하고 반공전쟁 수행에 끝가지 행동을 통일할 것을 다짐한다. 이후 9·28 서울 수복 이후 자진 해산했던 종군 문인들은 다시 1951년 1·4 후퇴를 겪으면서 대구, 부산 등의 피난지를 중심으로 각 군의 종군작가단을 결성하여 전장의 현장으로 직접 참여한다. 전쟁의 참상에 대한 고발과 비애, 탄식을 통해 이데올로기의 무상성을 강조하는 남한의 대부분 전쟁시편들은 '동족상잔의 전쟁'이라는 상징적 언설을 근본적으로 부정함으로써 반공체제를 고착시켜 나간 남한의 지배 논리와 직접 상응하는 것이다.13) 모윤숙도 그 범위에서 예외가 아니었다. 그는 현실 돌파력이 강하면서 언제나 현실 상황에 기민한 대응을 해 나간 활동적인 시인이었다.

상징적이고 애잔한 여운을 남기는 독특한 시어를 구사한 노천명과는 대조적으로 전쟁기 모윤숙의 어조는 힘차고 직설적이며 선동적·구호적 표현을 거침없이 펼쳐 보였다. 그는 "민족주의적 담론을 시세계의 중요한 연결고리로 삼으면서 민족과 국가가 여성에게 주는 의미가 무엇인가를 고민하기도 하였다."14) 민족, 국가, 여성을 화두로 고민하던 모윤숙은 1945년 해방정국 속에서 본격적으로 정치적 사회참여에 나서며 지배층과 밀착된 채 권력 지향적 태도가 나타나기 시작하였다. 그러한 힘으로 6·25 전쟁 때에는 조국을 지키는 선봉장처럼 조국애에 정열을 다 쏟아 놓으며 전쟁의 승리를 고취시킨다.

① 그러나 겨레여 이 불행한 운명의 선이/정의의 칼아래 지금 묻혀지고 있다/암흑과 음모의 산모이든 이 삼팔선이/이제 세계의 손길아래 깨

---

13) 홍용희, 앞의 논문, 343-344쪽 참조.
14) 김승구, 「모윤숙 시에 나타난 여성과 민족의 관련 양상 연구」, 『현대문학의 연구』30호, 현대문학연구학회, 2006, 249쪽.

여진다 없어진다//······/피를! 동족의 피를 마시고/살을뜯든 악의 왕자여!/
강산을 더럽히고 땅덩이를 삼키려든/크레믈린의 붉은 노예의 이빨들이여
/······/아–죄없고 선량한 우리겨레는/무서운 너의 채찍아래 수없이 가버
리고/지금도 저 벌판에서, 강에서 산에서/쫓기고 죽어죽어 숨지노라/······
그러나 형아 아우야, 이젠 무서움 없이/힘을 합해 이러나자, 이러나자/용
기를 내여 쓸어지는 祖國을 일으키자!//···동포여! 무엇을 주저하랴, 지체
하랴?/다–함께 의분의 횃불을 들어/신음하는 조국의 운명을 구하자!//世
界는 눈물의 꽃가슴을 열고/그품에 우리를 안으려한다//···항구에서 항구
로 파도를 밀고 들어오는/이국의 군함과 군함은 바다를 민다/그 비록 얼
골이 우리보다 다르나/미국에서 호주에서 필립핀에서/인도에서 희랍에서
/어진 이국의 군대가 門을 열고 들어오지 않는가?//···흐느끼든 눈물의 세
월을 망계의 무덤속에 흘러보내고/아세아의 힘이되어 세계의 힘이되어/
평화의 앞잽이로 발길을 내세우자/형제여! 네몸 내몸 다–불러이르켜/거
룩한 祖國위에 목숨을 숙이자/우리는 영원의 한줄기/한데뭉처 아세아의
기둥이될/승리의 꽃떨기 배달족이로라.

–「기다리든 그날」¹⁵⁾ 부분

위의 시에서 모윤숙은 전쟁의 참담한 상황을 적나라하게 보여주며
조국이 처한 최대위기 상황을 구해야 한다는 절박함을 호소한다. 형과
아우, 동포들 모두 일어나 조국을 구하러 나가 전쟁에 싸워 이기고 돌
아오라고 촉구한다. 피비린내 나는 전쟁을 목격한 장면은 드러나지 않
지만 "피를! 동족의 피를 마시고/살을 뜯든 악의 왕자여!"라고 동족상잔
의 극악함과 참혹함을 묘사해 보인다. 전쟁의 승리를 염원하고 용감히
싸우는 국군을 찬양하는 한편, 우리 편인 유엔군의 도움에 감사하며 새
힘을 북돋우고 우리 민족의 위력을 신뢰하도록 이끈다. 시 작품 속 모
든 호소와 선동적 구호는 조국을 구하기 위함이고 조국을 구해서 다시

---

15) 모윤숙, 「기다리든 그날」, 『문예』12호(2권 7호), 1950.12.

일으켜 세우자는 일념으로 점층적 강조로 외치고 있다. 애국심을 담아 간절히 호소하는 방식의 표현으로 흡인력을 더해주고 있다. 즉, 용기와 힘을 주고 희망을 주려는 강한 의지를 나타내고 있는 것이다.

　모윤숙의 전쟁 시들은 이렇게 개인 정서나 감정은 개입할 틈이 없이 파도처럼 밀고 나가는 기백을 보인다. "동포여! 무엇을 주저하랴, 지체 하랴?/다─ 함께 의분의 횃불을 들어/신음하는 조국의 운명을 구하자!//世 界는 눈물의 꽃가슴을 열고/그품에 우리를 안으려한다/비틀거리는 우리 병사를/언덕에서, 산에서, 바다에서/이르켜 껴안어 힘을 보태준다." 이 와 같이 조국을 구원하는 데 주저하거나 망설일 틈이 없다는 절박한 심 정을 호소하면서 정의의 전쟁이기 때문에 반드시 승리할 것을 확신해 보인다. 거기에 세계가 함께하고 있음을 점층적 나열 방법으로 강조한 다. "미국에서 호주에서 필립핀에서/인도에서 희랍에서/어진 이국의 군 대가 鬥을 열고 들어오지 않는가?" 이처럼 세계 각국의 구원군이 우리 를 돕고 있으니 전쟁에 승리해서 세계와 함께 아시아의 기둥이 되고, 나아가 세계 평화의 선두주자가 되자는 국제적인 대한민국을 제시하며 용 기와 기백을 보여준다. 이는 노천명 시인이 전쟁기 자신과 주변의 문제에 집중한 바와는 다른 차원의 폭넓은 세계관을 보여 주고 있는 것이다.

　다음에서 한국전쟁의 구원군에 대해 쓴 시편들을 살펴보기로 한다.

　① 그대는 코리아의 自由를 위해서뿐이리까?/필립핀, 뉴질랜드, 미국, 영국, 블란서,/아니 왼 세계의 自由를 위해서도 나선/偉大한 自由戰의 先 鋒者!//山脈과 山脈에서/江과 江 사이에서/모여드는 兵士들을/그 우람찬 팔 안에 포옹하고//적의 요란한 고함이 들리면/내다라 쳐부시는 용감한 기운에/…그대 앞서서 祖國을 도라오게 하소서.
　　　　　　　　　　　　　　　　　　　　　　　─「선봉자」[16] 부분

② 장군이여! 그래도 마다않고 임하시오니/땅속에계신 선렬인들 이기 쁨모르오리까/크신뜻을 맞이하는 삼천만 한마음이/구원의 화신이신 그발 자욱에 희망을 모웁니다//……무삼말 무삼벅참이 이를표하리까?/짓밟힌 이땅 흔들리는 터우에/크신맘 내시어 친이 오심은 친히오심은/민족의 기 억속에 불멸의 등이되었사오리다//장군이시여! 오시었거든 하마그대로야 돌아서리까?/압록강에 물소리 예대로 모와주시고/백두산의 흰눈봉이 겨 레팔에안기도록/서름없는 남과북을 이어놓고 가시옵소서.

― 「웰캄 아이젠하워」[17] 부분

위 인용해 보인 두 편의 시 「선봉자」와 「웰캄 아이젠하워」는 연합군 에게 전쟁을 승리로 이끌어 달라는 애원을 표출하면서 전 세계가 우리 편이라는 인식과 함께 모윤숙은 세계로 시선을 뻗쳐 세계 평화와 자유 의 선봉자로 우러르고 있다. ①에서는 세계에서 구원군이 오고 있음에 승리의 희망을 띄우고 힘을 북돋운다. 그것은 세계의 자유를 위해 필연 적인 일이라는 의미를 내포하며 구원군을 열렬히 환영하는 내용이다. ②에서는 "크신뜻을 맞이하는 삼천만 한마음이/구원의 화신이신 그발자 욱에 희망을 모웁니다./……저오시는 광명의 사신을 향해 머리를들자―" 라고 아이젠하워 미국 대통령을 '구원의 화신'이며, '광명의 사신'으로 반긴다. 전쟁의 승리를 염원하는 희망 속에서 정중하고도 열렬한 환영 의 모습을 표현해 보인다. "아세아의 기둥이될/승리의 꽃떨기 배달족이 로라."라는 구절에서도 나타나듯이, 모윤숙의 시선은 아세아를 향하고 있음을 알 수 있다. 전쟁에서 승리하여 세계와 함께 우리 민족이 아세 아의 자유 민주주의의 보루가 될 것으로 예견해 보이는 정치적 감각을 읽을 수 있다. 그러한 감각으로 모윤숙은 참담한 전쟁 상황의 현실을

16) 모윤숙, 「선봉자」, 『풍랑』 문성당, 1951.3.
17) 모윤숙, 「웰캄 아이젠하워」, 『풍랑』 문성당, 1951.

승리한다는 긍정적 태도와 당당한 기백으로 대응하고 있다.

> 나는 죽었노라. 스물다섯 젊은 나이에/대한민국의 아들로 나는 숨을
> 마치었노라./질식하는 구름과 바람이 미쳐 날뛰는 조국의 산맥을 지키다
> 가/드디어 드디어 나는 숨지었노라.//……나는 자랑스런 내 어머니 조국
> 을 위해 싸웠고/내 조국을 위해 또한 영광스리 숨 지었노니/여기 내몸
> 누은 곳 이름 모를 골짝이에/밤 이슬 나리는 풀숲에 나는 아무도 모르게
> 우는/나이팅켈의 영원한 짝이 되었노라.//……고생하는 내 나라의 동포를
> 만나거든/부디 일러다오 나를 위해 울지말고 조국을 위해 울어달라고
> /……내 사랑하는 소녀를 만나거든/나를 그리워 울지말고 거룩한 조국을
> 위해/울어 달라 일러다고.//……조국이여! 동포여! 내 사랑하는 소녀여!/
> 나는 그대들의 행복을 위해 간다./내가 못 이룬 소원, 물리치지 못한 원
> 수,/나를 위해 내 청춘을 위해 물리쳐 다오.//……그대는 자랑스런 대한
> 민국의 소위였고나.
>
> ―「국군은 죽어서 말한다」[18] 부분

위에서 인용해 보인 시 「국군은 죽어서 말한다」는 전쟁시편들 중 널
리 알려진 모윤숙의 대표작이기도 하다. 그 동안 전쟁시를 논하는 자리
에서 언제나 남성작품들만 언급해 왔다. 거기에 모윤숙의 시 「국군은
죽어서 말한다」는 여성 작품으로 유일하게 언급되어 왔다. 이 작품에서
모윤숙은 국군이 어떻게 싸우다 죽었는지, 그의 죽음은 무엇을 원하고
있으며 어떤 의미를 담고 있는지를 중심으로 묘사해 보인다. 이 긴 시
에서 우선 전쟁의 치열한 분위기를 엿볼 수 있다. 그리고 전쟁에 임한
국군의 지극한 애국심을 그려내고 있다. 스물여섯 젊은 국군이 조국에
목숨을 내 주고도 "고생하는 내 나라의 동포를 만나거든/부디 일러다오

---

18) 모윤숙, 「국군은 죽어서 말한다」, 『풍랑』 문성당, 1951.

나를 위해 울지말고 조국을 위해 울어달라고/……내 사랑하는 소녀를 만나거든/나를 그리워 울지말고 거룩한 조국을 위해/울어 달라 일러다고,"라는 유언을 남긴 대목에서 절정을 이루며, 이 구절이 바로 모윤숙의 사상과 조국애를 보여주고자 하는 핵심 메시지라 하겠다. 조국을 위해서 기꺼이 목숨을 바친 국군의 죽음의 의미를 인간적이며 숭고한 차원으로 승화시키며 차분히 묘사해 보이고 있다.

이 작품에는 '조국'이라는 단어가 무려 열 세 번이나 등장하며, '국군'은 다섯 번, '원수'는 세 번을 구사한다. 조국-원수-국군-승리의 도식으로 국군이 반드시 원수를 무찌르고 조국을 승리로 세울 것이라는 승리의 확신을 보여주고자 한다. 이렇듯, 모윤숙은 그의 전쟁시편들에서 전쟁 승리 의식을 고취시키며 애국심을 호소하고 국제적 시각을 담아 대한민국의 미래를 긍정적으로 예견해 보였지만 결국 진정성이 부족한 공허한 애국과 국가주의를 내세우며 지식인의 이중적인 모습을 표출하는 데 머물러 있다고 하겠다. 모윤숙의 현실적 희생과 진정성은 그의 요란스러운 애국시에서도 찾아 볼 수가 없기 때문이다. 하지만 모윤숙은 전쟁의 극단적 상황에서 애국적 감정의 토로로 민족을 하나로 뭉치게 하는 역할에서 그 의의를 찾을 수 있다.

노천명과 모윤숙의 전쟁기 시에 나타난 현실 대응 방식을 보면, 노천명이 자기 부정적인 면에 치중해 있었던 데 비해 모윤숙은 외향적 시각으로 전쟁을 바라보며 승리에 대한 염원과 전쟁 독려와 애국심 고취에 몰두해 있었음을 알 수 있다.

4. 한국전쟁의 상흔에 대한 시각

전쟁의 본질은 평화를 깨뜨리고 무력에 의해 점령하려는 것이다. 6·25전쟁을 겪으면서 노천명과 모윤숙은 어떤 시각으로 그 현장을 형상화하여 작품에 담아냈는지 노천명의 시 「상이군인」, 「꽃길을 걸어서」와 모윤숙의 시 「깨여진 서울」, 「끌려간 사람들」, 「서울 나오던 밤」을 중심으로 살펴보고자 한다.

① ……다리없는 바짓자락이 철러덕 거릴제 마다/보는사람 가슴 밑창에서 경례 울어 나오고/미안한 생각 바위처럼 네리 눌렀다//그는 병신이 아니다 나라 위해 바친/귀한 없는 팔을/……/나라에 바친 귀한 없는다리를/갖인사람이다//어느 뛰어나는 애국 연설도/이 없는다리만큼은 웅변이 못 될게다/온 백성이 드리는 가장 큰 꽃둘레를 받아라/왼갓 존귀와 영광을 그대에게 돌리노라

— 「상이군인」[19] 부분

② ……사립문에 기대어 서서/ 진달래 자욱한 앞산을 바라보면/ 큰애기의 가슴은 파도모양 무지개같이 부풀어올랐다/사월 큰애기의 꿈은 무지개같이 찬란했다// 웬일인지 이 봄엔 삼팔선이 터지고/ 나갔던 그이가 돌아올 것만 같다/ '갔다 오리라'/ 생생하게 지금도 귀에 들린다/ 군복을 입은 모습/ 어찌 그리 늠름하고 더 잘나 보였을꼬// 그이가 일선으로 나간 뒤부터/ 뉴-스 영화의 군인들이 모두 다/ 그이 같아 반가워졌다// 주여/ 이 봄엔 통일을 꼭 가져다 주소서/ 그리하여/ 진달래 곱게 핀 꽃길을 걸어서/ 승전한 그이가 돌아오게 해주소서

— 「꽃길을 걸어서」[20] 부분

19) 노천명, 「상이군인」, 『별을 처다보며』, 희망출판사, 1953.3.30.
20) 노천명, 「꽃길을 걸어서」, 『여성계』, 1953.4. ; 『1953년 연간시집』, 문성당, 1954.

③ 서울아! 네 아픔이 가시기도 전에/또 너는 재앙을 만났더냐?/情든 동네, 거리, 다 버리고/우리 지금 네 품에서 다시 떠난다./길에는 추움에 떠는 애기들/엄마를 조르며 서울로 도루 가잔다.//아가! 가자 잠시 갔다 다시 오자./엄마가 끄는 수레에 앉아라./ 어서 이 밤으로 江을 건너야지/수레 위엔 초생달이 따라 온다./아가 울지 말고 南으로 가자.

－「서울 나오던 밤」[21] 부분

④ ……목숨은 어지러운 희롱아래 티끌처럼 사라지고/불을 뿜는 번갯발이 윈, 서울에 찼습니다./보이느니 주검뿐 시체의 냄새/길가에 언덕에 대한민국 군인이 쓰러집니다./처녀들은 사슬에 얼켜/어느 곳으론가 질서없이 끌려가고/못보던 깃발 못듣던 노래/귀는 빽빽한 안개에 질식하고/눈은 어둠과 구름에 生命을 잃었습니다./…저 南山의 숲이 우는 소리/벌레보다 더 쉬이 사라지는 동포의 주검/내 나라 어디 갔나 다─ 어디로 갔나/아아 이처럼 허무해진 서울이여!

－「깨여진 서울」[22] 부분

⑤ 婦德의 으뜸인 승호 형님,/모란꽃처럼 웃어살던 예순이,/송죽같이 굽힘 없던 경숙언니,/다─ 어찌 이름 들어 알릴까보냐./백성이 우러러 아끼던 사람들/잃으면 나라가 가난해질 존재들/아끼고싸고 싸서 위하던 이들/다─ 보내고 우리 혼자 어떻게 사나?//…좋은 사나이들과/어여쁜 아씨들을 빼앗긴 나라는/봄 꽃이 피어도/새들이 저 나무위에 노래 불러도/화답하는 이는 없어라./마음기뻐 웃는 이는 없어라.//

－「끌려간 사람들(희복에게)」[23] 부분

위에 인용하여 나열한 시 ①에서 ⑤까지의 주된 정조는 전쟁으로 인한 파괴와 비애 그리고 허무감이다. 이러한 비애감과 허무감은 시적 화

21) 모윤숙, 「서울 나오던 밤」, 『풍랑』, 문성당, 1951.
22) 모윤숙, 「깨여진 서울」, 『풍랑』, 문성당, 1951.
23) 모윤숙, 「끌려간 사람들(희복에게)」, 『풍랑』, 문성당, 1951.

자의 내면적 상처에서 갈등과 혼란을 일으킨다. 화자는 전쟁의 허무감과 피할 수 없는 전쟁 상황 사이에서 내면적 공황상태를 보이고 있는 것이다. 전쟁의 승리를 고무하는 힘찬 목소리는 사라지고, 전쟁의 상흔을 드러내면서 공통적으로 깨어진 평화를 염원하고 있다.

①은 노천명의 시 「상이군인」으로, 전쟁에 나가 싸우다가 다리를 잃은 군인을 보고 연민의 정과 존경과 감사를 보내는 내용을 담고 있다. 시적화자는 "어늬 뛰어나는 애국 연설도/이 없는다리만큼은 웅변이 못될" 것이라며 말로 하는 애국보다 다리를 나라에 바친 상이군인을 우러른다. 애국을 몸으로 실천한 귀한 존재로 그의 희생을 높이 평가하며 모든 영광을 돌리고 있다. 전쟁의 아픈 상흔이지만 조국의 평화를 찾기 위한 영광스러운 상처로 어루만지고 있다.

시 ②에서는 전쟁터에 나간 남편을 기다리는 젊은 아내의 남편에 대한 그리움과 빨리 전쟁에서 이기고 통일이 되어 돌아오기를 손꼽아 기다리는 안타까운 사연을 담고 있다. 시 ③은 어머니가 수레를 끌며 아기를 데리고 남쪽으로 피란길을 떠나는 고난의 모습을 그리고 있다. 고통스러운 피난길 행렬 속에서 어린 아이를 달래며 날이 새기 전 강을 건너야 하는 절박한 상황을 그리고 있다. 아무도 도와주는 이 없고, 오직 수레를 비쳐주는 초승달의 따뜻한 동행을 회화적으로 보여 준다. 초승달빛을 통해 잠시 피난해 있으면 다시 서울로 무사히 돌아오리라는 희망을 상징하고 있다. 피난의 고통을 실감 있게 그리고 있으며, 피난길의 위험과 비참한 상황에서도 시인은 긍정적인 생각을 담아 달빛으로 감싼다.

시 ④에서 보면 화자는 "저 뫼 우에 쓸어지는 生命의 통곡소리/…… 벌레보다 더 쉬이 사라지는 동포의 주검/누가 보낸 혼란입니까?/아아!

내나라 날 버리고 어디로 갔나?/몇시간 후엔 이 목숨을 가져간다오"라고 절규하면서 아비규환의 전쟁터를 연상하게 한다. 속절없이 쓰러져가는 생명과 혼란 앞에서 자신도 언제 죽을지 모르는 불안감과 깊은 허무의식을 표출하고 있다. 모윤숙의 시 「끌려간 사람들(희복에게)」, 인용 ⑤에서는 전쟁으로 인한 헤어짐, 나뉨과 죽음을 보여주고 있다. 즉, 전쟁 중에 여기저기 끌려가 흩어진 가족과 친지들을 잃고 애타게 찾는 심정을 그리며, 존경하는 사람들과 사랑하는 사람들을 잃어버린 고통 속에서 혼자 살아갈 일을 걱정하는 내용을 담고 있다.

위에서 살펴본 바와 같이, 노천명과 모윤숙 두 시인이 전쟁의 상흔을 바라보는 시각은 매우 유사하게 나타난다. 주로 소박하고 일상적인 것에서 행복을 추구하던 보통사람들이 전쟁으로 인해 고통당하는 모습을 그리는가 하면, 상이군인과 피란 가는 이웃들과 전쟁에 나가 돌아오지 않는 남편을 기다리는 여인에게 따뜻한 위로를 건네는 인간애를 표출하고 있다.

또한 이들 작품에 나타난 주제의식 역시 평화와 소박한 삶으로 동일성을 드러내고 있다. 전쟁터의 현실은 파괴와 죽음과 폭력의 공간이다. 노천명과 모윤숙의 전쟁시 작품들은 대개 폐허와 혼돈, 죽음, 암흑세계, 전쟁에 대한 허무감과 비탄의 요소가 내재해 있다. 그러한 전쟁의 참혹한 상흔을 구체적으로 묘사하여 생명의 의의와 존재의 소중함을 깨닫게 한다. 또한 전쟁자체의 비극성에 초점을 맞추고 있으면서 전쟁으로 희생된 사람들에게 연민과 옹호를 보내고 그들의 희생을 경건하게 노래한다. 전쟁 상황에 대해 사실적인 표현과 격정적이고 절박한 외침을 반복한 도식적인 형상화 방식도 유사함을 발견할 수 있다.

5. 맺음말

이 글에서는 1930년대부터 본격적인 작품 활동을 시작하였으며, 가부장적인 억압적 사회제도 속에서 감상주의를 극복하고 독자적인 여성시의 체계를 세우는 데 초석을 놓았다는 평가를 받고 있는 노천명과 모윤숙 시인이 한국전쟁이라는 격동적 풍랑을 맞아 그 현실을 각자 어떻게 시작품으로 형상화해 내며 대응해 나갔는지를 한국전쟁기(1950.6.25.-1953.7.27)에 발표한 시작품들을 대상으로 비교·분석하여 그 유사점과 차이점을 밝혀보고자 하였다.

그 결과를 정리하면 다음과 같다.

첫째, 노천명과 모윤숙은 전쟁 현실에 대응하여 전쟁의 승리를 고무하며 전쟁참여를 독려하는 입장을 강하게 표현하고 있다. 전쟁을 목격한 장면은 드러나지 않지만 일상적 삶의 현장이 무너진 전쟁의 참혹상을 생생하게 묘사하여 비참한 현실을 고발함으로써 우회적으로 전쟁을 비판하고 있다. 노천명과 모윤숙의 전쟁 독려와 전쟁승리에 대한 고무적인 내용을 담은 시들은 표현법에서 매우 선동적이고 직설적인 언어 사용법이 유사하게 드러난다.

둘째, 노천명은 6·25 전쟁 때 부역 혐의로 옥고를 치른 것에 대해 깊은 성찰 없이 사회를 원망하고 변명과 자학을 시에 담아 표출하여 사회현실에 대한 미성숙한 면모를 보여주기도 했다. 모윤숙은 애국과 국가주의를 표방하며, 조국 지키기에 기치를 높이 들고 자유와 평화의 세계 구현을 긍정적으로 내세우지만 지식인의 공허한 모습으로 진정성을 얻지는 못했다.

셋째, 노천명은 한국전쟁의 격변기를 겪으면서 전쟁을 소재로 쓴 시들도 대체로 여성적인 개인의 애상성을 표현하고 있다. 반면, 모윤숙은 남성 화자를 통해 남성적인 정열로 조국애를 노래한 점에서 같은 전쟁을 주제로 다루면서 내용과 표현 방법은 서로 상이했음을 간파할 수 있다. 모윤숙은 세계 평화의 선두주자가 되자는 국제적 대한민국을 제시하며 용기와 기백을 표출하고 있는 데 반해 노천명은 시야를 자신과 주변의 문제에 집중하여 소극적 자세를 보여준다. 이러한 점에서 모윤숙은 노천명과 다른 차원의 폭넓은 세계관을 보여 주고 있는 것이다.

넷째, 전쟁의 상흔에 대한 시각은 두 시인이 유사하게 표출하고 있음을 알 수 있다. 전쟁터의 죽음과 폭력의 공간에서 그들은 전쟁자체의 비극성에 초점을 맞추고 있으며, 전쟁으로 희생된 사람들에게 연민과 옹호를 보낸다. 그리고 전쟁의 상흔을 폐허와 혼돈, 죽음, 암흑세계, 전쟁 허무감 등 구체적으로 그리고 있으며, 그러한 전쟁의 상흔을 따뜻한 시선으로 묘사하여 생명의 의의와 존재의 소중함을 깨닫게 하는 데 머물러 있다.

전쟁을 사유하는 세 가지 방식

- 미체험 세대를 중심으로

주지영 서울여자대학교 국어국문학과 초빙강의교수

1. 서론

한국전쟁이 발발한 지 60여 년이 지난 현재, 한국전쟁을 다루는 작품들은 한국소설사에서 중요한 한 계열체를 이룰 정도로 많이 축적되어 있다. 이들 작품들에 대해 대부분의 기존 연구는 한국전쟁과의 시간적 거리를 중심으로 하여, 전쟁문학, 전후문학, 분단문학으로 분류하여 그 특징을 논하고 있다.[1] 또한 전쟁과 분단을 이데올로기 측면에서 접근하는 유형, 비이데올로기 측면에서 접근하는 유형으로 나누고, 전자에는 최인훈의 『광장』 계열을, 후자에는 분단 문제를 휴머니즘의 입장에

---

1) 신경득, 『한국전후소설연구』, 일지사, 1983.
　김승환, 「분단문학과 분단시대」, 김승환 · 신범순 엮음, 『분단문학비평』, 청하, 1987.
　황송문, 『분단문학과 통일문학』, 성문각, 1989.
　유학영, 『1950년대 한국전쟁 · 전후소설 연구』, 북폴리오, 2004.

서 다루는 황순원의 「학」 계열과 애니미즘의 입장에서 다루는 윤흥길의 「장마」 계열을 그 대표적인 작품으로 들고 있다.[2] 이러한 논의들은 전쟁 내지 분단 소설의 소설사적 의의와 그 특징을 밝히는 데 일정한 기여를 하고 있다는 점에서 주목된다.

여기서 이 글은 한국전쟁을 어떻게 논의할 것인가와 관련하여 두 가지 준거를 제시하고 있는 김윤식의 논의[3]에 주목하고자 한다. 첫째, '역사적 계기를 머금고 있는 시간 개념'이다. 이 측면은 역사적, 사회적 가치관의 전환과 밀접하게 연관된다. 세계사 전체의 흐름과 관련하여 볼 때, 한국전쟁의 1차적 지표는 '1950년 전후의 국제정치적 환경'에 의한 냉전체제가 된다. 2차적 지표는 베트남전쟁 종식과 더불어 7.4 공동선언 이후 냉전체제식 지표가 그 효력을 상실하면서 생겨나는데, 그것은 한국전쟁의 기원을 민족 자체 내에서 찾는 태도의 전환을 가져온다. 여기에서 분단 고착화에 대한 죄의식이 생겨난다. 둘째 '세대 간의 인식 차이'이다. 체험세대, 유년기 체험세대, 미체험 세대로 나뉘는 세대 분류를 통해 한국전쟁이 내면화되는 과정과 문학 양식의 변화를 두루 추적해볼 수 있게 된다.

이 논의에서 주목할 것이 미체험 세대의 전쟁 내면화 과정이다. 전후 60여 년이 지난 지금의 작가들에게 한국전쟁은 미체험의 영역에 속한다. 이 미체험 세대로서의 작가들의 작품에 주목할 때, 과연 이들의 작품에도 여전히 전쟁은 냉전체제의 산물로 받아들여지고 있는지, 그리고 분단고착화에 따른 죄의식이 내재되어 있는지를 검토하는 일은 문학사

---

2) 조남현, 『한국현대소설유형론연구』, 집문당, 2004.
　　문홍술, 『문학의 본향과 지평』, 서정시학, 2007.
3) 김윤식, 「한국전쟁문학―세대론의 시각」, 『1950년대 문학연구』, 예하, 1991, 11~39면.

적 안목에서 볼 때 매우 의미 있는 일이 아닐 수 없다.

먼저, 미체험 세대 작가가 한국전쟁을 본격적으로 다루는 일은 매우 지난할 수밖에 없다. 이들 작가에게 한국전쟁은 과거의 '역사적 사실'이기에, 한국전쟁을 다루는 소설을 쓴다는 것은 역사소설을 쓰는 일에 비견될 것이다. 곧 창작방법적 측면에서 볼 때, 역사적 기록물에 의거하여 전쟁 상황을 재구성하고 여기에 작가의 역사관을 투사하는 작업이 요청된다. 그런데 이 경우, 미체험 세대 작가는 체험 세대나 유년기 체험 세대가 이룩한 소설적 성과를 극복해야 한다는 장벽에 봉착한다. 이를 돌파하는 일은 체험 세대나 유년기 체험 세대가 가질 수 없는 미체험 세대 작가만의 역사관 혹은 세계관에 기초할 때 가능할 것이다.

다음, 이와 관련하여 주목되는 것이 미체험 세대의 전쟁에 대한 관점이다. 이 관점은 작가 개인의 고유한 것이면서 동시에 작가가 뿌리내리고 있는 당대 한국 사회의 역사적 상황과 긴밀하게 연결되어 있는 보편적인 것이어야 한다.

이 두 가지 항목에 주목할 때, 미체험 세대 작가가 다루는 전쟁 소설이 이전의 체험 세대와 유년기 체험 세대의 그것과 뚜렷하게 변별되는 지점이 무엇이냐를 검토하는 것은 오늘날 미체험 세대의 전쟁에 대한 작가의식이 어떠하냐를 검토하는 일이면서, 동시에 현 단계 한국소설이 나아가야 할 전쟁 소설의 방향이 무엇인지를 검토하는 것과 맞물려 있다.

이 글은 이러한 입장에서 미체험 세대가 전쟁을 사유하는 새로운 방식에 대해 고찰하고자 한다. 이를 위해, 전쟁의 외연을 넓힐 필요가 있다. 곧 한국전쟁만을 다루는 작품을 넘어서, 한국 사회가 직, 간접적으로 관계를 맺은 베트남 전쟁[4]과 이라크 전쟁을 다루는 작품도 논의의 대상에 포함하고자 한다.

미체험 세대에서 가장 두드러지는 작품의 경향은 베트남 전쟁, 이라
크 전쟁과 같은 '전쟁' 일반을 다룸으로써 우회적으로 한국전쟁에 대한
기존의 인식과는 변별되는, 혹은 그러한 인식을 넘어설 수 있는 새로운
인식을 확보하려 한다는 것이다. 작품에서 한국전쟁을 직접적으로 거론
하지 않더라도, 전쟁에 대한 사유는 '한국전쟁'과 관련하여 그 의미가
전유될 수밖에 없다.

이 글에서는 베트남 전쟁과 이라크 전쟁을 다룬 방현석의 「랍스터를
먹는 시간」(『랍스터를 먹는 시간』, 창비, 2003),[5] 한국전쟁을 다룬 김연수의
「뿌넝숴」(『나는 유령작가입니다』, 창비, 2005),[6] 이라크 전쟁을 다룬 정미경
의 「무화과나무 아래」(『발칸의 장미를 내게 주었네』, 생각의 나무, 2006)[7]의 세
작품을 통해 미체험 세대가 전쟁을 사유하는 방식에 대해 고찰해보고

---

4) 베트남전쟁을 다룬 소설은 베트남 파병 이후부터 현재까지 꾸준히 발표되고 있다. 이
   에 관하여 주지영, 「베트남전쟁 소설의 구조와 유형」, 『한국문예창작』 17호, 문예창작
   학회, 2009, 107~131면 참조.
5) 신정자, 「이데올로기의 환상과 재인식—방현석 소설」, 『인문학연구』 36집, 조선대학교
   인문학연구원, 2008, 85~104면.
   박수연, 「기억의 서사학—방현석론」, 『실천문학』 71호, 실천문학사, 2003. 8, 110~128면.
   홍기돈, 「강철은 어떻게 단련되는가?」, 『실천문학』 73호, 실천문학사, 2004. 2, 396~
   400면.
   양진오, 「자기 안의 타자들을 긍정하는 존재의 성취」, 『내일을 여는 작가』 38호, 작가
   회의 출판부, 2005. 봄호, 365~374면.
6) 정재림, 「불가능을 실연하는 유령작가의 글쓰기 : 김연수의 문학세계」, 『작가세계』 73
   호, 2007.
   장성규, 「재현 너머의 흔적을 복원시키는 소설의 욕망 : 2000년대 역사소설에 대한 성
   찰과 전망」, 『실천문학』, 2007.
   손정수, 「살아남은 자의 운명, 이야기하는 자의 운명 : 김연수론」, 『작가세계』 73호,
   2007.
   손종업, 「거울 속의 유령작가와 역사소설의 미궁 : 김연수론」, 『오늘의 문예비평』, 2003.
   이혜원, 「김연수 소설의 자의식적 글쓰기 : 『나는 유령작가입니다』를 중심으로」, 『문
   예시학』, 2010.
7) 문흥술, 「새로운 지평을 개진하는 소설」, 『문학의 본향과 지평』, 서정시학, 2007, 14~
   48면.

자 한다.

2. 다층적 시선 : 방현석의 「랍스터를 먹는 시간」

방현석의 「랍스터를 먹는 시간」은 베트남 꽝떠이성의 조선소에서 관리자로 일하는 '건석'이 화자로 등장한다. 건석은 베트남전에 참전했던 아버지가 베트남 여인과의 사이에서 낳은 배다른 형을 부끄러워하면서도, 형이 D중공업에 다니면서 벌어주는 돈으로 대학에 다닌다. 형이 공장 파업에 휘말려 의문사를 당한 뒤 베트남으로 온 건석은, 그곳에서 모계사회를 유지하며 살아가는 에데족의 딸 '리엔'을 사랑하여 결혼하고자 한다. 그러나 한국인이라는 이유로 그녀 집안의 반대에 부딪친다. 조선소에서 관리자 '김 부장'과 노동자 '러이'가 쌍방폭행으로 끌려간 일을 해결하기 위해 공안에 간 건석은 '팜 반 꾹'을 통해 러이의 신원을 파악하게 된다. 건석은 조선소를 그만둔 러이를 만나기 위해 팜 반 꾹과 함께 러이의 고향 자딘으로 간다. 그곳에서 전쟁 당시 집단학살이 자행된 마을의 참상과 전선에서 만난 여인을 찾아다닌다는 러이의 사연을 듣는다. 그곳에서 돌아온 건석은 집단학살에서 살아남은 팜 반 꾹이 리엔의 외삼촌이라는 것과, 아버지가 그 집단학살을 저지른 한국 부대의 부대원이라는 사실에 괴로워한다. 리엔은 자신의 부족이 모계사회라며 건석과 결혼하겠다는 의지를 굳힌다.

이 줄거리에서 주목할 것은 베트남 전쟁과 이라크 전쟁에 대한 인식 차이다. 이 작품에 등장하는 인물들 중, 국가의 부름을 받아 베트남 전쟁에 참전했고 베트남의 한국 조선소 관리자로 일하는 '김 부장', 집단

학살에서 가족을 잃고 살아남아 전사가 되었다가 전장에서 사랑하는 여인을 잃은 '러이', 러이와 마찬가지로 집단학살에서 살아남아 북한으로 유학을 떠난 '팜 반 꾹'은 전쟁 경험 세대로서의 인식을 보여준다. 한편, 러이의 마을사람들을 집단학살한 부대가 아버지가 속해 있던 부대라는 것을 알고 괴로워하는 '건석', 건석이 사랑하는 '리엔' 등은 전쟁 미체험 세대이다.

　이들 인물들을 중심으로 전쟁에 대한 각각의 시각을 살펴볼 수 있다. 첫째, 베트남 전쟁에 대한 인식 차이는 김 부장과 러이를 통해 드러난다. 조선소 관리자 김 부장은 반공을 핵심으로 삼는 당대 한국의 국가 이데올로기와 자본의 논리에 침윤되어 베트남 전쟁을 바라본다. 김 부장은 회식 자리에서 베트남인들을 '베트콩'으로 비하하는 발언을 일삼으며 그들을 안하무인으로 대한다. 그러다가 베트남민족해방전선 전사이면서 조선소의 노동자로 일하는 러이와 싸움이 벌어져 공안에 끌려오지만, 김 부장은 그곳에서도 베트남을 비하하는 발언을 일삼는다.

　　"콩새끼를 콩이라고 그러지 콩나물이라 그러냐?"
　　김부장은 안하무인이었다.
　　"공안들 태반이 그 출신들입니다."
　　"그래? 게임도 안되는 것들이, 우리 한국군이 철수 안했으면 이 새끼들은 전부……"
　　김부장은 이로 아랫입술을 말아물며 말끝을 흐렸다. 사내의 입에서 우리말이 튀어나온 것은 바로 그 다음 순간이었다.
　　"박정희군대가 철수 안했다면?"
　　사내의 한국말 발음은 상당히 정확했다. 그리고 그 한마디는 전쟁 시기에 사내가 어느 편에 서 있었는지를 드러내는 것이었다. 박정희군대. 베트남민족해방전선(NLF) 쪽의 사람들은 한국군이라는 용어는 물론이고 따이한이라는 표현도 사용하는 법이 없었다.

　"삼십년 전에 우리가 철수 안했으면 베트콩새끼들이 판치는 빨갱이 세상이 되지도 않았어, 자식아."

　김부장은 마침내 절대 넘어서지 말아야 할 선을 넘어섰다. 더구나 손에 말아쥐고 있던 모자까지 사내에게 집어던졌다.[8]

　'콩새끼', '게임도 안되는 것들', '베트콩새끼들이 판치는 빨갱이 세상' 등은 베트남 전쟁에 참여한 전사, 현재 베트남의 노동자, 그리고 베트남 사회주의를 비하하고 모독하는 발화이다. 김 부장의 이와 같은 발화에는 미국의 우방으로 자유민주주의를 수호하기 위해 참전했다는 인식과 사회주의화된 베트남에 대한 이데올로기적 적대감이 내재해 있다. 더불어 가난한 국가의 국민을 경멸하고 비하하는 태도가 내포되어 있으며, 관리자로서 노동자를 비인격적으로 모독하는 태도 또한 내포되어 있다.

　김 부장은 이 일로 곤욕을 치른 후, '국가가 보내서 베트남 전쟁에 참전했고, 회사가 보내서 베트남에 왔다'면서 '밥그릇' 때문에 어쩔 수 없었다고 자조한다. 그렇지만 김 부장은 현재의 베트남을 이해해려고도, 전후의 베트남에 남겨진 문제에 대해 고민하려고도 않는다. 김 부장의 시선은 철저히 국가 이데올로기와 자본의 논리에 종속되어 있다.

　'러이'는 베트남민족해방전선의 전사로서 김 부장과는 철저하게 대척적인 자리에 있다. 그는 조선소 노동자로 일하고 있지만, 전쟁 당시 '불사조 러이'라는 호칭으로 불렸던 전사였다. 그는 어릴 적 한국군이 마을을 쑥대밭으로 만든 일로 어머니와 여동생을 잃고 혼자 살아남았다.

---

8) 방현석, 「랍스터를 먹는 시간」, 『랍스터를 먹는 시간』, 창비, 2003, 93면.

이후 죽은 마을사람들의 수만큼 한국군을 죽이겠다는 일념으로 전사가
되어 전투에 앞장선다. 러이는 전장에서 만난 북한군 여전사 이니를 사
랑하게 되면서 살고 싶다는 욕망을 느끼게 된다. 그렇지만 러이는 사랑
의 감정에 휘말리지 않기 위해 더욱 전투적으로 싸움에 나선다. 그러다
가 이니가 실종된다. 전쟁이 끝난 후에도 러이는 이니를 찾는 일을 포
기하지 않는다.

러이를 통해서 두 가지 시선이 드러난다. 먼저, 러이가 전쟁에 참전
한 것은 사회주의 이데올로기에 대한 신념이나 국가의 부름과는 무관
하다는 점이다. 그는 무고한 양민을 무차별적으로 집단학살하는 전쟁의
참혹상에 대한 반발로 전쟁에 참가한다. 베트남 전쟁 당시 미군과 한국
군은 게릴라의 근거지가 될 만한 농촌 마을의 민간인들을 학살한다. 한
국군이 저지른 '하미' 학살, 미군이 저지른 '밀라이' 학살은 그 대표적
인 예9)이다. 러이의 고향마을 자딘에 자행된 집단학살은 그러한 학살
의 단적인 예라 할 수 있다. 러이의 고향 '자딘'에 간 건석은 그날이
'따이한 제삿날'이라는 것과 그날에 얽힌 사연을 듣는다. 러이의 어머
니와 여동생은 당시 러이의 마을 주민이 집단학살 당할 때 죽는다. 학
살에서 살아남은 러이는 자신의 몸에 무수히 박힌 수류탄 파편이 주는
고통을 견디어낸다. 그럼으로써 자신의 몸에 학살의 기억을 각인시킨다.

> "우리는 베트콩이 아니다."
> 남베트남 정부가 발행한 신분증을 내보이며 호소하던 끼엣씨가 가장
> 먼저 총알밥이 되었다. 그리고 지옥의 시간이 지나갔다. 러이가 정신을
> 차렸을 때 총소리는 멎어 있었다. 화약과 피비린내 속에서 들려오는 신
> 음소리는 총소리보다 더 무서웠다. 한번도 들어본 적이 없는 신음소리가

---

9) 권헌익, 『학살, 그 이후』, 아카이브, 2012.

그의 귀를 파고들었다. 고개를 들자 주변 사람들의 창자가 논바닥에 쏟아져나와 김을 뿜고 있었다. (…) 둔중한 무엇인가가 날아와 그의 발꿈치에 닿았고, 러이는 달아나기 위해 본능적으로 몸을 일으켰다. 그것이 살아 있는 자들을 확인하기 위해 던진 씨레이션 깡통이었다는 것을 러이는 알지 못했다. 그는 그것이 수류탄인 줄 알았다. 뒷덜미를 잡는 어머니의 손을 뿌리치고 그는 내달렸다. 그 순간 그의 뒤로 진짜 수류탄이 날아왔다.[10)]

집단 학살에 대한 러이의 기억과 증언, 전쟁 참전은 베트남 전쟁을 자본주의와 사회주의 이념의 대립으로, 그리고 전쟁으로 인한 죽음을 각각의 이념을 위한 숭고한 희생으로 내세우는 시선을 정면으로 거부하는 자리에 있다.

다음, 통일된 사회주의 국가 베트남은 개방경제노선을 선택하면서 "과거를 닫고 미래로 가자"라는 슬로건을 내건다. 이 슬로건은 베트남 전쟁은 '과거의 역사'라는 인식을 내포하고 있다. 그러나 러이에게서 베트남 전쟁은 지나간 '과거의 역사'가 아니라 현재에도 진행되고 있는 아픔이다. 그 아픔은 북한군 여전사 이니와의 사랑에 연결되어 있다. 러이는 과거의 기억 속에서 고통스러워하며 실종된 이니의 행방을 30년이 넘도록 찾아다닌다.

부대 전체가 고립된 채 이니가 말라리아에 걸려 죽어가고 있을 때 적의 포위망을 뚫고 50리 밤길을 헤치고 약을 구해온 것이 러이였다는 사실을 아는 사람은 그들 둘말고 아무도 없었다. 난 그때 이미 말라리아로 이 낯선 땅에서 죽었어, 부대를 떠나기 직전 러이가 내미는 반지를 받아 시큰둥하게 주머니에 집어넣으며 그녀는 그렇게 말했다. 이니가 맡은 임

---

10) 방현석, 앞의 책, 145면.

무는 전황을 역전시키기 위한 대부대작전의 척후였다. 건석의 머릿속에 팜 뚜 언의 일기가 떠올랐다. 게릴라전에서 대부대작전을 유도하는 척후 임무란 곧 전멸을 뜻하는 것이었다.

"『전쟁일기』를 보면 부대 내 연애는 엄격히 금지되어 있었다던데?"

"아직 앞부분만 읽고 뒷부분을 못 읽었군. 뒷날 그는 이렇게 쓰고 있지. 도대체 어떤 규율이 사선에 선 청춘남녀의 사랑을 막을 수 있나. 폭풍우가 치는 광야에 번개와 같이 날아드는 것이 전사의 사랑이다."[11]

러이는 그의 활약상으로 최연소 영웅의 칭호를 받는다. 그러나 그에게 중요한 것은 국가로부터 부여받은 칭호와 명예가 아니라 그가 사랑하는 여자의 행방이다. 곧, 국가, 민족, 해방이라는 거대담론이 아니라 한 개인의 사적인 분노와 복수, 그리고 삶과 사랑에 의해 전쟁의 의미가 조명되고 있는 것이다. 그 결과 러이에게서 베트남 전쟁은 30년 전에 '끝난' 전쟁이 아니라 현재에도 이어지고 있는 고통으로 기억된다. 국가는 기념비나 영웅의 칭호, 훈장을 통해 전쟁의 흔적을 공공의 것으로 추모하고 그럼으로써 점차 그 기억을 망각해가지만, 러이는 자신의 몸에 박힌 수류탄 파편으로 끊임없이 고통을 현재화하고, 사랑하는 사람의 흔적을 찾아다니는 것이다.

이 사랑이 러이로 하여금 베트남 전쟁을 현재 진행형으로 인식하게 한다. 전쟁에 대한 러이의 이러한 인식은 베트남 전쟁을 국가 통일과 재건을 위해 선전하고 이용하는 베트남 사회주의 정권 자체에 대한 반발로 연결된다. 결국 러이의 시선은 사회주의 국가로 통일된 베트남의 국가 이데올로기를 그 내부로부터 균열시킨다.

둘째, 베트남 전쟁과 한국의 이라크 전쟁 파병에 대한 인식 차이다.

---

11) 위의 책, 160면.

이에 대한 인식은 러이의 마을 노인과 팜 반 꾹을 통해 제시된다.

> (i) "처음부터 우리가 따이한을 증오했던 것은 아니네. 따이한은 미국
> 때문에 어쩔 수 없이 참전한 용병일 뿐 적이 아니라고 우리는 배웠
> 고, 또 그렇게 믿었네."[12]
> (ii) "그러네, 따이한들도 불쌍했지 않은가. 독립성이 있고 부자인 나라
> 라면 미국이 쥐여준 총을 들고 이 먼 나라까지 왜 왔겠나. 우리도
> 불쌍했지만 따이한들은 우리보다 더 불쌍했던 셈이지. 우리야 제
> 땅을 지키고 살려니까 어쩔 수 없이 죽고 싸우고 했지만 아무 관
> 계도 없는 남의 나라에 와서 죽고 다친 따이한들은 뭔가."[13]

러이의 마을에서 만난 노인은 '따이한'에게 자신의 가족을 잃고 혼자
살아남은 사람이다. 그럼에도 불구하고 노인은 용병으로 참전해서 희생
당한 '따이한'에 대해 동정의 시선을 보낸다. 따이한은 강대국인 미국
의 힘의 논리에 의해 어쩔 수 없이 참전한 용병이라는 것이다.

> (i) "지금까지 당신들에게 베트남 전쟁에 개입한 책임을 묻지 않은 게
> 당신들에게 책임이 없어서라고 생각하나. 오해하지 말게. 그건 아
> 직 당신네 나라가 국제사회에서 책임을 질 수 있는 나라의 축에 들
> 지 못하기 때문일 뿐이네. 당신이 괜찮은 사람인 줄은 알아. 그러나
> 만약 당신이 이 나라에서 살려고 한다면 당신의 나라가 한 일과,
> 지금 하고 있는 일이 어떤 것인지 좀더 명확히 알아야 할 필요가
> 있어. 우리 베트남은 당신네 나라보다 훨씬 가난했지만 책임있는
> 나라로서 행동했네." (171면)
> (ii) 당신들이 이라크에서 무엇을 얻을지는 모르지만 반드시 잃게 될
> 것이 무엇인지는 지금도 알 수 있네. 가장 먼저 잃을 것이 인간의

---

12) 위의 책, 149면.
13) 위의 책, 151면.

품위고 그 다음에 잃을 것이 나라의 품위겠지. 품위 따위를 생각
하기에는 당신의 나라가 아직도 그렇게 가난한가. (177면)

팜 반 꾹은 베트남 전쟁을 한국의 이라크 파병 문제와 연관시킨다.
한국전쟁에서는 전쟁의 피해당사자로서, 또 베트남 전쟁에서는 전쟁의
가해자로서의 경험을 했던 한국이 또 다시 이라크 전쟁에 개입한 것을
문제 삼는다. 여기서 팜 반 꾹은 '책임'(i)과 '품위'(ii)를 강조한다. 베트
남은 가난했음에도 불구하고 책임 있는 나라로서 행동했다. 그런데 베
트남보다 훨씬 잘사는 한국은 지금 이라크에 파병을 하였다. 과거 베트
남 전쟁에 한국이 개입한 것은 가난했기 때문에 어쩔 수 없는 일로 이
해한다. 그러나 지금 한국은 잘 살면서 또 다시 이라크에 용병을 파병
했다. 그로 인해 한국은 인간의 품위를 잃을 것이고, 나아가 나라의 품
위를 잃을 것이다. 품위를 잃지 않기 위해서는 "우선 다른 나라의 인민
에게 총구를 들이대거나 그들의 총구 앞에 서야하는 까닭부터 숙고하
지 않으면 안 된다."는 것이다. 그의 이러한 생각은 전쟁에 의해 강토가
폐허가 되고 민간인들이 무고하게 희생되는 일이 더 이상 있어서는 안
된다는 판단에 바탕을 두고 있다.

셋째, 베트남 전쟁과 이라크 전쟁으로 표상되는 폭력적인 전쟁을 극
복하는 방식에 대한 인식이다. 이는 팜 반 꾹과 리엔을 통해 제시된다.
먼저, 팜 반 꾹의 경우, 그의 전쟁에 대한 반성적 성찰은 인간의 삶이
어떠해야 하는가에 대한 숙고로 이어진다. 이를 통해 그는 전쟁 극복
방식으로 자연과 인간이 공존하는 삶의 방식을 제시한다.

"저 아이들의 아버지들이 열고 물소들이 넓힌 길을 이 차가 지금 가고
있는 거야."

히우의 표정을 확인하지는 못했지만 출발하는 차체의 흔들림이 거칠
지는 않았다. 와이퍼가 앞유리창을 가린 빗줄기를 걷어내며 다시 시야가
열렸다.

물소의 맨등에 앉아 고스란히 비를 맞으며 어둠을 밟고 집으로 돌아
가는 어린 소년들의 뒷모습에는 범접해서는 안될 삶의 근원적인 그 무엇
이 서려 있었다. 팜 반 꾹의 얘기 탓이었을까. 이 길의 주인은 처음부터
물소와 소년들의 것이었을 것만 같았다. 그들에게는 비킬 수 있는 길도
없었지만, 비켜야 할 이유도 없었다. 누구에게도 그들에게 경적을 울리
고 전조등을 껌뻑일 권리는 없었다.[14]

러이의 고향 자딘으로 가는 길에 팜 반 꾹과 건석 일행은 물소 떼와
마주친다. '히우'는 물소 떼를 향해 경적을 울려보지만 물소는 꿈쩍도
하지 않는다. 인간이 가는 길을 물소 떼가 가로막고 있는 것이라고 판
단하는 것이 운전사 '히우'의 생각이라면, 팜 반 꾹의 생각은 다르다.
물소 떼가 넓힌 길을 인간이 가고 있다는 것이 그의 생각이다. 자연이
만들어 놓은 것들을 인간이 쟁취하고 지배하는 관계가 아니라, 자연과
인간이 조화롭게 공존하는 삶이야말로 올바른 삶이라는 것이다.

이런 관점에서 전쟁은 인간이 자연을 지배하듯 인간이 다른 인간을
지배하기 위해 벌이는 싸움이다. 서로의 희생과 상처만 남게 될 것이
분명한 데도 인간은 전쟁을 통해 인간을 지배하려는 야욕을 멈추려하
지 않는다. 그 순간 인간이 품위를 잃고 또 나라가 품위를 잃는다. 지배
와 파괴가 아니라 공존과 조화를 지향할 때 비로소 인간의 품위를 지킬
수 있는 것이다.

그러한 품위는 모계사회를 이루며 살고 있는 '에데'족의 리엔을 통해

---

14) 위의 책, 135면.

보다 그 의미가 강화된다. 건석은 자신의 아버지가 베트남 전쟁에 참전한 용사였으며, 베트남 여인과의 사이에서 낳은 아이가 자신의 형이라는 점과, 아버지의 부대가 러이와 팜 반 꾹의 고향 마을 사람들을 집단학살한 사건을 두고 괴로워한다. 리엔은 그런 건석을 이해하고 포용하면서, 결국 건석과 결혼한다. 이 결혼은 집단학살을 저지른 한국에 대한 베트남인의 용서를 의미한다. 또한 그 결혼은 베트남 전쟁에서 베트남에 상처를 가한 한국이 그 기억을 잊지 않으면서 그런 행위에 대해 반성할 때, 한국과 베트남이 화해를 이룰 수 있다는 의미를 내포하고 있다.

베트남 전쟁 및 이라크 전쟁과 관련하여 한국인과 베트남인의 다층적인 시선이 결합되면서, 이 작품은 베트남 전쟁의 의미와 전쟁 이후 그 후유증을 앓고 있는 사람들의 삶을 여러 각도에서 조명해낸다. 그리고 전쟁을 보다 총체적인 시선에서 다각적으로 조망하면서 전쟁의 기억을 현재화시키고, 거대담론에 침윤되어 국가의 논리와 자본의 논리로 재단되는 전쟁의 당위성을 비판한다. 그러면서 그러한 대립과 갈등, 모순을 극복할 수 있는 방식으로 자연과 인간, 그리고 인간과 인간의 공존과 조화를 제시한다. 이와 같은 시선을 통해서 이 작품은 기존 베트남 전쟁 소설에서는 보지 못했던 새로운 관점과 시각을 확보한다.

3. 미시사적 시선 : 김연수의 「뿌녕숴」

김연수의 「뿌녕숴」는 한국전쟁에 참전한 중국인 점쟁이가 들려준 지평리 전투에 대한 이야기를 담고 있다. 이 작품은 중국인 점쟁이 '나'가

화자로 등장하여 자신이 손가락을 잃게 된 사연을 한국인 작가에게 들려주는 방식을 취하고 있다.

이 작품은 '고작 일백년도 지나지 않아 망각할 그런 따위의 사실을 기록한 책', 곧 역사 기록과 관련하여 '나'와 '자네(한국 작가)' 사이에서 간접화되어 오가는 질문과 대답이 틀서사로 기능하고, '나'와 인민군 여전사인 '그녀'의 이야기가 내부서사로 기능한다.[15] 여전사와의 사랑이라는 내부서사가 틀서사에서 제시되는 전사(戰史)라는 거대담론을 균열시키는 방식으로 작품의 의미가 구조화된다.

틀서사에서, '나'는 왜 손가락이 잘려나갔느냐고 묻는 '자네'에게 다음과 같이 그 사연에 대해 들려주면서 이야기를 풀어나간다. '나'는 인민지원군으로 '조선전쟁'에 참가하기 전 항일전쟁과 해방전쟁을 겪었다.

> 미군 사령부는 몇 가지 이유 때문에 중국군이 조선전쟁에 참전할 수 없으리라고 속단했어. 그렇지, 몇가지지. 그 정도면 충분해. 모든 게 바뀌기에는 말이야. 그게 옳은 이유였든 그릇된 이유였든 그런 건 중요하지 않아. 모든 게 바뀌고 나면 말이야. 자네는 몇 번이나 전쟁을 겪어봤는가? 한번도 겪어보지 못했다고? 음, 그럴 수도 있겠군. 시대가 바뀌었으니까. 들어봐, 전쟁은 우리가 살아가는 삶을 닮았어. 몇 가지 이유만 있으면 완전히 딴판이 되어버리거든. 하하하, 재미있나? 조심하게. 사실 전쟁은 재미있지만, 전쟁 이야기는 재미없어. 전쟁에는 진실이 있지만, 전쟁 이야기에는 조금의 진실도 없으니까. 내가 전쟁이란 삶을 닮았다고

---

15) 틀서사(frame structure)는 틀과 내부가 결합된 이야기이다. 틀을 a, 내부를 b로 볼 때, 단일 이야기가 결합된 틀서사는 'a+b+a'라는 구조를 취한다. 그런테 틀서사 구조가 복잡해질 경우, 그 구조는 'a1+b1+a2+b2+b3+a3'와 같은 배열 형태를 보여준다. 틀이 이분 이상으로 분리되고, 그 사이에 내부 이야기가 들어 있는 형태이다. 이에 대해서는 E. Goffman, *Frame Analysis*, New York : Happer Colophon, 1974 참조.「뿌넝쉬」의 경우, 복잡한 틀서사로 이루어져 '나'와 '자네'의 틀이 분리되어 제시되면서, 그 사이에 내부 이야기 산재해 있다.

하지 않았는가? 누가 자네에게 삶에 대해 이야기한다면, 그것도 아주 재미있는 이야기를 들려준다면 먼저 하품을 하게나. 지금 내 꼴이 그렇긴 하지만. 삶은 살아가는 것이지, 이야기하는 게 아니거든. 항일전쟁, 해방전쟁, 조선전쟁까지 도합 세 번의 전쟁을 겪은 내 몸은 전사(戰史) 따위에는 전혀 귀를 기울이지 않지. 하지만 하품이 나오더라도 참게나. 내게 왜 손가락이 잘려나갔느냐고 먼저 물어본 사람은 자네니까.[16]

여기에서 주목할 것은 '나'가 '몸'이 기억하고 있는 경험을 중요하게 여기고 있다는 것이다. 이는 한국전쟁을 기록한 전사(戰史)와 그 전사에는 기록되지 않은 인물의 체험의 대비를 통해 언급되고 있다.

전쟁을 겪은 삶은 내부서사의 중심 내용을 이루는데, 내부서사에서 '나'는 '오른손 검지와 중지가 잘'려 나간 부상자로 등장한다. '왜 손가락이 잘려나갔'는가 하는 질문에 대한 답변 형태로 제시되는 부상당한 몸과 관련된 서사야말로 틀서사에 제시된 역사 기록물로서의 전사를 전면 부정하는 역할을 하면서, 동시에 전쟁을 극복할 수 있는 방식이 무엇인가를 제시하는 역할을 한다.

'나'는 지평리 전투에서 부상당한 후 군인으로서의 기능을 상실한다. 따라서 지평리 전투에서 부상을 입은 시기를 기점으로 '나'의 시선이 달라진다.

내가 말했어. 정의는 우리에게 있으니 우리는 분명히 이 전쟁에서 이길 것이다. 전쟁이 끝나고 나면 너를 찾아갈 것이다. 저 하현달처럼 아름다운 세상이 바로 우리의 것이다. 그걸 위해서라면 나는 기꺼이 죽을 수도 있다. 그런데 그녀가 내 손을 뿌리쳤어. 전쟁터에서 올려다보는 하현달 따위는 하나도 아름답지 않다고 말하더군. 그리고 나서 그녀가 뭐라

16) 김연수, 「뿌넝쉬」, 『나는 유령작가입니다』, 창비, 2005, 60~61면.

고 말했던가? 나를 사랑하는가? 사랑한다. 얼마나 사랑하는가? 죽을 만
큼 사랑한다. 당장 그녀를 안지 않으면 견딜 수가 없었으므로 나는 애원
하듯이 대답했어. 하지만 그녀는 이렇게 말하더군. 죽음이 도처에 널린
이런 곳에서 인간의 목숨 따위는 필요없다. 목숨 따위는 정의에나 바쳐
라. 아무리 피를 뽑아서 수혈해도 되살릴 수 없었던 병사들로 가득한 지
평리에나 던져버려라. 숨이 턱 막히더군. 목숨으로도 증명할 수 없는 게
세상에 있다는 것을 비로소 알게 됐으니까. 국가는 내게 목숨 정도만 원
했지. 그러나 그녀는 내게 그 이상의 것을 원했어.[17]

'나'는 인민지원군으로서 '정의'의 명분으로 국가에 의해 동원된다.
'정의'라는 국가의 대의에 사로잡힌 '나'는 전쟁을 몸과 가슴이 떨리게
하는 것으로 여기고, 출정을 '온몸이 터져나갈 것' 같은 '세상을 쩌렁쩌
렁 울리는 소리', '단숨에 역사가 바뀌는 소리'로 여긴다. 그리고 그렇
게 여기는 것이 바로 '사내의 몸'이라고 말한다. 이러한 인식은 부상을
입기 전, 인민지원군으로서 역할과 기능을 수행할 수 있을 때의 '나'의
관점에 해당한다.

그러나 '나'는 '부상병' 혹은 '낙오자'가 된 뒤 전쟁에 대한 관점이
달라진다. 부상당한 '나'는 '나'를 살리기 위해 인민군 대열에서 자발적
으로 이탈한 간호병인 '그녀'를 만나 사랑에 빠진다.

낙오됐다는 게 분명해질수록 나는 더욱더 그녀에게 애원했다네. 비명
을 지르게 해달라고. 눈물을 흘리게 해달라고. 아프게 해달라고. 그녀는
그런 내 손을 잡고 말했어. 자신이 지평리에서 본 것에 대해서는 정말
말할 수 없다고. 뿌넝숴. 뿌넝숴. 그날 밤, 도합 800그램의 피를 병사들
에게 수혈하면서 세상의 모든 남자들의 손가락을 자르고 싶었던 그 마음

---

17) 위의 책, 72~73면.

을 도저히 말할 수는 없다고. 다시는 총을 잡지 못하도록 다 잘라버리고
싶은 그 마음을.18)

'낙오자'로서 '나'의 절망과 고통스러운 모습은 '그녀'의 전쟁에 대한
사고, 곧 '세상의 모든 남자들의 손가락을 자르고 싶었던 그 마음'과 결
부되면서 전쟁의 폭력성과 그 원흉으로서의 '남성'에 대한 비판을 보다
강화시킨다. 그 결과 '그녀'가 손가락을 자르고 싶었던 이유가 '다시는
총을 잡지 못'하게 하려는 의도에서 비롯되었다는 점이 부각되면서,
'그녀'가 지향하는 것이 인간다운 삶의 향유에 있다는 것을 짐작할 수
있도록 한다.

> 나는 다리를 쓰지 못했기 때문에, 그리고 전쟁에 환멸을 느낀 그녀는
> 원대 복귀를 포기했기 때문에. 그 일주일 동안 전투기의 굉음과 포성과
> 총성은 사방에서 들려왔지만, 아군도 적군도 그 어느 쪽도 우리를 찾아
> 오지 않았어. 낮 동안에는 적기의 공습을 받을 수도 있었기 때문에 숲속
> 에 들어가 그저 하염없이 앉아 있었고 밤에는 다시 농가로 기어들어가
> 아프다고 소리치며, 또 미안하다고 말하며 서로의 몸을 탐했지. 공포도,
> 불안도, 절망도 없었던 나날이었지. 낮에 숲속 덤불에 앉아 있을 때는 서
> 로 기억하는 시를 들려주면서 시간을 보냈지.19)

'나'는 차츰 전쟁에 환멸을 느끼는 '그녀'의 시선에 동화되어 간다.
'낙오자'가 되었다는 '몸'에 대한 자각 혹은 심리적 절망감, 죽음과도
같은 고통을 맛봄으로써 오히려 살아있다는 것을 확인하게 되는 아이
러니 등은 그와 같은 '나'의 태도 변화를 야기하는 요인이다. 그런 '나'

---

18) 위의 책, 74면.
19) 위의 책, 71면.

와 '그녀'는 기록의 역사 밖으로 밀려난다. 그들이 머물고 있는 지평리 인근의 농가는 전쟁 상황에서 일종의 공백 지대, 잉여의 공간이 된다.

> 살아 있다는 건 그토록 부끄럽고도 황홀하고도, 무엇보다도 아픈 일이 더군. 아프다는 게, 소리를 지를 수 있다는 게, 눈물을 흘릴 수 있다는 게 그 순간만큼 기뻤던 적은 없었어. 그래서 아파서 견딜 수가 없었는데도 계속하라고 채근할 수밖에 없었던 거야. 우리는 쉬지 않고 몸을 섞었어. 죽음이 지척이었으니까. 그녀는 지평리에서 본 것들을 잊을 수 없을 것이라고 말했네. 지평리에서 그녀가 본 것들, 그건 아마도 내가 본 것과 다르지 않겠지. 그러니까 흩날려 들판을 가득 메운 매화 꽃잎을 봤겠지. 내가 물었어. 지평리에서 너는 무엇을 봤느냐? 그녀는 대답했어. 뿌넝숴. 뿌넝숴.[20]

'나'와 '그녀'가 있는 공간은 살아있다는 것의 환희와 기쁨, 부끄러움과 고통이 넘쳐흐른다. 그러나 그 공간의 모든 것은 기록으로 담아내지 못한다. 그것은 '나'와 '그녀'의 '몸'에 각인될 뿐이다. 그것은 "미처 입으로 말할 겨를이 없어 심장으로 말하는", 또한 "미처 귀로 들을 틈이 없어서 심장으로 듣게 되는" '시(詩)'로서 전달될 수 있는 것이며, "세상 가장 작은 소리에도 쫑긋 귀를 세우는 사람들"에 의해서만 감지될 수 있는 것이다.

그 결과 '나'는 '남성의 폭력'과 '전쟁의 잔혹성'에 대한 반성적 시선을 획득하면서, 남성 중심의 전쟁과 관련해 '타자'의 자리로 옮겨 앉는다. 그렇게 획득된 '타자'의 자리에서 '기록물로서의 전사'는 부정된다. 국가의 요구나 이데올로기적 숭고함 따위를 내세워 전쟁의 필연성을 강조하고, 각종 숫자와 남성 중심적인 전쟁의 언어로 전쟁을 미화하는,

20) 위의 책, 71면.

그러면서 백년도 지나지 않아 망각되고 마는, 그 모든 역사적 기록물은 전면 부정된다. 따라서 '나'에게서 전쟁은 몸에 각인되는 것이고, 말해질 수 없는 것이 된다. 역사는 '나'의 사라진 손가락에, 그리고 '몸'에 흔적으로 남아 기억되는 것이다.

> 혹시 한국에 있을 때, 조선전쟁과 관련한 책을 읽은 적이 있는가? 거기에는 지평리전투가 어떻게 기록돼 있는가? 지평리전투에서 죽은 인민지원군 병사들에 대해서는 뭐라고 기록돼 있는가? 이곳 역사책에 기록된 죽은 미군과 마찬가지로 다만 숫자로만 남아 있는 게 아닌가? 그것도 잔뜩 부풀린 숫자로만. 지평리전투에서 죽은 인민지원군의 숫자는 5천명에 달했다네. 그 처참한 광경을 어떻게 말할 수 있겠는가? 뿌넝숴. 뿌넝숴. 역사라는 건 책이나 기념비에 기록되는 게 아니야. 인간의 역사는 인간의 몸에 기록되는 거야. 그것만이 진짜야. 떨리는 몸이, 흘러내리는 눈물이 말해주는 게 바로 역사야. 이 손, 오른손 검지와 중지가 잘려나간 이 손이 진짜 역사인 거야. 생각해보게나. 조선전쟁이 일어난 지 채 일백년도 지나지 않았는데, 이 나라로는 한때 우리가 괴뢰군이라고 부르던 한국인들이 자유롭게 왕래하지 않는가? 지평리에서 죽은 병사들에 대해서는 다 잊어버린 셈이지. 고작 일백년도 지나지 않아 망각할 그런 따위의 사실을 기록한 책과 기념비라니. 그게 바로 지금 자네가 손에 들고 있는 책이 아닌가? 그런 책 따위는 다 던져버리게나. 내 손보다도 못한 그따위 책일랑은. 나는 죽고 나서도 이 손가락의 사연은 잊지 못할 거야. 바로 이런 게 역사란 말이야.[21]

'나'와 '자네'의 관계에서 '나'는 역사를 증언하는 구술자라 할 수 있다. 역사는 기록되는 것이 아니라고 말하는 것은 그 기록 자체가 갖는 재현 불가능성, 곧 기록되지 못하고 잉여 지대로 빠져나가는 것들이 있

---

21) 위의 책, 70면.

음을 환기시킨다. 그리고 '역사'를 기록한 책과 기념비와 같은 것들은 곧 망각에 의해 사라지게 될 '휴짓조각'에 불과하다는 것을 강조한다.

이 작품은 '기록된 역사'가 중심이 되는 사건의 서술이 아니라 그 '기록된 역사'의 바깥으로 빠져나가는 '흔적'들과 '경험'에 대한 구술을 통해 '기록된 역사'의 권위에 균열을 가하고 그 허구성을 드러낸다. 이를 위해 남쪽과 북쪽의 전사에서 자유로운 이름 없는 중국 인민해방군을 주인공으로 내세운 것이다. 곧 이 작품은 한국전쟁을 거시사의 입장에서 바라보던 종래의 태도에서 벗어나 미시사의 입장에서 접근하여 거시사의 이면에 감추어진 비극적인 역사를 복원하고 있는 것이다.22) 이를 통해 이 작품은, 전쟁 미체험 세대에게 있어서 '한국전쟁'이 '역사'로서 사유될 수밖에 없다면, 그것은 '한국전쟁의 역사'는 물론이거니와 '역사 일반 전체'를 어떻게 바라볼 것인가라는 관점의 문제도 심도 있게 고민해야 한다는 것을 강조한다. 더불어, 미체험 세대 작가가 한국전쟁을 다룰 때, 체험 세대나 유년기 체험 세대가 이룩한 소설적 성과를 극복하기 위해서 취할 수 있는 새로운 창작방법과 관련해 그 한 기준을 제시하고 있는 것으로 보인다.

---

22) 미시사의 입장에서 볼 때, 거시사는 지배 이데올로기나 권력 관계에 의해 왜곡된 형태로 기술되는 엘리트의 역사이다. 미시사는 평범한 하층민들의 일상생활의 세계를 촘촘하게 복원하고자 한다. 이를 위해 미시사는 하층민의 세계에 직접 닿아 있는, 기록되지 않은 구전 문화나 그 자료에 주목한다. 민담, 설화는 물론이고 재판 기록, 특이한 사건 기록, 민속학, 인류학, 형태학, 신화학 같은 인접 학문의 다양한 자료를 활용한다. 곽차섭, 「까를로 진즈부르그와 미시사의 도전」, 『미시사란 무엇인가』, 푸른역사, 2000. 252~255면.

4. 미디어 사가(史家)의 시선 : 정미경의 「무화과나무 아래」

정미경의 「무화과나무 아래」는 분쟁지역을 돌아다니는 다큐멘터리 감독인 '나'가 화자로 등장한다. '나'는 인도에 가서 다큐멘터리를 찍다가 신장병을 앓게 되고, 그 후 낯선 나라(카이탁 공항으로 제시)에서 사형수의 장기를 이식 받아 목숨을 연장한다. 이후 '나'는 다른 사람의 목숨을 산 대가로 살아간다는 죄의식에 빠지게 된다. 이를 떨쳐내고자 분쟁지역을 자원해서 들어가 다큐멘터리를 찍어오는데, 그 다큐멘터리로 상을 받는다. 다시 그 후일담을 취재하기 위해 '나'는 전쟁 때문에 '코드레드'가 내려진 이라크로 간다. 그리고 그곳에서 만난 '하산'을 통해 이라크 전쟁과 자신의 신장이식이 갖는 의미에 대해 생각하게 된다.

이 줄거리에서 주목할 것은 세 가지 의미구조이다. 첫째, 21세기 정보사회에서 전쟁을 바라보는 관점의 측면이다. 이 작품에서 '나'의 직업은 다큐멘터리 감독이다. '나'는 이라크 전쟁을 보복과 분노로 얼룩진 전쟁으로 여긴다.

> 내가 필름에 담아온 것은 서로의 꼬리를 물기 위해 돌고 돌다가 결국은 허파가 터져 죽는 어리석은 짐승들의 도시였다. 미움은 미움을, 죽음은 당연히 죽음을 불렀다. 팔루자에서, 누가 먼저 시작했느냐는 말은 닭과 달걀의 논쟁과 다를 게 없다. 자국민의 참수를 시점으로 미국의 잔혹한 보복이 시작되었다지만 그 피살의 동기에 대해선 입을 다물고 있었다. 보복은 지속적이고 집요했다. 봉쇄당한 채, 속절없는 폭력 아래 이미 엄청난 민간인이 사상을 당한 그곳엔 제대로 남아난 게 아무것도 없었다. 법도, 치안도, 질서도. 그럴 수밖에. 그곳엔 인간이 없었으니.[23]

---

23) 정미경, 「무화과나무 아래」, 『발칸의 장미를 내게 주었네』, 생각의 나무, 2006, 13면.

미디어의 기록은 대중의 정서를 자극하고, 흥분시키고, 교란시킬 뿐이다. 원인도, 과정도, 결과도 오로지 상업적 쓸모에 의해 삭제되고, 이용되고, 전파된다. 다큐멘터리라고 해도 전부를 보여주지 않는다. 수많은 관점 중에 단 하나의 관점만이 기획의도에 따라 선택되기 마련이다.

그런 점에서 '나'는 카메라를 매개로 한 일종의 방관자, 응시자이다. '나'는 상투적인 시선과 편집에 의해 미디어 이미지에 알맞은 기록만을 남긴다. 이러한 시선은 달리 말하자면 21세기 정보사회의 '사가(史家)'의 것에 해당한다. 기존의 '사가'와는 달리, 정보사회의 '사가'는 일종의 상품 제작자이다. 이런 사가에 의해 미디어 이미지로 기록되는 전쟁은 돈벌이 수단, 혹은 유희용 게임, 관음증 유발 기제와 같은 것에 지나지 않는다.

(i) 전장은 아득한 곳에 있었다. 실제 현장보다 우리나라 방송화면이 더 볼만했다고 했다. 입체 시뮬레이션 스튜디오를 따로 설치해서 가상전투 장면까지 보여주니 국영게임채널이 따로 없었다 했다.24)

(ii) 박수와 환호소리. 등에 땀이 밴다. 상투적인 편집이고 그 이전에 상투적인 시각의 촬영일 뿐이다. 어차피 제 삶은 안정적이길 원하면서 타인의 삶은 충격적이길 바라는 속물들의 수요에 대한 공급이니까. 전쟁을 원하는 자들은 저 땅에서 너무 먼 곳에 있고 전쟁을 원하지 않은 자들만이 부서져가는 풍경, 내가 찍은 건 그것이다.25)

수요와 공급이라는 자본의 논리, 가상현실과 같은 구현 효과, 신선한 충격 요법, 불쾌감의 배제, 일상의 망각과 같은 미디어 기록의 기본 지

24) 위의 책, 35면.
25) 위의 책, 45면.

침은 철저하게 상업화된 21세기 정보사회의 '사가(史家)'의 태도를 보여준다. 그러한 미디어 영상 기록물은 더 이상 현실의 리얼리티를 '있는 그대로' 반영해주지 않는다. 다만 상업화된 '환영'만을 전달[26]할 뿐이다.

둘째, 이라크 전쟁을 바라보는 관점의 측면이다. 기획 의도에 따른 영상의 촬영과 편집만을 일삼거나, 상업적 목적으로 제작을 요구하는 제작자의 의도에 맞게 수동적으로 다큐를 제작해야 하는 '나'는 이라크 전쟁의 본질적인 원인과 그 의미에 대해서 아무런 고민도 하지 않는다. 다만 '나'는 사형수의 신장을 이식받은 그 일에 대한 죄의식으로 분쟁 지역을 돌아다니며 '탈출의 마지막 발걸음을 딛는 망명자의 심정'으로 지금까지 자신을 스스로 사지로 내몰았던 것이다.

그러던 '나'는 '나'를 따라다니는 '사형수의 그림자'를 좇아 '나'의 죄의식의 근원이 된 카이탁의 그 일에 대해 기록해 보고자 하는 생각을 품게 된다. 그것을 계기로 이라크 전쟁에 대한 인식이 변화한다. 이러한 인식 변화는 작품 첫 부분에 제시된 장면과 마지막 부분에 제시된 장면의 비교를 통해 확인할 수 있다.

> 암만의 퀸 알리야 대로.
> 호텔 로비에서 바라보는 풍경은 일주일 전과 다름이 없다.
> 빛과 어두움이 칼로 그은 듯 선명하게 나누인 거리. 지독하게 강렬한 햇살과 그 빛이 만들어내는 완전한 어두움의 대비. 자연이라는 그릇에 담기는 게 인간의 삶이고 영혼일진대 끝없이 이어지는 분쟁과 피를 보고 야마는 극단을 선택하는 이들의 삶은 이 가혹한 자연이 그들의 영혼에 새긴 성품의 그림자가 아닌가 싶다.[27]

---

26) F. Jameson, 「포스트모더니즘─후기 자본주의의 문화논리」, 정정호 외, 『포스트모더니즘론』, 터, 1990. 180~182면.
27) 정미경, 앞의 책, 9면.

작품의 서두에 제시된, 암만의 퀸 알리야 대로에서 바라본 풍경의 모습이다. '나'는 그 거리의 인간들과 그들이 살고 있는 가혹한 자연 환경을 일치시켜 바라보며 '끝없이 이어지는 분쟁'과 '피를 보고야마는 극단을 선택'하는 이유를 이라크인들의 '성품'에서 찾는다. 이는 이라크 전쟁의 원인을 이라크인들에게서 찾는 강대국의 시선에 다름 아니다. 그러나 '나'의 이와 같은 인식은 작품의 말미에서 수정될 것을 요구받는다.

> "이렇게 살아 있으면서 노래를 하고 춤을 추고 오늘처럼 차를 타고 여행을 할 수 있다는 게 얼마나 행복해요?"
> 아홉 살짜리가 말하는 행복, 이라는 단어는 적어도 이곳에선 죽음, 이라는 단어보다 더 어색하다. 하산의 곱슬거리는 머리카락 사이로 한껏 기운 햇살이 부서진다. 햇빛 조각이 하산의 머리 위에서 엉기어 하산은 불타오르는 희생양처럼 보인다.
> 하산의 아버지가 하산을 불러 그늘로 들어오게 한다. 무성한 이파리 사이로 무화과 열매가 탐스럽다. 하산이 나더러 무화과나무 아래로 들어오라고 손짓하며 뭐라고 외친다. 최초의 인간들은 선악과를 따먹고 난 후 무화과나무를 찾았다지.
> ……그러자 두 사람은 눈이 밝아져 자기들이 알몸인 것을 알고 무화과나무 잎을 엮어 앞을 가리웠더라.
> 태초의 인간에겐 무화과 이파리로 가릴 수 있을 만한 분량의 부끄러움밖엔 없었을까.[28]

오늘 살아있는 것에 행복을 느끼고, 노래하고 춤을 추며, 곳곳에 위험이 도사리고 있는 사지로의 이동을 여행이라고 생각하는 '하산'의 모습. 그 모습에서 '나'는 이라크 전쟁의 의미가 무엇인지를 깨닫는다. 그

---

28) 위의 책, 63면.

깨달음은 이라크 전쟁에 저항군으로 참전한 이라크인 '아부'의 '행복'
으로 연결된다. 아부는 전쟁 전 전기배선공이었는데, 전쟁으로 인해 자
신이 누리던 '최소한의 행복'을 빼앗겨 버렸다. 아부는 그 최소한의 행
복을 되찾기 위해 저항군이 되었고, 전쟁 종료 후 가게를 내고자 하는
소박한 꿈을 가지고 있다.

아부와 하산을 통해, 이라크 전쟁은 강대국이 힘없는 이라크인들의
최소한의 행복을 빼앗은 전쟁으로 의미화된다. 이러한 강자에 의한 약
자의 행복 빼앗기는 이라크 전쟁 같은 국가 단위의 전쟁에만 국한되는
것이 아니다. '나'는 인도에서 카스트라는 폭력적인 신분 제도 때문에
아들을 잃은 '비제이' 엄마의 절규를 들었다. 또 '나'는 내가 살기 위해
돈을 주고 가난한 나라 사형수의 신장을 이식받았다. '카스트 제도'와
'나'가 힘 있는 자라면, '비제이'와 그 엄마 그리고 사형수는 힘없는 자
이다.

힘 있는 자에 의한 힘없는 자의 최소한의 행복 빼앗기는 전쟁이라는
영역에서만 일어나는 것이 아니라, 전 세계 곳곳의 일상에서 무한반복
되고 있다. 그리고 그러한 모든 영역에서의 행복 빼앗기는 힘 있는 자
가 자신만의 행복을 추구하기 때문에 일어나는 것이다. 이 깨달음의 순
간, '나'는 이라크 전쟁은 이라크에서만 일어나는 것이 아니라, 카스트
제도가 지배하는 인도에서, 또 돈이면 무엇이든 할 수 있다는 사고가
만연한 한국에서, 나아가 지구촌 전체에서 일상적으로 반복되고 있음을
뼈아프게 확인한다.

셋째, 일상에 만연한 이라크 전쟁 식의 폭력을 극복하는 방식과 관련
된 측면이다. 그것은 '나'의 애인 '수명'과 관련된 사랑의 서사에 집약
되어 있다. '나'가 신장을 구하지 못하고 있을 때, 애인 수명은 '나'에게

자신의 신장을 이식시켜주려 한다. "부부라고 쉽게 제 살 한 점 떼어주지 않는 시대"에 '나'에게 자신의 신장을 기증하려 한 애인 수명을 통해, '나'는 세상을 어떻게 살아야 하는지를 깨닫는다. 그것은 '나'와 '너'가 더불어 공존하는 것이다. '나'만의 행복을 위해 '너'의 행복을 빼앗는 것이 아니라, '나와 너가 아닌 우리' 모두의 행복을 추구하는 삶이다. 그러한 인식의 전환이야말로, 일상에서 자행되는 이라크 전쟁 식 폭력을 극복할 수 있는 유일한 방법이다.

> 수명이 알지 못한 것이 있다. 나는 나를 피해 어디론가 가는 것이 아니라 나를 찾아 달려가고 있는 것이라 생각한다. 다만 나는 그 길을 외면하고 있을 뿐이다. 멀리 돌아갈 것이 없지 않은가. 나 자신이 한 편의 비루한 다큐인데. 비제이 엄마의 외마디 비명 같은 하소연, 갑작스러운 발병, 긴 투병 끝에 얼굴도 모르는 또 한 명의 비제이의 신장을, 아니 목숨을 빼앗은 나, 그런 나를 두고 다른 얼굴의 나를 찾아 헤매고 있는 것이다.
> 그러니 나는 내가 지난날 밟아갔던 길, 적나라한 생의 열망이 색색의 속옷에 아로새겨져 있던 카이탁, 밤의 어둠을 틈타 달려갔던 곳, 비행기와 낡은 버스를 타고 사막을 가로질러 도착했던 그 병원에 대해 먼저 기록해야만 할 것이다.
> 트럭은 무화과나무 아래를 달려가는데, 하산은 쉼 없이 깔깔거리는데, 그런데, 나는 어디로 가는 것일까.[29]

'나'는 지금껏 이라크 전쟁 식의 폭력이 횡행하는 시대를 외면 혹은 방관해왔다. '비제이 엄마의 외마디 비명 같은 하소연', '긴 투병 끝에 얼굴도 모르는 또 한 명의 비제이의 신장을, 아니 목숨을 빼앗'고도 그

---

29) 위의 책, 64~65면.

것을 모른 척 해왔다. 그리고 이라크 전쟁도 이라크인의 타고난 성품 때문이라 인식했다. 그런 '나'는 무화과나무 아래에서 춤을 추는 하산을 보면서 부끄러움을 느낀다.

이러한 인식의 전환은 '나'를 인간의 고통과 죽음을 관음증적 시선으로 바라보는 미디어의 상업적인 응시로부터 벗어나게 했다. 나아가 그것은 '나'로 하여금 자신의 생명을 연장하기 위해 힘없는 이의 목숨을 돈으로 산 '죄 지은 자'라는 반성적 성찰을 하도록 했다. 그리고 그러한 반성적 성찰은 '나'와 '너'가 아닌 '우리'라는 공동체의 행복을 추구함으로써 이라크 전쟁 식 폭력을 극복할 수 있는 방법이 무엇인지를 깨닫게 만든다.

5. 결론

전쟁 미체험 세대 작가가 다루는 전쟁 소설이 이전의 체험 세대와 유년기 체험 세대의 그것과 뚜렷하게 변별되는 지점이 무엇이냐를 검토하는 것은 오늘날 미체험 세대의 전쟁에 대한 작가의식이 어떠하냐를 검토하는 일이면서, 동시에 현 단계 한국소설이 나아가야 할 전쟁소설의 방향이 무엇인지를 검토하는 것과 맞물려 있다.

이 글은 이러한 입장에서 미체험 세대가 전쟁을 사유하는 새로운 방식에 대해 고찰하였다. 이를 위해, 전쟁의 외연을 넓혀, 한국전쟁만을 다루는 작품을 넘어서, 한국 사회가 직, 간접적으로 관계를 맺은 베트남 전쟁과 이라크 전쟁을 다루는 작품도 논의의 대상에 포함하였다.

방현석의 「랍스터를 먹는 시간」은 베트남 전쟁과 이라크 전쟁과 관련하여 한국인과 베트남인의 다층적인 시선이 결합되어 있다. 이를 통해, 이 작품은 베트남 전쟁의 의미와 전쟁 이후 그 후유증을 앓고 있는 사람들의 삶을 여러 각도에서 조명해낸다. 그리고 전쟁을 보다 총체적인 시선에서 다각적으로 조망하면서 전쟁의 기억을 현재화시키고, 거대 담론에 침윤되어 국가의 논리와 자본의 논리로 재단되는 전쟁의 당위성을 비판한다. 그러면서 그러한 대립과 갈등, 모순을 극복할 수 있는 방식으로 '인간의 품격'과 '나라의 품격'을 문제 삼고, 자연과 인간, 그리고 인간과 인간의 공존과 조화를 제시한다. 이와 같은 시선을 통해서 이 작품은 기존 베트남 전쟁 소설에서는 보지 못했던 새로운 관점과 시각을 확보한다.

김연수의 「뿌넝쉬」는 한국전쟁을 다루고 있다. 이 작품은 한국전쟁 당시 부상당한 인물의 '구술'을 통해 한국전쟁을 이데올로기 대립 내지 국가의 요구 따위로 기술한 '기록된 역사'의 허구성을 비판하면서 역사를 바라보는 관점을 문제 삼고 있다. 이를 위해 남쪽과 북쪽의 전사에서 자유로운 이름 없는 중국 인민해방군을 주인공으로 내세운 것이다. 곧 이 작품은 한국전쟁을 거시사의 입장에서 바라보던 종래의 태도에서 벗어나 미시사의 입장에서 접근하여 거시사의 이면에 감추어진 비극적인 역사를 복원하고 있는 것이다. 이를 통해 이 작품은 미체험 세대 작가가 한국전쟁을 다룰 때, 체험 세대나 유년기 체험 세대가 이룩한 소설적 성과를 극복하기 위해서 취할 수 있는 새로운 창작방법과 관련해 그 한 기준을 제시하고 있다.

정미경의 「무화과나무 아래」는 이라크 전쟁을 다루고 있다. 이 작품에서는 기존의 '사가'와는 달리, 정보사회의 '사가'는 일종의 상품 제작자임을 강조하고 있다. 이런 사가에 의해 미디어 이미지로 기록되는 전쟁은 돈벌이 수단, 혹은 유희용 게임, 관음증 유발 기제와 같은 것에 지나지 않음을 보여준다. 그러면서 이라크 전쟁은 강대국이 힘없는 이라크인들의 최소한의 행복을 빼앗은 전쟁으로 의미화된다. 이러한 강자에 의한 약자의 행복 빼앗기는 이라크 전쟁 같은 국가 단위의 전쟁에만 국한되지 않고, 전 세계 곳곳의 일상에서 무한반복적으로 일어나고 있다. 이러한 반성적 성찰을 통해, '나'와 '너'가 아닌 '우리'라는 공동체의 행복을 추구함으로써 이라크 전쟁 식 폭력을 극복하고자 한다.

이들 작품에 나타난 전쟁에 대한 사유를 통해, 현 단계 전쟁 미체험 세대로서의 작가가 나아가야 할 전쟁 관련 소설의 방향이 무엇인지를 검토할 수 있을 것이다.

숭고의 수사학과 환멸의 기억

– 한국전쟁기 문학담론과 집단기억의 재구성

서동수 상지대학교 국어국문학과 조교수

1. 머리말

이 글은 한국전쟁기 문학담론과 반공주의 형성 간의 관계를 밝히는 데 목적을 두고 있다. 그동안 냉전적 반공주의의 형성에 대한 논의는 사회학과 역사학을 중심으로 이루어져 왔으나 문학과의 관계에 대한 논의는 영성했던 것이 사실이다. 특히 반공주의의 고착화에 중요한 역할을 한 한국전쟁기 문학담론의 연구는 더더욱 그렇다. 한동안 전쟁기 문학은 1950년대 연구에서 소외된 영역이었다. 소외의 직접적인 원인으로는 "戰亂의 過中 싸여있는 벅찬 現實을 그대로 消化하지 못하고 料理하지 못"[1]할 뿐만 아니라, "사병들의 사기를 높여주고 애국심을 고취하여 전후방 군민의 이해를 도모하는 성질의 문학행위에 불과"[2]한 것

---

1) 곽종원(1953.5), 「육·이오동란이후의 작단개관」, 『신천지』, 182면.

으로 취급되면서 결국엔 "미학적 소화불량"3)의 "잃어버린 문학의 시대"4)를 대표하는 영역으로 받아들여졌기 때문이다.

그러나 전쟁기 문학에 대한 진정한 평가를 위해서는 단순히 이념의 선전 도구라는 '현상'이 아니라 이념의 도구로서 어떠한 '역할'을 했으며, 이를 위한 '전략'은 무엇이었으며 결국 그 결과는 어떠했는가에 대한 논의가 이루어져야 한다. 즉 그간의 평가는 이념의 도구라는 '결과'만을 강조한 것이었지 실로 이념의 도구가 되기까지의 '과정'에 대해서는 논의가 부족했던 것이 사실이다. 전쟁기 문학은 이제 단순한 반영의 관점에서 벗어나, 당시 남한 사회를 구성하는 한 요소로 작용했다는 기능적 입장으로 전환해야 한다.

기능적 입장이란 전쟁기의 문학행위가 당시 남한사회를 지배하던 특정한 형태의 담론이 출현할 수 있는 '인식가능성'의 조건이었음을 밝히는 것이다. 당시 남한사회는 반공이데올로기를 중심으로 한 국가 만들기에 전력하였다. 이승만 정부는 반공규율사회를 확립하기 위해 반공담론의 생산에 온 힘을 기울였고, 문인들 역시 이 대열에 동참하였다. 각종 매체를 통해 생산, 유통된 담론들은 북한 공산주의자들 및 그들과의 전쟁을 천사와 악마와의 대결인 "십자군적인 성업(成業)"5)으로 기억을 재구성함과 동시에 반공이데올로기를 내면화시켰다. 이른바 한국전쟁과 함께 "남한사회에서 창출된 국가 이야기는 전쟁체험과 반공이데올로기를 효과적으로 결합시켜 배타적인 민족의 범주를 구성하는 한편 균질화된 국민을 만들어내는 국가주의"6)의 모습을 띠고 있었던 것이다.

---

2) 정한숙(1988), 『현대한국문학사』, 고대출판부, 255-257면.
3) 이재선(1991), 『현대한국소설사』, 홍성사, 83면.
4) 권영민(1994), 『한국현대문학사』, 민음사, 100면.
5) 이헌구(1951), 「인류애와 독립애」, 『전시문학독본』, 계몽사, 137면.

그렇다면 문인들이 생산한 담론은 어떤 것이었으며, 어떠한 방식을 통해 유통되었는가. 한국전쟁기에 생산된 문학은 단순히 전후방의 소식을 전달하는 '연결병'[7]이나 멸공과 타공의 외침에 그치지 않았다. 또 문학이라는 특수한 장르적 범주에 머물지도 않았다. 당시의 문학은 '반공텍스트'[8]라는 '역사적 장르'[9]의 임무를 수행하고 있었으며, 그 임무란 남한 사회의 이념 푯대인 '반공주의' 구축을 위한 담론의 생산이었다. 문인들은 자신의 전쟁체험을 체험기, 수난기, 종군기 등의 르포타쥐와 평론, 논설, 작품 등의 문학적 형상화로 이어갔다. 그들이 생산한 '반공의 언어'들은 장르의 상이에도 불구하고 일련의 질서를 보이고 있는데, 이는 문인들의 글쓰기가 개별적 창조활동이 아닌 특정한 담론전략 하에서 이루어졌음을 반증하는 것이다. 이렇게 생산된 언어는 전쟁과 북한 공산주의에 대한 집단기억을 규정하고 재생산하는 토대가 되었다.

여기서는 한국전쟁기 문학담론이 어떠한 담론전략을 통해 반공주의의 내면화에 기여했는지 살펴보고자 한다. 특히 문인들이 르포타쥐 계열에서 생산한 수사적 표현이 문학 작품에선 어떻게 형상화되고 있으며 그 이데올로기적 효과는 무엇이었는지를 밝혀보고자 한다. 이는 전쟁기 문학을 단순한 '이념의 도구'에서 "보이는 것, 감각적인 것, 일상

---

6) 유임하(2005.3), 「이데올로기의 억압과 공포」, 『현대소설연구』25호, 57면.

7) 최독견(1952.4), 「창간사」, 『전선문학』1호, 9면.

8) 반공텍스트는 말 그대로 반공이데올로기의 유포를 위해 기획된 것으로서, 여기에는 북한 공산주의에 대한 체험기, 수난기, 피난기, 종군기 등 주로 '증언'의 방식으로 이루어져 있다. 이러한 증언은 다시 문학 작품이나 평론과 같은 문학적 유형과 실제의 체험을 담은 르포타쥐 형식의 비문학적 유형으로 세분화되어 나타난다.

9) 역사적 장르는 폴 헤르나디의 개념으로서 특정한 역사적 상황에 의해 생성되었다가 그 역사적 임무를 다한 이후에 소멸한 장르를 말한다. 반공텍스트의 경우 전쟁 직후 급속히 확산되었으나 시간과 역사인식의 변화에 따라 점차 소멸해가고 있다는 차원에서 차용했다.

의 구체적인 것 속에서 포착될 수 있는 사회적 현실의 재건"이자, "감각적인 여건들을 설명할 수 있는 명료한 시스템을 구성"[10]하는 관점으로 전환하는 것이다.

2. 기억의 정치학과 반공담론의 유통

1950년 6월 25일에 일어난 사건은 우리에게 어떠한 의미로 다가왔을까? 이 말은 달리 표현하면 한국전쟁은 우리에게 어떤 의미로 각인되어 있는가에 대한 물음이자 동시에 어떻게 기억하고 있는가의 문제이다. 한국전쟁은 남한과 북한에서 각각 다른 방식으로 기억되고 있다. 남한의 공식기억은 '소련의 사주를 받은 북한 공산당이 불법적으로 남침하여 우리 민족 전체를 고통에 빠뜨린 비극적인 사건'이다. 반면 북한의 공식기억은 "남반부를 미제와 이승만 역도의 반동통치에서 해방시키기 위한 조국해방전쟁이자 민족해방전쟁"[11]이며, "국내 반동세력을 소탕하고 조선민주주의인민공화국의 기치하에 조국을 통일시키고 전 조선적으로 민주혁명의 과업을 완수하기 위한 전 인민의 투쟁"[12]이다. 그렇다면 동일한 사건을 두고 각기 다른 방식의 '공식기억'이 만들어지는 것은 무엇 때문일까?

역사는 한 사회가 그 사회의 과거에 대해 공유하는 기억의 체계이다. 즉 역사는 기억의 관리와 유지, 보존과 불가분의 관계를 가진다. 역사

---

10) 피에르 부르디외, 하태환 옮김(1999), 『예술의 규칙』, 동문선, 13면.
11) 사회과학연구소(1988), 『조선통사』, 오월, 394면.
12) 위의 책, 396면.

인식은 몇 개 기억의 편린들과 결합한 이미지로 존재하는 경향이 있다. 기억의 형성과 관리, 보존에는 권력관계가 작용한다. 어떤 기억은 국가에 의해 공식성을 부여받고, 어떤 기억은 사적인 기억으로 존재하며, 어떤 기억은 공식 기억에 의해 탄압 받기도 한다. 한국전쟁에 대한 국민의 기억은 이러한 공식기억과 관련을 맺으며 취사선택된 이미지들이 대부분이며, 이는 일상에서 이데올로기와 문화의 작용에 의해 유지 혹은 강화된다.13) 그렇다면 남한의 경우 반공이데올로기라는 지배이데올로기가 '국민의 기억'14)으로 내면화되는 과정은 어디에 기초하는가.

　기억이란 "본래 한 개인이 자신의 과거를 현재화하는 정신적(심리적) 현상"15)을 말한다. 존재론적 측면에서 과거란 이미 존재했던 것이자 지나가버린 사건이라는 점에서 더 이상 존재하지 않는 것이다. 그럼에도 과거를 과거이도록 하는 존재론적 기준은 지금은 존재하지 않는 '상실된 사건'이다. 이는 우리의 기억 속에서만, 즉 기억이 '지시하는 대상 (refernt)'으로서만 존재한다. 결국 과거에 대한 상상적 '표상(représentance)' 으로서의 기억은 과거에 대한 지시 또는 '재현(représentation)'으로서의 기억과 상보적 관계를 갖는다.16) 그렇다면 문제는 '과거의 사건들' 중 어떤 것이 선택되며 또 선택되어진 사건의 의미를 지시(규정)하고 재현하는 자는 누구이며, 동시에 재현된 과거를 개별적 존재를 넘어 특정 집

13) 정용욱(2004.3), 「6·25전쟁기 미군의 삐라 심리전과 냉전 이데올로기」, 『역사와 현실』 51권, 97-98면.
14) 이 용어는 김철(2005), 『국민이라는 노예─한국문학의 기억과 망각』, 삼인, 8쪽에서 빌려왔다. 여기서 김철은 도미야마 이치로의 『전장의 기억』을 예로 '죽은 자를 대신해서 말하는 발화주체로 하여금 국가는 무엇을 기억하고 망각해야 할지를 지시하며, 이렇게 형성된 기억을 '국민적 기억'이라고 칭하고 있다.
15) 전진성(2005), 『역사가 기억을 말하다』, 휴머니스트, 39면.
16) 위의 책, 46-47면.

단의 기억으로 공식화하는 방식은 무엇인가라는 주제로 모아진다. 이렇게 본다면 하나의 사건(역사)을 특정한 방향으로 기억한다는 것은 곧 사건(역사)의 의미를 특정한 방향으로 계열화시키는 것에 다름 아니다. 사실 전쟁이란 들뢰즈식으로 말한다면, 물질들의 운동이자 의미 이전의 '순수사건'에 해당한다. 즉 의미가 비워져있는(의미의 과잉을 함축하고 있는) '빈칸'으로서의 '순수사건'인 것이다. 하지만 이 사건(전쟁)은 다양한 상황(계열화)에 따라 수많은 의미를 담지 할 수 있는 가능성의 공간으로 전환한다.

특정 집단의 공식기억 생산하기 위해 반드시 필요한 것은 담론의 구성이다. 담론을 구성하기 위해서는 "인식된 대상을 일정한 방향으로 구조화시키는 언어의 분절화 현상"17) 즉 '담론구성의 법칙'이 필요하다. 1950년대 반공이데올로기를 형성하기 위한 담론구성의 법칙은 '민족 대 반민족, 민주 대 반민주, 자본주의 대 사회주의'라는 담론지형을 통해 이루어졌다. 이러한 인식틀 속에서만 기억은 존재할 수 있었으며, 이 자장을 벗어난 모든 것은 터부의 대상이 되었다. 왜냐하면 담론은 "시대 감각에 맞는 언표는 포함하고 그렇지 않은 것은 배제"하기 때문이다. 즉 어떠한 대상도 담론이 허용하는 범위 안에서만 인식할 수 있으며, 언표화 할 수 있기 때문이다. 따라서 "언어적 표상과 대상 사이의 관계에서 가장 중요한 것은 언어가 사물을 포착하려는 순간부터 그 대상을 마음대로 주무르려고 하는 언어의 음흉한 계략, 즉 끊임없이 새로운 담론 속으로 끌어들여 대상의 모습을 변질시키려는 언어적 횡포"18)이다.

---

17) 미셸 푸코(1994), 『임상의학의 탄생』, 인간사랑, 19면.
18) 위의 책, 30면.

알박스(Maurice Halbwachs)는 집단의 공식기억(집단기억)을 형성하기 위한 조건으로 집단 구성원들 간의 의사소통과 상호작용의 장이 이루어질 수 있는 '사회적 구성틀(cadre sociaux)'을 지적한 바 있다. 집단기억은 오직 사회적 구성틀을 통해서만 매개되며, 그 내부에서만 유효할 수 있다는 것이다. 알박스의 '사회적 구성틀'은 인식틀(épistemè)의 장과 인식틀을 생산·유통시키는 제도적 측면, 즉 이데올로기적 국가장치가 결합된 공간이라 할 수 있다. 인식틀의 장을 형성하는 것은 곧 담론의 문제로 귀결된다.

결국 담론의 입장에서 볼 때 한국전쟁기에 생산된 반공텍스트의 가장 큰 고민은 바로 북한을 어떻게 규정할 것인가 였다. 즉 북한 공산주의에 대한 담론 규정의 문제인데, 여기에는 몇 가지 선결 요건이 존재한다. 첫째, 담론의 대상이 연령과 지식, 계층에 제한을 두지 말아야 할 것. 둘째, 전 계층을 총망라하기 위해선 담론의 내용이 논리 이전의 것이야 할 것. 셋째, 형성·유통된 담론은 반복성과 지속성을 통해 깊게 각인되어야 할 것 등이 그것이다. 즉 반공주의가 하나의 국가이데올로기로 자리하기 위해선 매우 정확한 이분법적 분리가 필요했으며, 전 국민을 대상으로 한다는 점에서 그리고 가장 강력한 효과를 지니기 위해서는 논리가 아닌 감성과 감정의 영역에 집중될 필요가 있었다. 특히 반공의 담론이 논리가 아닌 감정의 차원이 되어야 하는 데는 중요한 이유가 있다. 논리적 차원이란 일정한 지식을 통해 '이해'의 과정을 거쳐야 하며 이는 곧 냉철한 이성의 바탕 위에서만 가능하다. 그러나 반공 담론의 목적이 북한 공산주의에 대한 강한 적대감에 기초하여 체제의 안정 및 지속에 있는 만큼, 차분한 이성의 작동을 통한 논리적 차원은 처음부터 고려의 대상이 될 수 없었다. 중요한 것은 적개심으로 포장된 공포와 두려움이었고 그것은 곧 감정의 영역이었다.

> 우리 民族의 受難과 犧牲은 너무나 悲痛하고 巨大한 것이었다.…그동
> 안 民衆의 받은바 恥辱과 苦痛, 戰慄과 焦燥 그 정신적인 심각한 피해와
> 傷痕… 공산주의에 대하여 戰慄과 憎惡, 恐怖와 厭忌 －通括的으로 극도
> 의 敵對感·怨讐感 … 幻滅, 反撥, 憎惡, 敵對感…飢餓와 대량적 인명의
> 殺傷, 정신적으론 극도의 暗黑感, 間斷없는 脅壓, 焦燥, 戰慄…공산주의를
> 厭忌, 憎惡, 咀呪하고…沈鬱, 悲痛, 暗黑의 九十日을 지나…19)

위의 글은 약 1면이 조금 넘는 부분에서 인용한 것이다. 그럼에도 이
곳을 지배하는 것은 다름 아닌 '공포와 전율의 언어들'이다. 잘 알려진
것처럼 언어는 읽는 순간부터 해석을 강요하며 동시에 동일한 용어나
문구의 반복은 무의식 하에 의미를 각인시킨다. 그렇게 각인된 의미는
하나의 사건과 결합하여 의미의 고정과 함께 지속성을 갖는다. 그렇게
볼 때 양주동이 반복적으로 같은 유형의 언어를 집중적으로 사용한다
는 것은 일정한 목적성을 갖는 것으로 바로 90일간의 적치 체험에 대
한 의미의 고정과 규정에 다름 아니다. 즉 적치 하 90일간의 사건은 일
시적이며 지나가 버린 과거의 것이 아닌 구체적인 의미를 담보한 채 지
속적으로 우리의 기억 속에서 재현되어야 하며, 종국에는 남한 정부가
요구하는 반공의 패턴에 일치시키려는 의도인 것이다. 이를 위해 양주
동을 비롯한 여타의 문인들은 적치의 체험을 사적인 것이 아닌 공유할
수 있는 공적인 언어로 재편해야 했으며 그 성과물이 바로 반공텍스트
를 통한 '공포와 전율의 기억'이었던 것이다.

특히 문단의 경우 일정한 매커니즘을 보이는데, 반공텍스트에서 생산

---

19) 양주동(1951), 「共亂」의 教訓」, 『적화삼삭구인집』, 국제보도연맹, 5-6면.

된 언어는 전시평론을 통해 일련의 구조화 작업을 거친다. 이 시기의
문학적 행위란 "문화공작의 일환이자 군사적 공작문화제작"이었기에
"문예비평 역시 문화비평으로서 공작의 일환이며 선동의 군사작전"[20]
이었다. 문예비평은 일종의 문학지침서 역할을 한 것이다.[21] 작가들은
이 지침에 맞춰 반공언어와 체험을 형상화하여 작품화시키는데 이것이
바로 전쟁기 문학이다. 당시 발표된 전쟁기 문학의 내용과 반공텍스트
의 내용의 유사성이 이를 증명한다. 이제 이 텍스트들은 적치 체험에
대해 잊을 수 없는 명확한 의미를 제공하며, 독자는 자신을 체험을 텍
스트의 언어에 일치시킨다. 독자들은 자연스럽게 반공과 멸공의 언어로
무장한 반공주의자가 되는 것이다. 이제 남한은 반공주의를 위한 강력
한 이데올로기적 국가장치의 기초가 마련된 셈이다.

　이제 '공포와 전율의 기억'은 교육의 담론으로 확대된다.[22] 반공으로
무장된 교육의 담론들은 당시에 간행된 잡지나 단행본 안에 수록된 종

---

20) 전기철(1994), 『한국전후문예비평연구』, 서울, 257면.
21) 일련의 전시하 문학론은 국가 비상시에 있어서 문화인들의 행동과 작가들의 창작지
　　침을 일러주고 있었다. 일종의 전쟁동원문학론이라 불리는 이는 문학과 문화는 자유
　　주의라는 하나의 전선을 구축하여 국제공산주의 이데올로기의 확산을 방어하고 그것
　　을 궤멸시켜야 된다는 '문화전선구축론' 혹은 '반공문학론'으로 요약된다. 대표적인
　　평론으로는 이숭녕의 「전시문화정책론」, 최인욱의 「전시문화론」, 이린구의 「문화전
　　선은 형성되었는가」, 임긍재의 「전시하의 한국문학자의 반성」 등이 있다. 이은자
　　(1995), 『1950년대 한국지식인소설연구』, 태학사, 50면.
22) 반공이데올로기의 내면화를 위해 한국전쟁 직전 2대 문교부장관으로 임명된 백낙준
　　은 안호상이 '일민주의'라는 이름 아래 우회적으로 내세웠던 반공이데올로기 교육을
　　공식 교육과정으로 채택했다. 이른바 '전시교육체제' 아래에서의 국민통제는 ①적색
　　교원 일소의 구체화 ②국민사상 지도원의 설치 ③교육공무원법 제정을 통한 법률적
　　통제 ④학생들의 정치활동 제지 ⑤라디오, 필름, 포스터, 팸플릿, 강연 등을 통한 사
　　상전으로 요약된다. 요컨대 전시교육체제는 전장 그 자체를 교과서로 삼았다. 그리하
　　여 '공산괴뢰군'의 살상을 직접 체험하며, 지루한 피난 생활에서 겪은 그 모든 생생
　　한 장면들은 머릿 속에 비극, 분노, 슬픔, 원한, 고통, 죽음, 피비린내의 언어로 각인
　　되었다. 고길섶(2005), 『스물한 통의 역사진정서』, 앨피, 94-97면.

군기, 체험기, 수난기 문학 작품들 그리고 음악, 미술, 포스터, 광고, 신문과 라디오, 심지어는 삐라에 이르기까지 각종 매스미디어를 통해 전방위로 유통되고 있었다. 전쟁과 공산주의에 대한 끝없는 '공포의 언어'들을 생산하는 것은 그것을 '텍스트에 갇힌 언어'에서 일상을 지배하는 '현실적 언어'로 치환시키는 것이다. 현실적 언어들은 당시 사회의 공식언어이자 규범언어가 된다. 국민은 이 언어들을 통해서만이 소통할 수 있으며, 세계를 해석할 수 있다. 공식언어이자 규범언어의 포기는 곧 전시 남한사회에서의 존재론적 의미를 포기하는 것과 같다. 그들은 이 언어의 자장 안에서만 주체로서 호명될 수 있는 것이다.

3. 숭고의 수사학과 괴물의 탄생

반공주의를 '공식기억'이라는 통일된 집단기억으로 규정시키는 대표적인 담론전략으로 수사학을 들 수 있다. 전통적으로 수사학은 미학의 하나로 받아들여져 왔다. 하지만 미학적 완성을 가능케 해주던 수사학의 장점들은 이데올로기에 봉사하는 훌륭한 역할을 담당하기도 하였는데, 서구의 유서 깊은 '수사학적 기억술(ars memoriae)' 전통이 바로 이를 입증한다. 그것은 과거의 체험을 지적으로 분류하고 저장하며 유통시키는 기법으로, 먼저 체험된 사실을 감성적 환기력이 있는 이미지에 결부시키고 난 후 이 이미지들을 친근하면서도 상상적인 '기억의 장소(loci memoriae)' 속에 배치한다. 여기서 이미지들의 구조와 지식체계 간에는 심리적 연상 작용을 통한 대응관계가 성립하며, 이에 따라 과거의 체험은 한편으로는 지식으로 저장되고 동시에 '생생한 기억'으로서 반복적으로 소환할 수 있게 된다.[23] 특히 수사학이 갖는 설득적·교육적·어휘적 기능들은 이데올로기적 담론을 형성하는 주요 요소를 이룬다. 이때 세 층위의 기능들은 서로 상호의존적인 관계를 형성하는데, 특히 이데올로기적 담론의 수사학적 전략은 "교육적 기능에 의존하지 않고서는 설득적이 될 수 없으며, 단순한 선전을 넘어 내면화를 위해서는 랑그의 약호를 변화시키는 어휘적 기능 또한 필요"하기 때문이다. 이는 이데올로기적 수사학의 목표가 "아름다운 담화'가 아닌 '효과적인 담화"임을 말해준다.[24] 이렇게 형성된 상상적 공간의 이미지는 집단기억을 매개하는 상징적 기호로 기능하게 된다.

한국전쟁기에 생산된 반공텍스트 안에는 북한과 공산주의를 향한 많은 수사적 표현들을 발견할 수 있다. 그런데 작가들이 생산한 수사적 표현들은 개성적·독창적이라고 하기에는 많은 공통점들이 있었다. 특히 수사적 유형들이 일정한 패턴으로 계열화되어 있음을 발견할 수 있었는데, 놀랍게도 그 내적 질서는 지금 우리가 북한을 인식하는 내용과 정확히 일치하고 있었다. 다시 말해 북한 및 공산주의를 향한 비유가 일정한 양상을 띠면서 연속적이고도 반복적으로 등장하고 있다는 것이다. 이러한 현상은 개별적 상상력이나 비유의 발로라기보다는 문인들 간의 침묵의 카르텔을 통한 '복제'와 '재생'의 반복 및 상호 간의 학습을 의미한다. 이렇게 볼 때 반공텍스트를 통해 생산한 언어들은 결코 우발적이거나 자의적인 것으로 보기 어렵다. 문인들은 반공텍스트를 '고백의 장'[25]뿐만 아니라 반공의 고착기제로도 활용하기 위해 언어의

---

23) 전진성(2005), 앞의 책, 54면.

24) 올리비에 르블, 홍재선 역(1995), 『언어와 이데올로기』, 역사비평사, 146면.

25) 반공텍스트는 당시 부역혐의를 받던 문인들에게 고해성사의 장이기도 했다. 특히 1951년 3월에 간행된 『적화삼삭구인집』은 부역문인들로만 구성된 일종의 이념적 불

구조화 작업을 거친 것이다.

반공텍스트에 나타난 대표적인 수사학적 표현은 북한 및 공산주의의 '괴물 만들기'이다. 이는 공산주의를 비인간화, 즉 이질적인 존재로 치환시키는 것인데, 대표적인 모습이 바로 괴물 만들기이다. 먼저 르포타쥐 계열에 나타난 모습을 보면 다음과 같다.

① "눈이 시퍼런 반역자"[26]
② "조국을 배반한, 동족을 죽인 이 魔物들"[27]
③ "날샌 이리떼 같은 행동", "야수적 만행"[28]
④ "인류사상 그 예가 없는 전율할 야만적 죄악"[29]
⑤ "정없는 눈초리가 총탄보다 무서운 것"[30]
⑥ "赤流는 毒의 根이며 惡의 華이며 罪의 實", "크레믈린의 指使에 충실한 走狗"[31]
⑦ "百鬼夜行", "畵出魍魎"[32]
⑧ "노동자의 피를 착취할뿐만 아니라 뼈까지도 갈가 먹는"[33]
⑨ "이리와 염소"[34]

르포타쥐 계열에 나타나 있는 북한 공산주의자들의 모습은 한결같이 '괴물'의 형태를 하고 있다. 북한과 공산주의는 '머리에는 뿔 달리고 온 몸에는 털이 덮인 짐승'으로 묘사되고 있다. 그것은 "보이지 않는 검은

류에 대한 반성문이었다.
26) 조연현(1950.12), 「납치된 작가에의 회원─홍구범은 어디에 있는가」, 『문예』, 57면.
27) 유주현(1951), 「눈 내리는 밤」, 『전시문학독본』, 21면.
28) 김광주(1950.12), 「북쪽으로 다라난 문화인에게」, 『문예』, 77면.
29) 백철(1951), 「사슬로 묶어서 삼개월」, 『적화삼삭구인집』, 국제보도연맹, 32면.
30) 최정희(1951), 「난중일기에서」, 위의 책, 42면.
31) 송지영(1951), 「적류삼월」, 위의 책, 53면.
32) 위의 글, 56면.
33) 위의 글, 62면.
34) 김용호(1951), 「자유와 평화를 위하여」, 위의 책, 109면.

그림자"처럼 "항상 나의 뒤를 따르고… 붉은 담장우에 모여든 가마귀 떼."35)처럼 불길한 존재들이며, "전체 인민의 마즈막 피까지 빨아먹지 않고서는 못견디도록 되어먹은 것"36)로서 "이북을 거처서 서울로 오는 동안에도 붉은 軍隊들의 그 무지막지한 野獸같은 무지막지한 꼴을 이에서 신물이 날 程度로"37) 이다. 이처럼 북한 공산군은 침략성, 잔인성, 만행, 흉계, 험상궂고 위협적인 모습으로 그려지고 있다. 특히 인공치하 3개월의 체험기를 중심으로 한 텍스트들은 '평화스러운 일요일-무서운 침략군의 야욕-피난민의 비참함-공산군의 무자비한 학살, 약탈, 방화 등으로 연결시켜 공산괴뢰에 대한 적개심을 고취시키며 우리민족 최대의 적임을 강조하고 있다.38)

괴물의 수사학은 여기에 멈추지 않고 계속 진화하여 급기야 종교적인 차원으로까지 확대된다.

① "천지도, 동리도, 사람들 말소리도, 모두가 지옥의 움직임 같았다."39)

---

35) 백철(1951), 앞의 글, 19-20면.
36) 송지영(1951), 앞의 글, 67면.
37) 김광주(1951.12), 「암흑의 삼개월-하누님을 찾는 아내」, 『신천지』, 53면.
38) 괴물의 수사학은 한국전쟁기의 산물이 아니다. 공산주의의 폭력적이며 야만적인 이미지의 기원은 1945년으로 거슬러 올라가야 한다. 이승만은 1945년 12월 17일 「공산당에 대한 나의 입장」이란 방송에서 공산주의에 대해 "국경을 없이 하여 나라와 동족을 팔아먹고", "로국을 저의 조국이라고 부르는 파괴분자"(1945년 12월 21일 『서울신문』)라고 비난한 바 있다. 또 "『독립신문』에서는 러시아를 '야만스러운 풍속', '괴악한 사적', 세계에서 가장 '음험한 나라'로 표현하고 있는데, 이러한 인식이 '공산주의=야만'이라는 등식을 성립시킨 것"으로 보인다. 김정훈(2000.6), 「한국전쟁과 담론정치」, 『경제와 사회』 46호, 147면. 뿐만 아니라 이승만의 이 같은 발언들은 이후 반공주의 정서의 원형을 제공하고 있다는 점에서 주목을 요한다. 그가 주로 사용하고 있는 '소요'·'파괴'·'피'·'내란' 등 파괴와 유혈을 연상시키는 감정적 언사와 '동족을 파는'·'로국을 저의 조국이라 부르는' 등의 언어와 수사적 비유는 괴물 만들기의 기원을 이루며 동시에 원초적인 민족감정을 자극하는 대표적인 담론이었기 때문이다. 정해구(1996), 「분단과 이승만 : 1945-1948」, 『역사비평』, 259면.
39) 모윤숙(1951), 「천지가 지옥화」, 『전시문학독본』, 68면.

② "붉은 군대의 손으로 공포, 전율, 사기, 살인, 방화가 한때 어우러져서 화염이 중천하는 생지옥으로 화해버렸던 이 거리."[40]

③ "공포와 전율과 기만과 살상으로 가득 찬 생지옥이 바로 공산주의의 세계인 것이다."[41]

④ "악마같고 잔학한 근성을 가리어 가며… 악귀의 피문은 손톱을 연상하고 여기까지 들끓기 시작했다. 이같은 동태를 느끼자 악귀들은 아연히 본색을 드러내어 강압수단으로 나오는 것 같았다."[42]

종교적 수사는 주로 기독교 신자들을 중심으로 해서 나온 것으로 모윤숙, 김광주, 장덕조 등 주로 기독교 신자들이 중심이 되어 생산되었다. 그들에게 한국전쟁은 단순한 물리적 폭력을 넘어 일종의 '천사와 악마' 간의 전쟁으로 인식되었다. 따라서 한국전쟁은 "민족을 암흑과 살육에 구출하는 십자군적인 이 성업"이 된다.[43] 이데올로기적 수사학이 갖는 목표는 동일하다. 그것은 북한과 공산주의에 대한 '환멸의 기억'을 공식화 하는 것이다. 끊임없이 타자를 생산하는 이데올로기적 수사학은 대립이 필요한데, 이는 다른 유형의 담론들과의 대립을 통해서 강화된다. 이데올로기적 수사의 효과의 극대화를 위해서는 괴물(악마)의 비유처럼 기표와 기의의 사이의 비례가 어긋날수록 좋다. 이는 이데올

---

40) 김광주(1950.12), 「북쪽으로 다라난 문화인에게」, 『문예』, 76면.
41) 장덕조(1951), 「내가 본 공산주의」, 『적화삼삭구인집』, 69면.
42) 위의 글, 72면.
43) 한국전쟁을 종교적 수사로 사용한 것 역시 전쟁 이전으로 소급된다. 월남인 1세대인 한경직 영락교회의 목사는 자신의 월남 행위를 모세의 '탈애굽'에 비긴다. 그는 1948년 <구국전도대가>를 통해 반공운동을 '십자군 운동'에 비유하면서 공산주의자들을 '악마', '카인의 후예'에 비유하면서 척결운동에 앞장섰다. 노래 가사는 다음과 같다. "하나님의 크신 은혜/ 이 강산에 나리시사/ 자유의 종 크게 울려/ 새나라가 되었도다/ 일어나 일어나 / 십자가의 정병들아/ 진리의 띠 굳게 매고/ 성신의 검 높이 들어 악마 화전 소멸하자." 김귀옥(2004.3), 「왜 월남 실향민은 반공수구 세력이 되었을까?」, 『인물과 사상』30, 304-305면.

로기적 수사학이 '아름다운 담화'가 아닌 '효과적인 담화'를 목표로 하기 때문이다. 이렇게 형성된 상상적 이미지는 집단기억을 매개하는 상징적 기호로 기능한다. 이제 이데올로기적 수사학은 남한사회의 정통성인 반공주의를 완성한다는 측면에서 '숭고한' 작업이 된다. 하지만 이 숭고의 수사학은 곧 국민들에겐 강요되고 왜곡된 '환멸의 기억'을 선사하는 원천이 된다.[44]

4. 체험의 서사적 변용과 카니발리즘의 회복

1) 학살의 쾌감과 영웅화 작업

집단기억을 형성하는 또 다른 요소로는 '서사' 즉 이야기이다. 수사학이라는 여과기를 통과한 반공 언어들은 북한과 공산주의라는 대상을 지시하고 재현하는 기능을 갖지만 집단기억을 형성하기에는 생략된 것이 있는데, 바로 '체험의 구체성'이다. 수사의 기능은 추상적인 대상을 구체화시키는 것이다. 하지만 여기에는 대상을 생생한 경험의 층위로까지 전환시키기에는 여전히 부족한데, 이는 대상을 떠올려주는 '연상'은 가능하지만 생의 구체적인 경험까지 제공해주기에는 한계가 있기 때문이다. 이러한 한계를 극복하게 해주는 것이 바로 서사이다.

---

44) "크레믈린의 늑대소굴에서 기른 새빨간 늑대들을 남파… 지금의 간첩은 바로 여러분의 가장 가까운 친구, 하물며 사랑하는 부인, 존경하는 남편일 수도 있고…찢어죽여도 시원찮고…때려죽여도 시원찮은…"(행사교육연구회(1978), 『학교행사사전』, 문화자료 참조) 특히 5·16 쿠데타 이후 <반공교육강화를 위한 교사용 지침서>가 제작되어 도덕 교과서를 개편, 반공에 대한 내용을 대폭 강화한다. 반공의 내용은 북한 공산군의 침략성, 잔인성, 만행, 흉계, 험상궂고 위협적인 모습, 비참한 생활상 등이다. 반공교육의 대부분은 북한을 "쳐부수고 때려잡고 무찔러야 할 존재"로 가르쳐왔다.

　서사적 전략은 반공언어로 형상화된 문학 작품을 통해 집단의 기억을 반공의 규준에 일치시키는 것이다. 독자들은 자신의 생체험을 반공언어로 이루어진 작품의 체험 속에 밀착시킴으로써 동질화된다. 이를 통해 독자는 수사적 표현으로는 얻을 수 없었던 생생한 체험을 경험한다. 작품을 통한 체험이 비록 간접화된 것이지만, 독자의 생체험과 융합됨으로써 작품과 독자 간의 거리는 존재하지 않게 된다. 이제 "역사와 문학은 서로 모방한다. 살아 움직이는 듯한 이야기를 통해 역사가 허구화 되듯이, '지나간 듯이' 이야기함으로써 허구는 역사화"45)된다. 수사적 전략과 서사적 전략을 통해 문학의 역사화가 가능해지는 것이다.

　반공텍스트에 나타난 수사적 표현은 문학작품 안에서도 그대로 수용되고 확장되고 있다. "치욕의 해골바가지"(김송, 「서울의 비극」), "야수의 떼"이자 "무리뱀"(최태응, 「舊穀을 떨치고」), "독사의 피만 흐르고", "살인귀와 같이", "피에 주으린 야수"(김송, 「폭풍」), "붉은 이리의 떼거리", "미친개"(최태응, 「찬美소리 들으며」) 등이 그것이다. 이러한 수사적 활용은 이데올로기적 담론의 서사전략에서 중요한 토대가 되는데, 바로 카니발리즘의 정당화이다. 공산주의를 괴물이나 악마로 치환시키는 것은 남한과 북한을 인간 대 괴물, 정상 대 비정상, 이성 대 광기의 대결구도로 위치 지움으로써 '살인'의 금기에서 오는 죄의식을 소멸시킬 뿐만 아니라 정당화시키는 역할을 한다. 전쟁기 소설에서는 이러한 모습이 두 가지 차원에서 다뤄지고 있는데, 살육의 유희와 근친살해의 정당화가 그것이다. 먼저 살육의 유희를 보여주는 대표적인 작품은 박영준의 「용사」이다. 1951년 ≪전쟁과소설≫(계몽사)에 실린 박영준의 「용사」는 북한

---

45) 김미영(2006.7), 「시간의 현상학 : 역사와 네러티브」, 한국현대문학회(편), 『학술대회 자료집－한국현대문학과 역사』, 59-60면.

인민군들에 대한 살육을 유희의 차원으로 그리고 있다.

> "권중사! 오늘 제일 통쾌한 걸 하나 줄까?"
> 김소위는 권중사가 실망하거나 우울해하지 않음을 알고 있으면서도
> 그래도 새로운 자극을 주어 사기(士氣)를 일층 높여 주고 싶었던 것이다.
> "뭔데요?"
> "뭐든지! 좌우간 굉장히 통쾌한 일이야"
> "주십시요 꼭 주십시요"
> "다른 것이 아니라 요전 권중사가 끌고 온 괴뢰군말이야. 딴놈들은 다
> 말을 듣는데 꼭 두놈이 말을 안 듣거든! 그놈을 권중사에게 맡겨 줄테니
> 까 쏴 죽이란 말이야. 통쾌하지 않아!
> "네 고맙습니다. 통쾌하게 죽이겠습니다"
> 권중사는 참으로 유쾌했다. 난수에 대한 것은 아주 잊어버렸다해도 아
> 직 어딘가 께름직한 것이 가슴 한구석에 남아 있는듯 했었는데 이건 인
> 단보다도 가슴이 시원해질 청심제가 아닐 수 없었다.
> '원수를 멋지게 죽이는 쾌감–'(24-25면)

위의 장면은 재치로 인민군 70여 명을 생포한 권중사가 우쭐한 마음
으로 평소 좋아하던 여하사관 김난수에게 사랑고백을 했으나 거절당하
자 김소위가 위로 차 제안하는 상황이다. 김소위와 권중사의 대화는 카
니발리즘의 최대치이다. 그들에게 학살의 죄의식은 존재하지 않는다.
인민군들이란 "공산주의를 잊지 못해 민족의 붉은 피를 더욱 더 흘리게
하고야 말겠다는 원수 가운데도 원수인 악착스런 놈"들이기 때문이다.
이제 권중사의 최대 관심은 "어떻게 해야 정말 멋지게 죽일수 있을까"
에 집중된다. 너무 "평범한 총살은 싫었"고 "너무 악착스런 죽엄도 통
쾌할 것은 없기" 때문에, 권중사가 생각해낸 살육의 방식은 도망치는
인민군 포로들을 사살하는 것이다. 이는 "혹시나 살자해서 악을 써가며

달아날 그놈들을 그놈들의 총으로 쏜다는 것이 어떠한 방법보다도 통쾌할 것 같았"기 때문이다. 이제 학살은 여자로부터 거절당한 심리적 불쾌감을 제거할 수 있는 "통쾌한", "쾌감"이자 "가슴이 시원해질 청심제"가 된다.

> 그래 날이 아주 어둡도록 적을 발견 못하고 속이 훌꾼 달았을 땐데 어디서 비오는 소리가 나지 않나요. 그래 소리나는데를 유심히 바라보니 어떤 놈이 오줌을 누구 있더군요. 가만히보니 그놈이 오줌을 누자 바위 밑으로 쑥 들어가요.
>
> 옳다 됐다 하고 나는 숨이 가쁘게 그리로 달려 갔습니다. 정말 굴이 있는데 굴속이 꾸불 꾸불해서 속이 안보이더군요. 반드시 몇 놈이 있을 텐데 어떻게 해서 이놈들을 붙잡을가하고 궁리를 했습니다. 아무리 생각해야 별수가 없을 것 같아 나중에야 죽던 말던 용기를 내서 고함을 쳤습니다.
>
> ─이놈들 나오너라. 국군이 이 산을 포위했다.─
>
> 그래두 아무 소식이 없어요. 그래 따발총을 한방 쏘고 안나오면 수류탄을 던진다구 또 소리쳤습니다. 그랬더니 이 다섯놈이 슬금 슬금 기어 나오더군요. 그래서 가지고 갔던 노끈으로 잡아 매가지구 돌아 왔습니다.(42면)

카니발리즘의 최대치는 '해충 박멸 작전'으로 나타난다. 권중사가 인민군을 잡는 과정은 한마디로 인간이 아닌 '해충'을 박멸하는 모습과 동일하다. 마치 구멍 속에서 벌레들이 우글거리듯이 인민군들이 숨어 있는 곳은 동굴이다. 그러한 인민군들의 묘사 역시 벌레와 다름없다. 인기척을 느끼는 순간 숨어버리는 벌레처럼 인민군들도 조심스럽게 오줌을 눈 후에는 "바위 밑으로 쑥 들어가" 버린다. 또 권중사의 협박에 못이겨 나오는 인민군들의 묘사 역시 벌레처럼 "슬금 슬금 기어 나오"

고 있는 것으로 되어 있다. 인민군들은 인간의 범주가 아니었다. 작가의 시선에서 그들은 민족도 모르는 "원수 가운데도 원수"일 뿐이다. 원수는 존재론적 가치나 동정의 여지가 없다. 그것은 박멸의 대상일 뿐이다.46)

이 작품은 여타의 전쟁기 소설과는 다른 모습을 보여주고 있는데, 다름 아닌 '국군의 잔인성'이다. 그동안 잔인함이야말로 항상 괴뢰군의 대명사로 그려져 왔고, 알려져 왔다. 하지만 이 작품의 권중사는 괴뢰군과 '역할 놀이'를 하듯 그 잔인함을 '용사'의 모습에 투영시키고 있다.47) 이 말은 이 작품의 문제성이 학살에 대한 쾌락이라는 단순한 감각적 반응에 그치지 않는다는 데 있다. 이 작품의 핵심은 '잔인함'을 '용사'의 조건으로 만드는 매카니즘에 있는 것이다. 이 작품은 권중사의 '용사되기' 과정을 그리고 있다. 작품의 서사구조를 보면, '용사의 모습-상실-용사 모습의 회복'으로 이루어져 있다. 용사의 모습이란 민간인으로 가장하여 인민군 70여 명을 생포한 일이다. 하지만 용사의 모습은 사살하던 포로 중 한 명이 도망치는 바람에 사라진다. 최대의 관건은 사라진 용사의 모습을 회복하는 것이며, 이는 권중사에게 내재된 용사의 조건들을 회복하는 것이다. 권중사를 용사로 만드는 조건들이란 다름 아닌 '단순성'과 '책임감' 그리고 '폭력성'이다. 특히 단순성과 책임감은 '폭력성'을 극대화하기 위한 조건으로 작용한다.

---

46) 공산주의자들을 기생충이나 해충으로 인식하여 '박멸'해야 한다는 관점은 반공텍스트에서 자주 볼 수 있다. 안수길의 「갱생기」에도 "원수 공산괴뢰를 박멸하는 것이" 구원의 조건임을 밝히고 있다.

47) 여기서 인민군은 '힘(무력)'만 있고 지혜는 없는 '멍청이' 캐릭터로 나온다. 특히 작품 초반 권중사가 인민군 70여 명을 생포하는 과정은 마치 전래동화인 「꾀많은 토끼와 어리석은 호랑이」의 모티프를 빌어온 듯 느낄 정도로 유사하다. 반면 국군은 폭력의 화신이자 '살인자' 캐릭터로 등장한다.

단순성은 여하사인 김난수와의 사랑법에서 나타난다.

「난수에게!
나는 네가 좋다. 정말 좋다. 똑 바루말하면 나는 네한테 반했다.
너두 내가 좋겠지?
회답을 해다고.

권창호」(16면)

평소 짝사랑하던 난수에게 보낸 연애편지야말로 권중사의 단순함을 가장 잘 보여준다. 그 단순함은 난수로부터 거절당한 후에도 "어쩐 일인지 다음날부터는 마음이 냉정해"지는 것으로 나타난다. 그에게 단순성은 사랑에 얽매이지 않고 "명령에 복종함을 군인의 사명"으로 아는 용사의 '책임감'으로 이어진다. 책임감이란 광기에 사로잡힌 공산주의자들은 제거하는 일이며, 이는 반드시 폭력을 통해서만 가능하다. 게다가 공산주의자들이란 "민족의 붉은 피를 더욱 더 흘리게 하고야 말겠다는 원수 가운데도 원수인 악착스런 놈"이기에 마치 기생충을 박멸하듯 많은 생각이 필요치 않는다. 오직 단순함만이 필요할 뿐이다. 마지막으로 용사에게 최고의 미덕인 '폭력성'을 실천하게 해주는 원동력만이 남았는데, 바로 '미움'이다. 미움은 증오의 씨앗이자 폭력의 원동력이 된다. 그런데 문제는 이러한 메카니즘이 적군과 아군에 관계없이 용사의 조건으로 그려지고 있다는 것이다.

권중사는 사랑을 거절당했다는 이유로 그녀에게 폭력을 휘두른다. 권중사를 폭력으로 이끈 것은 "자기를 망신" 준 것에 대한 '미움' 때문이다. 용사의 자존심을 무너뜨렸다는데서 온 미움은 "이때까지 한 번도 느껴보지 못한 감정"으로 발전하여 "때려서 시원할 정도가 아니"라 물어뜯어도 시원치 않을 만큼 미웠다."로 확대된다. 이처럼 권중사의 미움의 감정은 "분함이 털끝까지" 오르게 하는 '증오'로 확대되고 급기야는 "난수를 꼭 죽여야 시원할 것" 같은 폭력적 감정으로 이어진다. 결국 권중사는 "댓자로 난수의 뺨을 후려갈겼"고 뺨뿐만 아니라 "닥치는 대로 두들겨 주었다. 얼굴을 손으로 가리고 쓰러진 난수에게 '차렷!'하고 이르켜 세우고는 또다시 두들"기는 폭력을 가한다.

하지만 난수를 향한 폭력은 결말에 가서 몰상식의 행위가 아닌 용사의 미덕으로 칭송되는데, 이는 다름 아닌 폭력의 피해자 난수를 통해서이다. 난수는, 사살하던 포로를 놓친 후 "군무에 충실한 나머지 책임감을 느끼어 칼까지를 뽑았다는 권중사가 씩씩하고 군인다운 남자"로 느껴지기 시작한다. 왜냐하면 "권중사가 죽엄을 각오할 만큼 괴로워 한다는 것을 알자 이때까지 발견 못했던 권중사의 새로운 그리고 위대한 인간면을 발견한 듯" 느껴졌기 때문이다.

> "그래두 권상사는 손버릇이 좀 사나워 걱정이야!"
> 김소위가 너털 우슴을 웃으며 두 사람을 돌려 보았다.
> 그러나 뜻밖에도 난수가
> "그러기에 용감하게 싸우겠지요"
> 했다.(45-46면)

폭력의 피해자인 난수의 동의는 이 작품이 말하고자 하는 주제, "모두들 권중사처럼 용감해야해! 알았지. 용감만하면 괴뢰군쯤 문제가 없는거야"에 다름 아니다. "좀 더 살아서 괴뢰군을 죽이고 싶"다는 용사가 될 수 있다면, 그 어떤 폭력의 '흘러넘침'도 "권중사만큼 깨끗하구두 용감한 남자"가 될 수 있는 조건으로 작용한다는 것이다.

2) 근친살해의 정당화와 환멸의 기억

두 번째는 공산주의에 대한 괴물(악마)로의 치환이 근친살해의 정당성을 확보해주는 경우이다. 근친살해는 전쟁기 소설에서 자주 반복되는 모티프로서, 한국전쟁을 '동족상잔'으로 바라보는 관점에서 상상력의 기원을 찾을 수 있다. 근친살해는 북한과 공산주의에 대한 적개심을 높일 수 있는 가장 효과적인 방법이었다. 특히 오이디푸스 이래로 부친살해(parricide)와 같은 근친살해는 가장 강력한 터부로서, 이를 위반하는 북한과 공산주의의 '인면수심'의 이미지는 공포와 전율 그리고 혐오와 환멸의 원천이 된다.

대표적인 작품으로는 김송의 「폭풍」(『해병과 상륙』, 1953), 박영준의 「암야」(『전선문학』, 1952. 4), 「삼형제」(『협동』, 1953. 4), 방기환의 「골육」(『코메트』4, 1953. 5) 등이 있다. 이들 작품은 한결같이, 동일한 모티프만큼이나 정서적 환기를 위한 장치들의 유사성을 보이고 있다. 먼저 형제살해의 경우 모든 작품에서 "형=남=반공주의=프로타고니스트, 동생=북=공산주의=안티고니스트"[48]라는 도식으로 나타나는데, 이는 남한의 이데올로기적 우월성을 가계구성원의 계보(장자우선)에 그대로 연결하고 있는 것이다.

다른 하나는 이념이 다른 혈연(형제)이 남과 북으로 나뉘어 전쟁터에서 만나 서로를 죽음에 이르게 한다는 구조이다. 이들 작품들은 구조적 유사성에도 불구하고, 근친(형제) 살해라는 터부적 주제를 통해 반공과 멸공이라는 정서적 반응을 고조시키는 장점이 있다. 그런데 이러한 모티프가 반공과 멸공을 극적으로 제시하기 위해선 해결해야 할 난제가

---

48) 김문수(2003.3), 「한국전쟁기소설연구」, 『우리말글』 27, 212면.

있는데, 바로 근친(형제)간 살해의 정당성을 확보하는 것이다. 왜냐하면 이 문제가 해결되어야 근친(형제)살해라는 터부적 주제가 극복되며 동시에 반공과 멸공을 정서적 승화 상태로까지 배가시킬 수 있기 때문이다. 이를 해결하는 방법이 북한 공산주의자들을 괴물로 치환하는 것이다.

김송의 「폭풍」은 형제살해라는 모티프를 통해 북한 공산주의에 대한 환멸의 기억을 내면화하는 대표적인 작품이다. 국군인 동수는 고향으로 진격 도중 집에 들르다 빨갱이 동생인 인수와 총격전을 벌이다 인수와 어머니가 죽는다는 이야기이다. 여기서는 서사 구조를 최대한 비극으로 몰고 감으로써 빨갱이 동생의 죽음을 정당화할 뿐만 아니라 모든 비극의 원천을 공산주의에 돌리고 있다.

> 동수는 방공호로 뛰어가 보았다. 캄캄한 굴속에는 따발총을 쥔채로 늘어진 인순의 모양이 가루 놓여 있었다. 언제든지 돌아오면 '쏘아죽인다'고 어르던 그가 지금 굴속에서 마지막 숨을 걷우고 만 것이었다. 그것도 동수의 총알이 마지막 심판을 나렸다는 것이다. 얄구즌 운명의 작희가 이니고 무엇인가—
> 동수는 인수의 손에서 따발총을 뺐였다. 네 몸이 글렀다. 네 놈이 어리석었다. —라고 꾸짖을 생각보다도 앞서는 것은 네 놈의 손에 따발총을 쥐게 한 놈들이 틀린 수작이었다—라고 원망하는 심사가 발작했다. (73면)

동생의 죽음을 합리화하고 어머니의 죽음을 역사의 비극으로 만들기 위한 작가의 선택은 형·어머니와 동생을 인간 대 괴물의 대결로 구분짓는 것이다. 여기서 형과 어머니는 인간의 얼굴, 인간적 감정을 지닌 인물로 그려지고 있다. 형에게 전쟁의 목적은 단 하나이다. 그것은 "나라를 위한다거나 겨레를 위해 싸운다거나 그런 것도" 아닌 "단지 고향을 찾기 위해서"이며 이를 위해선 "목숨도 바칠 각오"(60면)였다. 고향에 대한 강한 애착은 다름 아닌 어머니에 대한 애착이다. 동수의 인간적인 면모는 고향을 회상하는 장면에서도 나타나는데, 어린 시절의 감나무에 올라가 천진난만하게 놀던 모습이나 적진의 위험한 상황에서도 동료들에게 맛보일 요량으로 감을 따는 모습 등이 그것이다.

반면 동생인 인수는 인간의 얼굴로부터 가장 멀리 있는 '괴물'로 그려진다. 괴물의 모습은 우선 전쟁광 살인기계로 나타난다. 인수에게 전쟁은 오직 "위대한 지도자 김일성 장군의 이름으로써 남조선을 해방시키는 거창한 사업"이며 이를 위해선 "전부락 인민들은 빠짐없이 동원되고 가담해야"(63면) 하며 "죽을 각오를 하고 나서"(64면)야 한다. 전쟁광에게 혈연개념은 존재하지 않는다. 따라서 인수에게 동수는 형이 아닌 '동무'일 뿐이다. 그러기에 "제 동족을 침략하고 도살하는 전쟁에 절대로 총을 들고 나설 수 없"(64면)다는 형을 향해 "집에 들어오기만해. 쏘아죽인다."(67면)를 연발할 수 있는 것이다.

이제 인수는 존재론적 의미와 가치를 지닌 인간이 아니다. 강제동원을 위해 "살인귀같이 살기를 머금고 채찍"을 휘두르는 "피에 주으린 야수"이자 "핏 속에는 인정도 없이 독사의 피만 흐"르고 있는 광기와 혐오의 존재이다. 따라서 형 동수는 동생을 죽여도 죄의식에 사로잡힐 이유가 없다. 동생을 죽이는 것은 형제를 살해하는 것이 아니다. 그것은 동생으로 표상된 공산주의, 즉 마을의 평화와 전통을 파괴하고, 제 민족을 도살하는 "핏속에는 인정도 없이 독사의 피만 흐"른 채 "독사의 시퍼런 눈동자"를 가진 '괴물'을 죽이는 것이다.

박영준의 「암야」와 「삼형제」도 형제간의 살해를 모티프로 하고 있다. 그런데 이 두 작품이 「폭풍」과 차이를 갖는 지점은 바로 '혈연 대

이념의 대결구도' 속에서 전개되고 있다는 점이다. 「폭풍」이 형제간임을 알지 못하는 와중에 벌어진 죽음인 반면 「암야」와 「삼형제」는 혈연대 이념의 갈등과 죄의식 속에서 근친살해가 이루어지고 있다. 「암야」의 경우는 국군 장교인 형(임대위)이 의용군 포로로 잡힌 동생을 사살한다는 이야기이다.

> 백 미터 오십 미터. 드디어 포로는 권총 사격거리 안으로 들어왔다. 임 대위는 권총을 들고 포로를 향해 조준을 했다. 그러나 어찌하랴. 사격 거리에 들어온 포로는 틀림없는 동생이었다. 임 대위는 조준을 한 채 눈을 감았다.
> '죽일 자식! 무엇 때문에 이리로 도망을 온담.' 그는 속으로 부르짖었다.
> 그러나 쏘지 않을 수도 없다. 쏘지를 않는다면 그것은 군기를 위반하는 일이다.
> "팡!"
> "팡!"
> 임 대위는 눈을 감은 채 권총을 쏘았다. 그리고는 눈을 감은 채 한참 동안이나 누워 있었다. 그의 눈에서는 주먹 같은 눈물이 뚝뚝 떨어지고 있었다. 그리고 그의 왼손에는 붉은 흙덩이가 가득 쥐어 있었다.(29면)

이념의 절대성, 즉 "공산주의와 민주주의가 절대로 타협할 수 없"음에도 불구하고, 인민군 포로인 동생(경준)을 구해내기 위해 '혈연'을 선택했던 임대위가 결국 동생을 사살하고 애국의 차원으로 끌어올릴 수 있던 근거는 동생 경준이가 전향을 거부한 공산주의자였기 때문이다. 심문을 받던 경준은 "독이 오른 뱀의 눈"을 하고는 "죽이고 싶으면 죽이세요"라며 "최후의 발악을 하듯 대들"자 임대위는 "역시 빨갱이였구나"라며 탄식한다. 이제 임대위에게 죄의식 따위는 존재하지 않는다.

단지 "동생이라기보다는 원수로서 대하면 그뿐"(26면)이다. 동족상잔을 일으킨 공산주의자들이란 젊은이들을 붙잡아다 "고향에 남기고 간 부모형제들에게 총부를 향하게"(24면)하는 "부모두 형제두 민족두 모르는 빨갱이"(27면)이기 때문이다. 그래서 사살의 순간에도 "쏘지를 않는다면 그것은 군기를 위반하는 일이다"라고 말할 수 있었던 것이다. 결국 이 작품은 두 개의 원리에 의해 임대위의 행위를 애국심의 발현으로 선전하고 있는데, 자유주의의 우월성이라는 한 축과 "아무리 형제간이래두 사상이 다르면 할 수 없으니까"라는 대대장의 말에서 알 수 있듯이 '이데올로기는 본질(혈연)에 우선 한다'라는 명제가 그것이다.

「삼형제」 역시 이념 대 혈연의 대립을 소재로 하고 있는데, 큰형 해산, 막내 해봉 대 둘째 해철 간의 이념 대립과 그로 인한 어머니의 죽음을 다루고 있다.

> 해봉은 지금이라도 둘째 형이 어머니의 말을 듣고 나와 주었으면 하고 속으로 빌었다.(…중략) 그러나 해봉은 뜻 아니한 총소리를 들었다.
> "악!"
> 하고 쓰러지는 어머니의 비명도 들었다.
> "이놈아, 그래 네가 에미를……"
> 어머니는 피를 토하고 아주 쓰러진 모양이다.(126면)

이 작품에서 주목해야 할 부분은 공산주의자를 바라보는 막내 해봉이의 반응이다. 둘째 형인 해철이는 "대한민국의 원수라 대한민국의 군대나 경찰에게 붙잡히면 당장에 총살을 당하고야 말 지리산 속 공비"[49]이다. 막내 해봉은 공산주의자의 표상인 해철과 마주칠 때마다 "몸이

---

49) 박영준, 「삼형제」, ≪박영준전집≫ 2권, 동연, 2002, 115면.

오싹했다"(114면), "온몸이 부들부들 떨리었다"(115면), "가슴이 뜨끔했다"(116면), "또다시 몸소름이 끼치었다"(117면), "머리가 아찔했다"(117면)는 반응을 보이고 있다. 매 장마다 나오는 해봉의 반응이란 말 그대로 공산주의에 대한 혐오이자 공포의 대상을 마주하는 감정이다. 공산주의자들은 "죄 없는 사람들을 죽이고 남의 살과 돈을 뺏어 가고 집에 불을 놓"(117면)을 뿐만 아니라 자수를 권유하는 막내 해봉의 가슴에 "방아쇠를 찰싹 하고 잡아당겼다" 놓는 광기의 존재이자 비인간성의 전형이다. 이는 해철이가 어머니를 죽일 수 있는 원인이 된다. 왜냐하면 "어머니까지 죽여야 빨갱이가 되"기 때문이다.

이처럼 작가들은 공산주의를 광기의 괴물로 규정함으로써 그들에 대한 살해가 죄의식이 아닌 반공과 멸공이라는 애국심으로 전환시키고 있다. 그런데 또 하나 주목해야 할 점은 바로 '감염'의 문제이다. 위의 작품들은 모든 비극을 공산주의와의 접촉에서 비롯된, 즉 '감염'에서 찾고 있다. 「폭풍」에서 동생과 총격전을 벌인 이유는 "네 놈의 손에 따발총을 쥐게 한 놈들이 틀린 수작" 때문이며, 「암야」에서 경준이 죽은 이유도 의용군에 끌려 가 공산주의자가 됐기 때문이다. 게다가 「삼형제」의 해철이가 어머니를 죽인 결정적인 이유는 같이 산에서 내려왔던 "군당부 간부의 명령" 때문이었다. 작가들은 그들의 비극적 결말을 개인적 차원이 아니라 공산주의라는 '질병'의 감염으로 돌리고 있다. 즉 순진한 청년이 광기와 혐오의 야수로 돌변한 것은 공산주의에 '감염'되었기 때문이고, 그것은 결국 "틀린 수작"이었음을 작가는 강조하고 있는 것이다.[50]

---

50) 한국전쟁기 당시 공산주의를 질병에 비유하는 것은 낯선 모습이 아니었다. 반공텍스트의 주된 정치적 수사학 중의 하나가 공산주의를 '암'이나 '세균'과 같은 질병에 비

괴물의 생산은 전쟁기 소설뿐만 아니라 이후 남한의 중심 담론이 된다. 이승만이 "공산당 앞에는 조국도 민족도 없다. 그들은 목적을 위하여 공산소련으로부터 받은 모든 지령에 따라 폭력으로서 조국을 적화하려는 것뿐이다. 원래 공산주의자들의 인간성은 인정도 눈물도 의리도 없이 그저 잔인한 것뿐이다."51)라고 한 것처럼 전쟁 후 공산주의는 공식적으로 '공산주의=반민족주의=야만'이라는 인식틀이 확립되었다.52)

5. 맺음말

이상으로 한국전쟁기 당시 반공주의를 내면화하기 위한 문학담론의 역할에 대해 살펴보았다. 한국전쟁기 당시 반공이데올로기를 유통시키기 위해서는 표면적으론 억압했던 공산주의에 관한 언어들을 수집해야 했다. 반공을 보급하기 위해선 반드시 반공의 대상인 '공산주의'에 대한 언어가 필요했기 때문이다. 이처럼 공산주의에 대한 언어를 담아낸 것이 다름 아닌 반공텍스트이다.

한국전쟁 기간 동안 많은 문인들은 일종의 반공텍스트라 불리는 글들을 생산했다. 반공텍스트는 남한 사회의 이념적 지형도와 문학담론의 방향을 결정짓는 중대한 역할을 수행했다. 문인들은 일종의 카르텔을 통해 북한과 공산주의를 규정하는 무수한 담론들을 생산했으며, 이는 각종 매체를 통해 전파되어 국민들의 '기억' 속으로 용해되었다. 당시

유하는 것이었으며, 이를 통해 공산주의에 대한 심리적 거부나 혐오감을 불러일으키곤 하였다.

51) 김동춘(1997), 『분단과 한국사회』, 역사비평사, 71면 재인용.

52) 김정훈, 앞의 글, 165면.

반공주의를 내면화하기 위한 담론 전략으로는 크게 수사적 전략과 서사적 전략이 사용되었다. 수사적 전략은 말 그대로 북한과 공산주의에 대한 혐오의 비유를 통해 적대감과 분노 그리고 혐오감을 갖게 하였다. 반공텍스트에서 북한 공산주의를 규정하는 대표적인 방식은 바로 '괴물 만들기'이다. 공산주의를 괴물로 치환시키는 것은 남과 북을 인간 대 괴물, 정상 대 비정상, 이성 대 광기의 대결구도로 위치 지움으로써 살인에 대한 죄의식을 희석화시킬 뿐만 아니라 투철한 멸공과 타공의 척도로 치환시키는 결과를 가져왔다. 특히 전쟁기 소설에서 괴물로의 치환은 동족뿐만 아니라 근친살해를 정당화하고 남한의 우월성을 강조·확대하는 장치로 활용했다. 게다가 공산주의에 대한 학살은 카니발리즘으로 연결되어 '쾌락'의 차원으로 나아가고 있었다. 이렇게 수사적·서사적 전략을 통해 생산된 담론들은 '국가이야기'의 근간이 되었으며, 이는 다시 '교육의 담론'으로 확장되어 한국전쟁과 반공에 대한 '국민의 기억'을 구성하고 재생산하는 원천이 되었던 것이다. 결국 한국전쟁기 문학이란 단순히 이념의 도구라는 '현상'에 그친 것이 아니라 당시의 인식틀을 가능케 한 담론의 생산지였던 것이다.

베트남전쟁 소설의 구조와 유형

주지영 서울여자대학교 국어국문학과 초빙강의교수

1. 서론

베트남에 한국군을 파병하기 시작한 1965년 이후 베트남전쟁이 직, 간접적인 소재로 작품에 등장하기 시작한다. '한국군 파병 환송식'이나 '베트남 난민(보트피플)', 베트남 참전군인 등을 예로 들 수 있는데, 1970년에 발표된 황석영의 「탑」 이후 최근에 이르기까지 베트남전쟁은 여러 작가들에 의해 꾸준히 소설의 소재로 사용되어 왔다.

베트남전쟁 소설에 대한 연구가 본격적으로 등장하기 시작한 것은 1980년대에 들어서면서부터이고, 평론의 틀을 벗어나 본격적인 연구의 형태로 논의가 이루어지기 시작한 것은 1990년대에 이르러서이다. 지금까지 이루어진 논의들을 살펴보자면, 박영한, 황석영 등의 개별 작품론[1]에 집중한 연구, 베트남전쟁의 의미를 다각도로 추출해 내는 연구,[2]

세계현대사 속에서 그 성격을 규정(제3세계적 인식)하려는 연구,[3] 반제국
주의적 의식의 측면에서 접근하는 연구,[4] 베트남전쟁과 한국전쟁의 연
관성을 찾는 연구[5] 등으로 나누어 볼 수 있다.

　베트남전쟁이 전면에 등장하고 있는 작품들의 경우 발표 시기에 따
라 그 형상화방식이 다양하게 나타난다. 베트남전쟁이 시사하는 혹은
환기시키는 상징적인 의미는 당대의 사회상황과 밀접한 관련을 맺고
있다. 그로 인해 베트남전쟁에 대한 본질적인 이해와 폭넓은 형상화가
상황의 제약에 크게 영향 받을 수밖에 없었다. 그러다가 구소련과 동구
권의 몰락, 베트남과의 수교를 기점으로 최근에는 이러한 제약으로부터
자유로운 여건 하에서 작품을 발표할 수 있게 되었다. 이러한 변화는
연구 성과로도 이어져, 초기의 연구 시각에서 접근할 수 없었던 영역으
로 논의의 폭을 확장할 수 있게 되었다. 그 결과 최근의 논의에서는 베
트남전쟁 소설에 대한 종합적인 조망을 시도함으로써 보다 본질적인

1) 조남현, 「갈등의 심화과정-쑤안촌의 새벽」, 『열한자루의 몽당연필』(평민사, 1979).
　김윤식, 「사이공탈출의 소설적 의미」, 『월간중앙』(1980. 3).
　정호웅, 「두 편의 전쟁소설-인간의 새벽, 갈쌈」, 『문예중앙』(1987. 봄).
　민병욱, 「황색인의 역사적 고통과 의지」, 『문학사상』(1989. 8).
　정호웅, 「베트남 민족해방투쟁의 안과 밖-『무기의 그늘』론」, 『외국문학』(1990. 봄).
　김 철, 「제국주의와 정치적 무의식」, 『구체성의 시학』(실천문학사, 1993).
2) 조남현, 「전쟁소설의 넓이와 깊이-박영한의 작품세계」, 『땅콩껍질속의 연가/인간의
　새벽』(한국문학사, 1984).
3) 김윤식, 앞의 논문.
　유우제, 「한국문학에 투영된 '월남전'」, 『현대공론』(1988. 5).
　민병욱, 앞의 논문.
4) 정호웅, 「베트남 민족해방투쟁의 안과 밖」, 앞의 논문.
　김윤식, 정호웅, 「제3세계적 시각의 획득과 반제국주의 의식의 형상화」, 『한국소설사』
　(문학동네, 2000).
5) 박덕규, 「문제성과 대중성-이상문 장편소설 『황색인』」, 『황색인』3(현암사, 1989).
　임헌영, 「월남전 소재 소설과 민족문학」, 『우리시대의 소설읽기』(글, 1992).
　정종현, 「베트남전 소설 연구」(동국대 석사논문, 1998).
　고명철, 「베트남전쟁 소설의 형상화에 대한 문제」, 『현대소설연구』(2003. 9).

논의의 성과들을 이끌어내고 있다.6)

그렇지만 논의의 폭이 확장되었다는 것이 보다 풍성하고 심도 있는 연구 성과로 이어지기 위해서는 사회학적인 접근방식에서 벗어나야 할 필요성이 제기된다. 작품에서 제기되는 사건이나 주제가 베트남전쟁인 만큼 사회학적인 고찰의 연장선상에서 베트남전쟁 소설에 접근할 경우 기존의 논의가 보여주었던 성과를 답습할 수밖에 없다는 한계를 노정한다. 또한 베트남전쟁 소설에 포함되는 개별 작품을 깊이 있게 분석하지 않고 표층적인 차원에서 접근할 경우에도 기존의 연구 성과를 넘어서기 어려운 것이 사실이다. 따라서 이러한 한계로부터 벗어나기 위해서는 작품 그 자체에 주목하여 그 특징과 의미를 이끌어내는 작업이 필수적으로 요구된다.

논의의 이해를 돕기 위해 우선 베트남전쟁의 전개과정을 간략하게나마 살펴보고자 한다. 베트남전쟁은 크게 네 단계에 걸쳐 변화되었다. 처음에는 항불독립투쟁으로 프랑스의 베트남 식민지화(1863. 5)부터 제2차 세계대전 종전까지 100여 년에 걸쳐 이루어졌다. 두 번째는 전(全)베

6) 유우제, 위의 논문.
최원식, 「한국소설에 나타난 베트남전쟁」, 『리영희선생화갑기념문집』(두레, 1989).
박덕규, 「베트남전 체험과 제국주의 비판 문제」, 『문학과 탐색의 정신』(문학과지성사, 1992).
임헌영, 위의 논문.
서은주, 「한국소설 속의 월남전 - 집단광기의 역사, 그 고통의 담론」, 『역사비평』(1995. 가을).
정종현, 「베트남전 소설 연구」(동국대 석사논문, 1998).
고명철, 「베트남전쟁 소설의 형상화에 대한 문제」, 『현대소설연구』(2003. 9).
박진임, 「한국소설에 나타난 베트남전쟁의 특성과 참전 한국군의 정체성」, 『한국현대문학연구』14집(2003. 12).
김윤식, 「한국문학의 월남전 체험론 - 전쟁체험에서 문학체험에 이르기」, 『한국문학』(2008. 봄).
장두영, 「베트남전쟁 소설론」, 『한국현대문학연구』25집(2008. 8).

트남민주공화국을 수립하게 된 1945년 9월부터 인도차이나 휴전협정이 성립된 1954년 7월까지 베트남 북부를 중심으로 프랑스로부터의 독립 투쟁을 위한 베트남 독립동맹의 무력투쟁이 일어난다. 2차대전 이후 프랑스에 의한 재식민화를 거부한 독립투쟁이라 할 수 있다. 세 번째는 1955년 남베트남공화국수립으로 베트남의 분단이 고정되는 시기이다. 네 번째는 미국에 의해 수립된 고 딘 디엠 정권의 부패와 독재로 인해 1960년에 결성된 민족해방전선을 중심으로 남베트남 내란이 일어난다. 1965년 통킹만 사건을 계기로 미군의 군사개입이 시작되고, 민족해방 전선과 월맹과의 연대 하에 미국과의 전쟁으로 변모, 확대된다. 1975년 남베트남의 항복으로 통일이 이루어지고 베트남전쟁이 종전된다.

베트남전쟁의 전개과정에 나타난 성격은 다음과 같은 다양한 시각에 의해 규정된다. 베트남전쟁은 각기의 입장에 따라 공산주의 침략전쟁, 제국주의전쟁, 신식민지전쟁, 백인과 유색인종의 전쟁, 양대 정치이데 올로기의 투쟁, 후진·저개발 민족 대 선진문명 민족의 전쟁, 강대국의 대리전쟁, 민족해방전쟁, 혁명 또는 반혁명전쟁 등으로 투영된다. 그러나 베트남전쟁의 당사자가 베트남민족이라는 점에 주목하여 볼 경우, 이상과 같은 긴 전쟁의 역사 속에서 베트남 민족의 의사는 '베트남 국민의 민족해방과 분단된 민족의 재통일'7)이라는 명제에 집약시킬 수 있다. 위의 전개과정을 통해 볼 때 베트남전쟁은 한국의 격변기에 해당하는 일제식민지 이후 휴전에 이르기까지의 시기와 비슷한 과정을 겪은 것으로 파악할 수 있다. 베트남전쟁 소설과 분단문학과의 밀접한 관련성이 지적되는 이유가 바로 여기에 있다.

---

7) 이상과 관련한 자세한 논의는 이영희, 『베트남전쟁』(두레, 1985) 참조.

이상의 논의를 바탕으로 하여 이 글에서는 베트남전쟁 소설의 중심 구조를 밝히고(2장), 그 변이양상을 면밀히 살핌으로써 베트남전쟁 소설의 유형을 도출해 내고자 한다(3장).

2. 베트남전쟁 소설의 중심 구조

지금까지 발표된 베트남전쟁을 다루는 소설들을 대상으로 하여,8) 전체 작품이 공유하고 있는 공통 구조를 추출하면 다음과 같다.

   A. 베트남전쟁 참가
   B. 베트남전쟁 체험 – 전장
   C. 베트남전쟁 체험 – 후방
   D. 귀국(이후)

---

8) 이 글에서 대상으로 언급하고 있는 작품은 다음과 같다. 발표연도를 기준으로 하여 괄호 안에 장편/단편의 길이 구분을 명기하도록 한다. 황석영의 「탑」(단편, 『조선일보』, 1970.1.6), 「돌아온 사람」(단편, 『월간문학』, 1970.6), 「낙타누깔」(단편, 『월간문학』, 1972.5), 「몰개월의 새」(단편, 『세계의 문학』, 1976.가을), 『난장』(장편, 1977.11~ 1978. 7), 박영한의 「머나먼 쏭바강 1」(장편, 민음사, 1978), 『인간의 새벽』(장편, 『월간중앙』, 1979. 10~1980. 2), 김용성의 「나신의 제단」(단편, 고려원, 1981), 이상문의 「탄흔」(단편, 『월간문학』, 1983.4), 「다림질」(『월간문학』, 1983.10), 황석영, 『무기의 그늘』(장편, 형성사, 1985), 안정효의 『전쟁과 도시』(『실천문학』, 1985. 6~7. 『하얀전쟁』으로 개제), 이원규의 『훈장과 굴레』(장편, 『현대문학』, 1986.3~1987.2), 이상문의 「황색인1」 (장편, 『한국문학』, 1986. 4~6), 최우식의 『전장 그리고 여인들』(장편, 명지출판사, 1988), 이상문의 「기억속의 그림자」(『노동문학』, 1989.4), 조한주의 『잃어버린 신화』 (장편, 남도, 1989), 이상문의 『베트남별곡』(판, 1990), 이원규의 「천사의 날개」(『현대문학』, 1992), 지요하의 『회색정글』(장편, 글사랑, 1992), 안정효의 『하얀전쟁 2』(장편, 고려원, 1993), 『하얀전쟁 3』(고려원, 1993), 이재인의 『악어새』(장편, 엘맨, 1993), 오현미의 『붉은 아오자이』(영림카디널, 1995), 이대환의 『슬로우 불릿』(『작가』, 1996.봄), 박정환의 『느시 1, 2』(장편, 문이당, 2000),

이 네 가지 구조는 베트남전쟁 소설 대부분의 작품에 전면적으로, 혹은 부분적으로 나타나고 있다. 이 네 가지 구조 중 어느 구조가 강조되느냐에 따라 베트남전쟁 소설의 유형이 달라지는데, 이를 크게 세 가지 유형으로 묶을 수 있다. 각 유형의 하위 항목을 구조화할 때는 인물, 배경, 갈등의 원인 등을 주요 기준으로 삼았다.

첫 번째 유형(I)은, A 구조와 B 구조가 강조되는 경우로, 주로 전장에 대한 체험과 그로 인한 전쟁 환멸이 중심 내용을 이루고 있다. 이 유형에서 A구조와 관련하여 화자의 신분(지식의 정도, 직급, 국적)과 월남파병 동기가 무엇인가라는 점에 따라 작품의 내용이 달라진다. 먼저, 화자의 신분은 대학생(지식인)/일반, 장교/파견요원/사병(보직), 한국인/외국인으로 나타난다. 또한 화자를 한국인 화자로 내세우지 않고 다양화함으로써 시각을 다각화시키는 방식을 추구하는 경우도 있다.

한편 월남파병 동기는 농촌 출신의 고학생인 경우, 대부분 가난 때문에 지원 입대한 방식을 취하고 있으며, 용병에 대한 자각과 전쟁에 대한 환멸이 잘 드러난다. 대학생인 경우 경제적 여건에 의한 지원입대도 있지만, 대부분 현실도피의 방편으로 지원하고 있는데, 이 경우 환멸보다는 현실에 대한 대결의식을 갖고 귀국하는 방식을 취하고 있다.

B 구조는 다음과 같은 하위구조 단위를 갖는다.

> B. 베트남전쟁 체험-전장(전쟁에 대한 환멸)
> 　b-1) 동료 혹은 전우의 죽음
> 　b-2) 적군 혹은 무고한 베트남인에 대한 가혹행위 및 살상
> 　b-3) 상사 혹은 동료와의 갈등(명예욕/가학행위/부패)
> 　b-4) 죄의식 혹은 전쟁에 대한 환멸

두 번째 유형(Ⅱ)은, B 구조와 C 구조가 강조되는 경우로, 베트남전쟁에 대한 본질적이고 총체적인 접근이 이루어지면서 전쟁을 이데올로기의 대립으로 파악하고 있다. 여기서 C 구조는 다음과 같은 하위 구조 단위를 갖는다.

    C. 베트남전쟁 체험－후방에 가까운 전장(용병으로서의 한계와 전쟁에 대한 인식)
        c-1) 미군과의 갈등(처우/인종차별/종교/부패)
        c-2) 베트남인과의 갈등(반공의식/민족주의적 인식(배타적 인식)/사회주의적 인식)
        c-3) 베트남인과의 화해 혹은 베트남인들의 전쟁에 대한 태도 이해

특히 c-2)에서 베트남인과의 갈등이 드러나는데, 이를 통해 베트남인의 반공의식, 민족주의적 인식, 사회주의적 인식 등이 총체적으로 나타나거나, 혹은 단편적으로 한 부분이 강조되기도 한다. 이에 따라 작품의 특질이 달라진다.

세 번째 유형(Ⅲ)의 경우, D 구조가 중점적으로 다루어지고 있다. 여기서 D 구조의 하위 단위는 다음과 같다.

    D. 귀국(이후)
        d-1) 전쟁으로 인한 정신적 혹은 육체적 외상
        d-2) 베트남 방문
            베트남 사회의 전쟁 후유증을 접하게 됨
            참전 전우 혹은 전쟁당시 만났던 베트남인과의 재회
            귀국

베트남전쟁 이후 귀국한 인물들이 한국에서 겪는 후유증은 d-1에서 나타나고 있는 반면, 1990년대에 들어서면서부터는 d-2의 하위구조가 새롭게 나타나기 시작한다. 여기에서는 주로 베트남에서의 전쟁 후유증을 그려낸다. d-1, d-2의 하위구조는 한 작품에서 동시적으로 나타나지 않고, 둘 중 어느 한쪽이 우세하게 나타나는 양상을 보인다.

이상의 세 유형을 바탕으로 베트남전쟁 소설에 나타나는 중심 구조를 정리하면 다음과 같다.

A. 베트남전쟁 참가(지원/의무)
B. 베트남전쟁 체험-전장(전쟁에 대한 환멸)
  b-1) 동료 혹은 전우의 죽음
  b-2) 적군 혹은 무고한 베트남인에 대한 가혹행위 및 살상
  b-3) 상사 혹은 동료와의 갈등(명예욕/가학행위/부패)
  b-4) 죄의식 혹은 전쟁에 대한 환멸
C. 베트남전쟁 체험-후방에 가까운 전장(용병으로서의 한계와 전쟁에 대한 인식)
  c-1) 미군과의 갈등(처우/인종차별/종교/부패)
  c-2) 베트남인과의 갈등(반공의식/민족주의적 인식(배타적 인식)/사회주의적 인식)
  c-3) 베트남인과의 화해 혹은 베트남인들의 전쟁에 대한 태도 이해
D. 귀국(이후)
  d-1) 전쟁으로 인한 정신적 혹은 육체적 외상
  d-2) 베트남 방문
      베트남 사회의 전쟁 후유증을 접하게 됨
      참전 전우 혹은 전쟁당시 만났던 베트남인과의 재회
      귀국

이 글에서는 베트남전쟁 소설을 위의 네 가지 중심구조 중 어느 구조가 강조되느냐에 따라 그 내용과 특질이 달라진다는 판단 하에, 전체 작품을 세 가지 유형(Ⅰ, Ⅱ, Ⅲ)으로 나누어 그 특질을 살펴보고자 한다.

3. 베트남전쟁 소설의 세 유형

1) 전장체험과 전쟁에 대한 환멸이 중심이 된 소설 : Ⅰ유형

이 유형(Ⅰ)에 속하는 작품들은 A, B, C, D 구조 가운데 A, B 구조가 강조되는 경우가 대부분이다. 여기에 속하는 작품은 다음과 같다.

> 황석영의 「탑」(『조선일보』, 1970.1.6), 「몰개월의 새」(『세계의 문학』, 1976.가을), 박영한의 「쑤안촌의 새벽」(『세계의 문학』, 1978.겨울), 이상문의 「탄흔」(『월간문학』, 1983.4), 안정효의 『하얀전쟁 2』(고려원, 1993), 박정환의 『느시 1, 2』(문이당, 2000)

이 중 주목되는 작품이 「몰개월의 새」, 「탑」, 「쑤안촌의 새벽」, 「탄흔」이다. 「몰개월의 새」는 A 구조가, 「탑」, 「쑤안촌의 새벽」, 「탄흔」은 B 구조가 중점적으로 드러나고 있다. 특히 후자의 경우, B 구조가 강조되면서 C 구조도 어느 정도 강조되고 있는데, 물론 이 강조의 정도는 두 번째 유형보다는 미약하다.

A 구조가 강조된 「몰개월의 새」는 인간다운 삶을 영위할 수 있는 가능성이 차단된 전쟁에 대해 비판적인 시선을 던지고 있다. 의무병으로 파월되는 주인공은 몰개월에서 '미자'라는 창녀를 만난다. 그는 매달

파월 장병을 실은 수송차량의 뒤로 눈물을 흘리며 쫓아오는 그녀들의 행위를 이해하지 못한다. 그러다가 귀국하는 길에서야 그녀들의 이별 의식이 무엇을 의미하는지 느끼게 된다. 곧 누구든지 고귀한 삶을 영위할 수 있어야 함에도, 전쟁은 이러한 모든 가능성을 차단한다는 것을 이들의 이별 의식을 통해 깨닫는다.

B 구조가 강조된 박영한의 「쑤안촌의 새벽」은 미육군 보병학교 출신 －미군중위－미국인(헤롤드 무어) 화자를 중심으로 전장, 전시 상황을 그리고 있다. 헤롤드 중위는 사살당한 전우들의 죽음(b-1)에 대한 보복의 일환으로 베트남여인을 강간하고 죽이려고 하는 병사들의 행위(b-2)를 방조한다. 베트남여인을 구하려는 경험 많은 흑인 중사를 오히려 인종차별적인 행위와 언사로 되받으며 철저히 무시한다(b-3). 자신의 지위에 대한 오만함으로 인해 그는 소대원들을 죽음으로 몰고 가게 되고, 자신은 흑인 사병의 도움으로 죽음을 면하나, 그를 구한 흑인 사병은 죽고 만다(b-4). 이 작품은 미군 내에서도 백인과 흑인 간의 인종차별이 이루어지는 상황을 상징적으로 언급하고 있으며, 미군에 의해 자행되는 민간인의 강간 및 살해행위가 방조되고 오히려 전과를 올리는 상황으로 전도되는 아이러니한 상황에 대해 비판하고 있다.

황석영의 「탑」은 베트남인들의 신앙을 상징하는 '탑'을 중심에 두고 한국군과 미군이 대립한다. 베트콩과의 교전에서 탑을 지키느라 R포인트의 대원이 거의 전멸(b-1, 2)하게 되었다. 다음날 미군에게 R포인트를 인계하면서 탑의 중요성을 이야기하지만, 미군은 추호의 망설임도 없이 탑을 불도저로 밀어버린다. '우리들이 지킨 것은 다만 개같은 목숨에 지나지'않는다는 표현에서 드러나는 바, 용병으로서의 한계 및 서양(기독교)과 동양(불교)의 종교적인 갈등(c-1)이 첨예하게 나타난다. 탑을 밀어버리는 미군의 오만함 뒤에는 미국이라는 거대한 힘이 자리하고 있음을 시니컬하게 드러낸다.

또한 이 작품에 등장하는 오상병은 R포인트로 차출되기 전 파견대에서 근무하던 시기에 책임조장과의 마찰(b-3)을 겪는다. 위조카드를 만들어 물품을 사오도록 시키거나 혹은 보급병과의 접선을 요구하는 책임조장의 물욕에 환멸(b-4)을 느끼기도 한다. 한국군의 부패상을 반영하는 동시에 베트남전쟁의 이면에 놓여있는 부패한 자본의 실상을 보여주는 이와 같은 상황설정은 이후 『무기의 그늘』에서도 다시 발견할 수 있다.

이 작품은 단편이라는 한계로 인해 전쟁의 본질적인 면모를 통찰하지 못하였다는 한계를 갖는다. 그렇지만 구조상의 차이가 있다는 점에도 불구하고, 이데올로기의 대립이 어느 정도 드러나 있다는 점에서 두 번째 유형에 가까운 면모를 보여준다.

2) 이데올로기 대립으로 전쟁을 파악하는 소설 : Ⅱ 유형

이 유형(Ⅱ 유형)에 속하는 작품은 기본적으로 네 가지 구조 층위를 균형 있게 취급하면서, 특히 B와 C 구조를 중점적으로 다루고 있다. 여기에 속하는 작품은 다음과 같다.

Ⅱ-1 : 황석영 『무기의 그늘 상, 하』,[9] 박영한 『머나먼 쏭바강 2』[10]

---

9) 황석영의 『무기의 그늘』은 『난장』이라는 제명으로 이미 1977년 11월부터 1978년 7월에 걸쳐 『한국문학』에 일부 발표된 바 있다. 창작과 비평사에서 간행된 『무기의 그늘』 상권의 절반에 못 미치는 분량이기는 하지만, 안영규, 팜 민, 팜 꿰엔 등과 같은 중심인물의 성격을 어느 정도 형상화하고 있으며, 미군의 "민간인 부녀자 강간 살해사건"에 대한 조사보고서 형식의 서술도 제시하고 있다. 이미 작품의 얼개와 인물의 배치가 이루어진 상황이라 할 수 있다. 따라서 이 작품의 인물배치와 유사성을 보이는 박영한

II-2 : 박영한의 「머나먼 쏭바강 1」(장편으로 개작. 민음사, 1978), 이
　　　원규의 『훈장과 굴레』(『현대문학』, 1986.3~1987.2), 최우식의
　　　『전장 그리고 여인들』(명지출판사, 1988), 조한주의 『잃어버린
　　　신화』(남도, 1989), 지요하의 『회색정글』(글사랑, 1992), 이상문
　　　의 『황색인1』(『한국문학』, 1986. 4~6), 이재인의 『악어새』(옐
　　　맨, 1993)

　이들 작품 중, C 구조를 다루면서, 베트남인과의 갈등을 다루는 c-2)
의 하위 구조와 관련하여, 베트남인의 반공의식, 민족주의적 인식(배타적
인식), 사회주의적 인식이 드러나는 작품(II-1)과 드러나지 않는 작품(II
-2)으로 나눌 수 있다. 전자에 속하는 것이 황석영의 『무기의 그늘 상,
하』와 박영한의 『머나먼 쏭바강 2』이다.

　그 외의 작품은 후자에 속하는데, 이들 작품은 C 구조를 지니고 있으
나, 그 구조가 대부분이 베트남인과의 갈등보다는 여인과의 사랑에 치
중하고 있다. 가령 『훈장과 굴레』를 살펴보면, 대학생-장교(R.O.T.C)-
한국인(박성우)을 중심으로 하여 전장, 전시의 상황을 담아내고 있다. 작
품의 주된 내용은 민사장교인 주인공 박성우가 평정지역 D급의 촌락을
A급으로 만들기 위해 노력하는 과정에 해당한다. 작가는 이 작품에서
휴머니즘적인 인도주의를 표방함으로써 전쟁에 대한 시각이나, 용병으
로서의 갈등과 같은 베트남전쟁 소설의 가장 일반적인 시각마저도 사
상해버리는 한계를 낳는다.

　의 『인간의 새벽』이나 이상문의 『황색인』 등이 『난장』의 발표 이후에 등장하였다는
　점은 이 작품의 중요성과 선도성을 입증해준다. 이 글에서는 1997년에 창비에서 간행
　된 판본을 참조.
10) 『인간의 새벽』(『월간중앙』, 1979. 10~1980. 2)을 개제. 이 글은 이가서(2004) 판본
　참조.

『머나먼 쏭바강 1』11)의 경우, 이 작품은 대학생-사병-한국인인 황일천 병장을 화자로 내세우고 있다. 후방에 가까운 전장을 배경으로 뚜이(베트남 여인)와의 사랑과 그녀를 만나지 못해 안타까워하는 상황이 작품의 절반 이상을 차지하고 있어, 감상적인 휴머니즘의 차원에 머무르고 말았다. 물론 한국군 내부의 비리에 대한 비판과 베트남여인의 민족주의적인 의식을 형상화하면서, 용병에 불과한 자신의 처지를 깨닫고, 전쟁의 비합리적이고 제국주의적인 성격을 비판하고 있는 내용도 있다. 그러나 비판적인 시각에 대한 형상화는 (II-1) 유형의 작품과 비교해 볼 때 파편적이고 단편적이다. 뚜이의 편지에 기대어 민족주의적인 의식을 형상화하고 있다는 점은 그 단적인 예이다.

『황색인 1』의 경우도 위의 작품과 마찬가지로 민족주의적인 의식을 중심으로 하여 전쟁의 과정을 그려내고 있다. 대학생-사병-한국인인 박노하는 합동 연락사무소에 전출되면서 베트남의 왕조복구운동을 간접적으로 지원하는 군수품 유출에 가담하게 된다. 의식적인 행위라기보다는 선임자의 업무를 그대로 이어받는 정도에서 임무를 수행하고 있다는 점, 그리고 베트남인들의 민족해방을 위한 노력이 어떠한 의미를 갖고 있는가에 대한 진지한 성찰이 작품 내에서 이루어지지 않고 있다는 점에서 이 작품은 여러 한계를 노정하고 있다.12)

---

11) 이 작품은 「머나먼 쏭바강」(『세계의 문학』 1977. 6, 중편)으로 발표된 다음 해 민음사에서 장편으로 간행되었고, 다시 1992년 민음사에서 『머나먼 쏭바강 1부-쏭바강의 노래』와 『머나먼 쏭바강 2부-사이공 아름다워라』로 묶여 간행된다. 이 글은 이 가서(2004) 판본을 참조하였다.

12) 특히 베트남과 한국의 전쟁의 상동성을 입증하기 위해 도식적인 장치들을 작품에 무리하게 도입시키고 있다는 점은 가장 큰 한계로 꼽을 수 있다. 프랑스인과의 사이에서 태어난 '떡'과 일본인과의 사이에서 태어난 '박일우' 등과 같은 인물을 통해 식민 지배의 역사를 상징적으로 그려내고자 하는데, 이는 지나친 우연성의 사례로 꼽을 수 있다. 이러한 점은 박덕규(「문제성과 대중성」, 앞의 글)의 논의에서 분명하게 지적

따라서 이들 작품들은 제외하고, C 구조를 본격적으로 다루고 있는 작품들을 대상으로 하여 이 유형의 특질을 살펴보고자 한다. 먼저 두 작품을 중심구조에 따라 그 내용을 정리하면 다음과 같다.

황석영의 『무기의 그늘 (상, 하)』

베트남전쟁에 징병군인으로 참전
b-1) 베트남인 동료 토이의 죽음
b-2) 민족해방전선의 아지트 습격(팜 민을 죽임)
b-3) 베트남에서 만난 사람들을 다시 만나길 거부함
b-4) 상사가 블랙마켓 관여를 명령
c-1) 미 CID 보고서 제시, 미군의 블랙마켓 거래
c-2) 람 장군, 팜 꿰엔, 오혜정, 구엔 쿠옹, 토이, 스태플리, 팜 민, 구엔 타트
d-1) 귀국선 승선

박영한의 『머나먼 쏭바강 2』

UPI 특파원(마이클)/난민봉사자, 신문기자(뚜이)
b-1) 어머니와 마이클의 죽음(뚜이)
b-2) 요원 암살, 배신자의 처단(키엠)
b-3) 동료 살해에 대한 죄의식(키엠)
b-4) 동료의 가학행위, 이념에 대한 갈등(키엠)
c-1) 마이클과의 언쟁을 통해 드러남(뚜이)
c-2) 프랑쇠즈, 투안, 마이클, 뚜이, 키엠, 로베르토, 루우, 트린
d-1) 보트피플이 되어 한국으로 향함(뚜이, 키엠)

이들 두 작품은 베트남전쟁의 본질을 가장 잘 형상화했다는 평가를 받는다. 어떠한 점에서 앞서 언급한 I 유형의 작품과 변별되는가를 살

되고 있다.

펴보기 이전에 이 작품들이 의미를 가질 수밖에 없는 몇 가지 중요한 점들을 짚고 넘어갈 필요가 있다. 위의 두 작품은 비슷한 시기에 연재되기 시작하였으며, 1980년대 장편들에 많은 영향을 끼쳤다는 점13)에서 중요한 위치를 점하고 있다. 이들 작품은 두 가지 측면에서 공통점과 차이점을 보인다.

첫째 인물과 관련된 측면이다. 먼저, 인물의 설정에 있어서, 두 작품 모두 이념적인 색채가 짙은 외국인을 중심인물로 내세우고 있으며, 중심화자 일변도의 서술방식을 고수하지 않고 화자를 다각화시킴으로써 다양한 시각을 총체적으로 형상화하고자 하였다는 점이 공통된다. 그리고 한 집안 안에서 이념이 다른 형제를 배치하고 있다는 점 또한 공통적인 특징이다.

『무기의 그늘』은 대학생 - 합동수사대요원 - 한국인(안영규)을 중심화자로 내세우고 있으며, 후방에 가까운 전장과 전시를 중심으로 하고 있다. 그리고 가족 내 대립관계가 설정되어 있는데, 의과 대학생, 중퇴 - 베트남 민족해방전선의 보조 공작원 - 베트남인(팜 민), 법률학도, 육군간부학교출신 - 남베트남군 람장군의 부관실장 - 베트남인(팜 꿔엔) 등이 그들이다. 전자(동생)는 사회주의와 밀접하게 관련되어 있는 민족주의자를 표상하고, 후자(형)는 자본주의를 대표하는 부패 군인을 표상한다. 이들 외에도 블랙마켓의 장사꾼인 구엔 쿠옹(형)과 구엔 타트(동생 - 민족해방전선 공작원)도 가족 내에서의 은밀한 대립관계를 형성한다.

『머나먼 쏭바강 2』는 UPI특파원 - 미국인(마이클), 대학생 - 베트남여

---

13) 이상문의 『황색인』과 이재인의 『악어새』는 서사구조 및 인물설정에서 거의 동일한 양상을 보인다. 이들 작품 외에도 베트남전쟁을 다룬 소설들의 직, 간접적인 영향관계는 일일이 언급하기 어려울 정도로 많은데, 영향관계의 대부분은 박영한과 황석영의 작품과 밀접한 관련을 지니고 있다.

인(빅 뚜이)을 중심화자로 내세우고 있으며, 비교적 후방에 가까운 전장과 전시 상황을 그리고 있다. 이 작품에서도 법대학생−민족해방전선의 공작원−베트남인(키엠)과 대학생−혁명정부의 성장−베트남인(트린) 등으로 화자가 다각화되고 있다. 키엠은 민족주의자로서 사회주의 사상을 거부하며, 여자를 겁탈하는 동료를 죽이고 국외로 탈출함으로써 이념에 대한 회의를 보여준다. 트린은 혁명정부의 '성장'으로 베트남에 입성하며, 이념에 투철하면서 잔인하고도 질투어린 인물로 형상화된다.

다음, 인물을 형상화하는 측면에서는 이 두 작품이 차이를 보인다. 『무기의 그늘』에서 각 인물들은 거의 동일한 비중을 차지하고 있다. 다른 작품들과 비교해 볼 때, 한국군 사병은 반공의식에 근거하여 전쟁을 파악하는 경우가 대부분인데 반해 이 작품에서는 중립적인 시선을 가진 화자(안영규)를 내세우고 있다는 점에서 변별된다. 이는 베트남전쟁을 보다 객관적으로 파악하고자 하는 작가의 의도가 반영된 결과라 할 수 있다. 그리고 남베트남의 부패한 군인 팜 꿰엔의 비중이 『머나먼 쏭바강 2』에서 그려지는 부패군인들과 비교하여 월등하다. 민족해방전선의 공작원인 팜 민은 『머나먼 쏭바강 2』의 키엠에 비해 이념에 투철한 인간형으로 그려지고 있다. 이들 외에도 많은 인물들이 등장하고 있으나, 『무기의 그늘』의 경우에는 자본주의 이데올로기를 표상하는 부패한 인물들이 많이 등장하고, 『머나먼 쏭바강 2』의 경우에는 혁명정부의 간부들도 부패한 인물들로 등장하고 있다. 이 작품은 양 이념의 축에 모두 부정적인 시각을 보내고 있기는 하지만, 중심화자(마이클) 설정에서도 이미 반공의식을 반영하고 있으며, 여러 인물들이 자유민주주의를 지향한다는 점에서, 자본주의 쪽에 더욱 긍정적인 시선을 던지고 있다.

이들 작품이 다른 장편들과 비교하여 두드러지는 특징은 『머나먼 쏭바강 2』의 경우 사이공을 탈출하여 한국으로 향하는 뚜이와 키엠을 통해서 한국전쟁과 베트남전쟁의 상동성, 혹은 상황의 유사성을 드러내고 있다는 점이다.『무기의 그늘』역시 부패한 군장성과 양공주 출신의 한국여인인 오혜정을 통해서 한국전과 베트남전의 상동성을 이끌어내고 있으며, 여기에 더해 당대의 한국사회에 대한 비판적인 시선을 동시에 드러내고 있다. 이러한 점은 다른 장편들에서는 발견하기 어려운 설정으로, 두 작품에 대한 알레고리적인 차원에서의 독해가 가능함을 시사한다. 그리고 보다 중요한 것은 이들 작품이 한국전과 베트남전의 상동성을 환기시킴으로써 분단문학의 새로운 가능성을 열었다는 점에 있다.

둘째, 이원적인 대립항의 설정에서 두 작품 모두 제국주의/반제국주의(민족주의), 식민주의/독립투쟁, 백인/황인, 서양/아시아, 기독교/불교, 현대/전근대 등을 제시하고 있다. 그리고 베트남의 남과 북의 대립을 부패한 독재 정권과 혁명정부의 대립으로 파악하고 있는 것도 동일하다.

『무기의 그늘』은 위의 인용문에서도 파악할 수 있듯이 남베트남의 다낭시를 배경으로 경제논리에 치중하여 전쟁에 대한 비판적 시각을 형상화하고 있다.

　PX란 무엇인가. 큰 함석창고 안에 벌어진 디즈니랜드. (…) PX란 무엇인가. CBV 폭탄 한 개로 길이 1마일, 너비 4분의 1마일에 걸쳐서 백만 개 이상의 쇠파편을 뿌릴 수 있고, 3백 에이커를 단 4분 동안에 동물과 식물이 살지 못할 고엽지대로 만들 수 있는 기술을 가진 나라의 국민들이 사용하는 일상용품을 파는 곳이다. (…) 갈보와 목사와 무기 밀매업자가 사이좋게 드나들던 기병대 요새의 잡화점이다. (…) 아시아의 더러운 슬로프 헤드들에게 문명을 가르친다. (1-67면)
　양키가 머물 때에만 이 축제는 지속될 수 있는 것이다. 축제를 장식할 모든 물건들은 끊임없이 새끼를 쳐서 서로 그물망처럼 굳게 연결되어 밖

으로 아무것도 새어나가지 못하게 울타리를 쳐놓는다. 저 피의 밭에 던
진 달러, 가이사의 것, 그리고 무기의 그늘 아래서 번성한 핏빛 곰팡이
꽃, 달러는 세계의 돈이며 지배의 도구이다. 달러, 그것은 제국주의 질서
의 선도자이며 조직가로서의 아메리카의 신분증이다. 전세계에 광범하게
펼쳐진 군대와 정치적 힘 보태기, (2-271면)

안영규가 파견부대에 도착했을 때 강수병이 그에게 한 다음과 같은
말은 이를 단적으로 보여준다. "공연히 도덕책 들추지 말라 그거야. 여
긴 쓰레기통 속이야. 너는 오물에 목까지 깊숙이 빠졌어. 헤엄치면 살
지만 허우적대면 더 깊이 빠져 죽는다."(1-45면) 또한 '미 CID의 조사보
고서'의 형식으로 '민간인 부녀자 강간 살해사건'과 '밀라이 마을에서
의 작전 중 과오에 대한 참고 보고서', '가혹행위에 관한 조사보고서'
등을 제시함으로써 평화와 자유를 수호하겠다는 미국의 전쟁 명분이
허위에 지나지 않음을 비판하고 있다. 그리고 각 장별로 중심인물을 배
분하여 시각을 달리 하는 방식을 취하고 있어 각 인물의 성격이 명확히
드러나는 방식을 취하고 있다.

반면에 『머나먼 쏭바강 2』는 반공주의와 휴머니즘에 기대어 전쟁의
비인간적이고 비합리적인 측면을 부각시키고 있다.

실로 배가 동지나해를 거쳐오는 동안 눈으로 직접 본 것만 쳐도 난파
선은 네 척이나 있었다. 얼마나 많은 목숨들이…. 새 정부는 또 화교 축
출 정책을 쓰리라는 소문이 나돌지 않던가. 화교든 뭐든 그들도 인간인
것이다. (…) 누가 이런 전쟁을 일으켰을까? 그러나 쌓여온 분노가 되살
아났다. "시체… 버리지 마." 가냘픈 선장의 목소리가 들렸다. 안돼요!
여자는 속으로 울부짖었다. 여자는 전신의 힘을 짜내어 시체를 힘껏 뱃
전 너머로 밀었다. (329면)

사이공 탈출과 남베트남의 항복이 이루어지기까지(1975년 3월 12일~4월 30일)의 기간 동안에 벌어지는 매일의 급박한 동향을 다각적으로 서술하는 방식을 취하고 있으며, 마지막에는 남베트남의 패망 이후 보트를 타고 사람의 시체를 먹은 갈매기를 잡아먹으며, 한국을 향해 항해하는 뚜이와 키엠의 모습이 그려져 있다. 인간다운 삶이 불가능한 극한의 상황에서 뚜이를 통해 강조하는 것은 "살고 싶다"라는 단 한마디에 지나지 않을 것이다.

그러나 두 작품 모두 이원적인 대립항을 설정하고 있기는 하지만, 독재 정권의 대립항에 해당하는 혁명정부의 활동에 대해 독재 정권의 부패상만큼이나 깊이 있는 형상화를 이끌어내지 못하고 있다는 한계를 갖는다. 또한 반제국주의적 시각이 부각되고 있으나, 정작 그 중요한 배경이 되는 항불 독립투쟁이나 베트남 민족사에 대해서는 요약적 서술로 간략히 처리하고 있다는 점(『무기의 그늘』에는 트린 아저씨라는 인물로 민족사에 대한 설명을 대신함), 이념의 제시를 관념적으로 혹은 간접적(선언문의 제시, 책 내용의 인용 등)으로 처리한 점 등은 극복되어야 할 부분이라고 판단된다.

3) 전쟁의 상흔, 후유증 중심의 후일담 소설 : Ⅲ 유형

이 유형(Ⅲ 유형)에 해당하는 작품들은 현재의 시점에서 베트남전쟁의 경험이 교차 서술되거나 혹은 회상에 의해 떠올려지는 방식으로 이루어지고 있으며, 특히 D 구조가 부각된다. 여기에 해당하는 작품은 다음과 같다.

황석영의 「돌아온 사람」(『월간문학』, 1970.6), 「낙타누깔」(『월간문학』, 1972.5), 김용성의 『나신의 제단』(고려원, 1981), 이상문의 「다림질」(『월간문학』, 1983.10), 안정효의 『전쟁과 도시』(『실천문학』, 1985. 6~7. 『하얀전쟁』으로 개제), 이상문의 「기억속의 그림자」(『노동문학』, 1989.4), 이상문의 『베트남별곡』(판, 1990), 이원규의 「천사의 날개」(『현대문학』, 1992), 안정효의 『하얀전쟁 3』(고려원, 1993), 오현미의 『붉은 아오자이』(영림카디널, 1995), 이대환의 『슬로우 불릿』(『작가』, 1996.봄)

이 중 d-1) 구조가 중심을 이루는 작품으로는 「돌아온 사람」, 「낙타누깔」, 『나신의 제단』, 『하얀전쟁 1』, 「천사의 날개」, 『슬로우 불릿』을, d-2) 구조가 중심을 이루는 작품으로는 『베트남별곡』, 『하얀전쟁 3』, 오현미의 『붉은 아오자이』를 꼽을 수 있다.

안정효의 『하얀전쟁 1』[14]은 대학생－사병－한국인이자 귀국 이후 출판사의 편집부장이 된 한기주를 화자로 내세워 전장과 전시상황, 그리고 전후의 상황을 병치하여 구성하고 있다. 정신이상을 보이는 변진수가 한기주에게 끊임없이 연락하고 만나기를 약속하지만, 한기주는 번번이 변진수를 만나지 못한다. 아내와의 불화로 이혼에 이르고, 직장에서도 한직으로 밀려난 그는 변진수가 건네 준 총으로 변진수가 애원하는 소원을 들어주기로 마음먹는다. 결국 한기주는 변진수를 총으로 쏜다. 이러한 사건의 흐름 사이에 과거 베트남전 전장의 경험들이 병치된다.

대리전쟁에서 우리들은 죽음의 손익계산서에 아무것도 기록하지 못했다. 그것은 우리들이 백지 답안지를 낸 전쟁 시험이었다. 남은 것은 백색의 공간뿐, '정의의 십자군'은 아무것도 눈에 보이지 않고, 아무 자취도 남기지 못한 하얀 전쟁을, 하얗기만 한 악몽을 견디고 겨우 살아서 돌아

---

14) 안정효, 『하얀전쟁』 고려원(1989) 판본 참조.

왔을 따름이었다. 미국의 첫 번째 에베레스트 등반대 대장이었던 다이렌 휘드는 "에베레스트를 정복한 감상이 어떠냐?"…"아무도 에베레스트는 정복하지 못한다. 그냥 올라갔다 내려올 따름이지"라고 말했다. 그렇다, 우리들은 속수무책인 백지 답안지를 내야 했던 남의 전쟁을 그냥 다녀왔을 뿐이지, 사이공의 이름이 호지명시라고 바뀌는 것을 막아낼 수가 없었다. (330면)

이 작품에서 전쟁에 대한 시각은 한기주의 관념 속에서 펼쳐진다. 생경한 미국문화의 거친 도입이라든지, 단편적이고 표피적인 과학적, 철학적 지식들을 작품 안에 그대로 쏟아내는 방식으로 인해 서술은 끊임없이 서사의 흐름을 끊는다. 서사의 흐름을 작가가 의도한 것이라 보기는 어렵다. 오히려 작품에 용해되지 않은 채 파편적으로 지식들이 나열되어 있는 것에 지나지 않는다는 판단이 더욱 적절할 것으로 보인다. 뿐만 아니라 작품에 등장하는 인물이나 배경 등의 장치를 이용하여 상징적인 효과, 의미의 확대를 꾀하는 시도는 거의 드러나지 않는다. 다만 오로지 한기주의 관념을 통해서만 전쟁에 대한 시각이 전달될 뿐이라는 점은 이 작품이 갖는 치명적인 한계라고 할 수 있다.

이대환의 『슬로우 불릿』은 비교적 전장의 상황이 잘 나타나 있지만, 역시 후일담에 속하는 소설이라고 볼 수 있다. 이 작품은 중학교 졸업의 베트남 참전군인인 김익수를 화자로 내세우고 있다. 그는 화학전을 담당하여 고엽제 후유증으로 죽음을 앞두고 있는 환자이다. 이 작품에서는 전후 20년이 훨씬 지난 시점에서 전장과 전시를 회상의 방식에 의해 제시하고 있다.

오현미의 『붉은 아오자이』는 한국 방문 – 아버지와 재회 – 베트남 귀국의 형식을 띠고 있어 d-2)의 변형된 구조를 보여준다. 직업학교학생

으로 라이 따이한인 보티 송 탄흥을 중심화자로 내세우고 있으며, 그녀
의 아버지는 베트남에 파견된 미국회사의 민간인 기술자로 등장한다.
한·베트남 교류를 통해 한국으로 건너와 아버지를 찾게 되는 사건을
담고 있다.

위에서 언급하고 있는 소설들은 아래와 같은 두 유형으로 나뉜다.
d-1)의 경우에는 전쟁의 참혹함을 경험한 인물이 주위와의 불화 속에서
현실에 적응하지 못하고 소외되는 과정을 주로 그리고 있다. 한국전처
럼 한국인 모두의 직접적인 체험에 기초한 공감대를 형성하지 못함으
로 인해, 월남전 참가자의 외상이 더욱 심화되는 양상을 보이고 있다는
점에서, 대사회적인 관심을 불러일으키고자 하는 의도가 강하게 드러나
있다. d-2)의 경우에는 후일담의 형식으로 베트남과의 교류가 다시 이
루어지기 시작한 1992년 이후의 소설들이 대부분이어서 전쟁 이후 베
트남 사회가 겪고 있는 전쟁의 후유증이라 할 수 있는 불구자, 기형아,
전쟁고아, 라이따이한 등과 같은 문제들을 접하게 되고, 이에 대해 속
죄 혹은 참회의 감정을 드러내고 있다.

4. 결론

이상에서 살펴본 바, 베트남전쟁 소설은 크게 세 유형으로 나뉜다.

Ⅰ유형의 경우, A, B 구조가 중심을 이루면서, 주로 전장 체험을 바
탕으로 하여 전쟁을 단편적으로 다루고 있다. 초기 단편들과 80년대 발
표된 장편들 중 고발문학이나 르뽀문학의 성격을 지닌 작품들이 여기
에 해당한다.

Ⅱ 유형의 경우, B, C 구조가 중심을 이루면서, 전쟁에 대한 인식이 심화되고 본질적인 인식에까지 나아가고 있는데, 『무기의 그늘』과 『머나먼 쏭바강』이 그 대표적 작품이다. 이들 작품은 전쟁에 대한 본질적이고도 다면적인 파악을 바탕으로 한국전과 베트남전의 상동성을 암시적으로 형상화하고 있다.

Ⅲ 유형의 경우, D 구조가 중심을 이루면서, 대부분 후일담 형식을 취하고 있다. 이를 통해, 대사회적인 관심을 불러일으키는 동시에 전쟁의 현재성을 환기시킴으로써 베트남전쟁에 대한 재의미화작업과 다양한 시각에 의한 창작이 지속될 필요성을 제기하고 있다.

베트남전쟁 소설은 식민지배와 전쟁, 분단이라는 한국전쟁과의 상동성을 보여준다. 그로 인해 분단문학에 있어 새로운 시각의 가능성과 객관적인 인식의 가능성을 열었다고 할 수 있다. 무엇보다 1970~80년대에 작가들의 자유로운 창작활동이 불가능한 상황에서 베트남전을 통해 분단된 현실에 대한 반성적인 성찰이 가능했다는 점은 베트남전쟁 소설의 가장 큰 기여라고 할 수 있겠다. 이러한 점으로 인해 분단문학과의 밀접한 관련성에 대한 더욱 심도 있는 고찰이 요청된다.

제3부

전쟁 체험과
타자의식

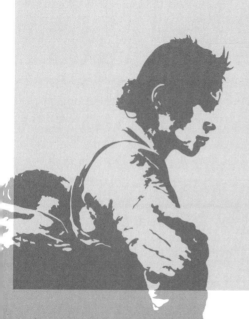

한국전쟁기(1950~53) 여성문학

이덕화 평택대학교 국어국문학과 교수

1. 한국전쟁기 문학

1950년대는 우리 민족이 이전에 겪지 못했던 피비린내 나는 전쟁으로 인간의 근원에 대한 성찰, 즉 실존적 고뇌를 불러일으킨 시대였다. 전쟁으로부터 도처에 널려 있는 주검, 그로부터 촉발된 공포 및 위기의식은 무력하게 폭력 앞에 노출된 많은 개인들을 생과 사의 엇갈리는 운명의 포로로 만들었다.

1950년 전쟁기의 남한 문단은 완전히 보수 우익 문인들만 남아 있었다. 1947년 말 '정판사 사건[1]'으로 관련된 공산당 인사의 체포령이 떨어지자, 남한의 좌익 진영 인사들이 속속 북으로 넘어갔다. 그동안 문

---

[1] 1947년 10월 20일부터 6회에 걸쳐 조선정판사 사장 박낙종 등 조선공산당 7명이 위조지폐를 발행한 사건. 남한에 공산정권 수립을 위하여 당의 자금 및 선전활동비를 조달하고 남한 경제를 교란시킬 목적이었다고 함.

단을 주도했던 '문학가동맹'측의 임화, 김남천을 비롯, 많은 '문학가 동맹' 측의 문인들도 함께 북으로 갔다. 그러자 남한의 보수 우익 문예조직인 '전국문필가협회'와 '청년문학회협회'를 통합한 '한국문학가협회'가 결성(1949.12.9.), 문단의 주도권을 잡게 되었다. 이 문인 단체는 전쟁이 시작되면서, 또 한 차례의 홍역인 '부역문인 사건'을 겪게 된다. 이 '부역문인 사건'은 1950년 9·28 수복이후 인민군의 점령기간 동안 서울에 남아있던 문인들의 행적을 사법처리 대상으로 심사한 사건이다.[2] 이 사건을 계기로 문학인들의 좌, 우 이데올로기의 축은 자유로운 선택이 폐쇄되고, 반공 이념을 중심축으로 기울여졌다.

또 그 당시 우익 진영의 대표라고 할 수 있는 김동리나 조연현의 민족문학 논리 역시 좌측 문학 논리의 계급적·이념적·공리적 인과의 대척점인 순수문학론으로 요약된다. 이 민족문학론은 좌익진영에 맞서는 반공논리의 연장선상에 있었다. 전쟁 하의 남한 문인들이 '부역문인 사건'으로 자유롭지 못한 상황과·순수문학론으로 요약되는 남한 문인들의 탈이데올로기적 경향은 전쟁기의 문학 형상화에도 많은 영향을 끼친다. 그러다 보니, 이데올로기의 맹목적인 강조 속에서, 문단은 더욱더 반공 이데올로기를 내면화한다.

전쟁이 난 지 3일 후 종군문인단체의 '문총구국대'(1950.6.28.)가 조직된 것을 비롯하여, 전쟁기에 몇 차례의 종군작가단이 결성, 전장에 간접 참여한다. 그러니까 전쟁기의 남한 쪽 문단은 이데올로기의 무화를 강조하다 전쟁 상황 속에서 더욱더 반공 이데올로기를 내면화, 냉전 이데올로기를 공고화하기에 이른다.

---

2) 조연현, 『문학과 사상과 인생』, 문학과 세계사, 1974. 177-180쪽.

이에 반해 전쟁기의 북한 당의 문예 정책은 조국해방전쟁에 대한 선전, 선동, 투쟁의 무기화로 분명한 목적의식을 가지고 사회주의 노선의 문예정책을 강화시키는 것이었다. 결국 남·북한 문단은 각자 쪽의 전쟁 이데올로기를 재생산하는 도구로 이용, 확산되었다고 할 수 있다.

전쟁기의 남한 문학은 전쟁에 대한 구체적 현실 인식은 결여된 채, 반공 이데올로기의 내면화와 함께 전쟁의 참상에 대한 직접적인 고발, 비애, 탄식을 그려낸다. 또 삶의 무상성을 강조하거나, 자신의 정체성의 혼란, 혹은 전쟁으로 잃은 고향 상실에 대한 아쉬움을 그린 작품들이 대부분이다. 또 이 글에서 다룰 전쟁기의 여성 소설, 수필, 시 세 장르의 작품이 다 일천하지 않기 때문에, 한마디로 작품의 특징을 설명하기는 어렵다. 물론 위의 작품들은 전쟁기의 특징을 고루 갖추고 있다. 그러나 감성을 더 중요시 여기는 여성작가들이기 때문에 전쟁이라는 상황 속에서 인간의 내면적 분열을 다룬 작품이 있는가하면, 냉전 이데올로기를 내면화한 작품들도 있다.

그러나 소설 작품의 경우 대부분 전쟁이란 거대한 운명에 대하여 한 개인의 무력함을 지적하는 내용이 대다수를 이룬다. 그러나 그 전쟁의 비참한 상황 속에서 타자를 통해 자신을 되돌아보는 타자에 대한 새로운 시선의 작품도 보인다. 이 대부분의 작품들은 타자에 대한 연민, 혹은 자기 나르시시즘에 의해서 모성본능을 촉발, 그들을 가슴으로 끌어안는 인간의 원초적 본능을 드러내고 있다. 시의 경우 역시, 전쟁이라는 폐허 속에서 고향 상실의 아픔을 그린 작품이 많았다. 수필의 경우 주로 르포 형식의 글로 피난 가는 과정, 피난지에서의 고생담 등을 사실적인 문체로 그리고 있다. 여기서 수필은 부분적으로만 다룬다.

2. 전쟁기 소설작품에 드러난 타자의식

1950년대 소설의 특징으로 꼽는다면, 첫 번째 장용학의 『요한 시집』 『원형의 전설』 등의 작품으로 대표되는 실존주의 작품의 경향, 두 번째 가 이범선의 『오발탄』, 송병수의 『쇼리 킴』, 황순원의 『학』 등을 대표 로 하는 휴머니즘 계통의 작품들, 또 전쟁의 폐허와 공포 속에서 허무 주의 경향의 작품들이 대체적인 특징을 이룬다고 할 수 있다.

여기서는 여성문학과 관련 1950년대 특징을 서술하자면, 두 번째 휴 머니즘 경향의 작품과 맥을 같이 하는 황폐한 현실, 전쟁을 통해 형성 된 타자의식을 보여주는 작품들이다. 전쟁기의 특이한 상황을 토대로 현실을 반영하는 소설은 그 자체만으로도 1950년대 특색을 형성했다. 그리고 이들의 소설에 흐르고 있는 대체적 경향은 전쟁이 빚어 놓은 심 연과 그 심연에 던져진 인간의 참상들에 대한 것들이었다. 이러한 인간 의 참상은 인간을 생각하고 그 인간의 존재를 어떻게 부각시켜 현실에 대응해 나가겠느냐 하는 논리적 체계의 철학서보다도, 그 참상을 통해 인간으로서 느끼는 비애 그 자체가 중요시 되었다. 전쟁기의 작품들의 주인공 대부분이 매춘부, 실직자, 병자, 고아, 소시민 등 사회로부터 유 리되거나 거세당하여 무기력하고 낙오되고 힘없는 사람들의 참상을 작 품 소재로 선택했다. 전쟁의 참상에 대한 비애가 그들에 대한 책임, 그 자체의 목적으로 환원되었기 때문이다. 그들에게 주위를 기울인다는 것 은 그들의 무언의 호소에 귀기울인다는 것이고,[3] 전쟁으로 인한 참상

---

3) 그들로부터 호소를 받아들이는 것은 그들과의 관계성을 말하는 것이며, 그들과 관계 한다는 것은 그들 타자를 돕는 것이다. 그들은 책임져야 할 그 당대의 타자, 매춘부, 과부, 고아, 실직자 들이다. 신옥희, 「여성학적 시각에서 본 레비나스 : 타자성의 윤리 학」, 『철학과 현실』 29, 1996, 242쪽.

의 비애가 바로 자신, 자신의 가족, 자신의 이웃의 비애로 연결되었다.

이것은 전쟁으로 인해 사랑하는 가족을 잃고, 애인, 이웃을 잃음으로써 작가 스스로가 고아, 디아스포라적인 이방인으로 실존적인 고독을 느꼈기 때문이다. 인간은 본래 가지고 있는 선천적인 고독 때문에 타자지향적이라는 레비나스의 주장처럼[4] 그들 속에서 자신들의 존재의 흔적을 보았기 때문이다. 즉 작가들은 그들의 고통 속에서 자신들의 아픔을 느꼈기 때문이다. 이런 아픔은 타자에의 열림으로 나타나고 타자지향성으로 드러난다. 타자는 '나'라는 존재의 흔적과 같이 이미, 존재 자신의 원인이 되면서 '나'의 동일성을 타자적인 것으로 구성하고 있다.[5] 타자의 아픔을 호소함으로써 그들 스스로를 위로 받고자 하는 것이다. 이런 타자의식은 대체로 모성의 원초적 본능에 호소하는 작품들이 많다. 이런 작품들은 전쟁기의 문학의 한 특징을 드러내는 휴머니즘 작품과 일맥상통한다. 여성들은 전쟁의 폐허 속에서 버려진 고아, 죽음을 통해서 나르시시즘을 느끼고, 그 나르시시즘을 통하여 타자의 아픔이 자신의 아픔으로 환원되는 경험을 통해서, 모성 본능을 느꼈을 것이다. 모성의 원초적 본능은 죽음 충동과 맥이 닿아 있는 본능이다. 김말봉의 「합장」, 「어머니」, 「사천이백원」, 「인순이의 일요일」 같은 작품은 전쟁

---

4) 윤대선, 「에로스의 현상학 또는 형이상학」, 『레비나스의 타자철학』, 문예출판사, 2004, 147쪽. 레비나스는 서구의 존재론적 철학, 즉 주체가 자유로이 행사하는 동일성의 사유 방식에 내재된 전체성과 폭력성이 바로 세계에서 지속적으로 벌어져 온 각종 전쟁과 폭력의 원천이라고 진단한다. 서구의 기존 철학적 사유 방식에 대한 가차 없는 비판과 함께 레비나스는 존재에서 윤리로, 동일자는 논리에서 타자성 수용으로 철학의 방향을 획기적으로 전환시키기를 촉구한다. 이 방향 전환이 바로 타자 윤리학인 바, 레비나스는 우리에게 나의 자유와 권리 추구를 포기하고 타인을 받아들일 것, 나의 관계없는 일까지도 책임질 것, 나를 희생시키고 고통받는 타자의 요청과 호소에 응답할 것을 강력하게 요청한다.

5) 윤대선, 위의 책, 157쪽.

의 폐허 속에서 타인을 통해 자신의 아픔을 느끼고 모성의 본능을 보여주는 글이다.

「합장」의 순희는 간호사이다. 어느 할머니가 데리고 온 어린 아이가 영양실조에 폐렴까지 걸려 수혈을 해야 함에도, 돈 5만원이 없어 수혈을 못해 어쩔 수 없이 집으로 돌아간다. 그런데 안타까운 마음으로 창문을 통해 지나가는 군인 행렬 속에서 어린 아이 아버지의 환상을 본다. 할머니를 다시 불러 자신이 5만원을 주며 수혈을 하게 한다. 전쟁이라는 극한 상황 속에서 한 사람의 목숨은 아무 것도 아닐 수 있지만, 군인 가족을 가족처럼 돌보아야 한다는 모성 본능이 순희를 자극, 도움을 주게 되는 것이다.

「어머니」 같은 작품은 전쟁이라는 상황 속에서 여성의 수난사를 보여주고 있다. 즉 기아와 함께 겁탈을 당하는 이중고 속에서 임신, 가족의 만류에도 모든 것을 뿌리치고 미혼모로 아이를 낳아 기르기로 결정함으로써 강한 여성의 모성본능을 보여주는 작품이다.

위의 두 작품에서는 초점 인물이 여성이기 때문에 당연한 여성의 모성본능이 그려졌다고 하더라도, 「사천이백원」에서는 초점 인물이 남성임에도 똑같은 모성본능을 보여준다. 지게꾼인 도삼이는 짐을 들어다준 할머니 집에 몸이 아픈 상이군인이 있음을 보고 일선으로 나간 동생이 생각나서 자신이 생일날 가족이 모여 식사하기로 모은 돈 사천이백을 두고 나온다는 이야기다.

「인순이의 일요일」에서 인순이는 오빠가 일선에 나간데다 부모마저 전쟁 중에 사망하자 할머니와 남산 아래 양철움막에 살고 있다. 그런 인순이가 학교에 내야 할 돈 마련을 위해 산에 나무하러 갔다가, 소나무 아래 누워 있는 갓난아기를 발견한다. 돌봐주어야 할 것 같아 그 아기를 집에 데려간다. 마침 따라 온 군인이 사실 자기 아기라며 아기 엄마가 전쟁 통에 죽어 아기를 길러줄 사람이 없어서 소나무 아래에 두면 혹 누가 데려가지 않을까하여 기다리고 있었다고 한다. 할머니가 키워주면 인순이 공부를 시켜주겠다며, 군인은 자신의 집에 와서 살 것을 당부한다. 그래서 인순이네는 군인이 살던 집에서 생활하게 된다.

위의 작품에서처럼 전쟁기의 소설에서 발견할 수 있는 것은 누구나 가족 중에 한 사람 쯤은 일선에 나가 군인이 되었거나, 전쟁 중에 가족이 사망, 전쟁이라는 상황 속에서 자신의 몸이면서, 고향인 가족을 통해 바라 본 타자화를 통해 타자 한 사람 한 사람을 자신의 가족의 일원으로 받아들이는 것이다. 특히 김말봉 작품에서 일관되게 나타나는 타자 의식은 김말봉의 수필 「내 아들 영이」를 통해서 알 수 있다. 이 세상에서 둘도 없이 아름답고 착한 아들이 6·25 전쟁에서 전사한다. 그 아들을 위해 자신이 직접 추모의 글을 써야 하는 아픔을 통해서 아들을 바라보는 엄마의 마음이 모든 타자들에게도 적용되는 것이다. 이런 심정이 바로 작품으로 발현된 것이기 때문이다. 이는 마치 대지의 여신이 지상의 모든 것을 품는 큰어머니의 사랑과 같은 것이다. 전쟁이라는 상황을 통해서, 민족이라는 큰 틀 안에서 타자들을 품는 것이다. 전쟁 상황 속에서의 군인은 나라를 대표하는 상징체계이다. 군인을 통하여 국가를 생각하고 가족, 친척, 고향을 떠올리며 자연스럽게 자기희생을 각오하는 것이다. 이것은 국가를 위해 일선에서 희생하는 군인들과 같은 동질의 국가에 대한 희생정신으로 받아들이는 것이다. 즉 국민이라는 테두리 속에 자신을 복속시켜 스스로 애국자가 되는 것이다. 애국자가 되는 통로 역시 자신의 타자화를 통한 모성 본능 촉진에 의해 가능한 것이다.

베네딕트 앤더슨은 민족은 사랑을, 때때로 심오한 자기희생의 사랑을 고취한다는 사실을 기억한다는 것이 유용하다고 했다.6) 특히 민족주의의 문화적 산물인 시, 실물소설, 음악, 조형 미술 등은 수많은 다른 형태의 스타일로 이 사랑을 매우 명백하게 보여준다는 것이다.

손소희의 작품들은, 냉전 이데올로기에 의해 공산당을 비판한 「결심」, 「쥐」, 「마선」 등을 제외한 대부분이 타자의식에 의한 모성 촉발, 그로 인한 자기희생 이미지를 형상화하고 있다. 윤금숙의 「폐허의 빛」이나 「바닷가에서」, 장덕조의 「어머니」, 「젊은 힘」, 「매춘부」, 「풍설」, 「선물」, 전숙희의 「미완의 서」, 「두 여인」, 최정희의 「사고뭉치 서억만」, 「유가족」, 한무숙의 「김일등병」, 「아버지」, 「군복」 등 대부분의 전쟁기의 소설 작품들이 어머니의 자기희생과 같은 사랑을 타자, 조국 혹은 민족에 바치려는 서사로 이어진다. 그것은 전쟁이라는 특수한 상황 속에서, 타자들을 통해 자신의 얼굴을 보았고, 자신의 나르시시즘을 통해 모성 본능을 촉발 시켰기 때문에 가능한 것이다.

전쟁의 상징물, 군인이라는 이미지를 통해 가족과 친족을 떠올렸고, 또 삶의 본향인 고향을 떠올림으로써 '아름다운 조국'을 자연스럽게 생각하게 된다. 베네딕트 앤더슨은 민족됨은 피부색, 성(젠더), 태생, 출생 시기 같이 사람이 어떻게 할 수 없는 것에 동화된다고 했다.7) 이 자연적 연결에서 공동체 민족, 조국을 떠올리게 된다고 했다. 특히 전쟁이라는 극한 상황 속에서 그런 감성은 더 절절해진다. 그런 메커니즘 속에서 자기희생을 통한 조국의 구국을 소망하게 되는 것은 당연하다.

---

6) 베네딕트 앤더슨, 『상상의 공동체』, 나남출판, 2002, 183쪽.
7) 베네딕트 앤더슨, 위의 책, 186쪽.

3. 한국전쟁기 여성시에 나타난 원초적 고향 이미지

남한은 또 한국전쟁을 계기로 전 세계 반공 지도의 중심에 스스로를 배치시켰고[8] 공산화의 위협에 더욱 더 방어적이었다. 해방 직후 1947년 가을부터 시작된 미군정에 의해 대대적으로 좌파 인사가 축출된 이후에도, 우리 사회에는 미군정에 대한 부정적인 시각이 팽배했고, 여전히 좌파 지식인들이 활개 치는 사회였다. 그러나 전쟁 발발 후 3개월 동안 서울에서 인민군 하의 지옥 같은 생활을 통하여, 이후 많은 사람들이 공산당의 실체를 직접 체험, 더욱 더 반공 이데올로기가 내면화된다.

또 전쟁 이후 이런 분위기는 놀라운 변화를 보여주었다. '미국은 한국을 도우며, 미국은 강하며, 미국은 인권을 옹호하며, 또한 우호적이며 진실되다'[9]라는 인식이 한국전쟁을 통하여 널리 확산되었다. 이러한 인식의 밑바탕에는 전쟁의 경험을 통하여 북한을 새로운 타자로 간주하는 의식이 깔려 있었다.

또 미국식 자유 민주주의에 대한 새로운 인식을 하게 된 것도 바로 전쟁을 통해서이다. 전투에서 승리를 거두는 미군의 직접적인 모습과 한국전쟁을 전후로 해서 미국이 남한에 지원했던 막대한 원조 물자와 같은 재화의 힘은 미군정의 강력한 파워를 과시했으며, 자유 민주주의에 대한 추상적 이념들을 새롭게 인식하는 계기로 작용했다. 한국전쟁 발발 직후 신속한 참전을 결정했던 미군이나, 미군이 주축이 된 유엔군의 이미지는 '친한 벗'이라든가 '자유'라는 수식어와 쉽게 연결되었으

---

8) 장세진, 『상상된 아메리카와 1950년대 한국문학의 자기 표상』, 연세대학교 박사학위 논문, 2007, 52쪽.
9) 정일준, 「미국의 냉전 문화와 한국인 친구만들기」, 『우리 학문 속의 미국』, 한울, 2003, 45쪽.

며 한국전쟁과 함께 남한의 대중들 사이에 급속하게 확산되고 있었다. 이와 동시에 미국이 지원하는 막대한 원조 물자에 의한 풍요의 경험은 댄스홀의 퇴폐적 분위기, 유엔 마담, 양공주 등의 팜므파탈 형의 여성들을 등장시켰으며, 이는 전쟁 후의 미망인 고아, 상이군인 등과의 이미지와 함께 전쟁 후의 1950년대 현실을 해석하는 기표로서 작용한다.

그러나 여기에서 다룰 작품은 대체로 1953년까지의 작품이다. 미국에 대한 우호적 인식은 아직 작품에서 나타나지 않는다. 적치 하의 서울에서의 지옥 같은 생활, 피난에서의 어설픈 일상, 폐허가 된 서울의 모습 등을 통하여, 고향 상실의 모습을 다시 재건될 수 있을지 막연한 불안감 들이 작품 속에 나타난다. 시에서는 장르적 특성상 간접적으로 수필에서는 직접적으로.

홍용희는 전쟁기 시를 분류하면서, 국군 예찬시, 유엔군 예찬 및 반소시, 휴머니즘 지향의 시, 전쟁 일반시, 모더니즘 시로 나누고 있다.[10] 전쟁기 여성시는 똑같이 분류 할 수는 없지만, 모윤숙처럼 전쟁 동안의 현실대응을 위한 국군 예찬시를 비롯한 냉존 이데올로기가 내면화된 시들과 '너'와 '나'가 하나 된 민족의 거룩한 순간을 염원하는 원초적 본향을 그리는 시들도 있다. 즉 전쟁기의 여성시 역시 남성작가들의 경향을 어우르면서, 전쟁의 참혹한 현실 앞에서 적과의 대치 관계에 있는 전쟁을 벗어나 타자와의 합일을 지향하는 원초적 고향, 어머니의 자궁과 같은 시절로 돌아가고 싶은 열망을 강하게 드러내고 있다. 이 또한 소설 작품과 다를 게 없다.

---

10) 홍용희, 「한국전쟁기, 남, 북한의 시적 대응 비교 고찰」, 『전쟁의 기억, 역사와 문화』, 월인, 2005, 216쪽.

砲聲이 하늘을 뚫어 놓았다
무르익은 石榴알처럼 알알이 튀어오르는 아픔 살점들
여기 죽엄이란 이름의 분주한 活用이 있고 여기 사람이 만든 火星의 野
蠻이 있고− 참말 난 科學도 知慧도 모르고 살고 싶었다 네 가슴위 동
그랗게 귀여운 세월을 그으며 너랑함께 오래오래 이 땅에서 살고 싶
었다.11)

위의 김남조 시에서 나타나는 '너'와의 합일은 결국 타자와 분류되지
않은 화해의 세계를 노래하고 있다. 과학도 지혜도 필요 없는 요람기의
유아기로 돌아가서 '너'와 분류되지 않은 일치의 세계 속에서 오래도록
살고 싶은 염원을 보여주고 있다.

또 한편 김남조는 이성을 따지고 경쟁을 주도하여 전쟁을 일으키는
태양의 세계가 아닌 달의 세계를 희원한다. 달의 이미지는 '햇빛을 어
히는 설분땅마다 / 가슴을 덮어주는 까닭이리라 / 엄마처럼 풍어주는
까닭이어라'(「월백(月魄)」)에서처럼 어머니의 이미지로 나타난다. 달은 혼
돈의 세계지만 자신을 끌어안은 모체이다. 태아처럼 달의 가슴에 안기
는 날엔, 이웃과 함께 엉겨 영원한 영혼의 질서 속에서 살 수 있을 것
이라는 염원이 드러나는 노래이다. 그 열망은 태초에 하나님이 만든 질
서, 하나님과 인간, 인간과 인간이 분류되지 않은 화해의 세계를 소망
하고 있다고 할 수 있다.

또 노천명은 일제의 압박으로 해방되어, 우리 민족이 하나 되었던 그
날로 돌아가자고 노래하고 있다.

---

11) 김남조, 「다시 한번 목가(牧歌) 내 그리운 요람(요람)의 노래를」, 『목숨』, 수문관, 1983,
76-77쪽.

태극기 흔들며 怒濤모양 밀려들어
척을 진 친구와도 입을 맞추던 그날-
우리 다같이 가슴에 손언고 착해졌던 날 이날을 잊지는 않았으리[12]

물론 노천명의 이 시는 북한 인민군을 타자로 인식, 원수를 물리치기 위해서는 온 국민이 해방된 그날의 하나된 기억을 되살려서 힘을 합치자는 냉전 이데올로기가 내면화된 시다. 노천명의 전쟁기의 시는 대체적으로 남의 나라에 와서 죽은 유엔군, 상이군인 등을 애처롭게 바라보는 연민의 시가 있는가 하면 또 우리의 「서울」을 불살르고 / 아버지와 남편을 끌어가고 / 죄없는 사람들을 죽이고 간 / 우리의 원수를 찾아서 북으로 가자는 적극적인 현실 대응시도 보인다.

그러나 노천명의 「그리운 마을」에서는 거렁뱅이조차 상을 바쳐주고, 조바심도, 질투도 없던 태고적 그 평화로운 마을을 염원하고 있다. 거렁뱅이조차 타자로 인식하지 않고 함께 어우르고, '너'와 '나'가 합치된 시간속에서 조바심도 시기도 없는 그런 태고적 마을을 바로 김남조가 노래한 태고적 요람기의 어린이의 시절이다. 또 「고향」에서도 메밀꽃이 하얗게 피는 고향으로 가 살다 죽으리라며, 「희야 돌아가라」에서는 '남포동' 거리에서 헤매지 말고 네 본모양으로 돌아가라고 외치는 인간의 원초적 본향을 그리고 있다.

조애실은 「고기(高地)의 장송곡(葬送曲)」에서 민주주의를 부르짖던, 공산주의를 부르짖던 젊은 군사가 마지막 외친 이름은 어머니였다며, 서로 원수되어 싸웠던 그들은 죽어서야 하나되어 한 곳으로 흐른다고 노래한다. 또 홍윤숙 역시 「백양(白楊)에 부치는 노래」에서 백양을 이름없

12) 노천명, 「불덩어리 외어」, 『자유예술』1호, 1952.11.

는 전사처럼 먼 그리움에 눈망울 젖어 하늘 우러러 목 느리는 백마로 상징화한다. 비록 전투에 참여하고 있는 전사지만, 먼 원초적 본향인 고향을 우러러 목을 빼고 그리워하는 인간의 근본적인 심상을 그리고 있다.

위의 모든 시적 이미지들이 지향하고 있는 것은 전쟁이라는 혼돈의 세계를 벗어나서 삶의 본래적 질서의 회복을 강하게 호소하고 있다. 태양이 주는 빛과 그림자라는 이중 구도를 통하여 선/ 악, 강/ 약, 삶/ 죽음이라는 경쟁 구도를 벗어나, 자신 속의 타자, 혹은 밖의 타자, 그림자, 혹은 거렁뱅이조차 함께 끌어안는 인간의 본래적인 심상을 찾자는 것이다. 그것은 해방된 날의 기쁨으로 나타난다. 그래서 유아기의 어린이처럼 요람에서 행복했던 엄마와 내가 일치됐던 원초적 심상을 되찾자는 것이다. 적과 적의 대치 관계에 있는 전쟁 폭력을 벗어나서 유아기의 엄마와 일치되었던 기억을 찾아 '나'와 '너'가 하나 되는 '화해의 세계'로 돌아가자는 것이다.

4. 어머니의 부재로 인한 죽음 충동

2, 3장에 분석했던 작품과는 달리 손소희의 소설 작품이나, 모윤숙의 시의 대부분, 노천명의 일부 시, 최정희의 수필 작품들에서는 적극적인 현실대응 방식으로 국군 영웅성에 대한 예찬, 반공의식 및 전투 의식 고취, 북한군에 대한 적개심 고취 등의 내용을 구체적으로 작품에 형상화하고 있다. 위의 분류된 작가들은 대부분 한국전쟁 시기 종군작가단에 참여한 작가들이었다.[13] 그 당시 월북 작가들을 제외한 대부분의 작

가들이 종군작가단에 참여하였으며, 참여한 작가나 참여하지 않는 작가들조차도 대세의 영향권에서 벗어 날 수 없었다. 그러니 전쟁기 문인들의 삶과 문학적 상상력은 냉전 이데올로기의 범주 안에서 형성되었고 확산되었다고 볼 수 있다. 한국전쟁 시기 종군작가들의 대표적인 전쟁에 대한 인식과 대응방식은 '문화전선구축론'으로 모아진다.

'문화전선구축론'은 모든 자유세계의 문화는 하나의 전선을 구축하여 북한의 침략으로 대변되는 국제공산주의의 확산을 방어하고 나아가서 그것을 궤멸시켜야 한다는 논리이다.[14] 그러나 이들의 논리나 작품들에서는 전쟁의 근본적인 역사인식이나 현실의 객관적 대응방식보다는 추상적 현실인식에서 오는 반전의식, 인민군 비판, 전투의식 고양, 인간성 옹호 등이 나타난다.

손소희의 전쟁기 작품 중 「결심」, 「바다 위에서」, 「쥐」, 「마선」 등은 모두 전쟁 바로 직후 서울이 인민군 하에 있던 상황을 묘사한 작품들이다. 작품은 짧은 미니픽션 정도의 분량이다. 「결심」은 화가인 화자가 동료들이 겪은 인민군 하의 서울의 상황을 통해서 자유 민주주의에 대한 절실함을 느끼는 내용이다.

초점인물 영희는 일찍이 애국투사가 되지 못했지만, 생리적으로 공산

---

13) 전쟁기 종군작가단은 기관지별로 참여했다.

　　육군－최상덕(단장), 김팔봉, 김송, 김이석, 이덕진, 최태웅, 정비석, 박영준 등 기관지 『전선문학』

　　공군－마해송(단장), 조지훈, 최정희, 박두진, 황순원, 김동리, 김윤성, 이상로, 방기환, 전숙희 등 기관지 『창공순보』(뒤에 『코메트』로 변경)

　　해군－이선구(단장), 윤백남, 염상섭, 이무영, 박계주, 안수길, 이종환, 이연희 등 기관지 『해군』

　　한국문인협회 편, 『해방문학 20년』, 정음사, 1966.

14) 문화전선구축론은 이헌구의 「문화전선은 형성되었는가」(『전선문학』 2호, 1952.12)와 김팔봉의 「전쟁문학의 방향」(『전선문학』 3호, 1953.2) 등에서 제시된다.

주의를 싫어하는 인물이다. 인민군이 들어온 지 사흘 째 되는 날, 친구 정숙이 찾아 와 미술동맹에 가입할 것인지의 거취를 물어 온다. 해방 직후 미술동맹에 가입했다가 그 뒤 잘못을 깨닫고 보련(保聯)에 가입한 영희는 어쩔 수 없이 미술동맹에 정숙이와 함께 가입한다. 그러나 그들이 하는 일은 스탈린과 김일성의 초상을 그리는 것이다. 거기는 예술의 기본적인 개성의 발의나 창의력이나 생명의 재현 같은 것은 아예 무시한다. 예술가의 자존심과 양심을 헌신짝처럼 버리고 그 일에 매달려야 하는 영희는 굴욕감을 느낀다. 남자 선배 화가들이 굴욕감을 묵묵히 참는 것을 보고 머리를 수그린다. 그러나 날이 갈수록 선배들이 어깨가 쳐지고 말을 잃어가는 모습에 '자유'와 '민주주의'가 얼마나 소중한가를 깨닫고, 스탈린이나 김일성 초상화를 그리는 일보다, 남쪽으로 비밀 송전을 하고 있는 사촌 동생에게 송전에 필요한 밧데리를 가지고 자주 방문하곤 한다는 내용의 서사다.

「바다 위에서」 역시, 짧은 미니 픽션과 같은 작품이다. 인천을 떠나 피난가는 배 위에서의 멀미 고생과 괴뢰군에 대한 불안감을 보여 주면서 미군함을 보면서 안도의 한숨을 쉰다는 서사이다.

위의 손소희의 소설 「결심」이나 최정희의 수필 「난중(亂中) 일기에서」는 인민군하의 현실에 대한 공포로 '미술가동맹'과 '문학가동맹'에 가입, 공산주의의 실체를 체험하면서 냉전 이데올로기가 강화되는 서사구도이다. 인간성을 말살시키는 공산주의를 체험하면서, 비인간적인 공산주의 체제를 환멸하게 되지만 강제적인 체제 선택을 자신의 초자아에 의해서 강요받게 된다. 손소희는 이북 출신으로 축출과 배제의 체험을 가졌고, 최정희는 남편의 납북으로 인해 공산주의에 대해 혐오의 감정을 가질 수밖에 없었다. 이것은 손소희나 최정희의 초자아가 남북 대치라는 사회적 강제성에서 전쟁으로 이어졌으며, 그 강제성에 의해 이것 아니면 저것이라는 선택을 강요받게 되었음을 의미한다. 남북 분단으로 큰 조국을 상실한 어머니의 부재는 전쟁으로 더 큰 상처를 체험한다. 거기서 불쌍한 자아를 위로하기 위해서는 더 큰 어머니의 위로가 필요하다. 손소희는 자신의 대타자를 자유 민주주의의 이념으로 상정하고, 그 선택을 통해서 위로를 받는다. 이것은 객관적 역사적 진실에 근거하지 않은 초자아의 낭만주의적 선택이다. 낭만적 자기 추상을 가지고 서사를 주도하는 것은 현실에 대한 왜곡의 위험을 안고 있다. 그러나 전쟁기의 작품 형상화는 미적 탐구의 대상이 아니라 삶과 죽음의 선택의 문제이다. 또 '문화전선구축론'이라는 작가적 대응 안에서의 어쩔 수 없는 선택이라 할 수 있다.

모윤숙은 김활란과 함께 여성 대표 친일 인사다. 일본 제국주의 하에서는 일본이 모윤숙에게는 바로 자신의 국가이다. 이광수나 최남선, 김활란과 같이 앞에 보이는 현실의 논리를 따라가는 자에게는 먼 미래는 보이지 않는다. 그리고 전쟁이 터진 6월 25일에 바로 종군 방송을 시작할 정도로 모윤숙에게 국가는 곧 자신이다. 항상 현실적 욕망을 향해 매진하는 그런 모윤숙 같은 사람일수록 내적 불안은 더 클 것이다. 라캉의 말대로 아무리 욕망을 향해 달려가지만 욕망은 언제나 구멍을 남긴다. 그 구멍을 채우기 위해서는 어쩔 수 없다. 또 달려야 한다. 구멍 속의 불안한 꿈이 욕망을 부추기고, 욕망은 또 다른 욕망을 부추긴다. 전쟁기의 모윤숙의 공황상태에서 오는 불안함은 처벌에 대한 반복 강박으로 죽음의 충동을 보여준다. 전쟁이 발발하자 모윤숙은 제일 처음 방송국을 달려가 자작 애국시를 낭독한다. 그리고 방송국을 나와 집으로 돌아왔지만, 자신의 집 앞까지 들리는 총성 소리에 불안하여 하루

전까지만 해도 절대적인 믿음을 가지고 있던 남한 군대에 의문을 가진
다. 머리에 수건을 쓰고 뒷문으로 도망 나온 모윤숙은 김활란 총장 집
으로 향한다. 그러나 거기에도 이미 인민군의 경계가 삼엄하다.

> 해질 무렵을 기다려 나는 머리에 수건을 쓰고 新村을 향해 걸었다. 梨
> 花大學 金活蘭 總長이 萬一 집에 계시다면 함께 어디로든 가거나, 그렇지
> 않으면 마지막 모습이나마 보고서 自殺이라도 하자는 것이 나의 意圖였
> 다. 어서 바삐 나의 삶을 終結지어 버리려는 燥急한 終情에 사로잡히고
> 말았다.15)

> 나는 이以上 더 이런 地獄같은 現實에 이몸을 살려두고 싶지는 않았다
> (중략) 이제는 어떠한 威脅이 다가오든 大韓民國의 애틋한情만은 잃지 않
> 고 죽는 것이 마지막 所願이 되었다.16)

> 차라리, 차라리 이 可憐한 목숨을 내 두손으로 끊어버리는 것이 오히
> 려 깨끗한 주검을 이룰수 있으리라—나는 萬一의 境遇를 생각하고 呵片
> 을 간직하고 있었으므로, 이 機會에 이것으로써 愛着을 잃은 이生에 作別
> 을 하리라고 決心하였다.17)

위에 제시한 인용문 외에도 죽음에 관한 수사는 모윤숙의 전쟁기의
수필과 시를 지배하는 이미지이다.

> 포격성이 들린다.
> 남에서 오는 기별인가 보다.
> 나를 쏘아다고 나를 쏘아다고18)

---

15) 모윤숙, 「나는 지금 정말로 살아있는가」, 『고난의 90일』, 수도문화사, 1950.11.29. 56쪽.
16) 모윤숙, 「마포 강변에서」, 위의 책, 57-59쪽.
17) 모윤숙, 「구원을 받으며」, 위의 책, 63-64쪽.

몸 지쳐 주저 앉은 적은 이 목숨
누가 들어 이 울음이 전해지오리
서백리아 긴 방랑의 먼저간 동포여!
아—나도 그대들을 따라가야 하는가 가야 하는가?[19]

차라리 나는 진비를 맞으며
시체 곁에 주검을 빈다.[20]

달은 더 조용한 서름의 덩이

함복 젖은 내 뺨에
그리운 사람들이 꽃 피듯 환 하건만
시체처럼 차고 어두운 地下室로
나는 달을 피해 들러가야 했다.[21]

위 수필이나 시는 대체로 전쟁이 발발 서울 수복이 되기 전 90일 간
의 서울에서의 피신 생활 속에서 쓴 글이기 때문에 그만큼 더 절박하
다. 언제나 자신은 조국과 일체라고 생각한 작가가 전쟁이 시작되면서
어떤 누구와도 연결이 닿지 않는 상황 속에서 더 할 수 없는 자기 소외
에 빠진다. 해방 전의 친일로 인한 고통을 조국에 대한 헌신으로 보상
하려는 욕구로 나타나고, 자신과 조국이 일체라는 환상에 집착하게 된
다. 모윤숙에게 조국은 바로 자신이며 자신의 어머니이다. 그런 자신이
총을 들고 직접 전쟁터에 나가 조국에 봉사할 기회를 박탈당한 자신에
대한 무력감 또한 더 큰 것은 해방 전의 친일로 인한 조국에 대해 부끄

---

18) 모윤숙, 「논두렁길」, 『풍랑』, 문성당, 1951, 8쪽.
19) 모윤숙, 「깨여진 서울」, 위의 책, 15쪽.
20) 모윤숙, 「무덤에 나리는 소낙비」, 위의 책, 20쪽.
21) 모윤숙, 「달밤」, 위의 책, 32쪽.

러움은 무수한 고통이 되어 양심을 공격하기 때문이다.

프로이드는 초자아와 죽음 충동은 같은 개념이라고 했다.[22] 모윤숙의 전쟁기의 시나 수필은 무의식적으로 나오는 무수한 중얼거림 역시 자신의 초자아이다. 조국이라는 어머니의 부재를 체험하면서 자기 소외에 빠진 불쌍한 자아를 위로하는 자신의 초자아이면서, 조국의 불행한 사태에 대한 아픔을 자신의 아픔으로 전환, 자신을 공격해 자신의 양심을 건드린다. 그와 같은 초자아는 죽음 충동을 느낄 수밖에 없다.

5. 나가기

『한국전쟁기(전쟁 시작하면서 1953년 말까지) 여성문학 자료집』(2012)에는 시인 7명의 작품 52편과 소설가 10명의 작품 37편, 수필가 14명의 작품 29편이 실려 있다. 이 작품들의 선정 기준은 대체로 대표적인 여성 작가의 작품을 선정했다. 대표적 여성작가는 지속적인 작품 활동을 해 온 작가들로 선정 기준을 정했다. 이 자료집을 발간하는 데 있어 자료를 찾는 어려움은 물론이고, 대부분이 그 당시 잡지나 신문 지질이 불량해 작품을 찾았다 해도 새로 워드 작업을 해야 하는 시간 싸움과 불분명한 글자의 확인 작업, 작품의 저작권 문제 등 지난한 작업이었다.

전쟁기 문학 연구는 최근에 와서 많은 연구가 이루어지고 있고 또 진행되고 있는 것으로 알고 있다. 그러나 이 자료집에서 보여주는 것처럼 여성문학이라는 범주를 설정, 따로 연구가 되었거나 연구 계획을 하

---

22) 가라타니 고진, 「죽음과 네셔날리즘」, 『네이션과 미학』, 도서출판 b, 2009. 78쪽.

고 있는 경우는 거의 없다. 숙대 구명숙 교수가 이끄는 '기초과제연구
팀'에서는 해방기부터 1960년대까지의 여성문학 기초연구 과제를 한국
연구재단의 3년 연구과제로 잡았는데, 『한국전쟁기 여성문학 자료집』
의 출간은 후반기 결과물 중의 하나이다.

　전쟁기 어려운 시기에 여성 작가들의 감성을 확인하고, 그런 감성으
로 드러내는 전쟁기 여성문학의 특징을 라캉이나 프로이드 정신분석학
을 통해 살펴보았다. 전쟁기의 소설에서 보여주는 타자 의식, 시에서
보여주는 원초적 고향에 대한 염원, 현실 대응 방식으로 나온 냉전 이
데올로기 작품들에서 보여주는 초자아에 의한 죽음 충동은 여성적 특
징을 나타내는 특징이면서 전쟁기문학에 나타는 공통적인 특징이다. 그
동안 주변화 되었던 한국전쟁기 여성문학작품의 발견은 우리 문학사를
더욱더 풍부하게 할 것이며, 그에 대한 다양한 연구는 여성문학에 대한
이해의 폭을 확대시킬 수 있으리라 생각한다.

영화에 나타난 한국전쟁기 미군과 민간인의 관계*

– 〈작은 연못〉, 〈웰컴 투 동막골〉, 〈아름다운 시절〉을 중심으로

황영미 숙명여자대학교 리더십교양교육원 교수

1. 머리말

이 글에서는 한국전쟁기를 배경으로 한 한국영화에 나타난 미군과
민간인의 관계에 관해 고찰하고자 한다. 이는 한국전쟁에서 민간인이
주체가 아닌 타자로서 취급돼 왔다는 문제의식에서 출발한다. 미군이
한국을 도와준 것은 분명하지만, 무자비한 전술과 미군 주둔으로 빚어
진 사건들로 인한 민간인들의 피해도 무시할 수 없기 때문이다. 한국전
쟁 당시 민간인은 미군의 폭격을 당한 피해자로서 뿐만 아니라, 경제적
으로나 성적(性的)으로 주체가 되지 못하고 타자로서 살아가는 경우가
많았다. 전쟁영화에 나타나는 민간인들의 모습은 당시의 시대상황을 재
현한다고 볼 수 있다. 그러므로 이 글은 한국전쟁기를 다룬 다양한 영

---

* 『현대영화연구』 18호, 현대영화연구소, 2014.7 게재된 논문임.

화를 통해 미군과 민간인의 관계를 분석하여, 그 양상이 어떻게 드러나고 있는지를 밝히고자 한다.

한국전쟁영화에 대한 연구는 대체로 남다은이 말한 것처럼 "궁극에는 국가정체성을 회복시키고 남한 가부장제를 공고히 한다"[1]는 관점에서 진행돼왔다. 그동안 한국전쟁영화에 관한 연구는 분단문제까지를 포함하여 다양한 방면에서 이루어져 왔지만, 한국전쟁에 미군이 많은 영향을 끼쳤으며 미군이 등장하는 영화가 많음에도 불구하고 이에 대한 연구는 적은 편이다.

그 중 고동연이 「전후 한국 영화에 등장하는 주한 미군의 이미지 : 「지옥화」(1958)에서부터 「수취인불명」(2001)까지」에서 지적한 바 "영화 속에서 재현된 미군들의 이미지는 정형화되고 일반화된 침략군의 이미지로부터 탈피하여 한국 내 미국과 주한미군에 대한 태도의 변화를 가늠할 수 있는 주요한 척도 중의 하나"[2]라는 점은 유의미하다. 하지만 이 글에서는 전후 미군주둔까지 다룬 고동연의 논문과는 달리 한국전쟁기를 다룬 영화만을 대상으로 미군과 민간인의 관계에 집중하여 살피고자 한다. 한국전쟁 당시 민간인이 타자화된 양상을 놓고 미군이 이에 대해 책임을 져야 하는 이유가 무엇인지에 대해 고찰하고자 하는 것이 목적이기 때문이다.

그동안 주한 미군에 관한 연구는 남북한 소설이나 사료를 바탕으로 이루어져 왔다. 신영덕의 「한국전쟁기 남북한 소설과 미국·중국군의 형상화 양상」에서 미군은 주로 부정적으로 형상화되고 있는 바, 미군은

---

1) 남다은, 「전쟁기억의 표상들」, 『황해문화』 67호, 새얼문화재단, 2010, 38쪽.
2) 고동연, 「전후 한국 영화에 등장하는 주한 미군의 이미지」, 『미국사연구』 30호, 한국미국사학회, 2009, 165쪽.

매매춘 문제와 연관되어 있거나 비인간적인 성격을 지니고 있는 것으로 나타난다3)는 점을 주지시키고 있다. 김은정의 「『문학예술』에 나타난 폭격의 서사－한국전쟁기 미국 폭격을 중심으로」4)는 미군 폭격을 북한의 문예 잡지인 『문학예술』에 발표된 소설을 중심으로 살피고 있다. 김은정은 "폭격은 교전국의 국민의 목숨을 담보로 하고 있다는 점에서 대량학살과 다를 바가 없다"5)고 보고 북한 소설에 나타난 미군 폭격서사의 특성을 밝히고 있다. 서희경은 「한국전쟁에서의 인권과 평화 : 피난민 문제와 공중폭격 사례를 중심으로」에서 "민간인에 대한 배려는 전쟁에 대한 광범한 지지를 확보함에 있어서 중요할 뿐만 아니라 군사적 승리에 있어서 결정적으로 중요하다. 그러기 위해서는 전쟁에 대한 보다 구체적이고 제도적인 '이성적 설명' 속에 민간인에 대한 책임문제를 포함시켜야 한다."6)고 주장하며 인도적인 입장에서 폭격을 당한 민간인의 문제를 부각시키고 있다.

주지하듯이 미군과 민간인의 문제는 주체와 타자의 관점으로 접근가능하다. "타자를 도구적으로만 인식함으로써 타자에 대한 무자비한 폭력의 역사를 배태하기도 했다. 가령 고도로 발달된('합리화된') 과학기술을 무기로 벌어졌던 20세기 전쟁과 대량살육의 참사가 그 대표적 사례들"7)이라고 본다면 미군이 자행한 민간인 피해의 문제도 이와 관련하

---

3) 신영덕, 「한국전쟁기 남북한 소설과 미국·중국군의 형상화 양상」, 『한중인문학연구』 10호, 중한인문과학연구회, 2003, 22쪽.
4) 김은정, 「『문학예술』에 나타난 폭격의 서사－한국전쟁기 미국 폭격을 중심으로」, 『민족문학사연구』54호, 민족문학사학회·민족문학사연구소, 2014.
5) 위의 논문, 444쪽.
6) 서희경, 「한국전쟁에서의 인권과 평화 : 피난민 문제와 공중폭격 사례를 중심으로」, 『한국정치연구』21호, 서울대학교 한국정치연구소, 2012, 226-227쪽.
7) 최진석, 「타자 윤리학의 두 가지 길 : 바흐친과 레비나스」, 『노어노문학』 21권 3호, 한국노어노문학회, 2009, 173쪽.

여 고찰해 볼 수 있을 것이다. "전쟁이 불가피하게 발생했다면, 전쟁에서 승리하는 것만큼이나 중요한 것은 민간인이 군사행위의 대상 또는 표적이 되어서는 안 된다는 점일 것이다. 그러나 종종 민간인은 위험에 처하게 된다. 이는 적군을 살상하기 위해 작전을 수행하고 있는 전투지에 민간인이 인접해 있기 때문이다. 한국전쟁 발발 이후 1951년 1월 초에 이르기까지 한국군과 미군의 전쟁 수행에서 가장 큰 어려움 중의 하나는 전선으로 쏟아져 들어오는 피난민을 어떻게 조치하는가 하는 문제였다."[8] 이를 위해 미군은 피난민의 소개, 이동 제한, 그리고 치명적 무력 사용 등의 통제 정책을 시행하였다.

그러나 한국영화에서는 미군이 무조건 부정적으로 형상화되고 있다고 보기는 어렵다. 한 영화 내에서도 미군과 민간인의 관계는 부정적으로 나타나기도 하고 긍정적으로 나타나기도 하기 때문이다. 이에 이 논문에서는 한국전쟁영화 중 미군과 민간인의 이러한 복합적인 관계가 여실히 드러나는 영화를 통해 타자와 주체의 관계가 어떻게 다양하게 드러나는가를 검증하고자 한다.

타자성에 대해서는 데카르트의 코기토적 주체 중심주의를 해체하는 레비나스를 원용하고자 한다. 임마누엘 레비나스는 타자의 존재를 고려하지 않고서는 주체도 성립할 수 없다고 보기 때문에 주체의 타자에 대한 책임은 무한이 된다. 즉 "책임 속에 있는 타자를 위하는 자는 책임을 태만히 하는 것이 아니라면 회피할 수 없는 자의 숭고한 수동성 속에서 유일한 것으로 기소된 나(moi)"[9]로서 "나아가 낡은 관계에 얽매이

---

8) National Archives and Records Administration(NARA), RG 338, Box 809, 25Id Hist Rpst 27ThRct, Activity Report For August, Nov 1950 : [No Gun Ri File 9123-00-00569]/ 서희경, 앞의 논문, 206~207쪽 재인용.

9) 레비나스, 김연숙·박한표 공역, 『존재와 다르게―본질의 저편』, 인간사랑, 2010, 255쪽.

지 않고 늘 새로운 관계를 구성할 수 있는 능력으로 대치되어야"10) 할 것이라는 관점에서 접근하고자 한다. 즉 "레비나스가 말하고자 하는 선한 마음, 양심은 타자를 위해 혼신을 다하는 마음"11)이라고 할 수 있다. 이에 비추어 볼 때, 우리나라를 도우러왔던 미군이 민간인을 살해할 목적이었다고 할 수는 없지만, 선한 마음으로 한국의 민간인을 위해 혼신을 다하지 않고 무차별 폭격을 가하거나 주체로서 강압적인 폭력을 가하는 입장에 서 있었다면 비판받아야 마땅하다고 볼 수 있다.

이 글에서는 타자화와 이에 대한 비판의식의 정도로 미군과 민간인의 관계 양상을 설명하기 위해 연구대상에 있어서 미군이 민간인을 타자화시킨 양상을 비판적으로 그린 영화만을 분석하고자 한다. <지옥화>(1958)나 <은마는 오지 않는다>(1991) 등의 영화에서는 미군에게 성폭력을 당했다든지 미군과 매매춘을 하는 여성을 그리고 있지만, 미군을 비판적으로 그리지는 않고 있다는 점이 여러 논문에서 지적되어 온 바다. "<지옥화>에서 양공주 문제는 미군과 양공주 사이의 문제가 아니라 퇴폐적인 양공주를 둘러싼 한국 남성들 사이의 문제로 변질"12)되거나 <은마는 오지 않는다>에서는 미군에게 성폭력 당한 "언례의 적은 미군뿐 아니라 자신의 겁탈을 쉬쉬하면서도 언례를 순혈주의에 위배된 더러운 여인으로 벌하려는 마을 사람들을 포함하"13)고 있다고 볼 수 있기 때문이다. 그러나 <아름다운 시절>(1996)에서는 <은마는 오지 않는다>와 유사한 소재를 다루고 있지만, 미군에 대한 비판과 민간인

---

10) 최진석, 앞의 논문, 191쪽.
11) 김연숙, 「타자를 위한 책임으로 구현되는 레비나스의 양심」, 『윤리교육연구』 25집, 한국윤리교육학회, 2011, 107쪽.
12) 고동연, 앞의 논문, 155쪽.
13) 위의 논문, 157쪽.

의 저항의식이 영화에 드러나기 시작한다. <웰컴 투 동막골>(2005)에서
는 동막골에 포격을 하는 미공군이나 인민군을 색출하려는 미특수부대
원과 동막골에 불시착한 미공군 스미스와는 바라보는 방식에 있어 차
이가 난다는 것을 바탕으로 분석하고자 한다. 또한 노근리 미공군 폭격
사건을 본격적으로 다룬 <작은 연못>(2010)에서는 아무런 이유도 모른
채 당하기만 하는 민간인들의 피해양상을 통해 미군과의 관계를 추적
하고자 한다. 이에 이 글에서는 이 세 영화를 통해 한국전쟁기 미군과
민간인의 관계의 영화적 재현양상의 의미를 살피고자 한다.

한국전쟁기를 다룬 영화에서 미군과 민간인의 관계가 어떻게 형성되
고 있는지를 살피는 작업은 결국 이들 영화가 무엇을 강조하고 부각시
켜 어떤 의미를 형성하는지를 밝히는 데 기여할 것으로 본다.

2. 한국전쟁영화 속 미군의 재현 양상

분단국가라는 한국의 특수상황은 한국전쟁이 우리 사회에 아직도 큰
영향을 끼치고 있음을 의미한다. 한국전쟁 당시부터 제작됐던 한국전쟁
영화도 다양한 스펙트럼을 보이며 지금까지 전개돼 왔다. 지명혁은 한
국전쟁영화는 '50년대는 생생한 살육의 상처를 그렸고, 60년대는 상처
에 대한 반성, 70년대는 극단적인 반공주의, 80-90년대는 이데올로기로
부터의 탈출, 2000년대는 개인과 휴머니즘의 재발견'[14] 등으로 변천해
왔다고 분석하고 있다. 이는 한국전쟁영화가 전쟁의 상처와 이데올로기

---

14) 지명혁, 「한국영화에서 나타난 한국전쟁의 양상과 시각의 변화」, 『영화교육연구』 제7
집, 한국영화교육학회, 2005, 176-193쪽 참조.

를 극복하는 과정으로 전개됐다고 분석한 것으로 보인다. 또한 김권호는 '전쟁영화의 형성기(1949-1961)는 반공 이데올로기 주입의 시행착오, 양산기(1962-1971)는 양적 성장과 반공 이데올로기의 안착, 침체기(1970-1979)는 국가주도의 국책영화로 전락, 이행기(1980년대)는 뒤돌아보기와 숨고르기, 재생기(1990년대 이후)는 이데올로기의 경합vs전쟁 스펙터클'15)로 분석했다. 이는 전쟁영화의 시대와 이데올로기와의 긴밀한 관련성을 추적한 것이다. 이 두 연구 모두 한국전쟁영화 제작이 당대 국가의 정치상황과 긴밀한 관련을 지닌다는 것을 밝히고 있다. 특히 김권호는 반공이데올로기를 강화하기 위해 "반공·전쟁영화 제작에 필요한 인적·물적 자원을 군 또는 경찰 당국이 직·간접적으로 제작·지원하기 시작하였고, 이러한 지원방식은 이후 시기 반공·전쟁 영화 제작관행에도 그대로 이어졌다"16)고 밝히고 있다.

　이러한 변천과 전개과정 내에서 미군과 민간인과의 관계가 다양하게 드러난다. 한국전쟁영화는 분단을 배경으로 하는 영화까지 포괄하고 있는데, 이 글에서는 한국전쟁기를 배경으로 한 영화만을 대상으로 미군과 민간인의 관계를 살피고자 한다. 고동연은 "미군의 원조가 절대적이었던 한국전쟁 직후의 국내 상황, 표현의 자유가 억압되었던 한국 영화계의 현실, 순혈주의에 대한 집착, 그리고 1980년대 사회비판적인 시각과 민족주의의 등장 등 다양한 역사적 배경이 미군의 이미지와 미군과 양공주 관계를 묘사하는 데에 반영되어 왔"17)다는 점을 지적하고 있다.

---

15) 김권호, 「한국전쟁영화의 발전과 특징 – 한국전쟁에서 베트남전쟁까지」, 『지방사와 지방문화』 9권 2호, 역사문화학회, 2006, 77-108쪽 참조.
16) 김권호, 「전쟁 기억의 영화적 재현 : 한국전쟁기 지리산권을 다룬 영화들을 중심으로」, 『사회와 역사』 68집, 한국사회사학회, 2005, 110쪽.
17) 고동연, 앞의 논문 165쪽.

이 글에서 분석한 세 영화의 1998년, 2005년, 2010년이라는 제작시기도 물론 1980년 이후의 사회비판시각이 강화되었던 문화적 상황과 무관하지 않을 것이다.

전쟁영화 속 미군의 재현 역시 1990년 이전까지는 혈맹으로서 우방으로 온 원조군의 모습으로 재현되었고, <은마는 오지 않는다>(1992)에서부터 미군에 대한 비판의식이 시작되었다고 볼 수 있다. 그러나 이 영화에서는 막상 미군에 대한 비판의식은 다소 약하게 나타났으며, <아름다운 시절>(1998)에 와서야 비판의식으로 인한 저항이 본격적으로 나타난다고 볼 수 있다. <웰컴 투 동막골>(2005)은 이데올로기나 민족이 무화된 이상향인 동막골을 상정하여 비판의식과 동료애를 함께 보여주는 등 다양한 시도를 한 의미가 크다. 이는 <공동경비구역 JSA>(2000) 등에서 남북한 이데올로기를 초월하여 같은 민족이라는 관점으로 남북한을 바라보는 영화 재현의 변화와 관련이 있는 것으로 보인다. 이러한 과정을 거쳐 <작은 연못>(2010)에서야 본격적으로 미군의 민간인 폭격사건을 다룬 영화가 등장하게 되는 것으로 보인다. 그리하여 미군을 비판하는 것을 넘어서 국군까지도 비판하는, 즉 한국전쟁기에 국군이 민간인을 무차별 학살하는 거창양민학살사건을 다룬 <청야>(2013)와 같은 영화까지 제작할 수 있는 배경을 마련하게 될 수 있었던 것으로 보인다. 한국전쟁 당시의 민간인의 피해는 인민군의 색출을 목적으로 국군에 의해 자행되기도 했기 때문이다.

이 글은 세 영화를 통해 나타나는 미군과 민간인의 관계는 주체와 타자의 관점에서 책임과 윤리의 테마로 영화적 재현을 바라보아야 한다는 점을 강조한다. 다시 말해 한국전쟁기를 다룬 영화의 맥락에서 미군 재현 양상의 의미는 <아름다운 시절>에서부터 시작된 한국전쟁기 미군에 대한 비판의식이 <작은 연못>에 와서 미군이 주체가 되어 민간인을 타자화시켰다는 점을 강조하여 미군의 책임에 대한 사회적 환기를 강화하는 데에 기여한다고 볼 수 있다.

3. 한국전쟁기의 미군과 타자화된 민간인의 관계

1) 타자화에 대한 비판의식의 발로 : 〈아름다운 시절〉

<아름다운 시절>의 도입부에서는 미군이 지프차를 타고 지나갈 때 아이들은 초콜릿을 달라고 차를 따라가는 장면으로 시작한다. 미군이 초콜릿을 떨어뜨리자 마을 아이들이 초콜릿을 얻어먹으려고 지프차를 뒤따른다. 또한 딸을 미끼로 미군부대에 취직하려는 성민의 아버지 입장에서 보면 미군은 경제적 도움을 주는 대상이었다.

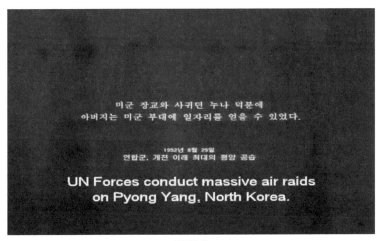

〈장면 1〉

위의 <장면 1>처럼 미군 장교와 사귀던 누나 덕분에 성민의 아버지는 미군 부대에 일자리를 얻을 수 있었다. 이 내용은 자막으로 처리돼 부각된다. 성민네 가족뿐만이 아니라 많은 다른 마을 사람들 역시 미군과 경제적 관계를 맺고 있다. 남편을 전쟁 중에 잃은 창희 어머니는 미군에게 몸을 팔아 생계를 유지하려고 한다. 창희 어머니가 물방앗간에 미군과 함께 들어오는 것은 아이들이 훔쳐보기도 한다. 이처럼 미군은 민간인에게 부정한 방법으로 경제적 이득을 제공하게 된다.

신영덕은 한국전쟁기 남북한 소설에서 "미군은 주로 부정적으로 형상화되고 있는 바, 미군은 매춘 문제와 연관되어 있거나 비인간적인 성격을 지니고 있는 것으로 나타난다"[18]는 점을 지적했다. "이들은 주로 매춘부 문제와 연관되어 있거나 사람보다 짐승을 더 중히 여기는 비인간적인 성격을 지니고 있는 인물로 형상화되고 있는 것이다. 전쟁에서의 승리를 위해 종군 활동을 한 종군작가들이 우군인 미군을 이렇게 비판적으로 형상화한 것은 미군에 대한 남한 작가들의 태도가 대부분 비판적이었음을 추측할 수 있다. 또한 이것은 휴머니즘적 시각으로 전쟁을 비판하면서 전쟁기 현실의 모습을 사실적으로 묘사하였던 남한 작가들의 글쓰기 태도와도 관련 있"[19]다는 것을 지적하고 있다.

<아름다운 시절>에서도 미군은 매춘과 관련 있거나 폭력적 지배자로의 모습을 보인다. 동네 아녀자에게 성폭력을 가하거나 부대근처 쓰레기에서 물건을 훔친 아이들을 벌하고, 부대 물건을 빼돌린 성민 아버지에게 붉은 페인트를 뿌려 낙인찍는 등의 모습을 보인다.

---

18) 신영덕, 「한국전쟁기 남북한 소설과 미국·중국군의 형상화 양상」, 『한중인문학연구』 10호, 중한인문과학연구회, 2003, 22쪽.
19) 위의 논문, 8쪽.

이러한 미군의 태도에 대한 민간인의 감정이 좋을 리 없다. 자신의 어머니가 미군과 매매춘을 하는 사실을 알게 된 창희는 매매춘의 온상인 방앗간에 불을 지르고, 그 안에 있던 미군이 사망하게 만든다. 미군은 창희의 입장에서는 원수이며, 불지름으로써 이에 대해 복수하는 것이다.

한국은 미국과 부통령이 내한함으로써 우방이 되는 것처럼 보이지만, 누나는 임신한 채 미군에게 버려진다. 이처럼 <아름다운 시절>에서의 미군은 경제적 폭력적 주체로서 민간인을 타자화시키는 관점이 부각되고 있으며, 물방앗간을 불지르는 창희는 이에 대해 저항하는 양상을 보이는 인물이라고 볼 수 있다.

2) 타자화에 대한 비판의식과 동료애의 공존 : 〈웰컴 투 동막골〉

(1) 타자화의 측면

<웰컴 투 동막골>은 무기를 싣고 가던 미군 수송기를 운전하던 미 전투기 조종사 스미스 대위가 불의의 사고로 동막골에 추락하는 장면부터 시작한다. 스미스와의 소통이 불가능하게 되자 미공군 본부에서는 "동막골에 인민군의 대공포 기지가 있는 것이 틀림없다"면서 대규모 폭격을 감행할 뜻을 밝히자 국군 지휘부는 "아직 뚜렷한 증거도 없는 상태에서 민간인 거주 지역을 폭격할 수 없다"며 반대의사를 밝힌다. 마침내 연합군은 추락한 미군 조종사를 찾을 특수부대를 파견한다. 아래 <장면 2>에서는 특수부대원 대장이 부대원들에게 지상 투하 전 지상에 있을 적들이 자신들을 망설임없이 잔인하게 죽일 것이라고 말한

다. 다분히 미공군이 주체적 입장에서 지상에 있는 적들을 잔인한 타자로 판단하고 있다.

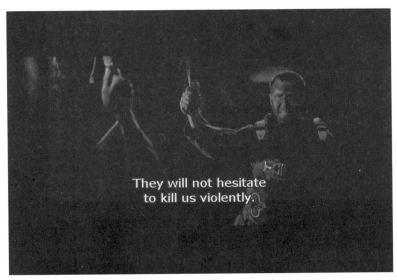

〈장면 2〉

동막골에 내려간 특수부대원들이 돌아오지 않자 결국 미공군 본부에서는 대규모 폭격기 편대를 출동시킨다. 동막골에 있던 "국군과 인민군 패잔병들이 평화로운 동막골을 지키기 위해 저항하다 모두 장렬한 죽음을 맞이하게 된다. 이 영화는 은연 중에 전시작통권 환수 주장을 뒷받침하는 것"[20]으로 해석될 만큼 한국전쟁인데도 불구하고 국군보다는 미공군의 판단과 주도 하에 작전이 수행되고 있는 것을 재현하고 있다.

---

20) 이영민, 「관객동원 기록 갱신하는 반한, 반미영화들(7) : 공산주의적 유토피아를 미군이 박살낸 것으로 묘사한 〈웰컴 투 동막골〉」, 『한국논단』Vol.210, 한국논단, 2007, 111쪽.

〈장면 3〉

　〈장면 3〉에서의 '우리에겐 동정적으로 행동할 선택의 여지는 없다' 는 미군의 말처럼 미군들은 그들의 입장에서 주체적으로 타자에 대한 동정심이나 배려없이 작전을 기획·수행한다. 즉 〈웰컴 투 동막골〉은 미공군 폭격의 서사로 미공군과 민간인의 관계에서 여전히 한국의 민간인은 타자로 취급되고 있다는 것을 재현하고 있다.

　영화 속에서 리수화와 표현철 일행은 스미스 대위의 안내로 추락한 수송기의 잔해에서 기관총과 대공포 등 무기를 구한 후 표현철의 지휘로 방어 작전을 펼치기로 합의한다. 이 과정에서 스미스도 함께 싸우겠다고 하지만 "당신이 돌아가서 무사하다는 것을 알리는 것이 오히려 우리에게 도움이 될 것"이라는 표현철의 말을 듣고 마음을 돌린 스미스는 포로로 잡힌 미공군특공대원과 함께 서둘러 동막골을 떠나 연합군 본대로 간다. 이에 대해 강성률은 "일원이 된 미군은 동막골이 파괴되는

것을 막기 위해 필사적으로 연합군 본대를 찾아간다. 그러나 엄밀히 말
하면, 미군은 폭격으로부터 벗어나 자신이 살아남기 위해 가는 것이다.
인민군과 국군이 동막골을 살리기 위해 죽어 갈 때 그는 살아남는다.
결국 그는 인민군과 국군과는 다른 존재임을 보여 주는 것"[21]이라고
주장한다. 이는 이 영화가 동료애를 나눈 스미스에게서조차 미군이 주
체로 존재하고 있다는 것을 재현한 것으로 보는 입장인 것이다.

표현철은 마을을 보호하기 위해 될 수 있으면 마을에서 멀리 떨어진
곳에 방어진지를 구축하려 한다. 밤하늘을 수놓는 폭격기 편대가 나타
나고 표현철 일행은 과감한 선제공격으로 전투를 시작하여 몇 대의 폭
격기를 격추시키는 등 선전한다. 그러나 그 후 잇따른 미군기의 대대적
인 폭격으로 모두 전사한다. 마을을 떠나다가 미군기들의 폭격장면을
보고 스미스는 절망적인 표정이다. 영문도 모르는 마을 사람들은 한 밤
중에 벌어진 때 아닌 불꽃놀이를 신기하다는 듯 보고 있다.[22] 이러한
상황은 영화뿐만 아니라 실제 사료와 기존 연구에서도 지적되고 있다.

> 미8군은 통상 폭격라인을 아군의 전방 위치의 5~10마일 앞에 설정해
> 폭격을 요청하지만, 그곳에는 적의 주력뿐만 아니라 종종 아주 많은 민
> 간인들이 있다. 이와 같은 폭격라인의 설정은 적절하지 않아 보인다. 또
> 한 많은 경우 피난민들이 전선에 들어와 있고 그들을 되돌려 보낼 수 없
> 다. 공군이 이들에게 기총사격할지에 관한 명령을 8군에게 구하였다. 설
> 령 이들 사이에 북한군이 섞여 있다는 사실을 알고 있을지라도 8군은 이
> 들에게 기총사격하라는 결정을 내리지 않았다. 그리고 8군은 마을을 소

---

21) 강성률, 「영화로 보는 우리 역사 ⑤ <웰컴 투 동막골>과 한국전쟁 : 민족의 이상향
    과 과도한 민족주의의 함정」, 『내일을 여는 역사』Vol.22, 내일을 여는 역사, 2005,
    291쪽.
22) 이영민, 앞의 논문, 119쪽.

개하고 불태우는 것을 매우 꺼렸는데, 왜냐하면 민간인들을 다치게 하는 것이 두려웠기 때문이다. 결국 이러한 시행결정은 항상 공군에게 있었다.[23]

위의 기록에 따르면, 미군이 설정한 폭격 안전선 밖에 적군과 섞여 있는 많은 피난민이 있다는 것이다. 공군이 이들에 대한 기총사격과 폭격 명령을 육군에게 구하지만, 육군은 민간인의 살상을 염려하여 결정을 내리지 못하였고, 결국 공군이 폭격을 감행해야 했다고 보고하고 있다. 공중 공격은 이중효과의 특징을 갖고 있다. 즉, 적군을 죽일 수 있고, 동시에 근처에 있는 어떤 민간인이라도 사상될 수 있다. 미 공군은 전쟁 초기부터 우세한 항공 전력을 바탕으로 제공권을 장악, 공중폭격을 통해 북한군의 남하를 저지하고자 하였다. 한국전쟁 수행에서 궁중폭격은 전쟁을 승리로 이끄는 가장 중요한 요인이기도 했지만, 동시에 민간 피난민을 위해하는 가장 큰 요인이기도 하였다.[24] 이 사료와 연구에서도 증명되듯이 민간인들은 폭격에 노출돼 있었고, <작은 연못>이나 <웰컴 투 동막골>은 이러한 점을 재현하면서 타자화된 민간인의 피해를 환기시킨다. 영화 속 동막골은 국군 패잔병도 품고 미군도 품는 곳이다. 심지어 인민군까지 환대하며 품는 곳이다. 그러나 동막골에 내려온 미공군 특수부대원들은 인민군을 찾기 위해 마을 사람들을 총으로 위협하기도 하고 폭력을 가하기도 함으로써 이 영화에서 가장 긴장감이 있는 장면이 연출된다.

우방으로 왔으나, 군사적 작전이라는 편의주의에 의해 민간인을 무차

23) NARA, RG 342, Box 3539, Fifth Air Force, Office Of Tactical Air Research And Survey, Feb. 23 1951 : [No Gun Ri File]/서희경, 앞의 논문, 212쪽 재인용.
24) 서희경, 앞의 논문, 212쪽.

별 폭격한 미군과 민간인의 관계는 한국전쟁의 또 다른 비극이다. 미군이 자신들을 주체로 놓고 민간인을 타자화시키며 작전을 앞세워 민간인의 안전에 대한 책임을 저버린 측면을 <웰컴 투 동막골>에서 재현한 것으로 볼 수 있다.

(2) 동료애의 공존

<웰컴 투 동막골>에서는 앞 절에서 언급했던 미군과 민간인과의 타자화에 대한 비판의식만 나타나는 것이 아니라 동료애의 측면도 나타나는 등 다양한 스펙트럼을 보인다. 전투기 사고로 동막골에 불시착한 미공군 스미스는 본부와의 연락을 계속 시도하지만 불통이다. 곤란에 빠진 그는 동막골의 소년과 첫만남을 하게 되고, 이후 동막골에 들어와 함께 거주하게 된다. 마을 사람들과 언어적 소통은 어렵지만 서로에 대한 믿음과 이해로 교분을 쌓아간다.

데리다는 그의 저서 『환대에 대하여』에서 기존의 질서 체계에서 이방인의 개념이나 이방인의 상황에 대해 의문을 제기한다. 데리다는 소포클레스의 <콜로노스의 오이디푸스> 중 이제 막 콜로노스 숲에 도착한 오이디푸스가 다가오는 콜로노스인을 "이방인이여!"라고 불러 세우는 장면에서 '이방인'이 존재규정이 아니라, 위치에 따라 상대적으로 주어지는 호칭임을 보여준다.25) 현지에 살고 있는 콜로노스인에게는 오이디푸스가 당연히 이방인이겠지만, 처음 도착한 오이디푸스입장으로 보면 그가 이방인이 되는 것이다. 동막골은 인민군이든 국군이든 미군이든 모든 이방인을 환대하는 이상 공간이다. 그러므로 미군과 민간인

---

25) 데리다, 남수인 역, 『환대에 대하여』, 78쪽.

의 관계도 이방인의 태도를 버리고 친구가 된다. 민간인과 친해진 스미스는 손님이자 동료며 친구이다. 국군 패잔병, 인민군과 함께 스미스역시 마을 사람들과 멧돼지도 잡고 마을축제도 함께 참여한다.

심지어 동막골의 축제가 벌어지던 날 밤, 스미스는 비행기에서 낙하산으로 내려와 마을 사람들에게 폭력을 가하다 못해 총까지 쏘는 미특수부대원들을 국군 패잔병과 함께 힘을 합해 제압한다. 스미스는 동막골 사람들과 한 마음으로 동막골을 위한다. 동막골 사람들의 친구인 스미스가 주체로서 마을 사람들을 타자로 취급하는 장면은 없다고 볼 수 있다. 그러므로 한 영화 내에서도 미군과 민간인의 관계는 타자화에 대한 비판의식과 동료애가 공존하는 등 이중적으로 나타난다.

3) 타자화에 대한 비판의식의 강화 : 〈작은 연못〉

영화 〈작은 연못〉에서는 우방의 군인인 미군이 민간인을 비행기에서 무차별 학살한 폭력성을 지닌 집단으로 묘사된다. 이 영화에서 주로 다루는 것은 한국전쟁 초기에 발생했던 노근리 사건[26]이다. 이 영화가

---

26) 1950년 7월, 전쟁초기 북한군에게 밀린 미군은 전선을 후퇴시켜 대전에서 부산으로 가는 유일한 길목인 영동군 황간면 노근리 일대에 저지선을 구축하게 된다. 노근리 주변 마을인 주곡리, 임계리에는 미군에 의해 소개령이 내려지고 500여 명의 주민들은 미군의 강압적인 인솔하에 피난길에 오르게 된다. 그러나 미군은 피난민 틈에 민간인으로 위장한 적군이 침투했다는 미확인 정보를 확신하여, 피난민들의 저지선 통과를 저지하라는 상부의 지시에 따라 남쪽으로 무작정 내려가던 피난민들을 향해 비행기 폭격을 감행한다. 미군의 저지선이 후퇴하기 전, 7월 26일부터 29일까지 3박 4일 동안 폭격에 살아남은 300여 명의 생존자들은 기차길 밑 쌍굴 다리에 갇힌 채 제1기병사단 7기병연대 2대대 병력으로부터 공격을 받는다. 300여 명에 달했던 쌍굴 다리 안의 피난민들 중 최후까지 살아남은 사람은 25명. 이들은 시체를 방패 삼고 핏물로 갈증을 달래서 간신히 목숨을 건진 유일한 사람들이었다. (영화 〈작은 연못〉 제작 노트 중에서(http://movie.daum.net/moviedetail/moviedetailStory.do?movieId=42110&t__nil_main_synopsis=more)

실제 사건을 재현하여 사회적 환기를 하는 데 목적이 있기 때문에 이 영화에서는 실제 사료와 분리시켜 논하기는 어렵다. 그러므로 이 글에서도 사료와 영화를 오가며 논의하게 될 것이다. "노근리 사건 발생 기간과 가장 근접한 시점의 자료인 1950년 8월 19일자 『조선인민보』 또한 '평화주민 400명 학살'이라고 밝히고 있기 때문에, 실제 사망자 수는 대략 300~400명 선으로 정리될 수 있다. 특히 쌍굴다리에서 희생된 대부분의 사람들이 영화에서 볼 수 있는 것처럼 노약자와 어린이들이었다는 증언"27) 등은 많은 사람들의 가슴을 아프게 한 사건이었다.

연극 연출가였던 이상우 감독이 영화제작을 결정한 것이 2001년이었지만, 2010년 4월 15일에 개봉돼 거의 10년이 걸렸다는 사실은 제작 과정 자체가 무척 어려운 일이었다는 것을 말해준다. 1950년 한국전쟁 당시 노근리 사건 현장에서 자식을 둘을 잃은 정은용(노근리 대책위원회 위원장)의 실화 소설 『그대, 우리의 아픔을 아는가』를 바탕으로 완성된 영화 <작은 연못>의 시나리오가 영화화되는 과정에서 가장 강조되는 장면이 미 공국 폭격 장면이라고 볼 수 있다. 아래 <장면 4>는 민간인 피난민을 폭격하는 미 공군 비행기 조종사를 주체로 놓고 민간인을 대상화하는 익스트림 롱쇼트이다. 처음 폭격이 시작되는 장면부터 미공군에게 폭격 당하는 민간인들은 주체가 아닌 타자로 표현되고 있다.

27) 이만열, 「노근리사건과 평화」, 제1회 노근리국제학술대회자료집, 2007, 17~21쪽.

〈장면 4〉

뿐만 아니라 <작은 연못>에는 아래 <장면 5>처럼 '어떤 피난민도 전선을 넘지 못하게 하라. 전선을 넘으려는 자는 모두 사살하라'라는 군사통신이 자막으로 처리돼 대상화된 민간인들의 폭격 피해 사건 자체를 부각시키고자 하는 의도로 볼 수 있다.

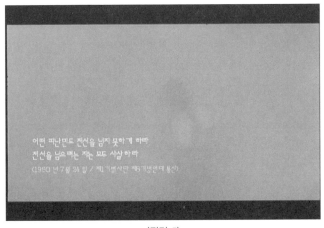

〈장면 5〉

<작은 연못>에서 미공군의 폭격을 재현하는 방식은 전쟁 중 작전상 어쩔 수 없는 상황이라고 하더라도 "당시 노근리 사건만이 아니라 그와 유사한 미군에 의한 양민 학살사건을 연구, 조사하여 역사적 진실을 규명하고, 한미관계를 재조명하는 데 노력해야 할 것"[28]이라는 입장을 대변한다.

김태우는 논문에서 "이상우 감독은 미국 병사들의 총격 장면 또한 생생하게 보여주지 않고 있다. 여기에는 미군 병사들 또한 전쟁의 피해자이며, 비난받아 마땅한 대상은 피난민 통제명령을 내린 정·군 고위급 인사들, 혹은 전쟁이라는 폭력 상황 그 자체라는 관점이 들어 있다고 볼 수 있다"[29]고 주장하고 있다. 그러나 <작은 연못>은 미군 병사들 또한 전쟁의 피해자라는 점보다는 민간인을 타자화시키는 미군의 입장을 비판하고 있는 텍스트라고 보는 것이 타당하다. 연합군의 명령에 따라 고향을 떠나는 민간인에게 소리를 지르며 윽박지르는 미군의 모습이나 피난가는 민간인들에게 길 아래로 가라고 협박하는 미군의 모습도 자신들이 전쟁의 주체임을 강조하는 장면이다. 또한 폭탄투하의 소식을 듣고 민간인들에게는 알려주지 않은 채 자신들만 도망가는 미군의 모습 역시 무책임한 점이 부각된다.

전쟁 중에도 민간인은 보호돼야 하는 것이 마땅하다. 그러나 "군사적 필요성에 의한 작전 수행이 불가피하다면, 비전투 민간인의 피해는 어느 정도 허용되어야 할 것인가?"[30]하는 문제가 공중전의 작전에 따르

---

28) 최득진, 「한국전쟁 중 미군에 의한 민간인 학살사건」, 『법전논총』Vol.35, 중앙대학교 법과대학, 2000, 2쪽.

29) 김태우, 「영화 <작은 연못>을 통해 본 한국전쟁 다시쓰기」, 『작가세계』Vol.87, 세계사, 2010, 405쪽.

30) 서희경, 앞의 논문, 207쪽.

는 불가피한 선택이 된 상황이다. "1951년 1월 1일 오후 9시에 서울 철수에 앞서 미8군 사령부는 '행정명령 32호'를 공포하였는데, 이 행정 명령의 핵심 내용은 유엔군의 작전 수행에 방해가 되는 모든 민간인의 이동을 통제하려는 것"[31]이다. 그런데 서희경의 논문에 따르면 전군에 하달된 이 문서에서 민간인 보호의 일차적인 실행 책임을 대한민국 정 부당국에 맡기고 있다는 점이다. 이는 미7사단 민사9(Civil Affairs)기록에 서도 언급하고 있는데, 그 내용을 살펴보면 "38선 이남의 민사 문제는 도 단위 또는 지방 단위 당국을 포함하는 대한민국 정부를 통하며, 지 방 당국이 존재하지 않거나 제대로 기능을 못하는 경우에는 지휘관이 군사 작전수행에 필요한 선에서 통제한다"[32]고 하고 있어 민간인 보호 보다는 작전수행이 앞선다는 점을 분명히 하고 있다. 이는 미군이 자신 들의 입장에서 주체가 되어 민간인을 타자화시키고 있다는 점을 반증 하는 것이다.

　<작은 연못>에서의 미육군은 아직 전쟁이 일어났다는 실감을 하지 못하고 지내는 산골 마을에 갑자기 나타나 군사지역이니 피난을 가라 고 명령한다. 정작 명령에 따라 피난을 가고 있는 마을 사람들에게 총 을 겨누며 타자로 규정하고 있다는 점이 잘 드러나고 있다.

---

31) NARA, RG 550, Entry A-1, Box 80, Organizational Files, 8086 MHD, "Evacuation of Refugees and Civilians from Seoul June 1950 and December 1950 to January 1951."/ 서희경, 앞의 논문, 213쪽 재인용.

32) NARA, RG 407, E-429, Box 3186, 7th Inf Div. Administration O No.8, Hq 7th Inf Div, 071200, Jan 1951./서희경, 앞의 논문, 213쪽 재인용.

수상한 사람들이 길을 따라 내려오고 있습니다

〈장면 6〉

　〈장면 6〉을 보면 미육군의 입장에서 마을 사람들을 오히려 수상한
사람들로 치부하며 민간인을 타자화한다. 레비나스의 타자의 철학은
"'자아' 이외의 모든 이질적인 것(他者)들을 억압하고 배제하는 방식으로
자신의 체계를 구축해 나간 주체 중심주의적 사유가 버티고 있다는
것"[33]을 비판하는 관점에 있다. 뿐만 아니라 아래 〈장면 7〉에서는 미
군이 총을 겨누며 민간인을 마치 적군 포로를 대하는 것처럼 억압하며
위협하고 있는 점이 강조된다.

---

33) 최진석, 「타자 윤리학의 두 가지 길―바흐친과 레비나스」, 『노어노문학』 제21권 3호,
　　한국노어노문학회, 2009, 174쪽.

〈장면 7〉

　<작은 연못>에서는 이처럼 미군이 민간인을 타자화시키고 사물화시키고 있다는 것을 드러내고 있다.

　그래서 사실적인 영화 <작은 연못>의 에필로그 부분에서의 커다란 고래 두 마리가 노근리 하늘 위를 천천히 유영하는 판타스틱한 장면은 바로 우리가 생각하는 타자의 존재를 환기시키는 이미지다. 이상우 감독은 언론 인터뷰 과정에서 고래 이미지를 넣은 이유에 대해 설명하며, 고래는 인간다움을 대변한다고 말했다. 그는 "고래는 살리자고 하면서 왜 사람다움은 살리려고 하지 않는가 하는 질문"이며, "사람도 고래처럼 소중하고 신비한 존재라는 것을 말하고 싶었다"[34]고 대답했다고 한

---

34) 김종훈, 「<작은 연못> 이상우 감독 & 이우정 대표. "최고의 선택, 최선의 노력"」, 『무비위크』 홈페이지(http://www.movieweek.co.kr/article.html?aid=22998) : 이선희. [제작사・배우들 무보수 품앗이로 담은 반전메시지, <작은 연못> 이상우 감독], 『국민일보』, 2010년 4월 18일자.

다. 다소 생뚱맞아 보이는 고래의 출현은 타자가 나에게 이미 알려지고 앎의 대상이 되었다면, 그는 더 이상 낯설고 이질적인 타자가 아니라는 점을 강조한다. <작은 연못>에서의 이 장면은 한국 땅에서 미국이 주체가 되고 한국인이 타자화된 상황을 고래라는 이질적인 이미지를 통해 부각시키고 있는 의미 있는 장면이라고 할 수 있다.

4. 맺음말

이 글은 한국전쟁에서 미군이 주체가 되고 한국 민간인은 타자로서 취급돼왔다는 문제의식에서 출발했다. 이에 한국전쟁영화 중 미군과 민간인의 이러한 복합적인 관계가 여실히 드러나는 세 편의 영화를 통해 타자와 주체의 관계가 어떻게 다양하게 드러나는가를 검증했다. 임마누엘 레비나스에 의하면 타자의 존재를 고려하지 않고서는 주체도 성립할 수 없다고 보기 때문에 주체의 타자에 대한 책임은 무한이 되는 것이다. 이 논문은 레비나스의 타자성의 관점에서 미군과 민간인의 관계를 고찰했기 때문에 <아름다운 시절>, <웰컴 투 동막골>, <작은 연못>의 세 영화가 타자화된 민간인의 모습을 강조하고 이에 대한 비판의식을 드러낸 영화이며 이러한 상황에 대한 미군의 책임을 환기시키는 영화임을 밝혔다.

첫째로 <아름다운 시절>(1998)에서 미군은 초반부에는 아이들에게 초콜릿을 나눠 주기도 하고, 미군부대에 납품을 하는 직업을 제공하는 등 원조자로 그려지기도 한다. 그러나 아녀자에게 성매매를 시키며, 부대근처 쓰레기에서 물건을 훔친 아이들을 벌하고, 부대 물건을 빼돌린 성민 아버지에게 붉은 페인트를 뿌려 낙인찍는 등 폭력적 지배자의 모습으로 그려지고 있다. 그리하여 처음에는 경제적 도움을 주는 대상이었지만, 아녀자를 성폭행하며 지배자로서 무소불위의 권력과 폭력을 행사하는 악인으로서의 모습이 부각된다. 어머니의 성매매 현장을 목격한 창희가 성매매의 현장인 물방앗간을 불지름으로써 미군을 불태워 죽이는 저항의 모습이 강조되고 있다.

또한 <웰컴 투 동막골>(2005)에서는 동막골 내 인민군 대공포대 여부를 조사하려는 미공군 특수부대원들이 마을을 침입해 민간인을 공격하고 위협하는가 하면, 미공군은 마을에 폭탄을 투하하는 등 무자비한 존재로도 그려진다. 그러나 동막골에 추락하여 민간인들과 함께 지내게 된 스미스는 친구며 동반자의 관계를 형성한다. 동막골에 폭탄을 투하하려는 미공군에 대해 인민군, 국군탈영병, 미공군 스미스가 힘을 합해 폭탄이 피해가도록 최선을 다하는 장면은 미군과 민간인 사이에 동료애가 드러난다. 그러므로 <웰컴 투 동막골>에서는 타자화에 대한 비판과 저항, 동료애가 공존하는 이중성을 보인다.

노근리 사건을 다룬 <작은 연못>(2010)에서는 우방으로 온 미공군이 작전 상의 편의로 민간인을 무차별 폭격으로 학살한 폭력성을 지닌 집단으로 그려진다. 영화 속에서 미군은 주체로서 전쟁에서 주도권을 행사하며 노근리 마을 주민들은 그저 타자화되어 피해를 당할 뿐 아무런 저항도 하지 못하는 상황을 강조한다.

결국 카메라에 비친 미군은 아군이며 민간인과 동반자로서의 관계가 표현되어 있는가 하면 폭력과 집단살해의 주범으로 표현되기도 하는 이중성을 보인다는 것이 밝혀졌다. 처음에는 우방으로 왔으나, 군사적 작전 상의 편의를 위해 민간인을 무차별 학살한 미군과 민간인의 관계는 한국전쟁의 또 다른 비극으로 볼 수 있다.

세 편의 한국전쟁영화 <아름다운 시절>, <웰컴 투 동막골>, <작은 연못> 등을 통해 본 미군과 민간인의 관계는 전쟁기라는 특수상황에서 미군이 주체가 되어 민간인을 타자화시킨 상황에 대한 책임을 소환하는 방향으로 재현됐다. 이 글은 한국영화에 나타난 한국전쟁기 미군과 민간인의 관계를 본격적으로 집중해 밝힌 글이라는 의의를 지닌다.

망각의 번역과 자기구원의 서사

– 임철우의 『백년여관』을 중심으로

서동수 상지대학교 국어국문학과 조교수

1. 서론

이 글은 임철우의 장편소설 『백년여관』에 나타난 트라우마와 자기구원의 과정을 논하는 데 있다. 임철우의 문학은 역사적 사건과 밀접한 관계가 있다. 특히 1980년 광주에서의 사건은 임철우 문학의 근간을 이루고 있다. '5월 광주의 체험이 없었다면 작가가 아닌 다른 길'을 가고 있었을 것이라고 고백할[1] 정도로 임철우에게 광주의 시공간적 의미는 지대하다. 광주에 대한 작가적 헌신은 5권의 장편소설 『봄날』을 위시해 여러 작품들로 표상된 바 있다. 임철우에게 역사의 영역은 광주에서 멈추지 않고 제주4・3, 한국전쟁, 베트남전쟁, 광주항쟁 등으로 확장되고 있으며, 그 중심에 『백년여관』이 있다.

---

[1] 임철우, 「나의 문학적 고뇌와 광주」, 『역사비평』, 역사문제연구소, 2000. 여름, 292면.

'백년여관'은 그 제목처럼 일제강점기부터 광주항쟁에 이르기까지 억울한 죽음을 당한 원혼들과 원통한 기억에 갇혀 사는 사람들의 처참한 고통을 '영도'를 배경으로 그리고 있다. 특히 망각을 강요하는 세상과 끔찍한 공포의 기억에서 벗어나기 위해 망각을 선택할 수밖에 없는 희생자들 그리고 그 가운데서 망각과의 투쟁을 벌이는 소설가 '당신'의 이야기가 축을 이룬다.

임철우의 문학을 흔히 '증언의 문학'이라 부르는데, 그런 측면에서 『백년여관』은 일종의 대항기억처럼 보인다. 대중의 역사 인식에 영향을 준 것이 역사 전문가가 아닌 신문, 잡지, 텔레비전, 상업출판을 활동의 장으로 삼는 소설가, 저널리스트, 일부 학자[2]라는 인식은 소설이 특정한 집단기억을 만드는, 이른바 상상의 공동체를 형성하는 중요한 기제로 바라보는 것이다. 우리의 소설도 근대적 민족국가 건설이 요청되던 시기에 교육과 문화제도 속에서 국민의 기억을 형성하는 데 일정의 역할을 해왔다.

그런데 이러한 주장들이 소설과 국가 간의 친연성을 보여주는 것이라면, 임철우의 『백년여관』은 이것과 가장 대척점에 서 있는 소설일 것이다. 『백년여관』은 관제화된 기억으로 구성된 상상의 공동체에 균열과 파열을 통해 이질적인 상상의 공동체를 형성하고자 하는 대항기억(대항서사)의 모습을 갖고 있기 때문이다.[3] 임철우에 대한 그간의 평가도 여

---

2) 테사 모리스-스즈키, 김경원(역), 『우리 안의 과거-미디어, 메모리, 히스토리』, 휴머니스트, 2006, 21면.

3) 그동안 임철우를 비롯해 역사적 사건을 새롭게 조명하는 작가들에 대한 평가의 한 축이 되었던 것이 대항기억(서사)이었다. 역사해석의 다양성과 균형성 그리고 무엇보다 '진실'의 추구와 화해의 모색이라는 차원에서 긍정적으로 평가되어 왔다. 임철우의 글쓰기 역시 이러한 의미를 강하게 표방하고 있다. 망각과의 투쟁, 증언의 문학이란 곧 왜곡된 진실을 바로잡겠다는 의지이며 동시에 '기억투쟁'의 장이기도 하다.

기에서 크게 벗어나 있지 않다. "결코 잊어서는 안 될 과거를 망각한 듯 보이는 현재의 삶에 대한 강한 혐오와 반발을 '망각과 기억의 정치학'"[4]으로 바라보거나, "시대적 망각에 대한 지속적인 저항의 결과"[5] 등으로 인식하는 것은 임철우의 문학을 기존의 기억에 대항하는 증언 문학으로 바라보는 것이다.

하지만 이러한 평가가 『백년여관』을 '증언의 문학' 혹은 '대항기억'이라는 보편성에 가두는 것은 아닐까? 대항기억의 측면과 함께 『백년여관』이 가지고 있는 개별성을 찾아볼 수는 없을까? 이 글은 이러한 문제의식에서 출발한다. 이에 이 글에서는 『백년여관』이 추구하는 증언의 내용이 역사적 사실이나 비극적 고통의 재현을 넘어 보다 근원적인 것임을 논하고자 한다. 특히 망각과 기억에 대한 강박증을 "기억의 암살자와 싸우는"[6] 대항서사보다는 발터 벤야민의 언어철학에 입각해 '잃어버린 낙원을 복원하기 위한 미메시스이자 자기구원의 서사'임을 밝혀 보고자 한다.

2. 망각의 강박과 글쓰기의 윤리학

임철우의 장편소설 『백년여관』은 '백년여관'으로 표상되는 한국의 근현대사 속에서 피 맺힌 원한과 고통 가운데 살아가는 역사적 희생자들의 비극적 운명을 고스란히 담고 있다. 비극적인 역사와 개인의 운명

---

4) 김영찬, 「망각과 기억의 정치」, 『문화예술』 통권306호, 한국문화예술진흥원, 2005.1, 42면.
5) 한순미, 「주변부의 역사 기억과 망각을 위한 제의」, 『한국민족문화』38, 2010.11, 163면.
6) 테사 모리스—스즈키, 앞의 책, 25면.

가운데 작가가 특히 주목하고 있는 부분은 '망각'이다. 『백년여관』은 '망각과의 투쟁의 과정'을 그린 작품이라고 해도 과언이 아닐 정도로 망각은 서사의 중심축을 이룬다. 작품의 서사구조 역시 망각의 존재들이 백년여관에 모여 망각의 정체를 다시 기억해내고 자기 구원의 가능성에 이르는, 이른바 '망각-기억-구원의 모색' 과정을 보여주고 있다.7) 임철우가 '망각'이라는 주제에 집착하는 것은 역사와 생의 의지가 에토스의 문제와 연결되어 있기 때문이다.

> 세상은 어느덧 그날, 그 도시, 그 기다림의 기억을 말끔히 지워버리고 말았다. 그것들은 한낱 과거의 이름, 지나간 역사의 불유쾌한 흉터일 뿐이었다. 잊자. 잊어라. 더 나은 미래를 위해서 잊어버리자. 너나없이 입을 모아 외치며, 세상 사람들은 일제히 앞만 보며 미친 듯 내달리고 있었다.8)

역사에 대한 망각은 망각의 역할과 주체에 따라 전혀 다른 의미의 선들을 갖는다. 역사의 폭력주체가 국가일 때, 특히 그 물리적 폭력이 정당성을 갖지 못할 때 국가는 기억과 망각의 내용을 규정한다. 즉 대중들로 하여금 기억해야 할 것과 동시에 망각해야 할 것을 강요한다. 이른바 국민의 기억이 등장하는 순간이다. 국민이 되기 위해서는 국가가 규정한 기억과 망각의 영역을 지켜야 했고, 이를 통해 그들은 '일상'을 보상받는다. 그래서 대중들은 역사적 진실을 생의 욕망과 맞바꾼다. 그들에게 역사의 기억이란 "실상 바로 너희 어미와 아비, 할아비와 할미가 살아온 시간들이고, 그러므로 너하고는 결코 무관할 수" 없는 "고

---

7) '망각-기억-구원의 모색'의 구조는 공간적으로 '산(散)-집(集)-산(散)'으로 나타난다. 결말의 산(散)은 흩어졌던 기억의 종합과 분유(分有)를 의미한다.
8) 임철우, 『백년여관』, 한겨레신문사, 2004, 271면. 이하 각주 생략하며 면수만 표기함.

약한 인분 덩이" 같은 것이기에, 이것을 치우지 않고는 "현란한 미래 속으로 홀가분하게 내달려가기란 아무래도 거북스럽고 기분 찜찜할" 수밖에 없는 것이다. 그래서 "컴퓨터 자판의 삭제키를 눌러 버리듯이"(22) 진실을 잊고자 한다. "5·18피해자의료보호증"을 제출한 말기암 환자 '케이'를 거부하는 병원, 역사적 희생자인 '요안'의 발작에 무관심하는 군중, 끔찍한 광주의 모습에 미쳐버린 '은희'를 향한 주민들의 방관은 역사적 기억에 대한 거북함의 표현이다. 일상뿐만 아니라 문학과 예술에서도 전쟁이나 분단은 "민족 내부의 지엽적인 소재", "케케묵은 소재", "유통기한"(19)이 지나간 상품으로 불린다. 이처럼 망각을 향한 의지는 "역사의 불유쾌한 흉터"를 잊고 "더 나은 미래를 위해서" "일제히 앞만 보며 미친 듯 내달리"게 만든다. 생의 의지에 수반된 망각의 의지가 구성한 허구적 세계는 '일상'이라는 이름으로 지속된다.

그렇다면 역사의 직접적인 당사자, 피해자들은 어떠할까?

> 잊어야만 했다. 이 세상에 살아남으려면 어떻게든 지옥에서의 흔적을 완벽하게 지워버려야 했다. 망각만이 유일한 구원이었다. 잊지 않으면 미쳐버리거나, 심장이 터져 죽고 말 터였다. 살아야 했다. 살고 싶었다. 잊어라. 잊어야 한다. 아무 일도 없었던 것처럼……(173)

강복수의 말 "이 세상에 살아남으려면"이라는 언술에는 망각이 결코 하나로 설명될 수 없는 의미의 연쇄성을 담고 있다. 실제로 역사적 희생자들의 망각은 외부와 내부 간의 교섭의 결과이다. 외재적인 망각은 "지하 영안실 안에, 1980년이라는 묵은 과거의 시간 속에다가 한꺼번에 유폐시키려 음모"(272)처럼, 국가나 사회의 강요가 만든 망각이다. 역사와 국가의 폭력 앞에 "목울음을 꺽꺽 삼키고 주먹으로 눈물을 닦으면서도, 어째서 자신들이 이런 기막힌 일을 당해야 하는지 도무지 알 수가 없"(205)었던 그들이 선택할 수 있는 것은 저항과 편입 사이의 양자택일뿐이다. 하지만 그들은 세계와 맞서기에는 나약한 개인에 불과하다. 비록 너무나도 억울하고 비참한 사건이었지만, 진실을 말할 수 없는 그들이 선택할 수 있는 것은 '망각'뿐이다. 허가된 기억의 영역을 위반했을 때 어떠한 사태가 발생하는지 국가는 확실하게 보여준 바 있다. 따라서 "이 세상에 살아남으려면" 망각은 필수적이다.

한편 망각은 외부의 강요뿐만 아니라 내면의 자발적 의지의 산물이기도 하다. 그들에게 역사란 결코 기억하고 싶지 않은 공포 그 자체이다. 각각 사연은 다르지만 모두 "총 맞아 죽고, 찔려 죽고, 맞아 죽고, 얼어 죽고, 굶어 죽고……그것도 부족해서 끝내는 마지막 남은 그 아이까지 데려"(52)가려는 참혹한 비극의 기억이다. 사건의 진실을 기억한다는 것은 "미처버리거나 심장이 터져 죽고" 말 것 같은 억울한 일이다. 따라서 "이 세상에 살아남으려면 어떻게든 지옥에서의 흔적을 완벽하게 지워"버리는, 즉 "망각만이 유일한 구원"이 된다. 이처럼 망각은 의지의 산물이다.

그런데 자발적 망각의 한편에는 '죄의식'이 결부되어 있다. 한국전쟁 당시 눈앞에서 강간당한 어미가 우물에 던져지는 모습을 무능력하게 바라만 봐야 했던 요안, 광주항쟁 당시 마지막 혈전을 준비하던 '케이'의 부탁을 죽음이 두려워 모른 채했던 '당신', 또 죽음이 두려워 결국엔 순옥과 윤덕을 데리고 밤에 몰래 시청을 빠져나온 케이,9) 첫 남자와의

---

9) 감옥에서 나온 케이는 고집스럽게 오월을 주제로 한 연극만 올린다. 이는 대항기억의 한 장면으로 볼 수도 있지만 한편으론 망각의 또 다른 형태이기도 하다. 케이가 연극으로 올린 내용은 자신의 부끄러움을 다룬 것이 아니었다. 그것은 타자의 기억이었지 결코 자신의 죄의식에 대한 고해성사는 아니었기 때문이다. 그런 면에서 케이의 연극

아이를 지운 허미자, 베트남전에서 양민과 아이들을 죽이고 사랑하는 여인을 지키지 못한 허문태, 시체들이 무서워 병원 일을 그만두려다 군인들에게 집단 강간당한 은희 등 그들에게 망각은 곧 죄의식의 망각이기도 했다. 그들의 망각은 타율적이거나 희생자의 이미지를 부각시키는 것으로 끝나지 않고 죄의식과 결합되어 윤리적인 문제로 나아간다.

하지만 문제는 망각의 불완전성이다.

> 그것은 지난 사십여 년 동안 그가 스스로를 향해 끝없이 되뇐 주문이었다. 신들린 사람처럼 열에 들뜬 채 그는 저주받은 기억과 맞서 사투를 벌였다. 육신은 만신창이가 되고 영혼은 황폐해져갔다. 그래도 망각은 끝내 불가능했다. 그럴수록 기억은 오히려 더욱 선명해질 뿐이었다. 완전한 저주였다.(173)

살아남은 자의 슬픔, 그들은 브레히트의 말처럼 남보다 운이 좋아 살아남은 것이 아니다. 그들의 생이 이토록 비극적인 트라우마 속에 갇혀버린 근본적인 이유는 "기어코 살아라. 어떻게든 살아남아야 한다."라는 희생자들의 명령 때문이다. "한을 남기고 죽어서는 안 돼"라는 희생자들의 간절하면서 절대적인 명령은 그들을 생으로 이끌어냈지만 동시에 공포와 죄의식의 트라우마도 함께 가져왔다. 생에 대한 욕망은 그들로 하여금 망각을 선택하게 했지만, 망각은 불가능했다. 생의 방식으로 선택한 망각이 오히려 공포의 기억을 선명하게 만들어 기억의 굴레를 되살리는, "완전한 저주"였기 때문이다. 그들이 "잊고 싶었다. 제발 아무것도 생각하고 싶지"(257) 않다고 외친 이유는 바로 여기에 있다. 망각이 오히려 기억을 선명하게 만든다는 점에서 이 작품은 망각과 기억

은 자신의 죄의식을 망각하기 위한 또 다른 장치로 볼 수 있다.

의 윤리학이라 부를 수 있다. 망각이 호출한 기억의 선명성은 인물들을
문제적 상황으로 몰아간다. 즉 그들에게 봉착한 질문, '어떻게 살 것인
가'에 대한 선택이 남는데, 여기서 '당신'의 글쓰기가 갖는 문제성이 드
러난다.

> ① 도대체 언제까지 이래야 하죠? 우린 언제쯤 이 끔찍스런 고통으로
> 부터 완전히 놓여날까요? 세상 사람들에겐 고작 케케묵은 과거의 사건일
> 뿐인데, 시효가 지나도 한참 지난 지겨운 넋두리에 지나지 않을 뿐인데,
> 왜 어떤 이들에겐 그것이 평생토록 벗겨지지 않는 족쇄여야 하는 거죠?
> 정말이지 이런 얘기, 이젠 진저리가 쳐져요. 저는 다 잊어버렸어요. 남들
> 처럼 고개 바짝 쳐들고, 앞만 보면서 달려갈 거라구요.(317)

> ② 집에 돌아와서도 당신은 화를 삭이지 못해 시근덕거렸다. 얼빠진
> 자식. 누가 저더러 뭐라고 그랬나. 빚진 게 없다고? 문득 소설을 쓰고 싶
> 은 강렬한 충동에 휩싸여, 당신은 책상 앞에 앉았다. 쓰자. 써야 한다. 지
> 옥의 시간에 결박당한 사람들의 이야기. 삶과 죽음을 한꺼번에 보듬고서
> 저주 같은 이 지상의 시간을 견뎌내야만 하는 사람들의 이야기를. 당신
> 은 숨을 몰아쉬었다. 그것은 성욕처럼 격렬하고 절박한 요구였다.(22)

소설가 '당신(진우)의 글쓰기'는 증언의 글쓰기이자 해원(解冤)의 글쓰
기이다. 그의 글쓰기는 역사적 진실이 "케케묵은 과거", "시효가 한참
지난 지겨운 넋두리"(317)로 취급받는 현실과 "끔찍스런 고통"에 갇혀
"지옥의 시간에 결박당"한 채 "저주 같은 이 지상의 시간을 견뎌내야만
하는 사람들의 이야기"에 대한 증언의 목소리이다. 그런 면에서 '소설
쓰기'는 "세상의 무지와 편견 그리고 범죄자들의 거짓과 뻔뻔함에 맞서
싸울 강력한 무기", "당신이 취할 수 있는 유일한 무기"(263)이다. 한편
'당신의 글쓰기'는 케이에 대한 일종의 고해성사이다. 케이와의 "약속

을 배신했고, 그들이 포위망에 갇혀 죽어가는 순간에 방 안에서 공포에 질려 떨고만 있었"(316)던 비겁함에 대한 고해성사이다. 이로써 '당신의 글쓰기'는 강요로 인한 망각과 죄의식에 의한 자발적 망각에 대한 고발이자 증언이라는 점에서 당위성을 갖는다.10)

하지만 문제는 글쓰기의 당위성과 결과물 사이의 괴리이다. 만약 역사적 사건에 대한 대항기억 혹은 대항서사가 목적이라면 그에 따른 만족이나 성취감이 있어야 하지만 임철우에게는 그런 것이 존재하지 않는다. 증언에 대한 강박은 "하느님, 제가 그날을 소설로 쓰겠습니다. 목숨을 바치라면 기꺼이 바치겠습니다. 저를 도와주십시오"라는 소명의식으로 치환되고, 결국에는 "그 약속을 신이 받아들여주었노라고 확신"(311)한다. 하지만 '소설쓰기'는 "처음부터 끝까지 피와 죽음, 절망과 통곡으로 점철된 악몽의 시간을 거꾸로 기억해내고 재생해내는" 고통의 과정이었다.

결국 "절반은 미치고 절반은 뭔가에 홀"린 상태에서 다섯 권짜리 광주의 기억을 완성했지만, 그것은 결코 구원의 글쓰기가 아니었다. 증언을 하겠다는 글쓰기란 결국 증언을 표방한 "엄청난 분노와 슬픔과 증오"의 발산이었고, "끝내 이 현실을 용서할 수 없"음에 대한 표출이었다. 그래서 작품을 완성하고도 "폭음과 절망과 슬픔으로 당신은 끝없이 스스로 황폐해져"가는 "말 그대로 지옥의 시간을" 보내다 심지어는 죽음의 문턱에까지 이르기도 한다.11) 이것은 결코 증언의 글쓰기도 자기

---

10) 이러한 측면에서 임철우의 글쓰기는 집단적 망각에 대한 고발의 글쓰기이자 자신의 죄의식에 대한 고해성사의 글쓰기로 볼 수 있다.

11) 임철우는 '소설가 당신(진우)'이 자신의 페르소나임을 숨기지 않는다. 실제로 작가는 다섯 권짜리 장편소설『불꽃』을 완성한 후 불면증과 술과 분노로 4년여를 보내다 뇌졸중으로 죽음의 문턱까지 다녀왔음을 고백한 바 있다.『백년여관』에도 이러한 고백이 등장한다.(서유상,「문화인물 : 소설가 임철우―과거와 기억 그리고…이 땅의 사람

구원의 글쓰기도 아니다. 단지 "대상도 모를 분노와 절망"이라는 "그 덫의 이름"에 갇혀 해소되지 않는 분노의 표출일 뿐이다. 결국 작가의 말처럼 원한의 해소, 소통이 가능하려면 글쓰기의 종착점이 구원과 안식처가 되어야 한다. 즉 고통의 재발견이 아니라 기억의 복원이 종국에는 자기구원을 향한 여정이 되어야 한다. 그런 측면에서 볼 때『백년여관』은 역사적인 진실을 드러내는 소명의식을 넘어 보다 근원적인 것을 지향하고 있다.

3. 언어의 타락과 낙원 지향성

1) 유년기, 잃어버린 낙원 지향성

임철우의 유년기는 벤야민이 말한 신과 인간, 사물, 언어, 인식이 하나를 이루던 낙원의 상태에 가장 밀착해 있다. 신은 '말씀'으로 세상을 창조했고, 그 창조의 언어능력을 인간에게 부여했다. 인간은 "창조를 담당한 언어"[12] 속에서 사물들 각각에 이름을 불러주었다. 아담의 "이름언어(Namensprache)"는 단순한 기호적 의미가 아닌 사물의 "정신적 본질"을 명명하는 언어이다. 따라서 각각 신의 정신성을 내재하고 있었던 사물들은 아담의 명명행위를 통해 자신의 정신적 본질을 드러낼 수 있었다. 이처럼 아담의 언어를 매개로 신과 사물 간의 관계성이 유지되던 세계, 즉 에덴동산은 인간과 세상 간에 낯섦이 없는 화해와 소통의 세

들」,『민족21』 통권 제49호, ㈜민족21, 2005.4, 131면 참조)
12) 발터 벤야민, 「언어일반과 인간의 언어에 대하여」,『발터 벤야민 선집』6, 길, 2008, 84면.

계였다.

> 풀 더미에 묻힌 장독대의 항아리들, 부엌엔 솥단지, 숟가락 몇, 간장병
> 그리고 주인 잃은 신발 일가족. 나는 발꿈치에 닳은 흔적이 아직 뚜렷한
> 마루 끝에 앉아, 반쯤 떨어져나간 세살문 틈으로 방안을 들여다보았다.
> 벽지에 남겨진 삐뚤삐뚤한 크레파스 낙서, 그리고 그 위면 선반에 반듯
> 하게 걸린 가족사진 액자.
> 가난하지만 행복한 웃음을 띤 일가족의 시간들, 변색된 그 액자 속 이
> 름 모를 얼굴들을 나는 오래도록 올려다보았다. 불현 그 빈집 여기저기
> 서 그들의 목소리, 웃음소리, 발소리가 수런수런 들려오고, 밥 짓는 냄
> 새, 된장국 끓이는 냄새가 일제히 되살아나는 듯한 착각에 난 자주 두리
> 번거렸다. 이렇게 숱한 시간과 추억과 그리움을 여기 남겨둔 채로 그들
> 은 왜 돌아오지 않는 것일까.13)

임철우의 유년세계 역시 사물의 '말 없는 언어'가 아담의 '음성'으로
명명되어 서로의 정신적 본질을 공유하던 세계와 유사하다. 그래서 "장
독대의 항아리들, 부엌의 솥단지, 숟가락, 간장병, 주인 잃은 신발, 벽지
에 남겨진 크레파스 낙서, 가족사진 액자"는 단순한 도구나 사물이 아
니다. 인간과 사물이 명명을 통해 인식과 존재의 교호작용을 하듯, 각
각의 사물들은 "목소리, 웃음소리, 발소리가 수런수런 들려오고, 밥 짓
는 냄새, 된장국 끓이는 냄새가 일제히 되살아"나는 총체성으로 나타난
다. 그곳은 "어느 시인이 그날 거기서 '나는 하느님을 보았다'고 노래
했듯이, 온 천지에 빛살보다 눈부시게 환히 피어나던 생명, 생명들"14)
로 가득 찬 낙원의 세계였다. 이처럼 "자신을 알리는 행위와 다른 모든

---

13) 임철우, 「나는 왜 문학을 하는가」, 『한국일보』, 2002. 10. 9.
14) 위의 글.

것을 부르는 행위가 하나"15)인 세계에서는 인간과 사물이 근대적 의미의 주체와 타자로 분리되지 않는다. 사물과 이름 사이의 유사성 속에서 세계는 단절이나 소외 없는 합일의 상태로 경험하게 해준다.

> 한때는 존재했으나 지금은 흐린 기억 저편으로 사라져버린 시간들. 그 시간 속의 목소리, 웃음, 빛깔, 체취, 움직임들을 다시 태어나게 할 수 있다면! 시간의 흐름을 거침없이 거슬러 올라, 오래 전 지상에 머물렀다 떠난 무수한 인간의 꿈과 절망, 사랑과 고통에 생명을 불어넣어 우리들의 눈앞에 되살아나게 할 수만 있다면! 그리하여 그들과 다시 오늘 이 자리에서 만날 수 있기를, 나는 꿈꾼다. 그 가당찮은 망상이, 혹은 끝내 버릴 수 없는 소망이 내게 소설을 쓰게 한다.16)

유년시절을 향한 임철우의 동경은 심정적 차원의 회귀 본능이 아니다. 그곳은 "텀벙 텀버덩, 물 위에 두레박 떨어뜨리는 소리. 좍좍, 동이에 물 붓는 소리. 발자국 소리. 누군가의 걸쭉한 우스개 소리에 폭죽처럼 와자하니 터지는 웃음소리"가 넘치는 "가장 아름다웠던 시기"17)이다. 그들은 그들의 언어로 사물과 화해하며 조화로운 '일상'을 누리고 있었다. 인간의 언어와 사물의 언어가 구별되지 않던 시대, 낙원의 '이름언어'처럼 각 사물들이 각각의 정신적인 본질로 명명될 수 있었던 시대, 하지만 이제 그 시대는 존재하지 않는다. 아니, "한때는 존재했으나 지금은 흐린 기억 저편으로 사라져버린 시간들"이다.

그렇다면 작가의 임무, 이른바 글쓰기의 목적은 분명해진다. 그것은

---

15) 발터 벤야민, 「언어일반과 인간의 언어에 대하여」, 『발터 벤야민 선집』6, 길, 2008, 78면.

16) 임철우, 앞의 글.

17) 대담 : 임철우, 「'사이'에 머물러, 소설을 쓰다」, 『문학과경계』. 문학과경계사, 2004.5, 62면.

"엄청난 분노와 슬픔과 증오"를 생산하는 세계가 아니라, 사라져버린 "그 시간 속의 목소리, 웃음, 빛깔, 체취, 움직임들을 다시 태어나게" 하는 것이며, 이는 『백년여관』에서 "죽은 자와 살아있는 자, 그들의 이름 없는 숱한 시간들을"(343) 기억하는, 낙원의 흔적을 읽어내는 것이다.

임철우의 글쓰기에서 '증언'의 목적은 개별적인 역사적 사실이나 고통의 발견에 그치지 않는다. 오히려 그것은 역사적 사건이나 내면의 상처를 넘어서서 복원해야 할 세계의 기억이자 증언이며, 궁극에는 "늘 따뜻한 기억 속에서 내 영혼을 추스릴 수 있는 힘"으로 표상된 세계의 회복이다. 자신들의 언어 속에서 주체와 객체가 분리되지 않는 "가장 아름다웠던 시기"에 "그들과 다시 오늘 이 자리에서 만날 수 있기를" 바라는 소망이야말로 "유년에 대한 기억과 글쓰기"이자 "변해버린 나에게 안식처"[18]이다. 이것이 임철우의 글쓰기를 망각의 회복과 구원의 과정이라 부를 수 있는 이유이다.

2) 언어의 타락과 역사의 타락

"문명은 진보한다지만 인간의 야만은 옛날보다 흉포"[19]해져가는 비극의 역사는 어떻게 시작되었을까? 벤야민은 낙원의 추방이 곧 인간 역사의 시작이자 불행한 역사의 출발이라고 말하고 있다. 유년기의 인류는 자연을 그저 쓰고 버리는 도구로 간주하지 않았다. 말 못 하는 자연에서 언어적 본질을 보고, 그것과 평등하게 소통하며 미메시스(존재론적 닮기)를 했었다.[20] 하지만 사물과 이름이 보이지 않는 유사성으로 묶여

---

18) 위의 글, 62면.
19) 서유상, 앞의 글, 134면.

있었던 낙원은 오래가지 않는다. 원죄로 인한 낙원의 추방으로 인간의 역사가 시작되었기 때문이다. 원죄로 인해 '아담의 언어'는 더 이상 사물에 내재된 정신성을 드러낼 수 없는 타락한 언어가 된다. 이로 인해 신-인간-사물의 관계성은 붕괴되며, 타락한 언어는 사물과 무관한 자의적이고 추상적인 기호로 전락하고, 폭력적인 개념의 이름으로 모든 대상을 위계화시킨다. 불행한 인간의 역사가 시작되는 순간이다.

> 오빠. 난 이미 작정했소. 차라리 내 아이와 함께 죽을 테요. 이 추악하고 무지막지한 세상, 사람의 목숨이 개돼지만도 못하고 벌레만도 못한 이 끔찍스런 세상에 더는 한순간도 남아 있고 싶은 생각이 없소. 더더구나 죄 없는 내 아이를 왜 여기다 혼자 남겨 둔단 말이오. 이건 사람의 세상이 아니라 짐승들의 세상이오. 차라리 지옥이 백배 천배는 더 나을거요. 오빠, 나는 이제 아무 미련도 후회도 없소. 다만, 하필이면 인간의 몸을 빌어서 이 저주받은 땅에 태어났다가, 이리도 더럽고 비천하게 죽임을 당하는 것이 한스러울 뿐이오.(233)

> 미친바람이 휩쓸고 다닐 때는 집 밖으로 나서면 죽는다. 어느 쪽 줄이건 섣불리 따라나서도 죽는다. 절대로 알려고 하지 말고, 보려 하지 말고, 말하지 말고, 들으려 하지 말아라.(161~162)

언어의 타락이 만든 세계는 "단 한발자국도 벗어날 수 없는 피의 지옥, 아귀의 지옥, 저주의 지옥, 불의 지옥"(154)이자, "온갖 물고기와 어패류와 갑각류 생물들이 별안간 엄청나게 늘어난 인육들을 한껏 포식하느라 밤낮없이 펄떡펄떡 미쳐 날뛰"(252)는 세계이다. 이처럼 "역사란 더도 덜도 아닌 딱 미친바람이다. 그 미친바람으로부터 화를 당하지 않

---

20) 진중권, 『진중권의 현대미학강의』, 아트북스, 2004, 18면.

기 위해서는 섣불리 따라나서지도 말고, 보거나 듣지도 알려고도 하지 말아야 한다."21) 하지만 이 미친바람의 역사는 보다 근본적인 동인이 있다. 바로 원죄로 인한 아담의 언어, '이름언어'의 타락이다. 저 유년의 언어처럼 "순수한 언어정신 속에서의 인간은 복된 삶"22)을 누렸지만 낙원추방 이후 언어는 단순한 전달의 수단이나 기호로 추락하고 만다. 전달의 수단이나 기호로 전락한 언어는 더 이상 사물의 본질적인 면을 미메시스할 수 없다. 타락한 언어정신은 "바벨탑이 상징하듯이 언어 착종상태에서 언어는 한갓 기호로 전락"23)하며, 단지 선과 악을 판단하는 '법정의 언어'가 될 뿐이다. 설분네의 일가족의 몰살과, 강복수, 조천댁, 귀덕녀, 요안의 부모, 당신과 케이, 순옥과 은희 등등의 비극은 모두 도구적 이성에 의해 추상화, 기호화 되고 자의적인 언어가 만든 폭력이었다. 바벨의 언어가 분화되듯, 인간의 언어는 각종의 이데올로기의 담론으로 분화되어 갔고, 실체를 알 수 없는 저 반공의 개념 속에 포함되지 않은 자들은 모두 배제와 제거의 대상, 곧 '빨갱이'로 지목되었다. 그리고 그 언어는 그들의 정체성을 규정하는 힘을 갖고 있었다.

하지만 주체와 타자, 지배와 종속, 편입과 배제의 언어들은 자의적이기 때문에 진실을 알 수 없다. 니체의 말처럼 도처에 언어가 병들어 있고, 근대문명의 지나친 자기 확장으로 언어의 힘은 고갈되어 자신의 유일한 존재 이유를 더 이상 수행하지 못하는 상황으로 전락했으며, 결국은 폭력적인 말과 개념의 공허함만 불러오고 있는 것이다.24) 그래서

---

21) 정명중, 「지속의 시간 그리고 고통의 연대-임철우의 <백년여관>론」, 『작문연구』12집, 한국작문학회, 2011.6, 117면.
22) 발터 벤야민, 「언어일반과 인간의 언어에 대하여」, 『발터 벤야민 선집』6, 길, 2008, 92면.
23) 강수미, 『아이스테시스』, 글항아리, 2011, 58면.
24) 프리드리히 니체, 최문규(역), 『바이로이트의 리하르트 바그너/유고(1875년 초~1876

"어느 쪽 줄이건 섣불리 따라나서도" 안 되며, 알려고 해서도 안 되는 것이다. 사람들은 "언어의 몰락 속에서 말의 노예가 되고 만 것"[25]이다.

3) 기억하기, 잃어버린 진리의 번역

『백년여관』에서 역사적 희생자들의 원한과 분노 그리고 망각과 실어증의 근원에는 사물의 정신성을 표상할 수 없는 이름언어의 타락이 있다. 타락한 언어는 선과 악이라는 이분법의 경직된 언어, 도구와 수단의 언어를 만들었고, 이는 이데올로기화되어 비극을 심화시켰다. 결국 타락한 세계에서 다시 낙원의 세계를 회복하는 방법이란 낙원의 기억을 복원하는 것이다. 그 기억 속에는 고통과 원한이 담겨있기도 하지만 동시에 "한때는 존재했으나 지금은 흐린 기억 저편으로 사라져버린 시간들", 즉 타락 이전의 평화로운 일상의 파편들도 함께 담겨 있기 때문이다.

> 우리가 귀를 기울여 듣는 목소리들 속에는 이제는 침묵해버린 목소리들의 메아리가 울리고 있지 않은가?··········
> 그렇다면 과거 세대의 사람들과 우리 사이에는 은밀한 약속이 있는 셈이다. 그렇다면 우리는 이 지상에서 기다려졌던 사람들이다. 그렇다면 우리에게는 우리 이전에 존재했던 모든 세대와 희미한 메시아적 힘이 함께 주어져 있는 것이고, 과거는 이 힘을 요구하고 있는 것이다.[26]

년 봄)』(니체 전집6권), 책세상, 2005, 5장, 최문규, 『파편과 형세─발터 벤야민의 미학』, 서강대출판부, 2012, 121면 재인용.

25) 위의 책, 121면.

26) 발터 벤야민, 최성만(역), 「역사의 개념에 대하여」, 『발터 벤야민 선집』5, 길, 2008, 331~332면.

기억하기, 다시 말해 역사의 폭력과 원혼들의 상흔 그리고 지옥같은 그 현장을 떠 올리는 것의 본질적 의미는 무엇일까? 이 말은 '기억하기'라는 과정(역할)의 의미와 함께 기억하기의 존재론적 질문이기도 하다. 그런 면에서 과거를 기억한다는 것은 단지 지나간 사건의 기억이거나 개별적 사실의 증언이 아니다. 그것은 이제는 침묵해버린 목소리들의 메아리에 귀를 기울임(응시)으로써 "죽은 자들과 산 자들" 사이의 은밀한 관계와 낙원의 복원을 향한 '희미한 메시아적 힘'을 발견하는 과정이다.

> 맞아, 그 섬이야. 거기서 지금 뭔가 특별한 일이 벌어지고 있어. 그곳에서 누군가 나를 부르고 있는지도 몰라. 그래 돌아가자. 영도로…… 거기서 처음부터 다시 찾아보기로 하자. 내 잃어버린 시간의 흔적을.(111)

소설가 '당신'과 요안, 강복수 등은 영도라는 섬에 "우연치고는 기이하게 모두가 한 곳에" 모이게 된다. 영도가 "한국의 폭력적인 근대사 전체가 결집해 응축되어 있는 상징적 공간"[27]이라는 점에서 결국은 모두가 역사라는 장에 연결되어 있음을 보여준다. 작품의 서사구조가 '산(散)－집(集)－분유(分有)'라고 보았을 때, 영도는 역사의 개별적 희생자들이 한 곳에 모이는(集) 공간이다. '기억하기'의 공간으로 영도가 선택된 것은 이 공간이 가지고 있는 상징성 때문이다.

영도는 마술적 사실주의를 떠올릴 정도로 매우 신비롭게 묘사되고 있다. 공간적으로는 "서해와 남해가 마주치는 접점", "작은 철교 하나만으로 육지와 간신히 이어져 있는 섬", "뭍이 끝나고 물이 시작되는

---

27) 김영찬, 앞의 글, 44면.

그 몽롱한 경계"(9)로 그려진다. 상징적 측면에서도 "이승과 저승을 잇
는 밧줄", "들숨과 날숨", "현재도 과거도 아니고 낮도 밤도 아닌, 미망
과 백일몽이 지배하는 허허한 중음(中陰)의 영토"(10)로 나타난다. 영도에
대한 겹겹의 묘사를 가로지르는 공통점은 일률적으로 구획할 수 없는
'중층의 세계'이다. 중층성은 영도의 공간을 이성과 논리의 차원을 넘
어서서 '경이로운 현실'28)의 차원으로 전환하는 동력이 된다. 그래서
영도는 "산자와 죽은 자가 함께 거주"하며, "현재와 과거가 공존하는
환원적 시간, 영원히 쳇바퀴처럼 끊임없이 반복"(10)되는 세계이다.

영도의 중층성은 신과 사물을 매개하던 아담의 언어처럼, 산자와 죽
은 자의 매개와 연관되어 있다. 그래서 이곳에서는 산 자와 죽은 자의
언어가 교통되며 동시에 '한때는 존재했던' 낙원의 언어를 만날 가능성
이 존재한다. 개념의 폭력 속에서 제외되고 지워져버렸던 개별성들이
각자 자신만의 언어로 정신적 본질을 드러낼 수 있는 세계, 그래서 모
든 인물들이 영도에서 기억하기의 의식을 치르는 것은 잃어버린 진리,
즉 "침묵 끝에 마침내 입을 열어 토해낼 무엇인가를 찾아"(15)내는 과정
이자 구원의 계시를 얻는 과정이다.29) 그런 면에서 산 자들의 '기억하
기'는 곧 망자들의 기억에 대한 '응시'이자 '읽기'이며 동시에 '번역하
기'이다.

---

28) 단일한 시공간 내에 인종적, 종교적, 문화적 혼혈과 공존이 이루어지는 이종혼합의
세계이며, 합리적인 사고보다는 직관적 방법으로 외부 세계의 내적 형상을 재현하는
지금 여기의 세계이다.(신정환, 「마술적 사실주의의 경계 : 마술적 사실주의와 경이로
운 현실」, 『라틴아메리카연구』14(2), 한국라틴아메리카학회, 2001.12.)

29) 이러한 장면은 임철우가 인식한 시공간의 정체를 보여준다. 임철우에게 현실은 이성
과 논리로 구성된 세계가 아니다. 그에게 현실이란 끊임없이 과거와 현재, 이곳과 저
곳이 겹쳐있는 중층의 세계이다. 모든 것은 관계와 교감 속에서 이루어지며, 그 가운
데서 삶의 균형을 잡고자 한다.

> 이 불행한 나라의 땅엔 정처 없이 떠도는 혼령들이 어디나 가득 차 있
> 어. 지천으로 깔린 풀포기보다도, 여름 밤하늘의 별보다도 더 많은 억울
> 한 넋들이 산과 들, 바다와 강 어디에건 발 디딜 자리도 없이 서성거리
> 며 구슬피 울고 있어. 전쟁 통에 죽은 넋, 난리 통에 죽은 넋들이 이 서
> 러운 조선 땅 방방곡곡을 헤매며 신음하고 있어(298)

영도의 유령들은 침묵하는 존재들이다. 대중들은 역사적 진실을 유령
처럼 취급한다. 역사적 진실은 "언제 어디서나, 무엇을 하건 그들의 사
랑하는 사람들과 항상 함께 존재"하고 있지만, 사람들은 "더 나은 미래
를 위해"(271) 역사를 유령 취급한다. 하지만 유령들의 침묵은 '말 없음
의 침묵'이 아니라 '말할 수 없음'의 침묵이다. 타락한 역사 속에서 언
어를 부정당한 원혼들은 침묵한다. 말을 잃었기에 원혼들은 탄식하며
침묵한다.[30] 그런 면에서 역사의 기억하기란 그들의 침묵을 '응시'함으
로써 침묵하고 있었던 정신적 본질을 읽는 것이며, 이를 산 자의 언어
로 옮기는 '번역하기'이다. 아담의 언어가 말 없는 사물의 언어를 인간
의 음성으로 번역하듯이, "지상의 모든 고통과 슬픔이 한 덩어리로 뒤엉
켜 있는 듯한 그 비명소리", "한 인간이 쌓아온 백 년의 외로움, 천만
년의 인류의 외로움"(291)을 산 자의 언어로 옮기는 것이 번역인 것이다.
따라서 '비명소리'는 이름언어의 소멸이 아닌 변형의 형태이다. 비록
역사의 타락은 언어의 타락을 가져왔지만 그렇다고 아담의 언어를 완
전히 소멸시킨 것은 아니었다. 정신성을 미메시스하던 아담의 언어는
바벨의 언어들 속에 파편처럼 흔적이 남아있기 때문이다. 그런 면에서
'비명소리'야말로 바벨의 언어 속에 남아있는 근원적 언어의 흔적이다.

---

30) "자연은 말이 없으므로 슬퍼한다,⋯자연의 슬픔이 자연을 침묵케한다."(발터 벤야민,
「언어일반과 인간의 언어에 대하여」, 『발터 벤야민 선집』6, 길, 2008, 93면)

이제 번역은 그 '비명소리'의 표상인 산 자들의 기억을 복원하는 것으로 가능해진다.

> 그날 이후 복수는 두 개의 세상을 동시에 살아야만 했다. 그는 단 한
> 시도 혼자일 수 없었다. 혼령들이 언제나 함께 있었다. 한 밥상에 함께
> 밥을 먹고, 같은 이부자리 속에서 잠을 자고, 같은 시간에 눈을 떴다. …
> 결국 복수는 하나의 몸으로 두 개의 세상을 동시에 겪어내야 하는 그 기
> 이한 삶을 받아들일 수밖에 없었다. 귀덕녀의 말처럼 그것은 지옥의 문
> 턱 너머로 한 번 발을 내딛었던 사람들에겐 피할 수 없는 운명일 터이므
> 로.(182)

산 자들이 원혼들의 세계를 경험할 수 있는 것은 미메시스 능력 때문이다. 미메시스는 인간의 육체를 통해 실현된다. 벤야민에 따르면, 원시시대의 인간이 그토록 탁월하게 고라니를 그릴 수 있었던 것은 그림을 그리던 손이 고라니를 죽였던 그 화살을 기억해냈기 때문이다. 이는 미메시스가 현실의 모방이나 반영이 아닌 객체로의 동화, 대상의 육체적 동화임을 의미한다.[31] 강복수의 눈에는 원혼들의 모습이 보인다. 원혼들은 강복수와 "언제 어디서나" 공존하고 있다. 강복수의 "이승과 저승을 함께 보는 눈"은 원혼들의 정신성(진리내용)을 미메시스할 수 있는 가능성이다. 게다가 강복수와 원혼들 간의 체험의 동시성은 원혼들이 느끼는 지옥의 고통에 대해 강복수 "자신이 바로 지옥"이라는 인식의 동일성을 가져온다. 강복수와 원혼 간의 유사성 속에서 미메시스 능력은 자극받고 각성된다.

요안의 기억상실증과 간질발작 역시 벤야민의 육체적 동화를 보여주

---

31) 페터V.지마, 허창운(역), 『문예미학』, 을유문화사, 1993, 172면.

고 있다.

> 요안은 땀에 젖은 채 방바닥에 배를 대고 북북 기어다녔다. 전신을 엄
> 습해오는 까닭 모를 공포. 그 공포는 이내 육체의 엄청난 고통으로 변했
> 다. 가슴과 머리가 빠개질 듯 아파왔다. 순간 요안은 그 공포와 고통의
> 느낌을 생생하게 기억할 수 있었다. 그것을 기억해낸 것은 의식이 아니
> 라, 놀랍게도 그의 육신이었다.
> 그 짧은 한 컷의 화면에 숨겨진 끔찍한 공포와 고통의 체험을 그의 육
> 신이 의식보다 한발 먼저 선명하게 기억해낸 것이다.(280)

강복수가 원혼의 언어를 번역하는 것이라면, 요안은 자신 내부에 갇
힌 원한의 언어를 번역하는 것이다. 한국전쟁 당시 보도연맹사건으로
기억상실증에 걸린 요안은 간질로 인한 발작증세를 일으킨다. 기억상실
이란 방어기제이자 봉인된 원혼들의 '침묵의 언어'이며, 발작은 말없는
언어의 육체적 표상이다. 요안이 기억의 파편들을 떠올렸을 때 내뱉었
던 "으으-아아아아아……"(291)는 "지상의 모든 고통과 슬픔이 한 덩어
리로 뒤엉켜"있던 '비명소리'의 육체적 미메시스이다. 고라니를 죽인
화살의 감촉이 고라니를 정교하게 미메시스할 수 있었듯이, 망각 속에
봉인해왔던 고통의 체험이 "의식보다 한발 먼저 선명"하게 육체를 통
해 나타나고 있다. 이처럼 원혼들의 언어를 번역하기 위해서는 "언어
상호간의 상호작용을 통한 총체성"[32]을 발견할 수 있어야 한다. 강복수
의 "이승과 저승을 함께 보는 눈"이나 요안의 육체적 동화는 이들이 모
두 "그 지옥의 문턱을 한 번 발을 내딛었던" 공동운명체임을 말해준다.

백년여관에 모인 그들은 하나둘 기억을 복원하기 시작한다. '당신'은

---

32) 발터 벤야민, 반성완(역), 「번역자의 과제」, 『발터 벤야민의 문학이론』, 민음사, 1983,
   324면.

광주와 케이의 기억을, 요안은 보도연맹과 부모의 죽음을, 복수는 끔찍했던 제주 4.3의 참경을 기억해내기 시작한다. 하지만 기억의 순간마다 그들은 "엄청난 공포에 짓눌려 필사적으로 버둥"거린다. "죽음과도 같은 망각의 강을 천신만고 끝에 건너왔더니, 이젠 오히려 그보다 더 무서운 절망의 시간들"(300~301)이 기다리고 있기 때문이다. 하지만 '기억하기'란 고통의 발견이나 재인식을 위한 것이 아니다. 개인적으로는 "어떻게든 이 캄캄한 세월"을 "기어코 살아남아야만" 하는 실존적 문제이다. 하지만 역사적 차원에서 고통의 기억을 복원하는 작업은 "생자와 사자들은 여전히 무엇인가를 간절히 기다리고" 있는 "저 막막하고 몽롱한 푸른 안개의 늪을 가로질러 마침내 당도할 구원의 손길"(11)이다.

4. 진리의 파편들과 이념의 성좌

이른바 '기억하기'는 구원의 과정이다. 너무나 비극적이고 처참했던 역사 속에서 "저주같은 이 지상의 시간을 견뎌내야만 하는 사람들의 이야기"(22)를, "세상 사람들의 망각과 편견과 냉소"(316) 속에서 "역사 속에서 박제될 존재"(271)들의 언어를 복원하여 다시금 "한때는 존재했으나 지금은 흐린 기억 저편으로 사라져버린 시간들"을 희망하는 구원의 과정이다. 구원으로서의 기억하기는 조천댁의 굿을 통해 절정에 이른다.

> 마침내 월식이 시작되었다. (중략) 순간 당신들의 눈앞에 신비로운 광경이 펼쳐지기 시작했다. (중략) 처음엔 반딧불같이 드문드문 눈에 잡히던 그 푸른 형광체들은 순식간에 은어 떼처럼 사방으로 빠르게 번져 나갔다. 어느새 바다는 온통 눈부신 꽃등불의 천지로 바뀌어 있었다.

조천댁이 힘차게 징을 치며 바닷물을 향해 껑충껑충 뛰어나갔다.

"오오, 사랑하는 자식들아. 이젠 그만 우리들을 놓아다오. 분노와 증
오, 원한과 절망, 눈 부릅뜬 저주와 어둠의 시간들로부터 벗어나서, 아아
우리 이제는 그만 돌아가려 한다. 한과 슬픔과 미련을 모두 지워내고, 이
추악한 지상의 시간, 서럽고 아픈 과거들을 이젠 그만 너희에게 온전히
맡겨둔 채로, 저 영원한 망각의 세상에서 이제는 깊이 잠들고 싶다.⋯⋯
가엾은 내 자식들아. 너희는 눈물과 통곡과 슬픔을 이제는 거두어다오.
고통 속에 사로잡힌 너희를 두고서는 우린 차마 떠날 수가 없으니⋯⋯
잘 있거라. 사랑하는 내 아들, 가엾은 내 딸들아⋯⋯."(336~337)

'당신'과 복수, 요안 등의 '기억하기'는 개별적이 아닌 타자와의 공유
속에서 이루어지고 있다. 케이에 대한 죄의식으로 고통 받던 '당신'에
의해 순옥은 광주를 기억하게 되고, 그 덕분에 케이 역시 두려워 그날
저녁 자신을 데리고 시청을 빠져나갔다는 사정을 알게 된다. 요안의 상
실된 기억도 '당신'과 순옥 그리고 귀덕녀와 조천댁의 기억 속에서 복
원되기 시작하며, 복수, 문태 등도 모두 서로의 연결고리를 통해 기억
을 복원하기 시작한다. 하지만 그들은 아직 자신들을 향한 고통의 근원
과, '기억하기'의 궁극적 목적을 인식하지 못한다.

여기서 조천댁 굿이 갖는 중요성은 희생자들의 개별적 기억들을 역
사라는 장 위에 하나의 '별자리'처럼 펼쳐놓는 데 있다. 산 자들이 복원
해 낸 기억들은 잃어버린 진실(정신성)의 '파편'들이다. 그 파편들은 복
원하고자 하는 이데아적 요소라는 점에서 '이념(idea)'이라 부를 수 있
다.[33] 하지만 진리의 파편들을 읽는 이유가 플라톤식의 이데아를 회복
하는 것은 아니다. 그것은 오히려 별들과 별들이 우발적으로 그려내는

---

33) 진중권, 앞의 책, 30면.

성좌처럼, 파편과 파편들을 향한 주의 깊은 응시를 통해 정신적 본질을 발견하는 번득임의 과정이다. 조천댁의 굿은 바로 "인식가능한 순간에 인식되지 않으면 영영 볼 수 없게 사라지는 섬광"[34]같은 역할을 한다. 점술가의 능력이란 과거 속에서 미래를 읽는 것이다. 조천댁은 각기 다른 역사적 장의 파편화된 기억들을 연결하는, 즉 산자와 죽은 자들 간의 정신적 유사성을 번역할 수 있는 자이다.

　조천댁이 굿을 백년만에 돌아오는 개기월식 때로 고집하는 것도 같은 맥락이다. 즉 조천댁이 이 날을 고집했던 것은 "백 년에 딱 한 번 찾아오는 바로 그날", "하늘에서 달을 사라지게 만드는 그 짧은 순간에만 그들은 자유를 얻을 수"(299) 있기 때문이다. 조천댁의 굿 안에서 "백년여관집 식구들인 복수와 미자, 문태, 신지, 금주, 함흥댁 그리고 요안, 순옥, 은희, 조천댁, 마지막 당신"의 개별적인 기억들은 "태양－지구－달이 일직선상"(137)에 놓이듯 총체적인 진리로 드러난다.[35] 이처럼 이념은 개개의 단자처럼 서로 비슷한 "일회적이고 극단적인 것들이 모여서 어떤 예기치 않은 연관성을 형성"[36]하는 것이며, 이것들이 모일 때 섬광처럼 구원의 진리를 일깨운다.[37] 이것이 바로 "결코 지난 날을 잊어서는 안 돼"는 이유이다. "망각하는 자에게 미래는 존재하지

34) 발터 벤야민, 최성만(역), 「역사의 개념에 대하여」, 앞의 책, 333면.
35) 벤야민은 이념과 사물들의 관계를 별자리와 별들의 관계로 설명하고 있다. "이념들은 영원한 성좌들이며, 그 요소들이 이러한 성좌들의 점들로 파악되는 가운데 현상들은 분할되는 동시에 구제된다."(발터 벤야민, 최성만, 김유동(역), 『독일 비애극의 원천』, 한길사, 2009, 46면)
36) 최문규, 앞의 책, 148면.
37) 다시 말해 "이념은 역사와 대면함으로써 역사 속에서 자신을 복원하지만 그것은 일회적이고 또 불완전한 것, 완결되지 않은 것이기에, 이념은 역사 속에서 자신을 완전히 복원하기 위해 역사와의 대면을 반복한다. 복원의 완성은 역사가 지속되는 한 끊임없이 지연될 수밖에 없는 것이다."(발터 벤야민, 최성만, 김유동(역), 『독일 비애극의 원천』, 한길사, 2009, 28면)

않"(336)기 때문이다.

　망자들이 펼쳐놓은 언어들이란 망자들만의 언어가 아니다. 오히려 그것은 산 자들의 기억(번역)이 불러낸 말이자 산 자들의 원한을 번역한 말이다. 분노와 증오, 원한과 절망 등으로부터 벗어나고자 하는 망자들의 소원이란 그대로 산 자들의 자기염원이기도 하다. 이처럼 "언어 상호간의 상호작용을 통한 총체성"은 죽은 자 모두를 "환희 웃으며 손짓"(335)하게 하고, 산 자들에게는 "오래도록 막혀 있던 눈물이 뺨 위로 흘러넘"치게 만든다. 이처럼 침묵을 번역한다는 것은 '아무도 보지 못한 것을 보는 것'이자 '아무도 읽지 않는 것을 읽는 행위'이다. 응시를 통해 "결코 씌여지지 않은 것을 읽기"[38]란 "그들 스스로 그것들을 완강히 움켜쥔 채 한사코 매달려" 왔다는 것의 각성이자, "자신들을 그토록 오래 결박해왔던 것은 저 지나간 악몽의 시간들"에 대한 구제이다.

　결국 "언어 상호간의 상호작용의 총체성"을 통한 개별적 기억의 공유는 동시에 치유와 구원을 향한 기억의 분유(分有)이다. 작품의 결미에서 '백년여관'을 떠나는 장면 역시 단순히 흩어짐(散) 아니라 기억의 연대 혹은 분유의 모습을 암시한다. 원래 여관이란 집합지가 아니다. 그곳은 목적지를 향해 잠시 머무르는 공간이기 때문이다. 산 자들은 이제 자기구원의 가능성을 인식한다. 자기구원이야말로 복원해야 할 세계 구원의 시작이기 때문이다.

---

38) 발터 벤야민, 「미메시스 능력에 대하여」, 『발터 벤야민 선집』6, 길, 2008, 215면.

5. 결론

이상으로 임철우의 『백년여관』에 나타난 망각의 번역과 구원이 갖는 의미를 살펴보았다. 임철우에게 기억과 망각은 분리된 것이 아닌 하나의 주제로 연결되어 있었다. 그것은 역사로부터의 도피이자 생존을 위한 선택이었다. 임철우가 문제 삼은 영역은 생존과 도피의 윤리성과 함께 역사의 타락과 구원의 가능성이었다. 그리고 이러한 문제의식은 발터 벤야민이 말한 언어철학에 맞닿아 있었다. 벤야민은 인간의 언어는 단순한 커뮤티케이션의 수단이 아니라 사물(대상)의 정신적 본질을 드러내주는 매개였으며, 이를 통해 인간과 신 그리고 사물의 관계성이 유지될 수 있었다고 보았다. 임철우의 글쓰기는 벤야민이 말한 낙원을 지향하고 있었으며, 특히 『백년여관』은 근대 백년의 역사 앞에서 응시해야할 것은 상처받은 영혼의 아픔뿐만 아니라 그들의 침묵 속에 내재된 '잃어버렸던 진리'임을 말하고 있다.

그리고 모든 개별적 고통은 역사라는 장 속에서 연결되어 있다는 점에서, 망각은 고통의 근원에 대한 망각이며 동시에 "한때는 존재했으나 지금은 흐린 기억 저편으로 사라져버린 시간들. 그 시간 속의 목소리, 웃음, 빛깔, 체취, 움직임들"의 세계에 대한 망각임을 강조하고 있다. 이처럼 진리란 "자신의 시대가 과거의 특정한 시대와 함께 등장하는 성좌"[39]이며, 역사적 진실의 모습과 그들이 회복해야 할 세계의 표상이다. 따라서 침묵의 진리를 응시하는 것이란 동시에 아무도 읽지 않았던 것을 읽는 것이며, 그로인해 가려져있던 진리내용을 드러냄으로써 역사는 구원의 가능성을 발견할 수 있음을 작품은 말하고 있다.

---

39) 강수미, 『아이스테시스』, 글항아리, 2011, 74면.

김종삼 시의 전쟁 체험과 타자성의 의미

조혜진 한세대학교 교양학부 초빙교수

1. 서론

조르조 아감벤은 그의 저서 『아우슈비츠의 남은 자들』에서 아우슈비츠 이후, 윤리학이라는 이름으로 개진된 모든 학설을 몽땅 걷어낼 수밖에 없었다고 고백한 바 있다.[1] 왜냐하면 우리시대가 타당한 것으로 여겼던 윤리적 원리들 가운데 거의 모두가 아우슈비츠의 시험대 위에서 윤리의 파산을 고하게 됨으로써 인간 이상의 인간이 아닌, 인간 이하의 인간이라는 극한 상황을 설명할 수 없었기 때문이다.

따라서 전쟁 체험을 고백한다는 것은 인간으로서 모든 존엄을 박탈당한 비인간, 즉 죽음의 존엄조차 상실한 채 생존자로서 껍데기만 남은 인간이라는 이유에서 비인간의 증언이라고 할 수 있다.

---

1) 조르조 아감벤, 『아우슈비츠의 남은 자들』, 정문영 역, 새물결, 2012, 16면.

한국 시단에서 김종삼은 '내용없는 아름다움'이라는 미적 수사에 의해 전쟁의 참혹한 현실을 음악적 세계를 통해 극복하려한 미학적 시인으로 평가되어 왔다. 또한 그의 시에 나타난 전쟁 체험은 전쟁을 모티브로 쓴 기타의 경우처럼 고향상실의 모티브와 연결되어 실향과 귀향의 방랑을 상징하는 보헤미아니즘으로 대부분 평가되어 왔다.2)

그러나 김종삼 시에 대한 이러한 연구들은 지나치게 미학적인 측면을 중심으로 논의되면서 그의 시에 강박적으로 등장하는 증언으로서 전쟁의 의미를 해소하기에는 다소 어려움이 있었다고 생각된다.3)

이에 이 글에서는 생존자로서 전쟁 체험에 주목함으로써 미학적인 해소나 동어반복적인 폭력의 기술에서 더 나아가, 생존자로서 증언의 의미와 수치심의 경험 속에서 주체의 무능을 살피고자 한다. 또 소리의 현상학으로서 시의 음악성에 천착했던 김종삼의 시 세계를 자기 소외의 운명 속에서 이방인으로서 경험하는 글로솔랄리아(방언)를 통해 탈주체화과정으로서 의식적인 시쓰기 과정으로 이해하고자 한다.

나아가 전쟁과 같은 비인간의 상황에서 전쟁의 폭력이 단순히 물리적 상황만을 지시하는 것이 아닌 권력과 승계한 주체의 언어 문제임을

---

2) 남진우, 『미적 근대성과 순환의 시간-김수영, 김종삼 시의 시간의식』, 소명출판, 2001. 171면.

3) 김종삼에 대한 최근의 연구로는 시간의식에 대한 연구(남진우, 「김종삼과 귀향적 도정의 언어」,『미적 근대성과 순간의 시학』, 2001), 시간과 공간의식을 함께 살핀 연구(김성근, 「김종삼 시 연구」, 한양대 박사학위 논문, 2010), 종교적 시 세계를 죽음의식과 기도의 수사학으로 확장시킨 연구(주완식, 「김종삼 시의 죽음의 수사학 연구」, 서강대 석사학위논문, 2010), 추상미술과 관련하여 김종삼의 시 세계를 해명한 연구(박민규, 「김종삼 시에 나타난 추상미술의 영향」,『어문론집』 59집, 2009, 4), 성과 속의 관점에서 김종삼 시의 통합적 심리화 과정을 해명한 연구(이민호,『김종삼의 시적 상상력과 텍스트성』, 보고사, 2004), 윤리적 양상을 통해 레비나스적 의미에서 김종삼 시에 나타나는 약자들의 의미를 분석한 연구(임수만, 「김종삼 시의 윤리적 양상」,『청람어문교육』 42집, 2010, 12) 등이 있다.

직시함으로써 언어의 선험성을 통해 윤리적 타자성을 회복하려는 김종삼 시의 천착과정을 연구하여 김종삼 시의 전쟁 체험과 타자성4)의 의미를 모색해보고자 한다.

2. 생존자로서의 전쟁과 구원 없는 세계의 타자성

1) 증언의 불가능성과 수치심이라는 주체의 무능

전쟁을 체험했다고 할 때 전쟁의 증인이 된다는 것은 재판이나 소송에서 제삼자의 위치에 있는 사람을 가리키는 말이 아니다. 살아남은 자로서 전쟁에서 생존했다는 것이야말로 전쟁의 증인을 의미하는 것이기 때문이다.

따라서 증언의 불가능성은 전쟁의 생존자라는 이 역설적인 상황에서 비롯된다. 왜냐하면 죽음을 체험한다는 것과 마찬가지로 전쟁 체험을 증언한다는 것은 생존자라는 위치에서 가해자와 피해자, 어느 쪽에도 편입될 수 없는 비인간적인 존재 상황을 지시하기 때문이다.

김종삼의 시에서 강박적으로 전쟁 체험이 상기되는 것은 전쟁 체험과 종식이 법률적 판결과 같은 합리성의 세계 안에서 해결될 수 없다고 하는 증언의 불가능성5)과 결코 중단될 수 없는 생존자의 증언 욕망에

---

4) 타자성에 대한 연구자의 기타 논문으로는 조혜진, 「1920년대 낭만주의 시의 타자성 연구」, 『한국문예비평연구』 24집, 2007,12/ 조혜진, 「윤동주 시에 나타난 윤리적 개인으로서의 타자성 연구」, 『한국문예비평연구』 36집, 2011 등이 있다.

5) 피해자와 가해자가 판별될 수 없는 윤리의 회색지대에서 생존자의 증언은 불가능성을 지시한다. 이러한 맥락에서 전쟁에 대한 증언은 단순히 전범재판과 같은 법률적 판결에 의해 판결될 수 있는 성질의 것이 아니다. 오히려 전범재판을 통하여 전쟁의 문제를 판결에 부침으로써 전쟁의 문제를 종식시켜버리는 결과를 낳을 수 있다. 왜냐하면

서 비롯된다.

> 1947년 봄
> 深夜
> 黃海道 海州의 바다
> 以南과 以北의 境界線 용당浦
>
> 사공은 조심 조심 노를 저어가고 있었다.
> 울음을 터뜨린 한 嬰兒를 삼킨 곳
> 스무 몇 해나 지나서도 누구나 그 水深을 모른다.
>
> —「民間人」 전문

이 시의 제목이 상징하듯 생존자임을 지시하는 '民間人'에게 폭력의 기억은 '1947년 봄'의 상황6)으로 망각되지 않은 채 '스무 몇 해'를 지나서도 멈추지 않고 '嬰兒'의 '울음'과 함께 계속되었음을 드러낸다.

'黃海道 海州'의 '以南과 以北의 境界線 용당浦'라는 공간성은 '스무 몇 해나 지나서도 누구나 그 水深을 모른다'라고 하는 진술이 드러내듯 생존자에게 고통의 지속으로서 윤리의 회색지대를 상징한다.

따라서 월남민을 태운 배에서 일어난 '嬰兒' 살해를 증언한다는 것은

책임, 결백, 면죄 등등의 용어를 통해 윤리적, 종교적 심판에 사용되는 범주들을 세속화된 법정의 판결에 의해 처분함으로써 진실과 정의의 자리에 판결의 세속화된 권력은 진실을 은폐하거나 성급하게 축소할 가능성이 있기 때문이다. 이와 같이 전쟁의 진실이 결코 법의 문제로 축소될 수 없다는 것은 전쟁 체험에 대한 증언의 한계, 즉 증언의 불가능성을 의미한다.

6) 이 글에서 1947년의 상황을 1950년 6·25전쟁 발발 이전의 시기이므로 전쟁과 연관 지어 설명하는 데 이의를 가질 수도 있으나, 1945년 해방 후, 3·8선을 기점으로 각각 신탁 통치된 상황을 고려할 때 재고될 필요가 있다. 1947년 11월 북한지역이 불참한 채, 남한 지역에서 총선거를 실시, 대한민국 정부가 수립되고 1948년 남·북한 정부가 각각 수립된 점을 고려해볼 때 한국전쟁은 해방 정국 후 이러한 갈등의 지점에서 야기된 폭력에서 기원한 것임을 알 수 있다.

'嬰兒'살해를 '스무 몇 해나' 침묵 속에서 방관하던 '水深'처럼 생존자의 고통에 수반된 침묵의 증언, 즉 증언의 불가능성을 의미한다.

아우슈비츠의 경험 이후 그 유명한 아히히만의 전범재판에서 한나 아렌트가 발견한 '악의 평범성'7)은 이 시의 제목이 암시하듯 '民間人'의 내재된 폭력 안에서 전쟁의 폭력이 국가 권력의 헤게모니에 의한 대립만을 의미하는 것이 아닌, 생존 욕망에 의해 내면화된 폭력성에서 비롯되었음을 비판적으로 시사하는 것이기 때문이다.

이 시에서 '嬰兒' 살해의 증인은 그 살해를 묵인함으로써 생존이 허락된 자를 의미한다. 죽음의 공모자로서 그는 가해자인 동시에 폭력의 고통에 의해 고통 받는 피해자인 셈이다. 윤리의 회색지대에서, 어느 누구도 가해자와 피해자로서 정체성을 드러낼 없는 것이야말로 전쟁의 폭력이 합리성의 세계 안에서 법적 판결에 의해 해결될 수 없는 한계, 즉 증언의 불가능성을 의미한다.

김종삼의 시에서 강박적으로 생존자로서 고통이 수반되는 것은 증언의 불가능성에도 불구하고 침묵을 깨고 말하려는 자의 고통, 즉 말할 수 없는 것을 말해야하는 생존자의 고통에 기원한다. 왜냐하면 이러한 증언의 불가능성은 죽음의 진실 앞에서 생존을 욕망하며 살아남은 자의 윤리적 고통을 수반하기 때문이다.

이러한 맥락에서 이 시는 '침묵'이라는 증언의 불가능성 앞에서 생존이라는 비인간의 존재로부터 인간되기를 포기하지 않는 자의 윤리적 고통을 드러낸다. 그런데 이때 생존자들의 욕망은 삶의 긍정적인 생명력과는 거리가 먼 비인간적인 것, 즉 '嬰兒'를 살해하면서까지 삶을 영

---

7) 한나 아렌트, 『예루살렘의 아히히만』, 김선욱 역, 한길사, 2006.

위하려는 생존 욕망을 지시한다. 이 시는 이러한 생존자들의 비인간적
인 욕망을 클로즈업함으로써 전쟁이 은폐한 진실이 단순히 이데올로기
의 대립이 아니라, 이러한 폭력적 상황 — 삶과 죽음의 가치가 생존 욕
망에 의해 그 의미를 상실한 역설적 상황 — 에 의해 비롯되었음을 드
러낸다.

이러한 관점은 현대 사회의 죽음의 격하에 대한 미셸푸코의 지적8)처
럼 전쟁이 은폐하는 주권 권력이란 사실상 생명 권력에 대한 세속적인
절대화9)이며, 그것은 절대적으로 전쟁과 같은 합법화된 폭력의 장을
통해 죽음의 정치와 직접적으로 일치한다는 사실을 고발한다.

이와 같이 김종삼의 시는 생존의 욕망 뒤편으로 아무도 모르게 사라
져간 죽음의 기억을 끄집어냄으로써 '水深'의 깊이 — 침묵 — 에 침잠
하지 않고, 전쟁 체험의 불편한 진실10)을 증언의 불가능성 너머로 드러
낸다.

어린 校門이 보이고 있었다
한 기슭엔 雜草가

죽음을 털고 일어나면

---

8) 17세기 공안 과학의 탄생과 더불어 국가의 매커니즘 속에서 주권 권력은 점차 생명
권력으로 전화되어 전통적인 형태의 삶과 죽음에 대한 의미는 퇴색되고 국가는 국민
(인민)과 인구를 조절하는 정치적 활동, 즉 생명 정치적 영역 속에서 전쟁과 같은 죽
음의 정치를 합리화하였다. 이에 따라 인간의 삶에서 죽음은 모든 생명 정치적 권력
에 의해 부대현상에 지나지 않는 의미로 격하되었던 것이다.
9) 아우슈비츠의 체험에서 스피노자와 니체의 윤리학이 무용한 것은 신에게서 생명권력
을 탈취한 인간의 절대화가 죽음의 정치를 통해 전쟁과 같은 폭력을 합법화하기 때문
이다.
10) 1, 2차 세계대전은 국가 간의 헤게모니 대립으로만 설명되지 않는 전쟁이다. 그것은
인간중심주의(철학), 진보에 대한 믿음(역사), 과학에 대한 맹신이 만들어낸 세속권력
의 총체적 비극이라 할 수 있다.

어린 校門이 가까웠다

한 기슭엔
如前 雜草가
아침 메뉴를 들고
校門에서 뛰어나온 學童이
學父兄을 반기는 그림처럼
복실 강아지가 그 뒤에서 조그맣게 쳐다보고 있었다
아우슈뷔츠 收容所 鐵條網
기슭엔
雜草가 무성해 가고 있었다

－「아우슈뷔츠1」전문

 이 시는 '어린 校門'을 통해 '學父兄'을 반기며 '뛰어나온 學童', 복실 강아지 등으로 표현된 생명의 공간과 '아우슈뷔츠 收容所 鐵條網 기슭'에 무성히 자라는 '雜草'의 대비를 통해 죽음의 공간을 전경화함으로써, '아우슈뷔츠'라는 죽음의 공간성이 생명의 공간성에 태연하게 인접해 있음을 고발한다.

 나아가 '아우슈뷔츠'라는 죽음의 공간성을 통해 '雜草'와 같은 인간, 즉 비인간의 자리에 놓여진 죽음의 상황에도 불구하고 인접성의 공간에서 여전히 삶을 영위해나가는 생명 공간을 통해 죽음의 문제가 '아우슈뷔츠'라는 특정 수용소 안의 문제가 아니라, 일상의 공간성에 자리한 문제임을 시사한다.

 일찍이 1937년에 있었던 비밀 회합에서 히틀러는 극단적인 생명정치적 개념을 사용하여 유럽에서 '사람이 없는 공간'의 필요성을 역설[11]한

11) 조르조 아감벤, 위의 책, 129면.

바 있는데, 이것이 바로 홀로코스트라고 불리는 집단대학살, 인종주의의 대청소를 합법화한 아우슈비츠 수용소의 정치적 기획이다. 이러한 생명정치의 시스템 안에서 아우슈비츠 수용소를 통하여 국민과 인구의 중첩을 막고 이를 분할하는 죽음의 정치를 통해 생명공간과 죽음의 공간을 위치시킴으로써 집단 대학살을 합리화했던 것이다.

김종삼의 시에서 수치심이 발견되는 것은 이러한 상황에서 이해할 수 있다.12) 즉 태연하게 생명공간과 죽음의 공간이 위치하는 세속권력과 인간중심주의의 주체화 속에서 수치심은 누군가를 대신해 살아남았다는 존재론적인 감정인 동시에 비인간의 위기에도 주관적인 무죄와 객관적인 유죄 사이에서 윤리적 인간임을 고수하려는 타자성의 표지13) 인 것이다.

이러한 수치심을 통하여 김종삼의 시는 권력과 승계한 공간성의 위치, 즉 비인간적인 생존자의 위치에서 근대 주체의 자기규율적인 권력욕망(생존욕망)에 편입되지 않고 주체의 무능을 고발하는 동시에 스스로를 이러한 주체의 욕망으로부터 소외시켜 나갔던 것이다.

---

12) 아우슈비츠를 경험한 생존자들의 글에서 수치심이 반복적으로 등장하는 것은 주목될 필요가 있다. 아우슈비츠 경험 이후 생존자로서 『죽음의 수용서에서』라는 책을 발간한 빅터 프랭클은 독일 패전 후 처음으로 독일인이 아닌 러시아군에 의해 발견되었을 때 느꼈던 수치심에 대해 생생하게 기록한 바 있다. 즉 수용소 안에서 독일인에게 결코 경험하지 못했던 수치심이 패전 후 외부의 시선들 속에서 경험되었다는 것은 수치심이 인간의 존재론적 감정이기 때문이라 할 수 있다. (빅터 프랭클, 『죽음의 수용소에서』, 이시형 역, 청아출판사, 2005 참조)

13) 카인의 표지가 상징하듯 그것은 생존자에게 신의 특별한 용서와 수치심이라는 이중적인 구속을 의미한다. 수치심은 생존자에게 누군가를 대신하여 즉, 이웃의 자리를 빼앗고 대신 살아남았다는 혐의에서 기원한다. 이러한 맥락에서 살아있다는 것은 우리 모두가 자기 형제의 카인이라는 사실이며 그럼에도 불구하고 수치심은 성경에서 선악과(생존 욕망)를 탈취한 최초의 인류인 아담의 행동처럼 신을 대면한 인간에게 타자성의 윤리를 드러내는 상징적인 행위라 할 수 있다.

나는 죽어가고 있었다
며칠째 지옥으로 끌리어가는 최악의 고통을 겪으며
죽음에 이르고 있었다(중략)

낮은 몇 순간
밤보다 새벽이 더 길었다
손가락 하나가 뒷잔등을 꼬옥 찔렀다
죽은 아우 '宗洙'의
파아란 한 쪽 눈이 나를 지켜보고 있었다
오랫동안 나에게서 잠시도 떠나지 않고 노려보고 있었다

─「아침」

이 시가 보여주듯 김종삼의 시편들에서 죽음 충동은 죽음으로의 도
피에 가깝다. 즉 '지옥에 끌리어가는 최악의 고통'은 그에게 살아있다
는 것이 죽음보다 더 고통스러운 실재적인 것이라는 사실을 환기시킨
다. 죽음으로의 도피를 염원하는 것은 이 때문이다. 그런데 이때 시적
화자가 실감하는 삶의 고통은 생존자로서 죽음에 대한 응시에서 비롯
된다. '죽은 아우'의 '눈'이 '잠시도 떠나지 않고' 자신을 노려보고 있는
상황은 누군가를 대신해 살아남았다라고 하는 생존자의 수치심 때문이다.
그런데 이때 수치심은 니체의 영원회귀와 운명애, 그에 관한 초극의
지라는 20세기의 윤리학이나 스피노자의 자연 행복론과 같은 현대 윤
리학의 처방으로는 설명될 수 없는 고통의 지속성14)을 의미한다. 왜냐

---

14) 니체의 영원회귀와 운명애는 더 이상 의지될 수 없는 신에 대한 원한과 복수의 정신
   을 통해 과거의 모든 것에 반복을 용인하는 가능성, 즉 과거지사를 바램으로 전화시
   키는 초월적인 운명애를 통해 인간의 초극적 의지를 주장한다. 그러나 아우슈비츠의
   경험은 과거지사를 용납하는 기억 인식을 철저히 거부하는 고통의 현실화, 고통의
   지속성을 의미한다.

하면 그것은 용서와 망각의 토대가 되는 시간 인식을 부정하면서까지 시간의 무화를 요구하는 고통의 현재성과 연관된 것이기 때문이다. 나아가 고통의 현재성은 수치심이 타자에 대한 윤리적 책임과 죄책감의 문제라는 지점에서 피할 수 없는 인간의 실존적인 원죄의식과 연관된 것이라 할 수 있다.[15]

　김종삼의 시에서 '죽은 동생'의 얼굴이 강박적으로 출몰하는 것은 이러한 맥락에서 이해될 수 있다. 즉 김종삼 시의 원죄의식은 고통의 지속으로서 수치심에서 발원한다.

　　　몇 개째를 집어보아도 놓였던 자리가
　　　썩어있지 않으면 벌레가 먹고 있었다

　　　그렇지 않은 것도 집기만 하면 썩어 갔다

　　　거기를 지킨다는 사람이 들어와
　　　내가 하려던 말을 빼앗듯이 말했다

　　　당신 아닌 사람이 집으면 그럴 리가 없다고-

　　　　　　　　　　　　　　　　　　　　　　　-「園丁」

　　　먼 산 너머 솟아오르는
　　　나의 永遠을 바라보다가
　　　구멍가게에 기어들어가

---

15) 김종삼의 시에 드러난 죽음 충동과 고통, 수치심은 단순히 시인이 현실에 조응하는 미학적인 태도로 설명될 수 없다. 독일의 전범재판에서 아히히만의 변호사를 통한 진술―"내 의뢰인은 법 앞에서가 아니라 하느님 앞에서 죄책감을 느끼고 있다"―에서 보여지듯 이때 수치심은 누군가를 죽음에 내몰면서까지 불멸하려는 인간의 생존욕망이 다름 아닌 주체욕망이며 이러한 인간중심주의를 비판하는 지점에서 원죄의식을 다루기 때문이다.

소주 한 병을 도둑질했다

—「極刑」

교황청 문 닫히는 소리가 육중
하였다 냉엄하였다
거리를 돌아다니다가
다비드상 아랫도리를 만져보다가
관리인에게 붙잡혀 얻어터지고 말았다

—「내가 죽던 날」

　위 시편들에서 수치심은 선악과를 상징하는 원죄의식에서 발원하여 '소주 한 병'을 훔치는 '도둑질'과 '다비드상 아랫도리'가 상징하는 성적 호기심으로 확장된다. '소주 한 병'을 '도둑질'하는 행위와 성적 호기심이 불량한 것은 선악과를 맛본 결과, 즉 원죄 때문이다. 이러한 맥락에서 선악과와 생명나무의 비유는 생명을 상실한 인간의 생존 욕망을 지시한다. 이는 카인과 아벨의 비유가 상징하듯 살인이 벌어지는 진짜 원인은 형제의 생명을 탈취하고서도 뻔뻔하게 살아남으려는 생존 욕망이며 그것이 다름 아닌 죄의 기원(원죄)이라는 것이다.

　김종삼의 시에서 수치심은 생존을 욕망하는 이러한 원죄의 고통 속에서 양가적인 의미를 갖는다. 즉 원죄의식을 통해 인간의 실존에 앞서는 수치심을 전면에 내세움으로써, 권력의지를 내면화한 주체의 무력함과 타자성을 상실한 주체 욕망의 허위를 비판하고자 했던 것이다. 그럼에도 불구하고 수치심은 주체의 무의식을 점령함으로써 도둑질 및 성적 탐닉과 같이 죄의식을 양산함으로써 주체의 분열16)을 파생시키는

---

16) 체념을 통한 초월을 주창한 스토아주의나 타인을 지배영역 속에서 이해한 마키아벨리주의는 사도 마조히즘적인 인간 주체의 양극적인 시스템의 좋은 예라 할 수 있다.

힘으로 작동된다.

김종삼의 시에서 죽음 충동은 이러한 맥락에서 주체의 분열을 야기하는 수치심이라는 고통으로부터 벗어나려는 죽음에로의 도피였던 것이다.

2) 이방인으로서의 글로솔랄리아

계몽의 역사는 근대 시각주의의 역사라고 해도 과언이 아니다. 진리에 있어서 이데아의 재현은 서양 철학사에 있어서 큰 쟁점이 되어왔는데 이처럼 근대 형이상학은 비가시적이고 비지각적인 진리 영역에서의 이성에 의한 신앙으로서 시각주의로 환원될 수 있다.[17]

그런데 오랜 시간 서양의 문학 전통에서 시를 창작하는 행위는 계몽의 주체화 과정에 의한 감각의 총체적 부정에 맞서 부단한 탈주체화의 과정이라 할 것이다. 왜냐하면 시를 쓴다는 것은 로고스로서의 말을 타고나지 못한 존재로서 문명의 반대편에 위치한 탈주체화의 아포리아를 제시하는 일이기 때문이다. 이러한 맥락에서 시 쓰기는 소쉬르가 말한 랑그의 구속에서 벗어나 글로솔랄리아, 즉 이방인의 방언을 통해 새로운 의미를 추적하는 작업이라 할 수 있다.[18]

김종삼의 시에 나타난 실향의식은 이러한 맥락에서 단순히 귀향의 도정을 의미하는 것만이 아니라, 이방인이라는 소외의 운명에도 불구하

이 사이에서 권력의 주체화와 지식의 주체화를 통해 인간은 무한한 자기규율적인 주체로서, 규율과 쾌락 사이에서 수치심을 전가함으로써 부단히 순환하는 계몽의 시스템을 통해 주체의 역사를 구성한다. 주체화와 동시에 탈주체화의 양 극단 사이에서 분열이 나타나는 것은 이 때문이다. (조르조 아감벤 위의 책, 161-162면 참조)

17) 돈 아이디, 『소리의 현상학』, 박종문 역, 예전사, 2006. 39-40면 참조.
18) 조르조 아감벤, 위의 책, 172-173면 참조.

고 시를 통해 새로운 아포리아를 구성하려는 탈주체화의 모험19)이라고
할 수 있다.

> 나 꼬마 때 평양에 있을 때
> 기독병원이라는 큰 병원이 있었다(중략)
> 실내엔 색깔이 선명한
> 예수의 초상화가 걸려 있었고
> 넓직하고 길다란 하얀 탁자 하나와 몇 개의 나무의자가 놓여져 있었다
> 먼지라곤 조금도 찾아볼 수 없었다
> 먼 나라에 온 것 같았다
> 자주 드나들면서
> 매끈거리는 의자에 앉아 보기도하고 과자조각을 먹으면서 탁자 위
> 에 뒹굴기도 했다
> 고두기(경비원)한테 덜미를 잡혔다
> 덜미를 잡힌 채 끌려 나갔다
> 거기가 어딘줄 아느냐고
> '안치실' 연거푸 머리를 쥐어박히면서 무슨말인지 몰랐다
> ―「아데라이데」

베토벤의 곡 '아데라이데'를 연상케 하는 동일 제목의 시에서 시적
화자는 '안치실'을 드나들면서도 죽음의 공포와는 다른 '먼나라'의 감
각을 경험한다. 그것은 생의 공간 너머에 존재하는 비가시적인 세계의

---

19) 일찍이 소쉬르는 언어가 일련의 기호들로 이루어져 있음에도 불구하고 이러한 기호
들이 어떤 식으로 담화를 형성하는지 미리 알고 이해할 수 있게 해주는 것이 언어
안에는 아무 것도 없다고 주장한 바 있는데, 언어와 담화가 분리된 상황에서 담화의
현실을 구성하는 것은 주체가 아니라 언표화 기능이기 때문이다. 따라서 말하기의
주체로서 '나'는 의미 작용과는 상관없이 이러한 언어적 사건 속에 존립한다고 할
때, '나'는 언어의 불가능성 속에 위치한다고 할 수 있다. 시를 창작하는 행위는 이
러한 맥락에서 탈주체화의 과정을 의미한다.

평온 — '먼지라곤 조금도 찾아볼 수 없었다' — 같이 죽음의 공포와는 다른 생의 이면에 존재하는 세계 — '먼나라' — 를 의미한다. 그러나 병원의 '경비원'이 상징하는 삶의 세계에서 '먼나라'와 같은 세계의 감각은 '안치실'이라는 엄연한 죽음의 기호를 통해 삶의 자리에서 분리된다. '경비원'에게 '덜미'를 잡힌 채, 그곳이 '안치실'이라는 사실을 안 뒤에도 '연거푸 머리를 쥐어박히면서 무슨말인지 몰랐다'라고 하는 것은 이 때문이다. 즉 죽음을 비가시적인 세계로 무화시키는 '안치실'이라는 언어의 폭력성을 역으로 드러낸 것이다.

그런데 이때 '무슨 말인지 몰랐다'라는 진술은 단순히 인지 불능이 아니라, 이러한 상황에서 탈주체화된 시적 화자의 상태를 드러낸다. 이때 화자가 무슨 말을 하는지 모르면서 말을 하는 사건은 방언, 즉 글로솔라리아를 의미한다. 왜냐하면 글로솔라리아는 언어의 뜻을 모른 채 소리로서 기능하는 말로서 주체 언어의 반대편에 놓인 세계, 즉 탈주체화의 경험이기 때문이다.[20]

김종삼의 시에서 소리에 대한 천착은 이러한 맥락에서 단순히 음악에 대한 기호나 청각적 취향을 반영하는 미적 취향의 것이 아니라, 주체 언어가 지닌 이러한 한계와 폭력성을 드러낸 것이라 할 수 있다.

> 蓮山 上空에 뜬
> 구름 속에서 무슨 소리가 난다
> 무슨 소리가 난다
> 아지 못할 單—樂器이기도 하고
> 평화스런 和音이기도 하다
> 어떤 때엔 天上으로

---

20) 조르조 아감벤, 위의 책, 172면.

어떤 때엔 地上으로 바보가 된 나에게도
무슨 신호처럼 보내져 오곤 했다

－「소리」 전문

이 시에서 '天上'과 '地上'으로 '무슨 신호'처럼 보내져오는 '소리'를
듣는다는 것은 '바보가 된 나'라는 인식이 보여주듯 주체의 언어를 못
알아듣는 이방인의 말, 즉 글로솔라리아를 통해 언어의 한계와 이를 초
월하려는 시 쓰기의 천착과정을 제시한다.

형이상학의 역사가 재현의 역사라 할 때, 시는 현현이 아닌 은폐를
통해 재현될 수 없는 세계를 찾아가는 탈주체화의 모험[21]이라 할 수
있다. 이때 의미의 상관성을 지시하지 않는 탈주체화의 과정으로서 시
쓰기란 주체의 언어와는 다른 이방인의 말, 즉 글로솔라리아를 통해 비
어있는 주체로서 스스로를 인식할 때 비로소 가능하다. 이 시에서 '바
보가 된 나'를 인식하는 이 때문이다. 세계의 비의를 듣는 자는 '天上'
과 '地上', 세계의 어느 자리에도 위치할 수 없다. 이방인이라는 인식은
이러한 맥락에서 주체의 자리에서 소외된 운명과 동시에 주체의 언어
를 못 알아듣는 언어의 형벌을 받은 자라는 양가성을 지닌다.

그 사나이는 遊牧民처럼
그런 세월을 오래 살았다
날마다 바뀌어지는 地平線에서

－「동트는 地平線」 전문

---

21) 탈주체화의 과정으로서 시쓰기를 통해 시인은 오로지 자신의 소외를 부단히 증언할
만한 내밀한 아름다움을 담고 있기라도 한 것처럼 존재의 내밀성에 귀를 기울임으로
써, 비어있는 주체로서 시적 경험을 지속한다.

　나의 本籍은 늦가을 햇볕 쪼이는 마른 잎이다. 밟으면 깨어지는 소리
가 난다.

―「나의 본적」

　나의 理想은 어느 寒村 驛같다

―「나 1」

　망가져 가는 저질 플라스틱 臨時 人間

―「나 2」

　두 사람의 생애는 너무 비참하였다. 그러므로 그들에겐 신에게서 배
풀어지는 기적으로 하여 살아갔다 한다. (중략) 딴따라처럼 둔갑하는
지휘자가 우스꽝스럽다. 후란츠 슈베르트·루드비히 반 베토벤―

―「연주회」

　김종삼의 시편들에서 시적 화자는 '遊牧民'과 '밟으면 깨어지는 마른
잎의 소리'라는 '본적'의 공간성을 통해 이방인의 소외된 자리에 위치
하고 있다. 지상의 공간에 안주해 살아갈 수 없는 시인의 이 같은 운명
은 '아데라이데'를 작곡한 '베토벤'과 '슈베르트'의 비극적인 생애에 대
해 '비참'과 '불멸'을 '영원'으로 받아들이려 했던 삶의 태도에서도 드
러난다.22)

　이러한 인식은 자화상을 의미하는 시 「나」 연작을 통해 시인의 '理

---

22) 이 시에서 '딴따라처럼 둔갑하는 지휘자'란 '비참'과 '불멸'의 소외된 삶을 부정하고,
현실에서 주체 욕망에 순응하는 예술가(예술가라는 이름의 일체의 권력 지향을 부정
한다는 점에서 시 「누군가 나에게 물었다」의 익명의 글쓰기와 그 내용이 상통한다)
의 가식적인 태도를 고발한 것이라 할 수 있다. 그리고 예술에 대한 김종삼의 이러한
태도는 앞서 다룬 전쟁 체험과 마찬가지로 영원이라는 시간의 타자성을 지향한다는
의미에서 탈주체화의 모험으로써 타자성의 시쓰기와 상통하는 것이라 하겠다.

想’은 ‘寒村 驛’이며, 그럼에도 불구하고 자기규율적인 주체 욕망에 의해 길들여진 인간의 실존에 대해 ‘저질 플라스틱 臨時 人間’이라는 성찰적 고백을 들려줌으로써, 주체의 위치에 천착하는 인간중심주의의 욕망을 비판한다. 나아가 이러한 시적 태도는 인간중심주의의 역사를 통해 예술에 있어서의 순수한 재현 욕망과 그 불가능성의 한계를 드러낸다.

> 廣大한地帶이다기울기
> 시작했다잠시꺼밋했다
> 十字架의칼이바로꽂혔
> 다堅固하고자그마했다
> 흰옷포기가포겨놓였다
> 돌담이무너졌다다시쌓
> 았다쌓았다쌓았다돌각
> 담이쌓이고바람이자고
> 틈을타黃昏이잦아들었
> 다포겨놓이던세번째가
> 비었다.
>
> ─「돌각담」 전문

‘廣大한地帶’ 위에서 돌담을 쌓는 행위를 반복함으로써 이 시는 김종삼의 다른 시 「앙포르멜」이라는 제목이 대변하듯, 추상 미술의 기하학적 원리23)를 시의 소재로 차용한 것처럼 보인다. 형태의 완벽성을 성취

---

23) 추상미술은 20세기에 탄생한 현대회화의 혁신적 조형운동으로 대상의 모방에서 벗어나 회화를 질료들 자체의 관계로 구성되는 조형적 질서로 이해함으로써 선, 면, 원 등으로 환원된 기하학적 구성을 통해 이성적인 기획으로서 어떤 완전무결한 형태 질서를 사유하려는 시도였다. 이때 추상표현주의로 명명되는 앙포르멜은 1960년대 한국화단에서 구상미술의 답습을 벗어나려는 형태적인 방법론으로 수용되었다. (박민규, 「김종삼 시에 나타난 추상 미술의 영향」, 『어문론집』 59집, 2009. 4. 382-386면 참조)

하려는 노력 ─ '무너졌다다시쌓았다' ─ 에도 불구하고 '돌각담'은 '포 겨놓이던세번째가비었다'는 진술처럼 완벽한 형태로 완성될 수 없는 불 가능한 것임을 드러낸다.

그런데 이러한 현실은 바벨탑을 쌓는 행위처럼 완벽을 향한 인간의 의지를 상징하는 것이라 유추해 볼 수 있다. 이 시에서 '바람이자고틈 을타黃昏이잦아들었다'라는 것은 형태의 완벽성을 추구하는 인간의 의 지에도 불구하고 이를 방해하는 요소로서 외연적 상황이 개입되었음을 의미한다.

그런데 이때 '돌각담'을 쌓는 행위에서 유추해 볼 수 있는 바벨탑의 비유는 인간 언어에 대한 형벌을 상징한다. 즉 신과 같은 완벽함을 추 구하려는 인간의 의지적 행위에 대한 형벌로서, 언어가 오늘날과 같이 소통될 수 없는 불능의 것이 되었다는 것은 주체 언어의 한계24)와 불 신을 드러낸 것이라 할 수 있다.

이러한 맥락에서 김종삼 시에 나타난 음악에 대한 천착은 소리의 현 상학25)을 통해 인간중심주의의 주체 욕망과 로고스를 대변하는 주체

---

24) '나는 말한다'로 환원되는 근대 주체 철학은 언어가 비의미론적인 차원으로 치환된 다는 사실을 인식하지 못한다. 즉 언어의 의미가 생성되기 위해서는 언어의 외부가 존재한다는 한계를 부인하는 것이다. (조르조 아감벤, 위의 책, 206-207면 참조)

25) 후설과 하이데거의 철학으로부터 현상학은 지금까지 당연시되어 온 사유의 오랜 전 통을 해체시키고, 대상적 인식의 진위 여부를 넘어 사물들 자체를 포착하려는 능동 적 시도였으며, 현상들로 하여금 스스로를 열어보이도록 하는 것으로서 언어에 대한 관심에서 출발한다. 이때 사물의 존재를 무비판적으로 수용하는 인습적 태도를 중지 하고 현상학적 판단 중지에 의해 남아 있는 순수의식의 본질을 기술하기 위해 경험 과 언어의 변증법 속에서 현상학은 시각주의가 지닌 대상화의 위협에서 벗어나 청각 적 언어(들음의 철학)를 통해 그것의 현전 가능성을 이해한다는 의미에서 소리의 현 상학으로서 보다 넓은 지평을 지닌다. 마치 공기와 바람의 비가시성에도 불구하고 그것을 현전하게 하는 것은 들음의 지평 안에서 가능하다고 할 때, 소리의 현상학은 시각주의로 환원되는 의식 현상학의 한계에서 한층 더 확대된 지평을 갖는 것이라 할 수 있다. (돈 아이디, 위의 책, 62-68면 참조)

언어에 대한 한계와 불신을 극복하려는 것이라 할 수 있다.

> 내용없는 아름다움처럼
>
> 가난한 아희에게 온
> 서양 나라에서 온
> 아름다운 크리스마스 카드처럼
>
> 어떤 羊들의 등성이에 반짝이는
> 진눈깨비처럼
>
> —「북치는 소년」 전문

이 시는 제목이 '북치는 소년'이라는 제목에도 불구하고 시의 어느 곳에서도 청각적 이미지가 드러나지 않는다. 청각적 이미지가 드러나지 않는 것은 이 시가 목소리와 같이 발화되는 외연적 현실을 지시하는 것이 아니라 현상학적인 지각, 즉 바람이나 공기와 같이 들음의 지평 안에서 그 현존 가능성을 인식할 수 있는 세계를 추구하기 때문이다.

이 시에서 반복적으로 직유의 방법이 쓰이는 것은 이러한 맥락에서 이해될 수 있다. 즉 유사성의 원리를 상징하는 직유의 방법을 통해 들음의 지평 안에서 그 현존가능성에 다가서려는 것이다. 그런데 이러한 세계는 외연적 현실에서 '어떤 羊들의 등성이에 반짝이는/ 진눈깨비'와 같이 찰나적으로만 인식될 수 있는 세계를 지시한다. 따라서 '서양 나라'와 '가난한 아희'를 통해 시적 화자는 이국의 공간성과 소외의 위치를 결합시킴으로써 이방인의 위치를 통해 '내용없는 아름다움', 즉 세계의 내밀성을 향한 천착과정을 드러낸 것이다.

이러한 소리의 현상학을 통하여 김종삼의 시는 시간 경험의 폭력성으로부터 새로운 존재의 지평을 발견하고 이를 통해 전쟁 경험으로 인한 상처와 고통을 치유하였던 것이다.

> 몇 그루의 소나무가
> 앎이한 언덕엔
> 배가 다니지 않는 바다,
> 구름 바다가 언제나 내다 보였다
>
> 나비가 걸어오고 있었다
>
> 줄여야만 하는 생각들이 다가오는 대낮이 되었다
> 어제의 나를 만나지 않는 날이 계속되었다
>
> 골짜구니 大學建物은
> 귀가 먼 늙은 石殿은
> 언제 보아도 말이 없었다
>
> 어느 位置엔
> 누가 그린지 모를
> 風景의 背晋이 있으므로
> 나는 세상에 나오지 않은
> 惡器를 가진 아이와
> 손쥐고 가고 있었다.
>
> —「背晋」 전문

이 시는 시적 화자의 심리적 현실 — '나비가 걸어오고 있었다' — 을 통하여 현상학적 경험을 드러낸다. '귀가 먼 늙은 石殿은/ 언제 보아도 말이 없었다'라는 진술에도 불구하고 시적 화자에게 그것은 '풍경의 배음'에 의해 이러한 현실을 초월한 세계가 있음을 경험하게 한다. 이때 이러한 초월적 세계에 대한 인식은 소리의 현상학을 통해서 비로소 경험되는 세계를 의미한다. '세상에 나오지 않은/ 惡器를 가진 아이와/ 손쥐고 가고 있었다'라는 진술은 이러한 맥락에서 이해될 수 있다. 즉 시적 화자는 생존자의 수치심조차 과거의 것으로 치부하는 시간의 폭력성에 맞서 소리의 현상학을 통해 실존적 고독의 세계에서 초월적인 세계를 경험하고 이를 통해 스스로를 치유하였던 것이다. '어제의 나를 만나지 않는 날이 계속되었다'라는 것은 이 때문이다.

이러한 맥락에서 김종삼 시에 나타난 음악에 대한 천착은 단순히 시인의 예술적 지평과 취향에서 비롯된 것이 아니라, 소리의 현상학을 통해 세계의 내밀성을 발견하려는 시적 염원에서 비롯되었다고 할 수 있다. 왜냐하면 이때 음악은 시의 기원인 동시에 시간의 폭력성에도 훼손되지 않는 초월적 세계 경험을 의미하는 것이기 때문이다.

> 나는 누구나 한번 가는 길을
> 어슬렁어슬렁 가고 있었다
>
> 세상에 나오지 않은
> 樂器를 가진 아이와
> 손쥐고 가고 있었다
>
> 너무 조용하다
>
> —「풍경」

이 시에서 삶의 '풍경'은 시간에 의한 훼손을 경험하지 않는다. 김종삼의 전쟁체험이 죽음의 고통을 과거의 것으로 망각하려는 시간의 폭력성에 저항하여 생존자의 수치심을 통해 고통의 현재성을 지시한다고 할 때, 이 시는 소리의 현상학을 통해 초월적인 세계를 경험함으로써 훼손되지 않는 시간을 통해 근대 주체가 작위적으로 상정한 시간의 폭력성26)을 부정한 것이라 할 수 있다.

그럼에도 불구하고 근대적 시간 인식에서 전쟁과 같은 폭력에 의해 양산된 죽음은 삶의 시간 경험에서 분리된 것일 수밖에 없다. 진보에 대한 믿음에도 불구하고 근대적 시간 인식에 의해 현대인에게 권태가 출현하는 것은 이러한 맥락에서 이해될 수 있다. 즉 시간을 지배하고 통제함으로써 인간은 하이데거의 말처럼 초월적 세계의 밖으로 내던져진 세계내적 존재인 것이다.

김종삼의 시는 소리의 현상학을 통해 이러한 초월적 세계의 경험을 자신이 위치한 삶의 자리에 재배치함으로써 '풍경'의 자리에서 시간의 폭력성에 의해 훼손되지 않는 영원을 경험하였던 것이다. 시 「풍경의 배음」에서 '세상에 나오지 않은/ 樂器를 가진 아이'가 반복해 등장하는 것은 '배음— 초월적 세계로서 음악적 세계—'을 통해 삶의 현실에서 '풍경'을 재구성한 것이라 할 수 있다. 이를 통해 소음과 폭력의 세계를 소거함으로써 마침내 폭력적 현실을 초월해 '너무 조용'한 세계를 경험하게 된 것이다.

---

26) 근대 주체의 탄생은 시간에 대한 지배를 통해 설명될 수 있다. 즉 시간을 수학화면서 동시에 과거, 현재, 미래라는 시간 단위를 작위적으로 구성함으로써 인간은 시간을 통제하고 지배하게 된 것이다.

3) 언어의 성사로서 윤리와 타자성

21세기의 사회는 푸코가 말한 전쟁과 감옥, 병영, 정신병자 수용소와 같은 규율사회의 시스템을 소거하고 그 위에 피트니스 클럽, 오피스텔, 은행, 쇼핑몰, 유전자 실험 연구소와 같은 성과사회의 시스템을 통해 더 이상 복종적 주체가 아닌 성과주체를 통해 증명되는 사회이다.[27] 이 때 인간은 더 이상 보드리야르가 말한 적의 계보학처럼 면역학적 주체가 아니라, 긍정성의 과잉을 통해 부정성이 없는 동질적인 것의 공간을 합리화하면서 새로운 형태의 폭력―긍정성의 폭력―시스템에 의해 착취당하는 주체를 의미한다.[28]

주의력결핍으로 인한 과잉행동장애, 소진증후군, 우울증[29]과 같은 신경증이 증가하는 것은 이러한 사회에서 기원한다. 즉 적으로 상징되는 면역학적 시대의 경험과는 달리 새로운 주체는 부정성을 소거한 채, 긍정성의 과잉 상태에서 타자의 강요 없이도 자기 스스로를 착취하는 주체인 것이다.

이러한 현실은 냉전 종식과 더불어 전쟁 체험의 고통과는 다른, 파괴적 자책과 자학의 내면화된 전쟁을 통해 성과주체로서 자기증식적인 가능성을 이데올로기라는 숭고한 환상의 자리에 위치시킴으로써 그 무

---

27) 스피박의 '하위주체' 개념이나 조르조 아감벤의 '호모 사케르―벌거벗은 생명'는 이러한 성과주체 사회의 생산성이 무엇보다 주체를 끊임없이 재생산해내는 시스템적인 것이라는 사실을 반증한다.

28) 한병철, 『피로사회』, 김대환 역, 문학과 지성사, 2012. 24-27면 참조.

29) 알랭 에렝베르는 우울증을 규율사회에서 성과사회로의 이행기에 나타나는 현상이라고 하고, 우울증의 문제를 자아의 경제라는 관점에서 관찰해야 한다고 주장한다. 그는 니체의 표현을 빌어 주권적 인간이 갖는 특성, 즉 오직 자기 자신이 되어야만 한다는 사회적 명령과 자기 자신이 되지 못한다는 후기 근대적 인간의 병리학적 요소가 우울증의 원인이라고 비판한다.(한병철, 위의 책, 24-25면 참조)

엇도 불가능하지 않음을 믿는 초긍정성의 사회30)를 지시한다. 규율사회
의 부정성이 광인과 범죄자를 낳았다고 할 때, 반대로 성과사회에서 우
울증 환자와 낙오자가 양산되는 것은 이 때문이다.

　김종삼의 마지막 시집 『누군가 나에게 물었다』(1982)에 실린 말년양
식31)의 시편들에서 병고에 시달리는 시적 화자의 모습이 극도로 많이
나타나는 것은 이러한 맥락에서 이해될 수 있다. 즉 소리의 현상학을
통해 초월적 세계를 경험했음에도 불구하고, 성과주체로서 삶을 강요당
하는 현실에 대한 부적응과 고통은 이러한 사회에 대한 예민한 인식으
로 인해 비롯된 것이라 할 수 있다.32)

---

30) 무한정한 할 수 있음의 긍정사와 '예스 위 캔'의 복수형 긍정의 세계에서 규율사회를
　　지시하던 금지와 명령, 옳고 그름은 이러한 초긍정 사회에서 무의미한 것으로 전락
　　하기에 이른다.
31) 에드워드 사이드는 종국으로 접어드는 것, 현재를 대단히 예민하게 인식하는 것으로
　　서 아도르노가 언급한 말년성에 대해 언급한 바 있는데, 이 글에서 김종삼 시 작품
　　가운데 말년의 작품에 주목하는 이유는 내면 심리에 대한 분석적 연구에서 더 나아
　　가, 이 같은 말년성의 맥락에서 해석하려는 것이다. (에드워드 사이드, 『말년의 양식
　　에 관하여』, 장호연 역, 마티, 2008, 29-35면 참조)
32) 김종삼의 시대 인식을 성과 사회의 문제를 통해 접근하는 데는 규율사회의 시기 규
　　정과 맞물려 논란의 여지가 있을 수 있다. 규율사회가 주권사회의 개념이라고 할 때,
　　이때 규율사회는 학교와 군대, 감옥 같은 국가의 예속 기관을 통하여 규율을 강화하
　　고 통제하는 사회를 의미한다. 근대화의 정점에서 1960-80년대는 이러한 규율사회의
　　특성을 드러낸다. 그런데 성과사회는 통상적으로 이러한 규율사회가 사라진 곳에 등
　　장한 새로운 사회 형태를 의미한다. 한국에서 민주화와 소비화가 동시에 이루어진
　　1990년대를 성과사회라고 할 때, 김종삼의 시대인식과 성과사회를 연관하여 이해하
　　는 것은 이러한 맥락에서 시기상조이거나 무리일 수 있다. 그러나 근대화 과정과 마
　　찬가지로 한국 사회는 규율사회와 성과사회로의 정상적인 이행이라기보다는 성과와
　　생산성을 통해 우열화, 서열화함으로써 개인을 타자화(낙오자―소외)시키는 규율사회
　　의 모순적 모습을 지니고 있다고 할 수 있다. 이러한 현상이 2000년대 이후에도 계
　　속된다는 것, 즉 성과사회 안에 규율사회의 모습이 발견되는 것은 이 때문이다. 아도
　　르노의 말년성의 개념처럼 시인―김종삼―은 이러한 시대 인식에 있어서 동시대
　　성이 아닌 선조성을 경험함으로써 도래할 사회의 운명을 예고하는 예언자적 역할을
　　수행하였던 것이다.

　　한밤중 나체의 산발한 마녀들에게 쫓겨다니다가
　　들어간 곳이 휘황한 광채를 뿜는 시체실이다 다가선 여러 마리의 마
　녀가
　　천정 쪽으로 솟아올라 붙은 다음 캄캄하다

―「鬪病記」

　이 시에서 시적 화자에게 죽음은 시 「아데라이데」에서 '안치실'에 앉
아 과자를 먹던 초월적인 경험과는 달리 두려움과 혼란으로 가득 차 있
다. '시체실'에서 '산발한 마녀들'에게 쫓겨 다니는 것은 죽음에 대한
공포 때문이다.

　이러한 태도는 음악과 같은 초월적 경험을 통하여 비가시적인 세계
의 한계를 극복한 현상학적 체험의 시편들과 달리 병증(病症)의 강화를
통해 공포를 더 강화한다. 즉 죽음의 공포를 통하여 현실에 적응할 수
없는 불능을 '病'을 통해 드러낸 것이다.

　　나는 술꾼이다 낡은 城郭 寶座에 앉아 있다 正常이다 快晴하다
　　WANDA LANDOWSKA
　　J·S BACH도 앉아 있었다

　　獅子 몇놈이 올라왔다 또 엉금 엄금 올라왔다 제일 큰 놈의 하품, 모두
　　따분한 가운데 헤어졌다

　　나는 다시 死體이다 첼로의 PABLO CASALS

-「첼로의 PABLO CASALS」 전문

　시적 화자와 같이 바흐 음악에 대한 음악적 취향을 지닌 피아니스트

반다 란도프스카(WANDA LANDOWSKA)의 연주(골드베르크 변주곡)를 들으면서, 시적 화자는 '낡은 城郭 寶座'에 위치해 '正常'과 '快晴'을 자부하지만, 결국 자신을 '死體'라고 진술함으로써 '正常'이 될 수 없는 세계를 부정한다.

　이어 그는 바흐의 무반주 첼로곡을 연주한 파블로 카잘스(PABLO CASALS)의 첼로 음악을 감상한다. 그런데 이 시에서 거장 작곡가와 연주가의 음악을 듣는 행위는 초월적 경험으로서 소리의 현상학과는 달리 '하품'이 나는 경험을 지시한다. 왜냐하면 이때 소리의 현상학을 통한 초월적 경험은 '正常'과 '快晴'의 세계에서는 경험될 수 없는 것이기 때문이다. 이러한 현상은 기술복제 시대에 대한 벤야민의 지적처럼 원본 — 바흐음악 — 이 복제 — 연주가 — 되는 세계를 통해 원초적 감동이 사라진 시대의 권태 — '하품' — 를 드러낸다.

　순수한 예술성의 부재와 예술가로서의 자기 인식 사이에서의 갈등은 김종삼 시인에게 현실 부적응으로 비롯된 '병'의 위중함으로 드러난다. 이 시의 시적 화자가 스스로를 '正常'의 위치에서 '死體'로 인식하는 것은 이 때문이다. 왜냐하면 탈주체화의 모험으로써 시를 쓰는 행위는 이러한 사회에서 '正常'적인 주체에게 결코 이해될 수 없는 비생산적인 행위이기 때문이다. 나아가 이러한 사회에서 예술은 '연주가'가 상징하듯, 창조적인 행위가 아니라 그것을 담당하는 기능적인 위치를 의미한다.

　나아가 이러한 현상은 예술의 권력화를 지향한다. 김종삼의 시 「사람들」에서 '빅톨 위고 씨와 발자크씨가 골프를 치고 있다//프리드리히 쇼팽인 듯한 젊은이가 옆에서 시중을 들다가 들었던 물건을 메치기도 한다'라는 진술은 이 때문이다. 왜냐하면 이러한 사회에서에서 목소리를 낼 수 있는 것은 기능적인 주체로서 예술가가 생산적 위치 — 권력화,

서열화— 를 점유하고 있을 때에만 가능하기 때문이다.

　따라서 예술의 부재와 예술가가 기능적·생산적 위치로 전락한 시대에 대한 절망 속에서 예술가가 될 수 없다는 열등감과 강박적 요구 사이에서 시인은 우울과 같은 병[33]을 경험하게 된다.

> 폐허가 된
> 노천극장을 지나가노라면 어제처럼
> 獅子 한 마리 엉금 엉금 따라온다 버릇처럼 비탈진
> 길 올라가 앉으려면
> 녀석도 옆에 와 앉는다(중략)
>
> 오늘도 이곳을 지나노라면
> 獅子 한 마리 엉금 엉금 따라온다
> 입에 넣은 손 멍청하게 물고 있다
> 아무 일 없다고 더 살라고
>
> 　　　　　　　　　　　　　　　　　　　　　—「발자국」

　'폐허'가 된 '노천극장'의 풍경을 '獅子' 한 마리가 따라오지만, 이러한 비인격화된 경험은 시적 화자에게 초월적인 것이라기보다는 '아무 일 없다'라는 현실을 더 강화시켜 줄 뿐이다. '입에 넣은 손 멍청하게 물고 있다'라는 것은 이러한 의미에서 심심함과 무료함의 현실 속에 '손'을 물고 있는 무능한 시인의 위치를 지시한다.

　예술과 철학의 오랜 역사 속에서 사색자로서의 삶은 '입에 넣은 손

---

33) 이러한 현상은 성과 사회에서 부끄러움이 더 이상 타자성의 표지로 인정되지 않고 자존감의 결여라는 병리적 현상으로 이해되는 현대 심리학의 관점과 유사하다. 따라서 모더니즘 예술에서 예술가의 고결성을 상징하던 '병'의 은유는 우, 열을 가르는 이러한 사회에서 권력화된 주체로서 능동적(주체적)으로 기능하지 못하는 실패자와 낙오자의 은유— '死體' — 로 전락하게 된 것이다.

멍청하게 물고 있다'라는 이 시의 표현처럼 이러한 사회에서 무능력한 행위를 지시한다.

생산성을 목표로 하는 현대사회에서 사색적 삶은 심심함이고, 무료함이며 무능함을 의미하기 때문이다. 멀티태스킹을 통한 동시성, 과잉주의의 세계에서 사색의 심심함은 '경험의 알을 품고 꿈을 꾸는 새'와 같은 벤야민의 창조적 경험이 아니라, 동시성의 시간 경험을 통해 보다 시간을 효율적이고 경제적으로 사용하려는 시간경제성의 사회에서 흔적화 — '발자국' — 된 하찮은 세계 경험인 것이다.[34]

이러한 사회의 생산효율성 속에서 인간은 주체라는 거창한 이름에도 불구하고, 생명력을 상실한 채 존재의 결핍 앞에서 초조와 불안을 경험하며, 파편화되고 탈서사화[35]될 수밖에 없는 위기에 처해질 수밖에 없다.

> 또 病勢가 발작되었다. (중략)
> 腦疲가 고갈되었으므로 아무 생각도 하지 못한다.
>
> —「深夜」

> 나의 精神은 술렁이고 있다
>
> —「개체」

이러한 사회에서 인간은 소진과 피로, 개체로서 관계의 단절, 파편화

---

34) 심심함의 결여로서 성과 주체의 이러한 시간 효율성은 사색적이고 관조적인 세계의 경험을 소거함으로써 평온의 결핍을 문명 속에서 허용한다. 부산한 자가 이렇게 높이 평가받은 시대는 일찍이 없었다라는 것은 이러한 평온의 상실을 상징한다. (한병철, 위의 책, 35면)

35) 왜냐하면 성과주체로서 인간은 절대적으로 죽을 수 없는 존재, 죽지 않는 자들로서 호모사케르이며, 수치심을 모르는 무감각이라는 질병을 앓고 있는 자들로서 삶의 서사에서 죽음을 탈서사화시킨 자들이기 때문이다. (한병철, 위의 책, 41-44면)

를 경험한다. 생각하는 인간으로서의 존재의 우위를 점하던 인간의 '情神'은 멈추지 않는 생산성의 요구 앞에서 이 시의 내용처럼 '고갈'되고 '아무 생각도 하지 못한다'라는 무기력과 무감각의 상황에 처해져 있는 것이다.

이러한 현상은 김종삼이 전쟁 체험을 통해 느꼈던 끝없는 생존 욕망의 지옥과 같다. 이러한 사회는 비록 눈에 보이는 수용소의 담장은 사라졌지만, 자신의 존재를 뒷받침해주던 세계의 공동체성이 붕괴되고 무한 경쟁을 통한 생산 시스템의 감옥을 의미한다.

일찍이 아우슈비츠의 생존자로서 빅터 프랭클은 수용소 안에서 느꼈던 이러한 실존적 공허가 오늘날 현대인의 삶에 만연되어 있음을 지적한 바 있다. 그에 의하면 생의 의미를 찾고자 하는 의지가 좌절될 때, 실존적 공허는 가면적 자아의 형태로서 권력과 돈, 성적 탐닉을 포함한 쾌락적 탐닉에서 그 보상을 찾으려 한다는 것이다.36)

이러한 맥락에서 김종삼의 말년의 시 양식은 실존적 공허에 직면한 현대성의 위기37)와 허황된 말장난 같은 감각에 정신이 팔려 생산성의 노예로서 스스로를 노동하는 동물로서 착취하는 인간에 대한 파국과 이에 관한 인식을 드러낸 것이라 할 수 있다.

그럼에도 불구하고 김종삼의 후기시편은 이러한 파국적 인식에 침잠하고 않고, 구원 없는 세계라는 극한의 현실 속에서 탈주체의 모험으로써 언어의 회복을 통해 타자성의 회복을 염원한다.

---

36) 빅터 프랭클, 위의 책, 179면 참조.
37) 규율사회가 도덕과 공모한 생산성을 통해 인간을 통제하였다면, 성과사회는 성과주체를 표방하는 상징, 즉 프로젝트, 이노베이션, 모티베이션, 글로벌리더, 창조경제 등의 인공언어를 통해 긍정의 가능성을 끝없이 재생산함으로써 피로와 소진, 무능력을 경험하게 하는 사회이다.

오늘은 용돈이 든든하다
낡은 신발이나마 닦아 신자
헌 옷이나마 다려 입자 털어 입자
산책을 하자
북한산성행 버스를 타 보자
안양행도 타 보자
나는 행복하다
혼자가 더 행복하다
이 세상이 고맙다 예쁘다

긴 능선 너머
중첩된 저 산더미 산더미 너머
끝없이 펼쳐지는
멘델스존의 로렐라이 아베마리아의
아름다운 선율처럼.

　　　　　　　　　　　　　　　　　　 ─「행복」 전문

　이 시는 앞에서 분석한 시 「발자국」에서 사색자로서의 삶을 무능한
것으로 치부하던 태도와 달리, '산책'을 통하여 일상에 내재한 평온과
만족감을 향유하고 있다. '낡은 신발'과 '헌옷'의 남루함에도 불구하고
'용돈'이 두둑하다는 고백은 생산성에 집착하는 사회의 거짓된 욕망을
부정하고, 일상적 삶에 자리한 소박한 행복에서 비롯된다.
　나아가 시적 화자는 '긴 능선 너머/중첩된 저 산더미 산더미 너머'라
는 진술을 통해, 삶의 질곡 속에서도 항상성38)안에 붙잡혀 사는 것이

---

38) 빅터 프랭클에 의하면 현대인들에게 실존적 공허가 나타나는 것은 이러한 항상성 안
　에서 삶의 역동성 ─ 고통을 내포하는 ─ 을 이해하지 못하기 때문이라고 설명한다.
　(빅터프랭클, 위의 책, 183면) 성과 주체 사회에서 무기력과 피로를 느끼면서도 쉽게
　이러한 사회의 시스템을 변화시키지 못하는 것은 항상성에 대한 욕망이 성과 주체의

삶이 아니라, 그 역동성을 긍정함으로써 일상성의 행복으로서 타자성을 발견할 수 있음을 드러낸다. 이러한 인식은 절망적인 현실 속에서도 삶을 긍정할 수 있는 생의 비밀인 일상성을 발견함으로써 현실 도피로서 예술이 아니라, 초월적인 세계에 대한 열망 — 멘델스존의 로렐라이 아베마리아 — 을 일상과 통합한다.

이 시에서 '나는 행복하다/ 혼자가 더 행복하다/ 이 세상이 고맙다 예쁘다'라는 것은 단순한 고백적 진술이 아니라, 변함없는 삶의 고통에도 불구하고 그와 함께 지속되는 삶의 역동성과 일상성의 통합을 통해 삶과 존재가 일치하는 비밀 — 행복 — 을 드러낸 것이라 할 수 있다.

> 누군가 나에게 물었다. 시가 뭐냐고
> 나는 시인이 못됨으로 잘 모른다고 대답하였다
> 무교동과 종로와 명동과 남산과
> 서울역 앞을 걸었다
> 저녁녘 남대문 시장 안에서
> 빈대떡을 먹을 때 생각나고 있었다
> 그런 사람들이
> 엄청난 고생 되어도
> 순하고 명랑하고 맘 좋고 인정이
> 있으므로 슬기롭게 사는 사람들이
> 그런 사람들이
> 이 세상에서 알파이고
> 고귀한 인류이고
> 영원한 광명이고
> 다름 아닌 시인이라고
>
> — 「누군가 나에게 물었다」 전문

원인이라는 사실을 반증한다고 하겠다.

이 시에서 '누군가 나에게 물었다. 시가 뭐냐고/ 나는 시인이 못됨으로 잘 모른다고 대답하였다'라는 것은 우연한 물음이라기보다는, 말년의 양식에 이르러서까지 시인의 자기정체성에 대한 질문 ― 화두 ― 39)이었다고 할 수 있다.

평생을 찾아다닌 이 질문 앞에서 시인이 발견한 것은 고매한 정신이나 예술적 깊이에 대한 천착이 아니라, 비루하지만 함께 살아가는 삶에 자리한 사람들이라는 위대한 발견이었던 것이다. '엄청난 고생 되어도/ 순하고 명랑하고 맘 좋고 인정이/ 있으므로 슬기롭게 사는 사람들'이 '고귀한 인류이고/ 영원한 광명이고/ 다름 아닌 시인'이라는 깨달음은 진정한 삶의 의미가 성과 주체 사회에서 표방하는 화려한 수사나, 예술가의 격조, 내면, 정신과 같은 초월적인 데(=권력화의 또 다른 현상)에 있는 것이 아니라, 존재와 삶이 일치하는 일상의 자리에 있다는 발견을 통해 이러한 삶의 회복을 염원하는 시인으로서의 책임감을 인식한 것이라 할 수 있다. 즉 인간이 언어를 소유한다는 착각에서 벗어나 언어의 타자성을 회복시켜야하는 시인으로서의 책임을 의식하였던 것이다.

> 희미한
> 풍금소리가
> 툭 툭 끊어지고
> 있었다

---

39) 이러한 질문은 시 「오늘」에서 '나는 덕지덕지한 늙은 아마추어 시인이다'라는 구절에서도 확인된다. 이때 스스로를 비어있는 주체로서 인식, 탈주체화의 모험으로서 시를 쓰는 행위와 스스로를 권력화하지 않으면서 언어의 회복을 통해 구원없는 세계의 타자성을 염원하는 시인의 삶은 김종삼의 시가 당대 예술가로서 뚜렷한 흔적을 남긴 김춘수나 서정주와 같은 예술가 ― 예술지상주의와 권력지향 ― 와 비견하였을 때, 성스럽기까지 하다.

그동안 무엇을 하였느냐는 물음에 대해

다름 아닌 人間을 찾아다니며 물 몇 桶 길어다 준 일 밖에 없다고

머나먼 廣野의 한복판 얕은
하늘 밑으로
영롱한 날빛으로
하여금 따우에선

                                    ―「물桶」 전문

　고매한 정신이나 예술가의 혼이 아니라, 삶의 실천적 자리로의 이행
을 이 시는 '人間을 찾아다니며 물 몇 桶 길어다 준 일'이라는 진술을
통해 드러낸다. 이 시에서 '머나먼 廣野'와 '하늘'이 '영롱한 날빛'에 의
해 조화롭게 사는 일이 가능한 것은 일상적 삶과 존재가 일치하기 위해
서는 먼저 언어의 회복이 선행되어야 하기 때문이다. 이러한 맥락에서
'물桶'[40]은 언어의 선험성을 회복하려는 시인의 책임과 실천을 의미한다.
　언어가 선험성[41]을 잃은 자리에서 언어의 기원이 되는 생명력의 상

---

40) 이때 '물桶'의 비유는 극심한 죽음 충동에서 종교적 회심을 경험한 김종삼에게 생명
　　수를 길어 나르는 의미로도 해석될 수 있다. 그럼에도 불구하고 김종삼의 기독교적
　　시 세계를 직접 연관시켜 다루는 기타의 논문들과 달리, 이 글은 이것의 연관성을
　　언어의 타자성이라는 측면에서 다루고자 하였다. 왜냐하면 언어의 타자성, 즉 선험성
　　이란 아감벤의 말처럼 인간이 언어를 소유할 수 없다는 한계를 의미하며 이러한 맥
　　락에서 언어에는 선험성, 즉 신의 의지로서의 타자성이 배태되어 있기 때문이다. 나
　　아가 언어의 타자성에 대한 이해 없이는 기독교 세계의 하나님조차 인간의 의지에
　　의해 권력화―루터의 종교개혁이 교황청으로 상징되는 라틴어 권력에 의한 타락이
　　었다고 할 때, 실천적 자리에서 루터는 성경언어에 대한 권력의 행사가 아무 근거
　　없음을 글쓰기와 라틴어 번역을 통하여 개혁하였던 것이다―될 수 있기 때문이다.
　　(사사키 아타루, 『잘라라, 기도하는 그 손을』, 송태욱 역, 자음과 모음, 2012 참조)
41) "말을 시작하기 이전부터 언어는 인간 속에 있었다. 그렇지 않았다면 인간은 처음부
　　터 말을 할 수가 없었을 것이다. 인간은 자신 속에 선험적으로 내재하는 언어를 사
　　용해서 말을 하는 것이다. 이때 선험성은 신의 의지다"(막스 피카르트, 위의 책,

실은 인간이 언어를 소유한다는 착각에서 비롯되었다고 할 것이다. 이와 같은 주체 언어에 대한 욕망 속에서 현대사회는 존재와 분리된 채, 성과주체의 스테레오 타입이 그러하듯 앵무새처럼 자신에게 주입된 것을 통해서 존재할 수밖에 없다.

김종삼의 시는 이러한 주체 언어의 폭력 앞에서 언어의 타자성을 회복함으로써 구원없는 세계의 회복을 염원하였던 것이다. 치유적 언어로서 언어의 선험성을 회복하려는 믿음을 통해 그의 시는 현대 사회의 철학과 종교, 법과 정치, 문학과 예술 등 전 영역에서 언어를 도구화하는 소유 욕망과 이러한 주체 언어의 폭력에서 벗어나, 언어의 성사(聖事)[42]로서 윤리적 타자성을 회복하기 위한 시인의 책임을 발견하고 이를 실천적으로 모색해나갔던 것이다.

3. 결론

한국 시단에서 김종삼은 '내용없는 아름다움'이라는 미적 수사에 의해 지나치게 미학적인 측면을 중심으로 논의되면서 그의 시에 강박적으로 등장하는 증언으로서 전쟁의 의미를 해소하기에는 어려움이 있었다고 할 수 있다.

이에 이 글에서는 생존자로서 전쟁 체험에 주목함으로써 미학적인 해소나 동어반복적인 폭력의 기술에서 더 나아가 생존자로서 증언의

16-17면)

42) 이러한 의미에서 언어의 회복은 "인간은 말하기 위해서 전부를 걸어야한다"는 아감벤의 말처럼 언어의 성사(聖事)를 통해 그 윤리적 수행을 실천한다고 하겠다.

불가능성에 주목하였다. 이때 증언의 불가능성이란 아우슈비츠 경험 이후 그 유명한 아히히만의 전범재판에서 한나 아렌트가 발견한 '악의 평범성'이 상징하듯, 전쟁의 폭력이 합리성의 세계 안에서 법적 판결에 의해 해결될 수 없는 한계, 즉 윤리의 회색지대에서 비롯되었음을 의미한다.

김종삼의 시는 이러한 증언의 불가능성에도 불구하고 생존이라는 비인간의 존재로부터 인간되기를 포기하지 않는 자의 윤리적 고통인 수치심을 통해 주체의 무능을 고발하는 동시에 스스로를 이러한 주체의 욕망(생존 욕망)으로부터 소외시키고자 하였다. 왜냐하면 이때 수치심은 누군가를 대신해 살아남았다는 생존자의 존재론적인 감정인 동시에 비인간의 위기 속에서도 윤리적 인간임을 고수하려는 타자성의 표지라 할 수 있기 때문이다.

이에 김종삼의 시는 타자에 대한 윤리적 책임과 죄책감의 문제라는 지점에서 원죄의식을 통해 인간의 실존에 앞서는 수치심을 전면에 내세움으로써 권력의지를 내면화한 주체의 무력함과 타자성을 상실한 주체 욕망의 허위를 비판하였다. 그러나 이러한 노력에도 불구하고 수치심에 의해 죄의식이 파생된다는 사실을 인식함으로써 김종삼의 시는 죽음 충동을 통해 수치심이 야기하는 실존적 고통으로부터의 도피를 염원한다.

김종삼의 시가 소리의 현상학을 통해 이방인의 방언인 글로솔라리아의 시 세계를 구축해나간 것은 이 때문이라 할 수 있다. 즉 이방인이라는 소외된 위치에서 김종삼의 시는 탈주체화의 모험으로서 시 쓰기에 천착함으로써 소쉬르가 말한 랑그의 구속에서 벗어나, 주체 언어에 의해 야기된 실존적 고독의 세계에서 음악과 같은 새로운 존재의 지평을 발견하고, 이를 통해 전쟁으로 인한 상처와 고통을 치유하였던 것이다.

이러한 맥락에서 김종삼의 시에 나타난 소리에 대한 천착은 단순히 음악적 취향을 반영하는 것이 아니라, 주체 언어의 폭력성과 그 한계를 초월하려는 탈주체화의 모험으로써 시쓰기를 의미하는 것이라 할 수 있다.

나아가 김종삼의 시는 전쟁과 같은 비인간의 상황에서 전쟁의 폭력이 단순히 물리적 상황만을 지시하는 것이 아니라 소음과 같은 인공언어를 통해 주체를 재생산하는 권력과 승계한 언어문제임을 직시함으로써, 인간이 언어를 소유한다는 착각에서 벗어나 언어의 타자성을 통해 구원 없는 세계의 타자성을 염원하였다.

치유적 언어로서 언어의 선험성을 회복하려는 믿음을 통해 그의 시는 현대 사회의 철학과 종교, 법과 정치, 문학과 예술 등 전 영역에서 언어를 도구화하는 소유 욕망과 이러한 주체 언어의 폭력에서 벗어나, 언어의 성사(聖事)로서 윤리적 타자성을 회복하기 위한 시인의 책임을 발견하고 이를 실천적으로 모색해나갔던 것이다.

필자 소개

이덕화∥연세대학교를 졸업하고 동 대학원에서 문학박사학위를 받았다. 현 평택대학교 국어국문학과 교수. 여성문학학회, 한국문학연구학회 회장을 역임했다. 『김남천 연구』로 박사학위를 받았다. 저서로 『박경리, 최명희 두 여성적 글쓰기』, 『여성 문학에 나타난 근대체험과 타자의식』, 『한말숙 작품에 나타난 타자윤리학』, 공저 로 『페미니즘과 소설비평』 근대편, 현대편, 『페미니즘은 휴머니즘이다』가 있다.

구명숙∥숙명여자대학교 국어국문학과를 졸업하고, 독일 빌레펠트대학교에서 『한국문학 의 하인리히 하이네 수용(1920-1960) 연구』로 문학박사 학위를 받았다. 현재 숙 명여자대학교 한국어문학부 교수로 재직하고 있으며 1999년 ≪시문학≫, 2009 년 ≪시와시학≫에 시인으로 등단하여 활발한 활동을 하고 있다. 관심분야는 한 국 현대시, 비교문학, 여성문학, 디아스포라, 양성평등 등이다. 저서로는 『한국 여성문학의 이해』(공저), 한무숙 문학의 지평』(공저), 여성문학 자료집으로 『해방 이후부터 전쟁까지 한국 여성 시』, 『해방기 여성 단편소설 1, 2』, 『한국여성수필 선집(1945~1953)』, 『한국전쟁기 여성문학 자료집』 등을 펴낸 바 있다. 시집으 로는 『그 여자 몇 가마의 쌀 씻어 밥을 지어 왔을까』, 『걷다』 등이 있다.

황영미∥숙명여대 대학원 국어국문학과 박사 졸업. 현재 숙명여자대학교 리더십교양교 육원 교수로 있다. 1992년 『문학사상』에 단편소설 <모래바람>으로 등단, '96 통일문학응모'에 <강이 없는 들녘>으로 최우수상 수상, <동아일보>, <매경 이코노미> 등의 영화평 필자 역임, 저서 『영화와 글쓰기』, 『다원화 시대의 영 화읽기』 등이 있다.

김응교∥연세대 대학원 국어국문학과 박사 졸업. 현재 숙명여자대학교 리더십교양교육원 교수로 있다. 시집 『씨앗 / 통조림』, 저서 『그늘−문학과 숨은 신』, 『한일쿨투라』, 『이찬과 한국현대문학』, 『박두진의 상상력 연구』 등이 있다.

안미영∥건국대학교 글로벌캠퍼스 교양교육원 교수. 2002년 동아일보 신춘문예 평론 당 선. 저서로 『이상과 그의 시대』, 『전전세대의 전후인식』, 『근대문학을 향한 열 망, 이태준』이 있으며 평론집으로 『낮은 목소리로 굽어보기』, 『소설, 의혹과 통 찰의 수사학』이 있다.

서동수 ‖ 건국대학교를 졸업하고 동 대학원에서 문학박사학위를 받았다. 현재 상지대학교 국어국문학과 조교수로 있다. 주요 논문으로는 「북한 과학환상문학에 나타난 파타포(pataphor)적 상상력과 향유 없는 유토피아」, 「학교라는 시뮬라크르와 폭력의 시스템―영화 <돼지의 왕>을 중심으로」 등이 있으며, 저서로는 『한국전쟁기 문학담론과 반공프로젝트』가 있다.

주지영 ‖ 성신여자대학교 국어국문학과를 졸업하고 서울대학교에서 「이청준 소설의 서사구조와 주제형성방식에 대한 연구」로 박사학위를 받았다. 현재 서울여자대학교 국어국문학과 초빙강의교수로 재직하고 있으며, 2008년 ≪서울신문≫ 신춘문예에 평론등단, 2014년 ≪문학나무≫에 소설로 등단하여 활동하고 있다. 주요 논문으로 「최인훈의 「구운몽」에 나타나는 '환상'과 욕망의 구조」, 「이광수 소설에 나타난 '신라' 재현 양상」, 「두 개의 태양, 그리고 여왕봉과 미망인의 거리―이상의 「날개」를 중심으로」 등이 있다.

조혜진 ‖ 성신여자대학교 국어국문학 박사(현대시) 졸업. 성신여대, 한성대, 추계예대, 백석대, 성결대, 나사렛대 등 출강. 현재 한세대학교 교양학부 초빙교수로 있다. 저서로는 시집 『도넛, 비어있음으로 존재한다』, 『울지말아요, 비둘기』, 번역서 『어른을 위한 위한 동화―오스카와일드의 행복한 왕자』와 『인문학과 생활세계』(공저)가 있다.

김윤정 ‖ 성신여자대학교 국어국문학과를 졸업하고 이화여자대학교에서 『박완서 소설의 젠더의식 연구』로 문학박사학위를 받았다. 현재 이화여자대학교에서 강사로 재직 중이며, 주요 논문으로는 『남정현 소설의 탈식민주의적 담론 연구』와 「최인훈 소설의 환상성 연구」, 「박완서 소설 『그 남자네 집』의 젠더 수행성과 장소」, 「박완서 소설에 나타난 '남편'의 표상과 젠더 정치성 연구」, 「식민지 시대 관습(慣習)의 법제화와 문학의 젠더 정치성」 등이 있다.